INVENTE ALGUMA COISA

CHUCK PALAHNIUK

INVENTE ALGUMA COISA

HISTÓRIAS QUE VOCÊ DEVE LER CUSTE O QUE CUSTAR

Tradução: Érico Assis

LeYa

Título original: *Make Something Up: Stories You Can't Unread*

Este livro é uma obra de ficção. Nomes, personagens, lugares e incidentes são fruto da imaginação do autor ou estão sendo usados de forma fictícia. Qualquer semelhança com pessoas reais, vivas ou mortas, acontecimentos ou locais é mera coincidência.

Direção editorial: Martha Ribas
Editora executiva: Fernanda Cardoso
Gerência de produção: Maria Cristina Antonio Jeronimo
Produtora editorial: Mariana Bard
Revisão de tradução: Daniela Versiani
Diagramação: Filigrana
Revisão: Pedro Staite e Sheila Louzada
Capa e projeto gráfico de miolo: Leandro Liporage
Ilustração de capa: Alessandro Paglia

Dados Internacionais de Catalogação na Publicação (CIP)
Angélica Ilacqua CRB-8/7057

Palahniuk, Chuck
Invente alguma coisa : histórias que você deve ler custe o que custar / Chuck Palahniuk ; tradução de Érico Assis. - 2ª ed. - São Paulo, LeYa, 2020.
336 p.

ISBN 978-65-5643-062-1
Título original: *Make Something Up: Stories You Can't Unread*

1. Ficção norte-americana 2. Contos norte-americanos I. Título II. Assis, Érico
18-1510 CDD 813.0108

Índices para catálogo sistemático:
1. Contos norte-americanos

LeYa Brasil é um selo editorial da Casa dos Mundos.
Todos os direitos reservados à
Casa dos Mundos Produção Editorial e Games Ltda.
Rua Avanhandava, 133 | Cj. 21 – Bela Vista
01306-001 – São Paulo – SP
www.leyabrasil.com.br

SOBRE O AUTOR

Chuck Palahniuk nasceu em 1962 e é autor de diversos livros, que juntos já venderam mais de 5 milhões de exemplares nos Estados Unidos. Com linguagem e escrita inconfundíveis, Chuck tem uma legião de fãs por todo o mundo. Pela editora LeYa, além de *Invente alguma coisa*, também publicou o clássico *Clube da luta* – transformado em filme dirigido por David Fincher –, *Sobrevivente*, *Condenada*, *Maldita*, *No sufoco*, *Assombro* e a graphic novel *Clube da luta 2*. Ele mora no Noroeste dos EUA.

Saiba mais sobre o autor no site oficial: www.chuckpalahniuk.net.

SUMÁRIO

TOC-TOC

Meu velho, sabe, ele faz piada de tudo. Vou dizer o quê? O velho gosta de fazer o povo rir. Quando eu era pequeno, metade das vezes nem tinha ideia do que a piada queria dizer, mas ria mesmo assim. Lá na barbearia, não tinha problema nenhum se os caras furassem a fila e passassem a frente dele. O que meu velho queria era se sentar lá e ficar o sábado todo fazendo aquela gente rir. Rir até explodir. Cortar o cabelo definitivamente não era a prioridade.

Ele fala:

– Digam se já ouviram essa...

Meu velho conta que entrou no consultório do oncologista e perguntou:

– Depois da quimioterapia, vou poder tocar violino?

O oncologista respondeu:

– É metástase. O senhor tem seis meses de vida...

E aí, balançando as sobrancelhas que nem o Groucho Marx, batendo as cinzas de um charuto invisível, meu velho disse:

– Seis meses? Vou procurar uma segunda opinião.

Aí o oncologista falou:

– Pode deixar que eu dou: o senhor tem câncer *e* suas piadas são uma merda.

Aí eles fazem a químio e botam radiação nele que nem sempre fazem, mesmo que aquela porra o queime por dentro, queime tanto que ele diz que pra mijar é como se passasse gilete por dentro do pau. Ele continua indo contar piada na barbearia todo sábado, mesmo que agora esteja mais careca que bola de bilhar. Tipo, ele está magro feito um esqueleto careca e tem que carregar por aí um cilindro de oxigênio como se fosse uma daquelas bolas de ferro de preso. Aí ele entra na barbearia arrastando o tanque, com aquele tubinho que sobe e passa embaixo do nariz, dá a volta nas orelhas, dá a volta na cabeça sem cabelo, e diz:

– Tira só um dedo em cima, por favor.

E o povo ri. Olha só: meu velho não é lá um Milton Berle. Não é um comediante tipo Edgar Bergen. O homem está mais mirrado que esqueleto de Halloween, careca, e vai morrer daqui a seis semanas, então não interessa o que ele falar, o pessoal vai zurrar que nem burrico, só por afeição, por afeto genuíno.

Mas olha, sério, eu não tô sendo justo com ele. Se não tá parecendo que ele é muito engraçado, a culpa é minha, porque meu velho é mesmo muito engraçado. Vai ver que não herdei o senso de humor dele. Quando eu era criança, e era seu boneco de ventríloquo, ele chegava e dizia:

– Toc-toc...

Eu perguntava:

– Quem é?

Ele dizia:

– Peggy.

Eu falava:

– Quem é Peggy?

E ele respondia:

– Pegue aqui no meu berimbau!

Eu não entendia. Eu era muito burro. Tinha 7 anos e ainda não tinha saído do segundo ano. Não sabia nem a diferença entre berimbau e beringela, mas queria o amor do meu velho. Então eu aprendi a rir. Ele dizia qualquer coisa e eu ria. Eu achava que "Peggy" era a minha mãe, que fugiu, que abandonou a gente. Meu pai só dizia que ela era uma gostosona e que não entendia piada. Ela NÃO era *amigona* dos caras.

Às vezes ele me perguntava:

– Quando o Vinnie van Gogh cortou a orelha e mandou pra puta que deixava ele piradaço, como que ele mandou?

A resposta é: "Mandou de van." Mas como eu tinha 7 anos, ainda ficava travado porque não sabia quem era Van Gogh nem o que era uma puta. E não tem nada que ferre mais uma piada do que pedir pro meu velho explicar.

Aí, quando ele dizia:

– O que é que dá quando um porco cruza com o Conde Drácula?

... Eu sabia que não era pra perguntar "O que é Conde Drácula?", então só ficava guardando a risada pra quando ele dissesse:

– Um vamporco!

E quando ele dizia:

– Toc-toc...

E eu perguntava:

– Quem é?

E ele respondia:

– Pronto.

E eu dizia:

– Pronto? O quê?

E ele JÁ ESTAVA quase explodindo quando falava:

– Pronto pra gozar na sua boca.

E aí – que se dane – eu continuava rindo. Minha infância toda eu passei achando que era muito ignorante pra entender piada boa. No caso, a professora ainda não tinha me ensinado divisão nem terminado a tabuada, então não era culpa do meu velho que eu não soubesse o que era gozar.

Minha mãe, que deixou a gente, ele diz que ela odiava essa piada. Então vai ver que herdei o senso de humor dela. Mas eu adoro... Quer dizer, você tem que adorar seu velho. Tipo, depois de nascer, você não tem escolha. Ninguém quer ver seu velho respirando com um tanque, indo pro hospital morrer, chapadão de morfina, sem engolir nem uma colher daquela gelatina vermelha que servem pra jantar.

Digam se já ouviram essa. Meu velho tá com um câncer na próstata que nem é bem câncer porque levou vinte, trinta anos pra gente saber que ele tá tão doente, e de repente eu tô aqui tentando lembrar tudo que ele me ensinou. Tipo, se você passa um lubrificante na pá antes de cavar um buraco, fica muito mais fácil de cavar. E ele me ensinou a apertar o gatilho em vez de puxar o gatilho, pra não estragar a mira. Ele me ensinou a limpar mancha de sangue. E ele me ensinou piada... Um monte de piada.

E óbvio que ele não é um Robin Williams, mas eu assisti a um filme uma vez que o Robin Williams põe uma bolona vermelha no nariz e uma perucona cor de arco-íris e aquele sapatão de palhaço, com um cravo falso grudado na lapela da camisa, que solta água, e o cara é um médico figurão que faz as criancinhas com câncer rirem tanto que elas não morrem. É sério: aquelas criancinhas-esqueleto, carequinhas – a cara pior que a do meu velho –, ficam com SAÚDE, e o filme é todo baseado numa história real.

O que eu quero dizer é que todo mundo sabe que rir é o melhor remédio. Em todo aquele tempo que fiquei sentado na sala de espera do hospital, até li a revista *Seleções*. E todo mundo ouviu a história real do cara que tinha um tumor no cérebro do tamanho de uma toranja, lá dentro do crânio, e ele tá com o pé na cova. Tudo que é médico e padre e especialista diz que ele vai passar dessa pra melhor. Mas aí ele se obriga a assistir ao filme *Os três patetas*, sem parar. O cara com câncer em estágio quatro se obriga a rir sem parar de Abbot e Costello, de o Gordo e o Magro, dos Irmãos Marx, e ele fica curado por causa dos com-dorfinas e do sangue oxi-generado.

Aí eu penso: *O que eu tenho a perder? É só eu lembrar as preferidas do meu velho e botar ele pra rir até ficar bom de novo. Que mal poderia fazer?*

Aí o filhão adulto entra no quarto do pai, puxa uma cadeira pro lado da cama e se senta. O filho olha para aquele rosto pálido, aquele rosto de morte do pai, e diz:

– A loira entra num bar de um bairro lá que ela nunca foi, e os peitos dela vêm até AQUI, bundinha durinha, e ela pede uma Heineken pro garçom. Ele serve uma Heineken pra ela, só que bota um "boa noite, Cinderela" na garrafa, e aí a loira fica desacordada e todos os caras no bar botam ela de bruços na mesa de bilhar, puxam a saia e comem ela, e na hora de fechar eles dão uns tapas pra ela acordar e dizem pra ir embora. E aí de vez em quando a mulher da bundona e dos peitos grandes vai lá de novo, pede uma Heineken, leva um "boa noite" e a tropa toda come de novo. Até que um dia ela entra e pede pro garçom: "Hoje pode ser uma Budweiser?"

Admito que NÃO conto essa piadinha longa e infame desde o segundo ano, mas meu velho adorava a próxima parte...

– O garçom dá um sorriso *muito do gentil* e diz: "Que foi? Não gosta mais de Heineken?" E a mulher gostosona se debruça no balcão, toda misteriosa, e fala baixinho: "Só aqui entre nós... Heineken me deixa com a boceta ardendo."

Da primeira vez que eu ouvi essa piada, quando meu velho me ensinou, não sabia o que era "boceta". Não sabia o que era "boa noite, Cinderela" nem o que queria dizer quando alguém falava que "comia" uma mulher. Mas eu sabia que isso fazia meu velho rir. E quando ele me disse pra levantar e contar aquela piada lá na barbearia, os barbeiros e todos os velhos lendo revista de detetive riram tanto que metade deles cuspiu baba e catarro, e o tabaco começou a sair pelo nariz.

Agora é o filho adulto que conta essa piada pro pai velho, morrendo, só os dois sozinhos num quarto de hospital, bem tarde da noite, e – adivinha só – o velho não ri. Aí o filho tenta outra das preferidas dele, conta a piada do caixeiro-viajante que recebe o telefonema da filha do fazendeiro que ele conheceu na estrada uns meses antes, e ela diz:

– Lembra de mim? A gente riu junto, e eu era *amigona* dos caras...

E o cara diz:

– Como é que vai?

E ela:

– Eu tô grávida e vou me matar.

E o caixeiro fala:

– Mas olha só... Você é MESMO uma *amigona* dos caras, hein?

Com 7 anos eu sabia MUITO contar essa, mas hoje o velho continua sem rir. Eu aprendi a dizer "Eu te amo" rindo pro meu velho – mesmo que fosse fingindo –, e tudo que quero em troca é isso. Só quero dele uma risada, só uma, e ele não dá nem uma risadinha. Nem um sorrisinho abafado. Nem um resmungo. E, pior que não rir, o velho aperta os olhos, fecha bem, e abre, e eles ficam transbordando de lágrimas, e uma lagrimona sai de cada olho e molha as bochechas dele. O velho fica arfando, aquela boca grande e sem dente, como se não tivesse ar, lágrimas escorrendo pelas rugas da bochecha, molhando o travesseiro. E esse garoto – que não é mais o garotinho de ninguém, mas que não consegue esquecer essas piadas –, ele bota as mãos no bolso e tira um cravo de mentira que joga água no rosto do velho chorão. Só de brincadeira.

O garoto conta a do polaco que corre pela floresta com uma espingarda e acha uma menina pelada deitada no mato, com as pernas abertas, e a menina é uma gostosona, e ela olha pro polaco com a arma e diz:

– O que você tá fazendo?

E o polaco responde:

– Tô caçando pra comer.

E a gostosa, ela dá uma piscadona pra ele e diz:

– Eu sou a caça.

E aí – POU! – o polaco dá um tiro nela. Antes essa piada era arrasadora, daquelas que sempre dá pra confiar, garantia de risada, mas o velho segue morrendo. Ele continua chorando e nem se esforça pra rir e, sei lá, o velho tinha que chegar num meio-termo comigo. Não tenho como salvá-lo se ele não quiser viver. Eu pergunto:

– O que sai quando se cruza um viado e um judeu?

Eu pergunto:

– Qual é a diferença entre cocô de cachorro e um crioulo?

E ele não melhora. Eu começo a achar que ele ficou com câncer no ouvido. Com a morfina e tudo mais, pode ser que ele nem esteja me ouvindo. Então, só pra testar se tá me ouvindo, eu me debruço em cima do rosto do chorão e pergunto:

– Como é que faz pra engravidar uma freira?

Aí, mais alto, talvez muito alto pra esse hospital de papa-hóstias, eu dou um berro:

– VOCÊ COME ELA!

No desespero, eu tento piada de viado, piada de imigrante mexicano, piada de judeu – um tratamento muito, muito eficiente segundo a medicina –, e o velho continua em outra. Ali, deitado na cama, o homem que transformava TUDO em piada. Só de ele não topar nada já me assusta. Eu grito:

– Toc-toc!

E quando ele não responde nada é como se ele já tivesse sem pulso. Eu dou um berro:

– TOC-TOC!

Continuo berrando:

– Por que o existencialista atravessou a rua?

E ele CONTINUA morrendo, o velho tá me deixando sem resposta pra nada. Ele tá me abandonando, e eu continuo burro pra caralho. No desespero, me estico pra pegar os dedos caídos, azuis, a mão morrendo, e ele não se mexe nem quando aperto um aparelhinho de choque na palma gelada da mão azul. Eu dou outro berro:

– TOC-TOC!

Eu grito:

– Por que a velha largou o marido e o menino quando ele tinha 4 anos?

Não tem nada que estrague mais uma piada do que pedir pro meu velho explicar, e ali, deitado na cama, ele para de respirar. Batimento zero. Parou total.

Aí esse menino sentado ao lado da cama no hospital, bem tarde da noite, ele pega o equivalente piadístico daquelas pazinhas elétricas que os médicos usam pra acabar com um ataque cardíaco, o equivalente do que o Robin Williams paramédico usaria em você no pronto-socorro do palhaço – tipo um desfibrilador de *Os três patetas* –, o menino pega uma torta gigante, cremosa, uma pilha de chantilly grosso em cima, a mesma que o Charlie Chaplin usaria pra salvar sua vida, e o menino levanta aquela torta lá em cima, o mais alto que consegue, e desce com tudo, rápido que nem um raio, enterra forte feito o tiro da arma do polaco – POU! – bem no beiço do velho.

E, apesar do poder curativo, miraculoso, fartamente documentado, das artes cômicas, meu velho morre e dá uma cagada de sangue na cama.

Não, sério, é mais engraçado do que parece. Por favor, não culpe meu velho. Se você ainda não riu, a culpa é minha. Fui eu que não contei direito, porque, se você perde o gancho, pode estragar até a melhor piada do mundo. Por exemplo, eu voltei lá na barbearia e contei pra eles como meu velho tinha morrido e como eu tentei salvá-lo, até a parte da torta, e que o hospital chamou os brutamontes dos seguranças pra me levarem à ala dos doidos pra ficar 72 horas em observação. E até quando eu contei essa parte, fiz merda – porque os caras da barbearia só ficaram ali me encarando. Contei pra eles que fiquei olhando – e cheirando – meu velho, morto e todo sujo de sangue, de merda e de chantilly, aquele fedorzão e aquele açúcar, e eles me olharam, ficaram só me olhando, e os barbeiros e os velhos seguiram mascando tabaco e ninguém riu. Naquela mesma barbearia, tantos anos depois, eu digo:

– Toc-toc...

Os barbeiros param de cortar cabelo. Os velhos param de mascar tabaco.

Eu repito:

– Toc-toc...

Ninguém respira, parece que eu tô numa sala cheia de gente morta. E aí eu falo pra eles:

– É a morte! A MORTE chegou! Vocês nunca leram a Emily... Dickerson? Nunca ouviram falar do Jean-Paul... Stuart?

Eu mexo as sobrancelhas e bato a cinza do meu charuto invisível, e digo:

– Quem é?

Eu respondo:

– Não sei quem é; eu nem sei tocar violino!

O que sei é que tenho um cérebro cheio de piadas que eu não vou esquecer – que nem um tumor do tamanho de uma toranja lá dentro do meu crânio. E eu sei que no fim das contas até cocô de cachorro fica branco e não fede mais, mas tenho pra sempre a cabeça cheia da merda que ele passou a vida toda me ensinando a achar graça. E pela primeira vez desde que eu era aquele panaquinha dizendo *viado* e *puta* e *crioulo* e *judeu* lá na barbearia, descobri que eu não estava *contando* piada – *eu era* a piada. Quer dizer: finalmente *entendi*. Olha só: uma piada arrasadora, que sempre dá pra confiar, é tipo uma Heineken geladinha... com um "boa noite, Cinderela"... de alguém que dá um sorriso *tão gentil* que você nem percebe o quanto foi comido. E gancho se chama "gancho" por um ÓTIMO motivo: porque o gancho é um punho fechado com açúcar e chantilly que esconde os socos-ingleses que socam você bem na cara, o acertam – POU! – bem no meio da cara e dizem: "Eu sou mais esperto que você" e "Eu sou maior que você" e "Quem manda aqui sou eu, GAROTÃO".

E lá naquela mesma barbearia de todo sábado, eu berro:

– TOC-TOC!

Eu *exijo:*

– TOC-TOC!

E finalmente um coroa, um velho da barbearia, fala num sussurro de tabaco, tão baixo que mal se ouve, e pergunta:

– Quem é?

E eu espero só um segundo, só pela tensão – meu velho, ele me ensinou que o importante é se ligar no tempo, o tempo é TUDO –, até que, finalmente, dou um sorriso *muito gentil* e digo:

– Pronto...

ELEANOR

O Randy odia árvore. Ele odia tanto árvore que quando a internet noticia que o matamento da floresta amazônica tá desconformado, ele, o Randy, acha que é bem justo.

Principalmente os pinheiro. Ele odia o jeito que os pinheiro se mexe: eles se mexe devagar, depois se mexe rápido. Começa bem vaporoso, tão vaporoso que a gente esquece que tá sempre se mexendo. Que é o método de uma árvore conseguir ficá alta e mais alta, até mirar lá no cocoruto da cabeça da pessoa. Depois disso, os pinheiro sobe rápido, rápido tipo bomba-relógio. Rápido demais pra dá na percepção da gente.

Pelo menos não deu na percepção do pai do Randy que o pinheiro tava vindo. Porque a vida inteira no puxa tora e serra tora, o pai do Randy tava de dias contidos. Aí, no que veio, aquela tora toda sesmagô no coco do crânio dele e só sobrô aquele zilhão de caquinho empapado de sangue.

O Randy imaginô que tinha coisa melhor pra fazê do que ficar lá, e vai que cem tonelada de celuloide cai no coco dele também? O Randy odia Oregon.

O Randy transpira por morar em casa de estuque, estuque cor-de-rosa, onde árvore não aparece. O Randy, ele embolsa a grana do seguro de vida, bota a pitibu dele de carona e ruma pro sul, botando mais e mais na velocidade o caminho todo, como se tivesse matinha de cão de raça querendo bocanhá a bunda do Randy.

Na Califórnia, a corredora de móveis meteu logo os zoio no carango do Randy: um Celica todo canonizado de cromado – a canonização saiu o dobro do preço da tableta. Aí a corredora de móveis, deu na percepção dela a pitibu do Randy. Quanta rebeldia, quanta teimosia. A corre-móveis meteu na hora os zoio na cabeça rapada do Randy, a tatu que ele fez na cara, tão recém que ainda tinha sangue. A corre-móveis abre o laptop e entra num site pirata. A corre-móveis conta pro Randy:

– Caaaara. Caaara, cê vai ficá irado nessa residência.

A corredora de móveis, ela chama Gazelle.

E o laptop da Gazelle toca um filme nas vista reganhada do Randy. É de sexplícito que gravô em cima do sexplícito que gravô em cima do sexplícito que gravô em cima do sexplícito que gravô em cima do sexplícito, mais de mil cópia depois que alguém pagô caro pra vê aquilo. A corre-móveis diz:

– Caaara. – Ela fala: – Caaara, o nome desse é *Lorinha correu pau comeu IV.*

O filme era com a Jennifer-Jason Morrell. Ela interpela uma pistoleira lôra que vai roubar uma residência irada onde tem uns dez cara usufrutando a folga. Os cara tá tudo morgado na cama depois da noitada abastecida de Rémy Martin. A trama sinicia com a Jennifer-Jason buscando frutar as corrente de ouro dos pescoço dos cara que tão dormindo. Mas aí os brutamonte tudo acorda já de sangue quente – tudo emputecido, óblivio –, e é nessa hora que o filme chega no ápis.

Era bem de estuque cor-de-rosa pelo lado de fora, a casa do filme. Tinha piscina no quintal, com aquela beirada que faz a água bicarbonatada cair devagarinho no infinito. No terreno ali em frente só se vê crescer cáqueto por entre os pedregulho. Daquela raça de cáqueto que parece uma mão querendo agarrá o céu. Não tem uma árvore no bairro todo.

Durante a visita, a corredora de móveis, a Gazelle, ela demonstra os recursos especiais, incluindo um vestímbalo de dois andar e piso de mámore branco. Bem ali onde a Jennifer--Jason fez trenzinho com os cara que se revezava brutalmente na começão dela.

O Randy e a corredora de móveis, os dois só ficaram ali parado bocaberto. Os dois timidados com o peso da historiectomia cinematográfica que se deu naquela mesma metragem quadrada.

Expirando fundo, o Randy, ele diz:

– Mas, caaara, nem quero sabê quanto dá essa hipinacoteca!

Aí ela, a Gazelle, diz:

– Depois que isso aqui for teu, tu vai poder cobrá ingresso e fazê visita teleguiada.

Gazelle aconselha que no piso de mámore branco, bem aqui, seria o lugar ideal pra armá a árvore de Natal. Mas o Randy ainda odia árvore, seja árvore viva ou morta.

A corredora de móveis persiste em demonstrar pro Randy a área de serviço, o quartinho de despesas, os armário de embutidos, o cantinho de descaso, o solitarium, e o elegante romófis, mas o Randy já tava decidido. O Randy só quer mesmo saber se tem lugar pra cão corrê. O Randy apontô pra cachorra dele, uma pitibu terrê americana. Eleanor, o nome dela.

Randy e Gazelle saíro pra área do quintal. Era certo que ali a Eleanor ia ter lugar pra corrê de cá pra lá até a porta dos vizinho latino. Aí o Randy perguntô se a inquisição da casa podia ser com dinheiro em espécime.

A pitibu, o Randy levava num parque onde cão corre solto pra ensinar ela a pegá, arrematando uma mão decepada que era óblivio que era de mentira. Era que nem resto de filme de terror. O sangue de mentira no pulso decapitado, quando a gente olha de perto, é bem realista. As ponta dos dedo é preta e verborrágica. Entre o tanto, era hilariante quando a Eleanor saía de trás das moita com aquele pedaço de mão assustadora balançando nas presa.

O Randy brincava de pegá só pra agonizar os vizinho latino bisbilhoteiro, desses que têm o histerótipo de que pitibu tem as mandrágora afiada só pra mastigá bebezinho.

Só pra quebrar a torção cômica, o Randy começô a usar uma boneca plástica pra Eleanor pegá. Ele arrematava a boneca nas moita e nos cáqueto, e a Eleanor, a Eleanor se afundava lá no meio das planta. Fazia isso só pra vê a pitibu correndo que nem doida, parecendo que sacodia uma criança indefesa. O Randy achava graça nisso tudo.

Em casa, fantasiava que a Jennifer-Jason tava emprenhada em fazer uma jornada sentimental. Imaginava que dia desse ela parava o Porsche dela na frente da casa dele e tocava a campainha, implorando pra reencarná as memória dela vivida ali. Quando acontece isso, ele sonha agarrar a Jennifer-Jason com apreensão, firme mas com carinho, e aí o Randy – tal como fizero tantos outro – come ela meticulosa e completamente.

Nos entretanto, pra abandonar a solidão, Randy resolve rastá asa pra Gazelle. Ele apresenta pra ela o pouco da grana do seguro de vida que sobrô e diz:

– Mina, eu te exponho esses termo aqui pra gente se unir no sagrado patrimônio.

Então o Randy começô a paparicá a Gazelle, assava uns bife desse tamanho pra ela comer e, pra cabá com aquela magreza toda, também servia sorvete inflamado. E, uma hora, a Gazelle, ah, uma hora a Gazelle cedeu de casá com ele.

Além disso, o Randy se dizia que morar na Califórnia foi um melhoramento de vida. Morar nessa casa arquitetonicamente impotente foi de uma profunda repugnância colorretal na vida cansada do Randy. Presidindo aqui, ele se sentia um fodão de verdade. Tipo curandeiro de museu ou sentinela que cuida de tocha que não pode se apagá.

O Randy odia ser ninguém. Isso pra ele era que nem se uma árvore caísse no cocoruto do coco dele deixando só um zilhão de caquinho.

A verdade verdadeira é que com a morte do pai do Randy, o Randy ficô profunda e justificadamente deturpado.

Entre os tanto, qualquer avanço na vida do Randy prova de ser mera flatulência. Sua nova alma gema, a Gazelle, sumia toda hora, ia fazer curso noturno ou ia no abrigo de mulheres espancada. E quando o Randy ia tentar trazê ela de volta pro lar, ela dizia pras assistente social que o Randy é que tinha furado os grandes lagos dela. Mas a Gazelle mesma tinha confidado pra ele que a furação traumática tinha sido muito tempo atrás, num incidente noturno de automasturbação.

Entre os tanto, Randy ficou assustado. Ele se deu conta de que se as acusação da Gazelle cola, ele é que ia ser confiscado pro tribunal e cumprir pena atrás das grade. Em vez da Jennifer-Jason, era ele que ia ficar de cu ralado por circuncisâncias alheias à sua vontade. No xilindró, o Randy é que ia ter a bunda comida todo dia pelas gangue de cara faminto. Todos rígido de cometê atos infrutíferos de reprodução celular carcerária.

E pra amamentar o incêndio, a internet noticiou que a Jennifer-Jason tinha contraído suicídio. Em continência ao conjunto da obra dela, Randy fez um minissanitário pra adoração no quintal com a foto dela. Ele esperava que os peregrino peregrinasse, mas os vizinho latino dizia que o sanitário era indecente porque tinha foto da Jennifer-Jason curtindo as férias lá do jeito dela.

Toda cena explícita que o Randy põe no sanitário de repente desaparece.

As estação na Califórnia, primavera, verão e Natal, tudo é quase a mesma coisa, fora o fato de que os vizinho do Randy têm essa coisa de montá presépio na frente da porta. A saturação não melhorô em nada quando eles reclamaro do barulho da Eleanor, e o Randy deu uns berro por cima da cerca que pelo menos a Eleanor latia em inglês.

Natal também era época das sempre-viva do Oregon recém-matada sair atrás de novas vítimas. O Randy enfiô na cabeça que tinha uma conífera assassina com o nome dele na lista.

Os vizinho montaro presépio porque era tudo latino baba-papa. Tinha de tudo, até José e Maria de plástico. O menino

Jesus de plástico ficava ninhado de cabeça pra cima numa caixa de laranja afolhada de palha. Neném Jesus propano ficô podre de tanta reparação solar. Pro Randy, o rosto de plástico todo craquelado e desbotado parecia carne podre.

O problema era que, pra Eleanor, aquele neném Jesus era que nem a boneca que ela aprendeu a pegá. A Eleanor ficava o tempo todo vidrada nele. A pitibu ficava que nem se tivesse no cio, tipo a Jennifer-Jason Morrell, insociável, suando de ver aquela arte brega dos crente.

Só pra dar uma trégua, Gazelle propôs deles irem fazê compras. Ela amenizou porque queria comprá uma árvore com um diagrama grande o suficiente para preenchê o vestímbalo de entrada de dois andar. Ela dispersô todas as reclamação que tinha dele e desconsiderô o que ele disse do pai ter sido aquilanado pelo impacto daquele monstrengo do Oregon.

Não, a Gazelle, ela diz:

– Cara! Cara, a gente vai condecorar essa árvore com um monte de condecoração natalina.

Comprá uma árvore, o Randy calculou, era bem mais em conta do que pensão fomentícia pra ex-mulher. Então eles compraro a árvore e condecoraro com mil condecoração natalina de vidro. No enquanto faziam isso, eles deixaro a porta da casa aberta.

Como era de se imaginá, a pitibu Eleanor se extrapolô de casa.

Rápido que nem raio, ela bocanhô o bebê Jesus de plástico e correu rumo norte-noroeste em ritmo acalorado.

Teve gente que, passando por ela, devia de ser judeu ou testemunha de Jeová, desses que não reconhece Jesus filho de Deus, eles acharo que a Eleanor tinha bocanhado um bebê de verdade. Ficaro tudo com olhar deputado. Os zoio dos bisbilhotero ficô avassalado. E começaro tudo a perseguir a Eleanor filmando de celular, até que juntô um zilhão de latino de cadilaque debaixado perseguindo a Eleanor em velocidade presunçosa. Todos com porte de arma desleal.

A Gazelle então resolveu passá sermão no Randy. O sermão era tanto que ofuscô a bagunça. A mina desembestou a falá, e falá e falá de um mictório pendurado na parede de um mausoléu na França. A Gazelle berrava:

– Marcel Duchamp, mano!

Numa hora, a Gazelle tava fazendo boquete nele; noutra, tava regurgitando aquele monte de curso noturno mal digerido que tinha ido fazê. A mina era um estigma. Ela zomba dele e diz:

– Nunca leu Lewis Hyde, não, cara?

E, fatalmente, Randy capturô uma palavra do que a Gazelle tava já um tempão gritando.

Emputecido, Randy foi até a porta da frente e gritô:

– Sesconde, Eleanor!

Atrás dele, Randy escutô a Gazelle, embargada de Rémy Martin. Ela arrosnô:

– Cara! – A Gazelle gritô: – Cara, essa é por ter furado meus grandes lagos! – E usando toda força inconsiderável que tinha, ela fez a árvore de Natal desbastá!

E o desgraçado acontecimento seguinte é que um zilhão de galhos de pinheiro assassino e um caralhão de lasca de condecoração de vidro caíro nas costa do Randy. Entre os tanto, ele não morreu antes de ver um coração de natal se espatifar. A pitibu dele, a Eleanor, ela se recompensô com o Jesus Cristo ressuscitado dos morto. Bocanhado nas presa afiada da pitibu, o címbolo morto desbotado voltô a ser uma Cria Santa de verdade.

Enquanto debandonava o corpo sarado, o Randy, o Randy viu que vida é que nem árvore.

A vida primeiro anda bem vaporosa. Primeiro é tão vaporosa que a gente sesquece que a vida sempre anda e não para. A vida anda e não para. A vida anda e não para. Aí a vida vai rápida que nem raio. No fim, a vida é mais rápida do que dá na percepção da gente. Entre os tanto, ainda na percepção do seu sangue quente se extrapolando do corpo por causa das condecoração assassina de Natal, o Randy, ele canta:

– Corre, Eleanor! Sesconde!

E aí, linguajando naquele limiar divino entre a vida e a morte, o Randy já metade sombração cantô:

– Corsesconde, Elanor!

Juntando força, o Randy cantô baixinho:

– Morre bonde! Vai pra onde! Corresponde! Meu visconde! Me responde! Le Monde! James Bond!

As palavra se espedaçaro quando o Randy aceitô viver feliz para sempre no colo do papai aquinalado.

Enquanto isso, a pitibu...

No rápido mais rápido que as pata conseguia, a Eleanor dispara de volta pro norte. E se cadilaque debaixado dos latino é rápido, não tem como negá que a Eleanor, a pitibu, ela, agora e sempre, vai ser mais rápida do que eles. Ela vai ser o mais rápida que puder.

COMO A MACACA SE CASOU, COMPROU CASA E ENCONTROU A FELICIDADE EM ORLANDO

Muitos anos atrás, no mundo pré-desilusão, a Macaca andava pela floresta com a boca transbordando de orgulho. Depois de muito empenho e sacrifício, ela finalmente havia terminado a longa formação escolar. A Macaca se gabou para o Corvo:

– Olha só! Sou bacharel em comunicação!

Ao Coiote, alardeou:

– Concluí vários estágios prestigiosos!

Num mundo anterior em que teve que amargar a vergonha e a derrota, a Macaca foi ostentar seu currículo no Departamento de Recursos Humanos da Llewellyn Comércio de Produtos Alimentícios Ltda.

A Macaca exigiu um tête-à-tête com a Hamster, que era coordenadora de Recursos Humanos. A Macaca, toda audácia, deslizou seu currículo pelo tampo da mesa e propôs:

– Deixe eu me provar. Quero uma missão impossível.

E foi assim que a Macaca se plantou atrás de uma mesa desmontável. Em supermercados ou lojas de departamento, a Macaca oferecia cubinho de salsicha espetado em palito. A Macaca oferecia gosmas de torta de maçã servidas em copinhos de plástico ou guardanapos que aninhavam mordiscadas de tofu. A Macaca salpicava perfume e oferecia seu esguio pescoço para o Alce fungar, e o Alce comprava sem parar. A Macaca era dotada de charme, e quando sorria para o Veado ou para a Pantera ou para a Águia, eles sorriam de volta e ansiavam comprar todo e qualquer produto que a Macaca estivesse mascateando. Ela vendeu cigarros ao Texugo, que não fumava. A

Macaca vendeu carne-seca ao Carneiro, que não comia carne. Ela era tão esperta que vendeu creme para as mãos à Cobra, que não tinha mãos!

De volta à Llewellyn Comércio de Produtos Alimentícios Ltda., a Hamster disse:

– Tenho uma vaga em Vegas.

E Vegas se tornou apenas o primeiro de uma longa série de triunfos. Porque agora a Macaca fazia parte de uma equipe e provou que jogava em equipe. E, quando a Hamster propôs à Macaca se mudar – para a Filadélfia, para as Cidades Gêmeas, para São Francisco –, a Macaca estava sempre disposta a traficar o novo molho de sanduíche ou cafetinar o novo isotônico. Considerando-se um pequeno *case* de sucesso, a Macaca mais uma ficou frente a frente com a Hamster dos Recursos Humanos e disse:

– Você tem sido minha defensora, Hamster, e eu servi à Llewellyn Comércio de Produtos Alimentícios. Quero um teste.

E a Hamster respondeu:

– Você quer um desafio? Temos um queijo que não sai de jeito nenhum.

E a Macaca era tão arrogante que aceitou:

– Pode me passar esse queijo problemático.

Sem nem olhar o produto em questão, a Macaca prometeu alcançar um mínimo de 14% de participação no mercado altamente competitivo de laticínios sólidos importados nível médio, e ainda prometeu que esse sucesso duraria pelo menos sete semanas, posicionando o novo queijo antes da temporada de entretenimentos do fim de ano. Em troca, a Hamster combinou que a Llewellyn Comércio de Produtos Alimentícios Ltda. recompensaria a Macaca com o cargo de supervisora regional do Noroeste para que ela se fixasse em Seattle e comprasse um apê e encontrasse um parceiro e finalmente constituísse família para equilibrar com sua carreira. O mais importante: a Macaca nunca mais seria obrigada a oferecer o pescoço a outro Alce fungão.

Ou a dar um sorriso sedutor ao Chacal da Safeway, que ficava dando voltas e voltas e mais voltas para acabar com seus cookies.

Naquela época tão distante, antes de ela conhecer o gosto amargo do fracasso, a Macaca estava atrás de outra mesa desmontável, então num supermercado de Orlando. A Macaca sorria do alto da floresta de palitinhos, como uma cama de pregos *king-size*, cada pauzinho pontiagudo grudado num cubinho de uma coisa branca e brilhante. A Macaca era só sorrisos e atraiu o olhar do Urso-Pardo. Naquele momento, a Macaca pensou: *Seattle, aqui vou eu!* Mas assim que o Urso-Pardo atravessou o supermercado, ele se deteve. Farejando o ar, ergueu um joelho, depois o outro, e conferiu a sola dos pés à procura do rastro. Discretamente, abaixou a cabeça para cheirar as axilas. Foi só então que o olhar do Urso-Pardo se voltou para a Macaca, mas o sorriso dele havia sumido, e o Urso não se aventurou a chegar mais perto. Uma feição de desgosto ondulou em seus lábios, e ele fugiu de cena. Com seu sorriso-armadilha, a Macaca tentou em seguida capturar o Lobo, mas ele só se aproximou até o instante em que inflou as narinas. O Lobo, arregalando os olhos cinzentos, saiu em disparada. A Águia, da mesma maneira, pareceu atraída pelo charme da Macaca, mas só até dar um grasnado estrangulado, e suas asas de ouro bateram em retirada rente ao teto do supermercado.

De início, a Macaca não se deu conta. Talvez seu nariz tivesse embotado por vender perfumes e cigarros, mas o queijo tinha um cheiro horroroso. Cheirava a fezes e cabelo queimado e transpirava gotículas transparentes de óleo fétido. Se o queijo fedia, perguntou-se a Macaca, como as pessoas saberiam quando estava estragado? De tanto fedor, ele podia ser pura salmonela. Para testar sua teoria, a Macaca sorriu para atrair o Porco, mas nem o Porco compartilharia aquela fedentina. Ainda com o sorriso congelado, a Macaca atraiu o olhar do Gorila, que, a uma distância segura, vestia um colete vermelho-claro, porque era o gerente do supermercado. Com os braços cruzados sobre o amplo peitoral, o Gorila balançou a imponente cabeça para a Macaca e disse:

– Só um lunático pra enfiar esse queijo na boca!

Naquela noite, no quarto do hotel de beira de estrada em Orlando, a Macaca telefonou para a Hamster e disse:

– Acho que o meu queijo é veneno.

E, pelo telefone, a Hamster respondeu:

– Fique calma. Seu queijo é bom.

– O cheiro não é bom – insistiu a Macaca.

– Estamos contando com você – disse a Hamster. – Se há alguém que consegue abrir um nicho de mercado para esse queijo, esse alguém é você.

A Hamster explicou que a Llewellyn Comércio de Produtos Alimentícios Ltda. tinha contratos para a introdução do queijo por todo o país, a preço tão baixo que a perda por unidade era de doze centavos. A Hamster deixou escapar que o arquirrival da Macaca, o Coiote, estava lançando o mesmo queijo em Raleigh-Durham e não tinha relatado resistência alguma dos consumidores. Pelo telefone, a Hamster, irritada, soltou um grande suspiro e disse que talvez o Coiote se saísse melhor como supervisor regional do Noroeste. Que talvez o Coiote quisesse Seattle mais do que ela.

Depois de desligar, a Macaca disse para si mesma: *Não vou perder esta promoção para o Coiote.* E matutou: *A Hamster está mentindo. O Coiote não venderia nem noz para o Esquilo.* Mas a Macaca passou a noite sem dormir, ouvindo o Coelho transando com a Marta no quarto ao lado, e nervosa porque, apesar de seu diploma de comunicação, ficaria presa debaixo de um teto de vidro sentindo as fungadas do Alce pelo resto da carreira. Para se confortar, quis telefonar para os pais. Mas pensou: *Você já está bem crescidinha, Macaca. Seus problemas não são problemas dos outros.* Então ela se sentou na cama, ouvindo os grunhidos e o cio pela parede do quarto e fingindo ler *A crônica dos Wapshot*. Quando o sol nasceu em Orlando, a Macaca se vestiu e se maquiou, temendo nunca ser amada. Temendo nunca ter um lar de verdade.

No dia seguinte, por trás da floresta eriçada de palitos, a Macaca ficou esperando um animal específico. Lançou seu melhor sorriso para a Coruja. Dirigindo-se ao Gambá, à Morsa e à Puma do outro lado do supermercado, ela disse:

– Venham provar meu queijo! É produzido na Suíça com leite orgânico de vacas sem hormônios e sem ingredientes artificiais.

Ainda assim, cada palavra da Macaca era uma mentira esperançosa. Ela não entendia nada do queijo. Não sabia nem qual era o gosto. Só um doido enfiaria na boca aquela coisa nojenta.

Naquela noite, do seu quarto de hotel, a Macaca desrespeitou a cadeia de comando. Telefonou para o Bisão, o diretor de operações nacionais, quatro escalões acima da Hamster. Pior ainda: a Macaca ligou para o celular do Bisão. Ela se apresentou, mas o Bisão disse apenas:

– Você responde a mim?

A Macaca explicou que fazia parte da equipe móvel de demonstração de produtos, com a tarefa de se infiltrar no mercado da Flórida com um queijo-teste. Estava tentando de tudo no mercado de Orlando, mas suspeitava de que o queijo estivesse estragado. A Macaca chamava o Bisão de "senhor", termo que ela havia prometido a si mesma nunca usar com ninguém – era uma forma de tratamento que nunca usara nem com o pai.

– Estragado? – perguntou o Bisão.

Era fim de tarde em Chicago, mas as palavras do Bisão pareciam arrastadas. A Macaca ouviu o borbulhar de um líquido, como se alguém estivesse entornando gin direto da garrafa. Ela ouviu o chacoalhar de pílulas. A voz dele ressoava, fazia eco, como se sua casa fosse uma caverna, e a Macaca o imaginou falando num telefone folheado a ouro, sentado num grande salão com assoalho de mármore e teto com afrescos.

– Senhor – disse a Macaca, estremecendo –, nem o Rato chegou perto desse queijo.

Bisão perguntou:

– Você já comunicou isso à Hamster?

A Macaca disse:

– Senhor, uma criança vai provar esse queijo, vai ser envenenada e eu serei presa por homicídio. – Ela continuou: – Sinceramente, *até o Gambá* me disse que o cheiro é horrível.

Em resposta, o Bisão declarou que a vida não era um mar de rosas. Pelo telefone, desfiou um discurso sobre *perseverança*. Parecia se alternar entre raiva e choro, mas o tempo todo mamado. Sem fazer pausa, ele perguntou:

– O que foi? Tem medo de ficar com merda no lombo?

Assim, no terceiro dia, a Macaca estava de volta à sua mesa dobrável, atrás da cerca de palitos – tal como lanças, tal como uma cerca de pregos afiados. De longe dessa barreira, os outros bichos – a Pantera, o Porco-Espinho – olhavam para ela com expressão de desprezo escancarado ou profunda pena. Uma nuvem invisível de fedor de queijo mantinha todos a distância. No centro de todos os olhares de insatisfação, a Macaca implorava, tentava seduzir alguém com coragem o bastante para provar esse produto novo e maravilhoso. A Macaca revidava, dizendo que eram todos covardes. Ela os desafiava. Ela os subornava com promessas, o-seu-dinheiro-de-volta-em-dobro caso provassem o queijo e não gostassem. Ela tentou a persuasão:

– Quem será o primeiro a descobrir a alegria pura?

De uma distância segura, o Corvo gritou:

– Só um suicida para engolir isso aí!

Outros bichos concordaram, às risadinhas. O Gorila assistia, batendo o pé de impaciência, entrelaçando os dedos e estalando os imensos nós dos dedos, pronto para jogar a Macaca na rua.

– Se essa coisa é tão boa – desafiou-a o Furão –, por que *você* não come?

A Macaca olhou para a mesa recheada de cubinhos de veneno branco. Pensou: *Todo mundo acha que esse fedor vem de mim.* Sua arrogância se foi. A Macaca não dormia havia dois dias e seu orgulho definhara. Disse a si mesma: *Prefiro morrer a ficar mais um instante aqui neste lugar, onde todo mundo me detesta ou sente pena de mim.* Ela se imaginou morrendo com uma dor excruciante no chão de concreto daquele supermercado de Orlando. Imaginou as acusações de homicídio culposo, seus pais conseguindo um acordo judicial revolucionário com a Llewellyn Comércio de Produtos Alimentícios Ltda. A Macaca capturou um palitinho entre os dedos e o ergueu entre si e a multidão. E ergueu o cubo de queijo, como uma tocha. Ela imaginou seu próprio funeral e se viu morta num caixão com esses mesmos dedos dobrados sobre o peito gélido. A Macaca viu seu nome e a data daquele dia cinzelados na lápide. O queijo tinha cheiro de morte. Tinha o cheiro que ela mesma em breve teria.

Quero uma missão impossível, a Macaca pensou, segurando o queijo no alto. *Quero um teste.*

A multidão observava, pasma. De queixo caído. O Peru chorou baixinho.

A Macaca fechou os olhos e levou o queijo à boca. Seus lábios arrancaram-no do palito e ela começou a mastigar. De olhos ainda fechados, ela ouviu o Gorila gritar, a voz aguda, em pânico:

– Chamem a emergência!

A Macaca comeu o queijo e não morreu. Comeu, depois comeu mais. Ela não queria engolir, só queria mastigar, triturar o queijo entre os dentes para todo o sempre. Saborear aquele queijo. Queria viver para sempre e não comer mais nada. Pior que a morte, o queijo tinha um gosto... incrível. O que antes era o pior cheiro do mundo virou o melhor. Depois de engolir, a Macaca inclusive chupou o palitinho de madeira para não desperdiçar o último toque de sabor. O queijo estava dentro dela; fazia parte dela; ela o amava.

Sorrindo, a Macaca abriu os olhos e viu que todos a observavam, os rostos retorcidos de terror. Seus olhos ficaram inchados como se ela tivesse sido pega comendo o próprio excremento.

Por mais repugnante que fosse antes, agora ela lhes causava ainda mais repulsa. Mas a Macaca não estava nem aí. Enquanto a bicharada toda assistia, ela comeu mais um cubinho de queijo, e mais outro. Queria encher-se desse sabor e desse cheiro glorioso até a barriga doer.

Naquela noite, em seu quarto de hotel, o telefone tocou. Era a Hamster que ligava. A Hamster disse:

– Espere enquanto o senhor Bisão atende na outra linha.

A Macaca aguardou um pouco e, depois de alguns estalos, uma voz comunicou:

– Bisão na linha.

O Bisão disse:

– Por recomendação do Jurídico, vamos tirar o queijo dos pontos de venda. Não podemos correr riscos com a possibilidade de imputação penal.

A Macaca sabia que seu emprego estava em jogo. Ela disse a si mesma para ficar quieta e deixar que as coisas seguissem seu curso. Mas, em vez disso, declarou:

– Espere.

A Hamster disse:

– Ninguém está culpando você.

A Macaca retrucou:

– Eu estava errada. Vocês podem me demitir, mas esse queijo é delicioso. – E pediu: – Por favor. Senhor.

Com uma voz de quem não se importa, o Bisão disse:

– Esse assunto foge ao nosso controle. Amanhã, você terá que descartar suas amostras.

– Pergunte ao Coiote – implorou a Macaca. – O Coiote está vendendo esse queijo.

– O Coiote está em Seattle – disse o Bisão. – Nós o promovemos ao cargo de supervisor regional do Noroeste.

Percebendo que sua mentira tinha sido descoberta, a Hamster disse:

– Aguenta essa aí pelo time, princesa. Ou vai pra rua.

Depois de tanto tempo mascateando perfume e carne-seca e creme para as mãos, a Macaca finalmente tinha um produto no qual acreditava. Até então, a Macaca queria que o mundo a amasse. Agora estava disposta a se rebaixar por um queijo. Ela não se importava com o olhar que os bichos lhe dariam, de flagrante repugnância. Estava disposta a se humilhar completamente aos olhos de um milhão de bichos pela mínima chance de que um deles provasse o que ela provou e confirmasse sua opinião. Se isso acontecesse, aquele animal corajoso também amaria o queijo e a Macaca já não estaria só no mundo. Ela martirizaria sua dignidade pela glória de seu queijo.

De acordo com uma mensagem de texto da Iguana, todo o estoque do queijo já fora vendido a um liquidante. No dia seguinte, a Macaca propositalmente perdeu o voo para Cleveland. Nas sessões de como falar em pontos de venda, a Macaca sempre vestia uma camiseta polo rosa da Brooks Brothers, sempre uma camiseta polo de dois botões com só um aberto. O rosa dizia travessa, esportiva, metida, e a Macaca nunca abria a gola. Contudo, como naquele dia tudo estava em risco, ela foi com artilharia pesada: uma blusa cavada com alças que pareciam fio dental e uma bainha tão curta que tremulava sobre uma ampla área de barriga à mostra. Acomodou os seios num sutiã com enchimento. Para entregar o tal queijo, a Macaca ia bancar a puta sagrada e se cafetinar pior que a Llewellyn Comércio de Produtos Alimentícios Ltda. já ousara. Audaciosa, pegou sua mesa desmontável, os palitinhos, os cubinhos brancos do nirvana água-na-boca-alimento-da-alma e voltou ao supermercado de Orlando. Atrás daquele altar de provas, a Macaca era uma crente. Uma fanática. Era uma evangélica, vociferando e dando sermão a todos dentro do mercado lotado. Aos olhos deles, era uma lunática – quem comia aquele queijo podia fazer qualquer coisa –, e isso aparentemente a protegeu por um instante. Se ela pudesse transmitir seu ardor e ser entendida por outro bicho, já seria o bastante.

– A satisfação está bem aqui para quem quiser – disse a Macaca. – A glória absoluta pode ser sua, e grátis!

Foi o cheiro do queijo que impediu o Pato e o Boi de a agarrarem e de a jogarem para fora do prédio. Mas o Urso-Pardo gritou obscenidades para ela, com as mãos em volta da boca, e o Papagaio a atacou com moedinhas cortantes.

Ninguém ficou do lado da Macaca. Ela estava só, armada apenas com sua fé.

A Macaca ainda vestia a camiseta da empresa, mas agora ela pertencia a um time com um só jogador.

Irrompeu o caos. A manada se atirou sobre a mesa da Macaca, derrubou-a, as provinhas se espalharam pelo chão imundo. No concreto poeirento, ali onde um dia antes a Macaca tinha se visto morta, seu queijo sagrado foi pisoteado. Esse queijo, que ela amava mais que a própria vida, esmagado pelos cascos da Rena e grudando nas patas do Tigre. Uma mão gigante se fechou no braço da Macaca e a puxou até a porta. Era o Gorila, arrastando-a rumo ao que seria o resto de sua carreira na Llewellyn Comércio de Produtos Alimentícios Ltda., onde ela poderia dormir todas as noites. Sonambular ao longo dos dias. Um futuro em que ela nunca estaria totalmente desperta.

O único cubo que restava era o queijo apunhalado no palitinho na mão da Macaca. Era sua espada e seu graal. A Macaca o esticou em direção aos olhos do Gorila e enfiou o palitinho no fundo da boca dele. Ele engasgou e cuspiu o queijo, mas a Macaca pegou o cubinho molhado antes de cair no chão. Ela ergueu o queijo pegajoso aninhado na palma da mão e o jogou entre os lábios do Gorila. Com a manada a erguê-los e carregá-los em direção à saída, a Macaca firmou a mão para tapar a boca do Gorila, os olhos fixos nos dele, até que ele mastigasse e engolisse. Até ela sentir os músculos gigantes dos braços dele relaxarem e se afrouxarem, entregues à compreensão.

ZUMBIS

Foi o Griffin Wilson quem veio com a teoria da involução. Ele ficava duas carteiras atrás de mim em química orgânica. Era a definição de Gênio do Mal. Ele foi o primeiro a dar o grande salto para trás.

Todo mundo sabe que a Tricia Gedding estava na enfermaria com o Griffin Wilson quando ele deu o salto. Ela estava na outra cama, atrás de uma cortina de papel, fingindo estar com cólica menstrual para fugir da prova oral de perspectiva da civilização oriental. Ela disse que ouviu o "bip!" bem alto, mas não deu bola. Quando a Tricia Gedding e a enfermeira do colégio encontraram o Griffin na própria cama, acharam que ele era o boneco de ressuscitação que todo mundo usa para treinar RCP. Ele mal respirava, mal mexia um músculo. Acharam que fosse piada, porque ele ainda estava com a carteira presa entre os dentes e com os fios colados na testa.

As mãos dele ainda agarravam uma caixinha do tamanho de um minidicionário, paralisadas, apertando o botãozão vermelho. Todo mundo já viu essa caixa, já viu tantas vezes que mal identifica, mas ela ficava pendurada na parede da sala. Era o desfibrilador. Aquele negócio de dar choque no coração em caso de emergência. Ele deve ter tirado e lido as instruções. Foi só tirar o papel da parte que gruda e colar os eletrodos em cada lobo temporal. É praticamente isto: descascar, colar, e você tem sua lobotomia. Tão fácil que até um adolescente de 16 anos dá conta.

Na aula de inglês da srta. Chen, aprendemos o "Ser ou não ser...". Só que existe uma área cinzenta bem grande entre os dois. Vai ver que na época de Shakespeare as pessoas só tinham duas opções. Ele, o Griffin Wilson, sabia que vestibular era só a porta de entrada para uma vida inteira de merda. Para se casar e ir para a faculdade. Para pagar imposto e não deixar que o filho atire no coleguinha. E o Griffin Wilson sabia que drogas são só um remendo. Depois das drogas, você sempre precisa de *mais* drogas.

O problema de ser talentoso e abençoado é que às vezes você é *inteligente demais*. Meu tio Henry diz que a importância de tomar um bom café da manhã é que seu cérebro continua crescendo. Mas ninguém diz que, às vezes, seu cérebro pode ficar *grande demais*.

Somos basicamente animais grandes que evoluíram para conseguir abrir conchas e comer ostras cruas. Mas agora querem que a gente saiba o que se passa com as trezentas irmãs Kardashian e os oitocentos irmãos Baldwin. Sério, no ritmo em que eles se reproduzem, as Kardashian e os Baldwin vão exterminar qualquer outra espécie humana. A gente, o resto, eu e você, somos só o beco sem saída da evolução, esperando para sumir de vista.

A gente podia perguntar qualquer coisa para o Griffin Wilson. Pergunta para ele quem assinou o Tratado de Gante. E ele fazia que nem o mágico da TV que diz: "Vejam só, eu tiro um coelho do cu." Abracadabra, e ele sabia a resposta. Em química orgânica, ele conseguia falar de teoria das cordas até ficar anóxico, mas o que ele queria mesmo era ser feliz. Não só não triste, ele queria ser feliz que nem cachorro é feliz. Não ser constantemente jogado para cá e para lá por mensagens instantâneas chamativas ou por mudanças na política tributária. Ele também não queria morrer. Ele queria ser – e não ser –, mas ao mesmo tempo. Ele era um desses gênios, um desses pioneiros.

O diretor de Assuntos Estudantis fez a Tricia Gedding jurar que não ia contar a vivalma, mas você sabe como é. O distrito tinha medo de essa ideia se espalhar entre os maria vai com as outras. Hoje em dia esses desfibriladores estão em tudo que é lugar.

Desde aquele dia na enfermaria, o Griffin Wilson nunca nos pareceu tão feliz. Está sempre rindo muito alto e limpando baba do queixo com a manga da camisa. Os professores da Educação Especial batem palmas e o enchem de elogios só por ir ao banheiro sozinho. Dois pesos, duas medidas, né. A gente aqui lutando com unhas e dentes pela carreira de merda que conseguir agarrar, enquanto o Griffin Wilson vai ficar o resto da vida feliz com moedinha de chocolate e reprise de *O mundo dos Fraggles*. Do jeito que ele era antes, ficava indignado se não ganhasse todo torneio de xadrez. Do jeito que está agora, ontem mesmo botou o pau para fora e começou a bater uma durante a chamada. Antes de a sra. Ramirez conseguir correr com os S's e os T's (uns respondendo "aqui", outros respondendo "presente", bem devagar, dando risadinhas e só olhando); antes de a sra. Ramirez conseguir passar como uma flecha entre as carteiras para fazê-lo parar, o Griffin Wilson berra:

– Olha só, vou tirar o coelho da calça!

E ele soltou leitinho quente numa prateleira inteira recheada com nada menos que uns cem exemplares de *O sol é para todos*. Sem parar de rir.

Lobotomizado ou não, ele ainda sabe o valor que tem um bordão. Em vez de ser só mais um cu de ferro, agora ele é o centro das atenções.

A voltagem que ele tomou resolveu até a acne que tinha.

Fica complicado discutir um resultado como esse.

Não fazia nem uma semana que ele tinha virado zumbi e a Tricia Gedding foi na academia onde faz zumba e pegou o desfibrilador da parede no vestiário das meninas. Depois de fazer todo o procedimento – descasca, cola e aperta – nela mesma, numa das baias do banheiro, ela não fica nem aí quando está menstruada. Sua melhor amiga, Brie Phillips, pegou o desfibrilador que eles deixam perto do banheiro na Home Depot, e agora ela anda pela rua, faça chuva ou faça sol, sem calça. Não estou falando da escória do colégio. Estou falando da presidente da turma, da líder das líderes de torcida. Dos melhores, dos cabeças. Gente que se destacava nos esportes. Precisaram usar cada desfibrilador que existia daqui até o Canadá, mas, desde então, quando eles jogam futebol, ninguém segue as regras. E, mesmo quando perdem de lavada, ficam dando risadinhas e dizendo "bate aqui".

Eles continuam jovens e com tudo em cima, mas não estão mais nem aí para o dia em que não vão mais ser jovens e com tudo em cima.

É suicídio, mas não é. O jornal não dá os números reais. Os jornais mentem para si mesmos. No mais, o perfil da Tricia Gedding no Facebook é acompanhado por mais gente que o nosso jornal diário. Mídia de massa, meu cu. Eles enchem a capa de desemprego e guerra, e acham que *isso* não vai ter um efeito negativo? Meu tio Henry lê para mim uma matéria dizendo que tem um projeto novo de lei estadual. O governo quer um período de espera de dez dias na venda de qualquer desfibrilador cardíaco. Estão falando em levantar antecedentes e de fazer controle de saúde mental. Mas, por enquanto, ainda não é lei.

Meu tio Henry tira os olhos do jornal e me olha durante o café da manhã. Ele me encara com aquele olhar sério e pergunta:

– Se todos os seus amigos pulassem do penhasco, você pularia também?

Meu tio é quem eu tenho no lugar de mãe e pai. Ele não vai reconhecer isso, mas existe vida boa depois do penhasco. Uma vida inteira com autorização para usar vaga de aleijado. O tio Henry não entende que todos os meus amigos já pularam.

Eles podem até ficar com "necessidades especiais", mas meus amigos continuam a se desfibrilar. E a trepar. Hoje mais do que nunca. Os corpos são jovens, saradíssimos; os cérebros são de criança. O melhor de dois mundos. A LeQuisha Jefferson enfiou a língua na Hannah Finerman durante a aula de introdução à carpintaria. Fez a garota gritar e se contorcer ali mesmo, apoiada na furadeira de bancada. E a Laura Lynn Marshall? Ela chupou o Frank Randall no fundão do laboratório de culinária internacional enquanto todo mundo ficava olhando. Os falafels queimaram, mas ninguém fez disso um drama.

Depois de puxar o botão vermelho do desfibrilador, sim, a pessoa sofre umas consequências, mas não sabe que está sofrendo. Assim que ganha sua Lobotomia Plug and Play, a garotada pode tudo.

Durante a hora de estudos, eu perguntei ao Boris Declan se doía. Ele estava sentado no refeitório com as marcas de queimadura ainda bem à vista dos dois lados da testa. A calça estava caída nos joelhos. Perguntei se o choque era forte, e ele não respondeu. Não na hora. Ele só tirou os dedos do cu e cheirou, muito pensativo. No ano passado ele foi o rei do baile.

Dá para dizer que ele é mais descolado agora do que antes. Com a bunda à mostra no meio do refeitório, ele me oferece um dedo pra cheirar e eu digo:

– Não, obrigado.

Ele diz que não se lembra de nada. O Boris Declan tem um sorriso medíocre, de imbecil. Ele bate um dedinho sujo na marca de queimado na lateral do rosto. Ele aponta esse mesmo dedo sujo de bunda para me fazer olhar em outra direção. Na parede para onde ele aponta está o cartaz do orientador pedagógico com passarinhos brancos batendo as asas contra o céu azul. Debaixo dele tem a frase FELICIDADE DE VERDADE SÓ ACONTECE POR ACASO, em letras de nuvenzinha. O colégio pendurou esse pôster para esconder a marca de onde ficava outro desfibrilador.

Fica evidente que, onde quer que o Boris Declan vá acabar na vida, será o lugar certo. Ele já vive no Nirvana do Traumatismo Cerebral. O distrito tinha razão quanto aos maria vai com as outras.

Sem querer ofender Jesus, mas os mansos não vão herdar a terra. A julgar pelos reality shows, os falastrões vão tomar conta de tudo. E eu digo: deixe que tomem. As Kardashian e os Baldwins são tipo espécie invasora. Tipo o kudzu ou o mexilhão-zebra. Eles que briguem pelo controle dessa merda que é o mundo real.

Passei muito tempo ouvindo meu tio e não pulei. Mas sei lá. O jornal fica avisando de bomba de antraz dos terroristas e do vírus novo da meningite, e o único consolo que o jornal tem a oferecer é um desconto de vinte centavos na compra de desodorante para o sovaco.

Não se preocupar, não se arrepender – esse é o atrativo. Tem tanto garoto legal do meu colégio que se elegeu para autofritação que, no mais, só restaram os medíocres. Os medíocres e os idiotas por natureza. A situação é tão abismal que eu ando muito cotado para orador da turma. É por isso que o tio Henry vai me despachar. Ele acha que me mudando para Twin Falls vai conseguir adiar o inevitável.

Então lá estamos nós, no aeroporto, esperando no portão de embarque do nosso voo, e eu peço para ir ao banheiro. No sanitário masculino, finjo que lavo as mãos para me olhar no espelho. Uma vez meu tio me perguntou por que olho tanto no espelho, e eu disse que não era vaidade, estava mais para nostalgia. Todo espelho me mostra o pouco que sobrou dos meus pais.

Estou treinando o sorriso da minha mãe. As pessoas não praticam sorriso tanto quanto deveriam, aí, quando precisam parecer felizes, não enganam ninguém. Estou ensaiando meu sorriso e pronto, lá está: meu ingresso para um futuro glorioso e feliz, trabalhando num fast-food. O oposto da vida desgraçada como arquiteto ou cirurgião cardíaco de renome mundial.

Pairando sobre meu ombro, um quase nada às minhas costas, lá está ele, refletido no espelho. Como o balão contendo meus pensamentos em tirinha de jornal. Lá está o desfibrilador. Preso na parede atrás de mim, trancado dentro de um estojo de metal com uma portinha de vidro que você pode abrir para disparar alarme e uma luz vermelha. Uma placa acima da caixa diz DEA e mostra um raio cruzando um coração de cupido. O estojo de metal parece um mostruário com as joias da coroa em filme hollywoodiano de ladrão.

Quando abro o estojo, automaticamente faço soar o alarme e as luzes vermelhas. Rápido, antes que algum herói venha correndo, corro para a baia de aleijado com o desfibrilador. Sentado na privada, eu o abro. As instruções estão impressas na tampa em inglês, espanhol, francês e quadrinhos. Mais ou menos à prova de idiotas. Se eu esperar demais, perco minha chance. Daqui a pouco o desfibrilador vai ficar trancado a sete chaves, e depois, quando for ilegal, só paramédico vai ter.

Eis aqui, nas minhas mãos, minha infância eterna. Minha máquina da felicidade.

Minhas mãos são mais espertas que o resto do corpo. Meus dedos sabem como arrancar os eletrodos e colar nas têmporas. Meus ouvidos sabem ouvir o bip alto que significa que a coisa está 100% carregada.

Meus dedões sabem o que é melhor. Eles pairam sobre o botãozão vermelho. Como se fosse videogame. Tipo o botão que o presidente aperta se quiser começar uma guerra nuclear. É só apertar, e o mundo que a gente conhece chega ao fim. Começa a nova realidade.

Ser ou não ser. O maior dom de Deus aos animais é que eles não têm opção.

Toda vez que eu abro um jornal tenho vontade de vomitar. Mais dez segundos e vou desaprender a ler. Melhor ainda, nem vou precisar ler. Não vou saber nada sobre mudança climática global. Não vou saber nada sobre câncer, ou genocídio, ou gripe aviária, ou degradação ambiental, ou conflito religioso. Os alto-falantes chamam meu nome. Eu nem vou saber meu nome.

Antes de disparar, eu imagino meu tio Henry naquele portão, segurando o cartão de embarque. Ele merecia mais. Ele tem que saber que não é culpa dele.

Com os eletrodos grudados na testa, saio do banheiro com o desfibrilador e vou caminhando rumo ao portão. Os fios enrolados descem pelas laterais do meu rosto como se fossem rabinhos de porco. Minhas mãos carregam a bateria na minha frente como um homem-bomba que não quer explodir pessoas, só o próprio QI.

Quando me veem, executivos abandonam as maletas. Famílias de férias começam a agitar os braços e puxam os filhinhos em outra direção. Tem um cara que acha que é herói. Ele berra:

– Vai ficar tudo bem. – Ele me diz: – Você tem tanta coisa pra viver.

Nós dois sabemos que é mentira.

Meu rosto sua tanto que os eletrodos podem escorregar. Esta é minha última chance de dizer tudo que passa pela minha cabeça, então vou me confessar enquanto todo mundo assiste: não sei o que é final feliz. E não sei consertar nada. As portas do corredor se abrem e os soldados do Departamento de Segurança Interna invadem o local, e eu me sinto um daqueles monges budistas no Tibete, ou seja lá quem for, que joga gasolina em si mesmo antes de conferir se o isqueiro está funcionando. Ia ser constrangedor: empapado de gasolina, e tendo que filar o fósforo de um estranho, ainda mais agora que tem tão pouca gente fumante. Eu, no meio da passarela do aeroporto, estou pingando de suor em vez de gasolina, mas isso é a velocidade dos meus pensamentos, que estão fora de controle.

Do nada, meu tio pega meu braço e diz:

– Trevor, se você se fizer mal, você me faz mal.

Ele segura meu braço, e eu seguro o botão vermelho. Eu falo que não é uma coisa assim tão trágica.

– Não vou deixar de amar você, tio Henry... Só não vou saber quem você é.

Dentro da minha cabeça, os últimos pensamentos são orações. Eu rezo para que a bateria esteja bem carregada. Tem que ter voltagem o bastante para apagar o fato de que eu acabei de dizer a palavra "amar" na frente de centenas de estranhos. Pior ainda: disse isso para o meu tio. Nunca vou conseguir conviver com essa.

A maioria das pessoas, em vez de me salvar, puxa o celular e começa a filmar. Todo mundo manobrando para achar o melhor ângulo. Isso me lembra de uma coisa. Festa de aniversário e Natal. Mil memórias desabam sobre mim pela última vez, e isso é outra coisa que eu não esperava. Não me importo de perder minha instrução, meus conhecimentos. Não me importo de esquecer meu nome. Mas vou sentir falta daquele pouquinho que eu me lembro dos meus pais.

Os olhos da minha mãe e o nariz e a testa do meu pai. Eles morreram, exceto pelo que sobrou deles no meu rosto. E me dói saber que não vou mais reconhecer o rosto deles em mim. Assim que eu apertar o botão, vou achar que meu reflexo é só meu e de mais ninguém.

Meu tio Henry repete:

– Se você se fizer mal, você me faz mal.

E eu digo:

– Eu vou continuar sendo seu sobrinho, só não vou saber.

Sem motivo algum, uma moça aparece e agarra o outro braço do meu tio Henry. Essa pessoa diz:

– Se você se fizer mal, você me faz mal...

Outra pessoa agarra aquela moça, e alguém toca nessa outra e diz:

– Se você se fizer mal, você me faz mal.

Estranhos se aproximam e se agarram em estranhos, formando correntes e galhos, até que ficamos todos conectados. Como se fôssemos moléculas se cristalizando numa solução na aula de química orgânica. Todo mundo se segurando em alguém, e todo mundo se segurando em todo mundo, e as vozes repetindo a mesma frase:

– Se você se fizer mal, você me faz mal... Se você se fizer mal, você me faz mal...

Essas palavras criam uma onda. Parece um eco, em câmera lenta, que se afasta de mim, que sobe e desce a passarela pelos dois lados. Cada pessoa vem segurar o braço de uma pessoa, que segura o braço de uma pessoa, que segura o braço de uma pessoa, que segura o braço do meu tio, que segura o meu braço. É isso que acontece de verdade. Eu sei que parece uma banalidade, mas é que as palavras fazem tudo que é verdade soar banal. Porque as palavras sempre cagam tudo que você queria dizer.

As vozes de outras pessoas em outros lugares, estranhos falando no telefone, assistindo na câmera do celular, as vozes à longa distância dizendo:

– Se você se fizer mal, você me faz mal...

E um garoto sai de trás da caixa registradora do Der Wiener Schnitzel, lá da praça de alimentação, se segura numa coisa e diz:

– Se você se fizer mal, você me faz mal.

E os garotos preparando Taco Bell e os garotos espumando o leite no Starbucks, eles param, e todos seguram a mão de alguém conectado a mim nessa multidão, e eles dizem a mesma coisa. E quando eu acho que vai acabar e todo mundo vai se soltar e ir embora, porque tudo parou e está todo mundo de mãos dadas, até mesmo as pessoas que estão passando pelo detector de metais, até mesmo o âncora da CNN, nas TVs penduradas no teto, o locutor põe um dedo no ouvido, como se quisesse ouvir melhor, e até ele diz:

– Notícias de última hora.

Parecendo confuso, e obviamente lendo alguma coisa que mostraram num cartão, ele diz:

– Se você se fizer mal, você me faz mal...

E por cima da voz dele tem a voz dos críticos de política da Fox News e dos comentaristas esportivos da ESPN, e todos falam a mesma coisa.

As TVs mostram gente nos estacionamentos e nas vagas sujeitas a guincho, todos de mãos dadas. Laços se formando. Todos subindo vídeos de todos, pessoas a quilômetros de distância, mas ainda conectadas a mim.

Estalando de estática, vozes saem dos walkie-talkies dos guardas do Departamento de Segurança Interna e dizem:

– Se você se fizer mal, você me faz mal... Câmbio?

A essa altura não existe no universo um desfibrilador grande o bastante para dar conta de fritar todos esses cérebros ao mesmo tempo. E, é claro, uma hora todo mundo vai ter que se soltar, mas por um instante todo mundo se segura firme, tentando fazer essa conexão durar para sempre. E se essa coisa impossível pode acontecer, então quem vai dizer o que mais é possível? E a menina no Burger King grita:

– Eu também tenho medo.

E um menino do Jack in the Box grita:

– Eu tenho medo *o tempo todo.*

E todo mundo começa a concordar:

– Eu também.

Por fim, uma voz poderosa anuncia:

– Atenção! – Por cima de tudo, ela diz: – Posso ter sua atenção, por favor?

É uma moça. É a voz dessa moça que avisa as pessoas para se ligarem nas informações. Enquanto todo mundo escuta, o aeroporto inteiro fica em silêncio.

– Seja você quem for, você tem que saber... – diz a voz de mulher das informações. Todo mundo ouve porque todo mundo acha que ela está falando só com eles. De mil alto-falantes, ela começa a cantar. Ela canta, com aquela voz, ela canta que nem um passarinho. Não um papagaio, nem o corvo que fala inglês do Edgar Allan Poe. O som tem trilados e escalas, tal como um canário cantando, notas impossíveis para uma boca conjugar em substantivos e verbos. Podemos gostar sem entender. E podemos amar sem saber o que quer dizer. Conectados por telefones e TVs, tudo está sincronizado, no mundo inteiro. A voz é perfeita. Ela canta para nós.

O melhor de tudo: a voz dela preenche tudo, sem deixar espaço para o medo. A música faz todos os ouvidos se tornarem um só.

Não é exatamente o fim. Em cada TV o que se vê sou eu, e estou suando tanto que um eletrodo escorrega devagar pela lateral do meu rosto.

É óbvio que não é o final feliz que eu tinha em mente. Mas, comparado ao modo como esta história toda começou – com o Griffin Wilson na enfermaria, a carteira entre os dentes como se fosse uma arma –, bom, talvez não seja um ponto de partida tão ruim.

PERDEDOR

O programa continua exatamente igual a quando você ficava doente, com febre, e passava o dia todo em casa vendo TV. Não é o *Let's Make a Deal*. Não é *A Roda da Fortuna*. Não é o Monty Hall, nem aquele com o Pat Sajak. É aquele outro em que a voz bem alta chama seu nome na plateia e diz: "Desce aqui no palco, agora você vai concorrer aos prêmios", e, se adivinhar o preço do miojo, você ganha uma passagem de ida e volta para Paris, para ficar uma semana.

É *esse* programa. O prêmio nunca é um troço útil, tipo uma roupa legal, música, cerveja. O prêmio é sempre um aspirador de pó, uma máquina de lavar, qualquer coisa que você ia se empolgar de ganhar se fosse, sei lá, dona de casa.

É Rush Week, a semana em que fraternidades e irmandades selecionam os novos membros, e a tradição é que todo mundo que faz o juramento Zeta Delta pegue o ônibus fretado para ir num estúdio de TV assistir à gravação do programa. A regra diz que todos os Zeta Deltas têm que usar a mesma camiseta vermelha com os esquemas em grego, Zeta Delta Ômega, serigrafados em preto. Primeiro tem que pegar um selinho da Hello Kitty, pode ser só meio selinho, e esperar que estoure. É tipo um selinho de papel que tem uma Hello Kitty que você chupa e engole, só que na real é LSD no mata-borrão.

O que você tem que fazer é o seguinte: os Zeta Deltas se sentam juntos e formam um blocão vermelho no meio da plateia que grita e berra e se sacode para aparecer na TV. Não são os

Gama Agarra as Coxas. Não são os Lambdas Estupro na Balada. Zeta Delta é o que todo mundo queria ser.

O que o ácido vai fazer contigo – se você vai surtar ou se matar ou se vai comer alguém vivo –, eles não dizem.

É tradição.

Desde o tempo em que você era aquele garotinho com febre, os concorrentes que eles chamam para participar desse game show, aquele vozeirão sempre chama um cara que é fuzileiro naval usando tipo uma farda de banda com botão de bronze. Tem sempre uma avó de moletom. Tem um imigrante que não dá para entender metade do que ele fala. Tem sempre o cientista pançudão com o bolso da camisa cheio de caneta.

É igual à sua lembrança de quando você era pequeno. Só que agora os Zeta Deltas começam a gritar junto com você. Eles berram tanto que apertam os olhos. É um amontoado de camiseta vermelha e boca arreganhada. As mãos o empurram da cadeira, levam você para o corredor. O vozeirão lá chama seu nome, diz para você descer. Você é o próximo concorrente.

A Hello Kitty na sua boca tem gosto de chiclete rosa. É a Hello Kitty, a mais famosa, não a de sabor morango nem a de sabor chocolate que seu irmão faz de noite no prédio de ciências, lá onde ele trabalha de faxineiro. O selinho parece que grudou na garganta, mas você não vai fazer cara de vômito na TV, não numa coisa que é gravada e a que um monte de gente vai assistir para todo o sempre.

A plateia toda se vira para ver você tropeçando no corredor entre as cadeiras, você de camiseta vermelha. Todas as câmeras, zoom em você. Todo mundo batendo palmas do jeito que sua mente se lembrava. Aquelas luzes de Las Vegas, brilhando, definindo cada coisinha que tem no palco. É novidade, mas você já viu um zilhão de milhão de vezes. Você vai no automático e pega a mesa vazia perto do fuzileiro naval.

O apresentador do programa, que não é o Alex Trebek, abana um braço, e uma parte do palco começa a se mexer.

Não é um terremoto, mas uma parede inteira gira sobre rodas invisíveis, todas as luzes começam a piscar por toda parte, só que rápido, piscam, piscam, piscam, só que mais rápido do que dá para dizer com a boca de um ser humano. A paredona do fundo desliza pro lado, e lá de trás sai uma modelo fulgurante, com um bilhão de milhão de faisquinhas no vestido justo, ela vem ondulando o braço comprido, fininho, e mostra uma mesa com oito cadeiras como a que se vê na sala de estar de alguém em Ação de Graças com um peruzão assado, batata-doce e tudo mais. Aquela cinturinha de modelo, quase tão fina quanto um pescoço. Os peitos, cada um do tamanho da sua cabeça. Aquele monte de luzes Las Vegas piscando por todo lado. O vozeirão diz quem fez a mesa e de que madeira é feita. Diz o preço de mercado.

Para vencer, o apresentador levanta uma caixinha. Como um mágico, ele mostra a todo mundo o que tem ali embaixo – um *troço* de pão, inteiro, em estado natural, do jeito que é um pão antes de você fazer aquilo virar coisa de comer, tipo sanduíche ou torrada. Só um pão, daquele jeito que sua mãe encontra na fazenda ou sei lá onde cresce pão.

A mesa e as cadeiras, tudo junto, é tudo seu. Você só tem que adivinhar o preço de cada pãozão.

Atrás de você, a turma toda dos Zeta Deltas está ali embolada, parecendo uma só camiseta amassada, gigante e vermelha, no meio da plateia. Eles nem olham para você, os cabelos tudo amontoados, um núcleo grandão e cabeludo. Parece que você esperou uma eternidade até seu telefone tocar e uma voz Zeta Delta dizer o que que é para apostar.

O pão fica lá parado esse tempo todo. Coberto com aquela casca marrom. O vozeirão diz que ele tem dez vitaminas e minerais essenciais.

O velho apresentador, ele olha para você como se nunca, nunca tivesse visto um celular na vida. E diz:

– Qual é a sua aposta?

E você manda:

– Oito mangos?

Pela cara da vovó, era melhor chamarem a ambulância, porque parecia um ataque cardíaco. Dependurado de um punho do moletom, um pedaço de lenço de papel amassado, tipo um enchimento branco escapulindo e sacudindo, como se ela fosse um ursinho de pelúcia jogado fora, sujão, porque alguém o amou demais.

Para cortar você usando algum tipo brilhante de estratégia, o fuzileiro naval dos Estados Unidos da América, o filho da puta, diz:

– Nove dólares.

E aí, para cortar ele, o carinha gênio das ciências diz:

– Dez. Dez dólares.

Deve ser uma pegadinha, porque a vovó diz:

– Um dólar e noventa e nove centavos.

E aí começa a música alta, a luz estroboscópica acende e apaga. O apresentador puxa a vovó para o palco, ela chora e participa de um jogo de atirar bola de tênis para ganhar um sofá e uma mesa de bilhar. Aquele rostinho de vovó é um negócio tão amassado, tão enrugado quanto o lencinho que ela tira da manga do moletom. O vozeirão chama outra vovó para ficar no lugar dela e tudo começa a andar mais rápido.

No próximo round, você tem que adivinhar o preço de umas batatas, mas tipo um montão de batata de verdade, viva, de antes de virar comida, do jeito que sai quando vem dos mineradores ou de sei lá quem escava batata na Irlanda ou em Idaho ou em outro desses lugares que começam com "I". Ainda nem virou salgadinho nem batata frita.

Se adivinhar, você ganha um relojão dentro de uma caixa de madeira que parece um caixão do Drácula em pé, só que com uns sinos de igreja que fazem din-don para dizer a hora. No celular, sua mãe diz que é um *relógio de vô*. Você mostra para ela no vídeo e ela diz que parece ser uma porcaria.

Você está lá no palco com as câmeras de TV e as luzes, os Zeta Deltas chamando e esperando por você, aí segura o celular contra o peito e manda:

– A minha mãe quer saber: não tem nada mais legal para eu ganhar, não?

Você mostra para sua mãe as batatas no vídeo e ela pergunta:

– O velhão que está apresentando comprou na A&P ou na Safeway?

Você bota na discagem automática para o seu pai e ele pergunta do imposto de renda retido na fonte.

Deve ser por causa da Hello Kitty, mas o mostrador desse relógio Draculão parece fazer cara feia para você. É como se uns olhos ocultos, secretos, e as pálpebras se abrissem, e os dentes começam a aparecer, e você consegue ouvir um bilhão de milhão de baratas gigantes, vivas, andando lá dentro da caixa de madeira. A pele das supermodelos parece feita de cera, e elas ficam sorrindo com cara de quem olham para o nada.

Você fala o preço que sua mãe diz. O fuzileiro dos Estados Unidos da América diz um dólar a mais. O carinha gênio das ciências diz um dólar a mais do que ele. Só que, nessa rodada, é você quem ganha.

Aquelas batatas todas parecem abrir os olhinhos. Só que, agora, você tem que adivinhar o preço do leite de uma vaca inteira dentro de uma caixa, do jeito que o leite sai da geladeira. Tem que adivinhar quanto custa um troço cheio de cereal matinal do tipo que tem no armário da cozinha. Depois, um montão de sal puro que nem do jeito que sai do mar só que numa caixa que é redonda, mais sal do que dá para comer numa vida inteira. Tanto sal que dava para botar na beirada de um bilhão de milhão de margaritas.

Os Zeta Deltas começam a mandar uma avalanche de mensagens de texto. Sua caixa de entrada fica lotada.

Depois vêm os ovos, desses que se encontram na Páscoa, só que brancos e enfileirados num estojinho de papelão. Um conjunto, uma dúzia. São uns ovos minimalistas, branco puro... Tão brancos que dava para olhar para eles eternamente, só que aí você tem que adivinhar uma garrafona que parece shampoo amarelo, só que é uma coisa nojenta chamada óleo de cozinha, você nem sabe para que serve, e a coisa seguinte que tem que saber o preço certo é um negócio que está congelado.

Você bota a mão sobre os olhos para as luzes não o cegarem, só que todos os Zeta Deltas ficam perdidos na claridade. Você só consegue escutar eles gritarem vários preços. Cinquenta mil dólares. Um milhão. Dez mil. Gente doida berrando um monte de números.

Como se o estúdio fosse uma selva e as pessoas fossem macaquinhos fazendo som de macaco.

Os molares, dentro da sua boca, rangem tão forte que você consegue sentir o gosto do metal quente das obturações, aquela prata se derretendo nos dentes de trás. Enquanto isso, as manchas de suor escorrem do seu sovaco até o cotovelo, tudo vermelho-escuro descendo pela lateral da sua camiseta Zeta Delta. O gosto de prata derretida e chiclete rosa. É uma apneia do sono, só que de dia, e você precisa se lembrar de respirar mais uma vez... respirar outra vez... Enquanto isso as supermodelos vão caminhando em saltos altos brilhantes, tentando vender para a plateia um micro-ondas, vender uma esteira, enquanto você fica aí, vidradão, tentando decidir se são gostosas ou não são gostosas. Elas fazem você girar o treco para dar uma volta. Você tem que combinar um monte de desenhos para se encaixarem perfeitamente. Como se você fosse o ratinho branco da aula de princípios de psicologia comportamental, eles querem que você adivinhe qual pacote de feijão custa mais caro. Essa zoeira toda para ganhar um daqueles negócios de sentar para cortar a grama.

Graças à sua mãe dizendo os preços, você ganha um daqueles negócios de cobrir a sala, fácil de cuidar, feito de vinil, você só passa um paninho e a sujeira sai, à prova de mancha. Você ganha um desses esquemas em que a pessoa tira férias para uma vida inteira de diversão sadia e animação em família. Você ganha um troço pintado à mão com charme europeu inspirado no lançamento do mais recente épico longa-metragem arrasa-quarteirão.

É que nem quando você ficou passando mal com febre alta e seu coraçãozinho de criança batia e você não conseguia respirar só de pensar que alguém podia levar para casa um órgão elétrico. Por mais que estivesse passando mal, você ficava assistindo ao programa até a febre baixar. Todas aquelas luzes piscando e móveis de jardim, parecia que tudo era para você se sentir melhor. Para tratar ou curar você de algum jeito.

Parece que passou uma eternidade, mas você ganha tudo até chegar na Rodada Especial.

Ali, são só você e a vovó de antes com o moletom, a vovó normal, comum, a vovó de outra pessoa, mas ela sobreviveu às guerras mundiais, às bombas nucleares, provavelmente viu todos os Kennedy e o Abraham Lincoln levarem tiro, e agora ela está ali se sacudindo na ponta dos tênis, batendo as mãozinhas de vovó, cercada de supermodelos e luzes piscando enquanto o vozeirão promete para ela um veículo utilitário esportivo, uma TV de tela plana, um casaco de pele que vai até o chão.

E deve ser o ácido, mas parece que nada se encaixa.

É como se fosse assim: você leva uma vida de tédio, mas sabe o preço do arroz ou da salsicha para cachorro-quente, então sua grande recompensa é passar uma semana num hotel de Londres? Você ganha uma passagem para subir num avião para Roma. Roma, tipo, na Itália. Você enche a cabeça com um monte de lixo inútil e em troca umas supermodelos enormes dão a você um trenó para andar na neve?

Se esse programa quer ver o quanto você é mesmo esperto, eles precisam perguntar quantas calorias existem num pãozinho de queijo com cheddar. Vai, pergunta aí o preço dos minutos no celular, em qualquer horário. Pergunta quanto custa a multa quando você é pego a cinquenta quilômetros por hora acima do limite de velocidade. Pergunta sobre a viagem de ida e volta para o Cabo no feriadão da primavera. Até o último centavo, você consegue dizer quanto custa o ingresso, lá na frente, do Panic at the Disco!, turnê reencontro.

Eles deveriam perguntar o preço do Ice Tea Long Island. O preço do aborto da Marcia Sanders. Perguntar quanto custa aquele remédio caro para herpes, aquele que você tem que tomar, mas não quer que seus pais fiquem sabendo. Perguntar o preço do livro de história da arte europeia que custa trezentos mangos – obrigado e vai se foder.

Pergunta quanto você gastou naquele selinho da Hello Kitty.

A vovó de moletom aposta um dinheiro normal na Rodada Especial. Como sempre, os números que ela aposta aparecem em luzinhas, brilhando na frente da sua mesa de concorrente.

Nessa hora, todos os Zeta Deltas berram. Seu telefone fica tocando sem parar.

Na sua rodada, uma supermodelo puxa duzentos quilos de bife cru. Os bifes se encaixam numa churrasqueira. A churrasqueira se encaixa numa lancha que se encaixa num trailer para carregar a lancha que se encaixa num reboque gigante que se encaixa numa garagem de uma casa novinha em folha em Austin. Austin, tipo, lá no Texas.

Enquanto isso, todos os Zeta Deltas se levantam. Eles ficam de pé nas cadeiras da plateia, gritando, acenando, sem dizer o seu nome, só repetindo: "Zeta Delta!" Repetindo: "Zeta Delta!" Repetindo: "Zeta Delta!", tão alto que fica gravado na transmissão.

Deve ser o ácido, mas você está lutando com uma ninguém, uma velhota que você nem conhece, brigando por umas merdas que nem queria.

Deve ser do ácido, mas – aqui e agora – que se foda o diploma de administração. Que se fodam os princípios gerais de contabilidade.

Grudada a meio caminho da sua garganta, uma coisa faz você ter vontade de vomitar.

E, de propósito, por acidente, você aposta um zilhão, bilhão, milhão de dólares – e noventa e nove centavos.

O barulho diminui até tudo ficar em silêncio. Talvez só tenham ficado os cliquezinhos que fazem aquelas luzes Las Vegas piscando, acendendo e apagando, liga e desliga. Liga e desliga.

Parece que passou uma eternidade quando o apresentador chega bem perto, fica de pé ao lado do seu cotovelo e diz baixinho:

– Você não pode fazer isso. – Ele sussurra: – Você tem que jogar pra vencer...

De perto, seu rosto de apresentador parece rachado em bilhões de milhões de fragmentos denteados colados um no outro com maquiagem cor-de-rosa. Tipo o Humpty Dumpty ou um quebra-cabeça. As rugas dele parecem cicatrizes de guerra por encenar esse mesmo jogo de TV desde sempre. Todos os cabelos grisalhos, sempre penteados na mesma direção.

Aquele vozeirão – aquela voz alta, profunda, ribombando do nada, a voz de um gigante gigantesco que você não consegue enxergar – pergunta:

– Você pode por favor repetir sua aposta?

E talvez você não saiba o que quer da vida, mas sabe que *não é* um relógio de vovô.

Um zilhão, bilhão... você diz. Um número muito grande para caber no visor que fica na frente da sua mesa de concorrente. Mais zeros do que em todas as luzes brilhantes do mundo dos game shows. E deve ser a Hello Kitty, mas as lágrimas escorrem dos seus olhos, e você chora porque é a primeira vez desde criancinha que não sabe o que vai ser depois, as lágrimas arruinando a parte da frente da sua camiseta vermelha, fazendo as partes vermelhas ficarem pretas, até os esquemas ômega gregos deixarem de fazer sentido.

A voz de um Zeta Delta, sozinho na plateia gigante em silêncio, grita:

– Seu bosta!

Na telinha do seu telefone, uma mensagem de texto:

– Babaca!

De quem é a mensagem? Da sua mãe.

A vovó do moletom chora porque ganhou. Você está aos prantos porque – não sabe por quê.

Acontece que a vovó ganhou os trenós e o casaco de pele. Ela ganhou a lancha e os bifes. A mesa, as cadeiras, o sofá. Todos os prêmios dos dois mostruários, porque você apostou muito, muito alto. Ela sai pulando, os dentes falsos, brancos, brilhantes, distribuindo sorrisos para todos os lados. O apresentador faz todo mundo bater palmas, menos os Zeta Deltas. A família da vovó sobe no palco – os filhos, netos, bisnetos todos –, e eles ficam ali zanzando para tocar no carro utilitário esportivo, para tocar nas supermodelos. A vovó tasca beijos de batom vermelho por todo o rosto rosa e craquelado do apresentador. Ela fica repetindo: "Obrigada." Repetindo: "Obrigada." Repetindo: "Obrigada." Até que seus olhos de vovó giram para dentro da cabeça dela, e a mão agarra o moletom bem na frente do coração.

O GAROTÃO DO SULTÃO

O cavalo era gigante. Pelo menos dezoito mãos até a cernelha. Mas o problema era Lisa. Ela estava decidida: um puro-sangue árabe, 3 anos, aquele marrom-avermelhado de mogno polido. Pela linhagem, o cavalo deveria custar milhares a mais do que eles podiam pagar. Randall perguntou se não era cavalo demais para uma menininha.

– Eu tenho 13, papai – disse a filha, indignada.

Randall disse:

– Mas um garanhão? – O fato de ela o ter chamado de "papai" não passou despercebido.

– Ele é muito carinhoso – garantiu ela.

Ela sabia pela internet. Sabia de tudo pela internet.

Eles estavam em frente à grade que cercava o pasto. Enquanto assistiam, um adestrador trabalhava com o árabe, usando uma corda para guiá-lo em círculos e fazer o oito. Atrás deles, o corretor rural olhava para o relógio de pulso, aguardando a decisão.

O nome do cavalo era Garotão do Sultão. Progênito de Sultão e da dama Neblina Azul dos Prados da Primavera. O cavalo de Lisa, um malhado castrado, havia falecido na semana anterior. Lisa estava aos prantos até segundos antes. Ela persuadiu o pai:

– Ele é investimento.

– Seis mil – interveio o corretor rural.

O homem parecia avaliar Randall e Lisa como se fossem um casal de jecas sem um tostão furado. O vendedor disse que, desde o estouro da bolha imobiliária, as pessoas vinham se desfazendo das lanchas, deixando-as à deriva, pois não tinham como pagar os custos da marina. O preço do feno estava nas alturas, assim como o aluguel da cocheira, de modo que cavalo era coisa que gente simples não tinha mais como pagar.

Randall nunca havia visto o oceano, mas a declaração do vendedor o fez lembrar uma pequena frota de iates, *cabin cruisers* e lanchas. Os sonhos e aspirações de muita gente à deriva. Um sargaço de naus recreativas, abandonadas, amarradas todas juntas em alguma extensão vazia de mar aberto.

– Já vi muito negócio bom – emendou o corretor –, mas 6 mil é ridículo de tão barato.

Randall não era especialista em carne de cavalo, mas reconhecia um bom negócio. O garanhão era tão dócil que viera até eles por conta própria e deixara Lisa lhe passar a mão no focinho. Com o dedão, ela ergueu os lábios dele e examinou gengivas e dentes – o equivalente equestre de dar um chutezinho nos pneus. O bom senso de Randall lhe dizia para seguir na procura. Para conferir pelo menos até o Condado de Chickasaw, visitar criadores e estábulos, continuar olhando dentes. Em comparação ao que vira durante a vida, esse cavalo devia custar uns 30 mil, mesmo num mercado sob pressão.

Lisa testou a maciez do pelo contra a bochecha.

– Ele é o do filme.

Randall não sabia dizer se ela estava falando de *Beleza negra*, de *O corcel negro* ou de *A mocidade é assim mesmo*. O que não faltava era historinha boba sobre meninas que se apaixonam por cavalo. Até o momento, ela fora muito adulta. Era bom vê-la animada, ainda mais desde que seu outro cavalo, o Chucrute, sucumbiu tão rápido. No fim de semana anterior, ela ainda estava cavalgando nele. Folha de cerejeira pode envenenar cavalo, se forem muitas, por conta do arsênico. Ou comer urtiga. Até trevo dos prados. Lisa morava com a mãe na cidade durante a semana. Nos fins de semana, vinha para a casa dele. O malhado parecia bem na noite de domingo. Na segunda de manhã, quando Randall foi levar a comida, o pobre Chucrute havia desabado. Espuma escorrendo da boca, morto.

Lisa não falou nada, mas o pai suspeitava de que ela o culpava. Ela ligou na terça-feira, uma agradável surpresa. Lisa quase nunca ligava durante a semana. Ele teve que dizer que o castrado havia morrido. Ela não chorou, pelo menos não no início. Provavelmente por conta do choque. Pelo telefone, ela pareceu silenciosa, distante, quem sabe irritada. Odiando-o. Uma adolescente louca para culpar alguém. Seu silêncio deixou Randall mais preocupado do que se ela tivesse começado a soluçar.

Na sexta-feira seguinte, ele foi até a cidade buscá-la. Aí ela já estava aos berros. Aquele choro de criança. A meio caminho de casa, Lisa tinha vencido as lágrimas e tirou o celular da bolsa. Ela perguntou:

– Amanhã a gente pode ir nos Corretores Conway? Por favor, papai!

Lisa não perdia tempo. No sábado de manhã, ela o fez conectar o reboque na caminhonete. Antes mesmo de ver o primeiro cavalo, ela já disse para ele ir mais rápido, insistindo, sem parar.

– Você trouxe o cheque? Tem certeza? Deixa eu ver, papai.

O árabe não ficava puxando a cabeça nem pateando o chão. No padoque, ele ficava parado e passivo enquanto Randall e o corretor caminhavam em torno dele, erguendo e examinando cada casco. Ele parecia tão calmo que Randall ficou pensando se o animal estava drogado. Parecia deprimido. Quase derrotado. A seu ver, eles precisavam de um veterinário para examinar o animal. Um cavalo árabe tão quieto tinha que estar doente. Mas Lisa não queria saber de esperar.

No acerto do divórcio, ele ficou com a casa. O que era justo, já que a casa pertencia à sua família desde que aquelas terras tinham dono. Ele ficou com as terras, o celeiro e os currais. Ficava com Lisa nos fins de semana. Até a semana anterior, ele tinha Chucrute para cuidar. Randall teria pagado 30 mil para ver a filha tão eufórica. Lisa olhava para o cavalo, depois para ele, ia e voltava, sem dizer nada. Estava evidentemente deleitada.

Randall preparava o cheque para o corretor enquanto Lisa já ia levando o garanhão ao reboque. Agora o Garotão do Sultão era deles. Dela. O cavalo seguiu com aquela obediência mansa de cachorro fiel.

Foi a primeira vez em muito tempo que Randall se sentiu um bom pai.

Se o garanhão estivesse drogado ou doente, eles descobririam em breve.

Naquele primeiro fim de semana, Lisa estava mais feliz do que nunca, desde o divórcio. Ela havia se matriculado nas aulas de adestramento no estábulo dos Merriwether, na mesma rua. Os vizinhos de Randall moravam em casas que mal se viam ao longe, no meio dos vastos campos verde-escuros de alfafa. Era período de férias, e garotas adolescentes cavalgavam juntas, em grupos, pelos acostamentos de cascalho das tranquilas estradas rurais. Peitos-vermelhos cantavam sobre os postes das cercas. Cachorros trotavam ao lado das patas dos cavalos, e os irrigadores faziam tic-tic-tic e arco-íris de água à luz do sol. Quando um grupo desses chegou à sua porta, Randall parou na varanda e viu sua filha juntar-se à turma. O Sultão era muito bonito, e Lisa estava claramente orgulhosa, se exibindo. Ela havia trançado a crina do cavalo, que ficou parado, firme e paciente enquanto ela passava um laço azul pela trança.

As meninas agrupadas em torno do garanhão ficavam em silêncio, espantadas, tocando-o com toda a calma, como se precisassem ter certeza de que era real. A cena fazia Randall se lembrar da própria infância. Naqueles tempos, a cada um ou dois anos, um espetáculo itinerante entrava na cidade carregando um trailer fechado. Dos dois lados do trailer, via-se pintado em velhas letras de caubói, como se fossem cordas: VENHAM VER! O CARRO DA MORTE DE BONNIE E CLYDE! Eles paravam no estacionamento do Western Auto ou descarregavam o carro perto do parque na feira do condado. Era um cupê enferrujado, duas portas, tomado de buraquinhos, raiado de ferrugem, as janelas quebradas. Os pneus metralhados até virarem nada. Faróis estourados. Por dois tostões, Randall podia ir lá e ficar tremendo só de ver as manchas de sangue nos bancos, enfiar os dedos nos buracos de bala. Aquela relíquia sinistra das trevas da história. Em algum lugar ele ainda tinha uma foto sua ao lado do carro, junto a Stu Gilcrest, os dois com a idade que Lisa tem hoje. Ele e Stu: eles discutiam o calibre de cada buraco.

O carro era maligno. Mas tudo bem, pois era um pedaço da história norte-americana. Aquela parte do imenso mundo lá fora, o mundo real, havia chegado à vida dele para provar que as lições que lhe ensinaram eram verdade. A recompensa do pecado é a morte. O crime não compensa.

Hoje, as meninas juntavam-se em torno do cavalo tal como Randall e os amigos em volta do Carro da Morte. Num ano foi o Carro da Morte de James Dean ou o Carro da Morte de Jayne Mansfield. Em outro, foi o Carro da Morte de JFK. As pessoas corriam para tocar. Tirar fotos. Provar aos amigos que haviam tocado numa coisa horripilante.

Quando as meninas das redondezas se juntaram em torno dela, Lisa tirou o celular do bolso de trás e disse:

– Claro que é ele. Vou provar.

Ela digitou alguma coisa. Da varanda, Randall ouvia os barulhinhos metálicos do celular. As meninas que assistiam com Lisa explodiram de risos e gemidos.

Seja lá o que haviam acabado de testemunhar, agora elas começavam a acariciar o focinho e os flancos marrom-avermelhados. Suspiravam, falavam baixinho entre si. Esticavam os celulares a um braço de distância e faziam selfies de lábios franzidos, beijando as bochechas do cavalo.

Não fazia duas horas que o grupo tinha ido embora e seu telefone tocou. Ele estava na cozinha, olhando e-mails, vendo a barra de progresso no seu monitor não mexer. O provedor deles era um via satélite, mas o sinal fraco não era uma tragédia. Ainda mais quando uma só teclada podia trazer toda a sujeira e degradação do mundo à cozinha pacífica e colorida de uma pessoa. Hoje em dia era preciso muito empenho para manter a pureza na vida de uma criança. A conexão de alta velocidade não valia a inocência de Lisa. Era um dos fatos que sua mãe não ia aceitar. Um dos muitos.

No telefone, era Stu Gilcrest, um dos vizinhos. Ele disse:

– Sua menina acabou de passar aqui.

Era assim que agiam os bons vizinhos. Era uma comunidade em que as pessoas cuidavam umas das outras. Randall lhe disse que, em julho, Lisa estaria muito mais presente.

– O verão inteiro? – Stu espantou-se. – Ela está uma mocinha muito bonita. Você deve estar muito orgulhoso.

Alguma coisa no tom de voz parecia desanimado. Ele estava escondendo algo.

Randall agradeceu. Sentindo que havia algo mais, esperou.

Stu, ao telefone, disse:

– Vi que ela ganhou um cavalo novo.

Randall explicou que Chucrute havia falecido e se gabou de ter procurado um substituto por todo lugar. Esperou Stu elogiar o cavalo árabe. Como era bonito. Como era dócil.

Quando Stu falou, havia perdido aquele tom amigável de vizinho.

– Não tem ninguém que queira estar mais errado do que eu. – Sua voz ficou mais baixa, até virar quase um rosnado. – Mas, se eu não me enganei, aquele é o Garotão do Sultão, não é?

Randall foi pego de surpresa. Sentiu um arrepio de terror. Ele arriscou:

– É um belo, um belo de um cavalo.

Stu não respondeu. Não no mesmo instante. Ele pigarreou. Engoliu em seco.

– Randall – ele introduziu o assunto –, somos vizinhos há muito tempo.

– Há três gerações – concordou Randall, e perguntou qual era o problema.

– Só vou dizer – Stu cuspiu as palavras – que você e Lisa sempre serão bem-vindos na nossa casa.

Randall perguntou:

– Stu?

– Não é da minha conta – gaguejou o vizinho –, mas eu e Glenda gostaríamos que vocês não trouxessem esse bicho à nossa propriedade. – E aquilo soou como algo doído de se dizer.

Randall perguntou se ele se referia ao cavalo. Lisa ou o cavalo haviam feito algo que os ofendeu? Os Gilcrest tinham duas filhas mais ou menos da idade de Lisa. Meninas se ofendiam e brigavam e se acertavam mais rápido que relâmpago no meio do verão. Adoravam um drama.

A linha telefônica deu um estalo. Uma voz feminina entrou na conversa. A mulher de Stu, Glenda. Randall a visualizou na extensão, sentada na cama. Ela disse:

– Randall, por favor. Entenda. Não podemos deixar nossas meninas perto da sua casa. Não até darem um fim nesse cavalo.

Contra o protesto de Randall, os dois despediram-se e desligaram.

Ao longo das quatro horas seguintes, quase todos os vizinhos telefonaram. Os Hawkins. Os Ramirez. Os Coy, os Shandy e os Turner. Era evidente que o grupo de cavalgadoras estava fazendo um circuito pelo distrito, bem devagar, da Estrada 17 à Boundary Lane, depois de fazer a rota oeste pelo Sky Ridge Trail. Elas iam parando na casa de cada menina ou de parentes. Era uma série de mães, pais, tias, tios, avós e primos que telefonavam, um de cada vez. Depois de dizer olá com algumas palavras arrastadas, cada um perguntava se Lisa estava de fato cavalgando o Garotão do Sultão. E quando Randall respondia que sim, que era aquele cavalo mesmo, cada pessoa lhe informava que o cavalo não era bem-vindo em sua propriedade. Além disso, que ninguém passaria pela casa dele se o cavalo ainda estivesse lá.

Lisa foi obrigada a cavalgar o último trecho do circuito sozinha. Pelo meio da tarde, todas as amigas haviam sido proibidas de acompanhá-la, nem um trote a mais. Mesmo trotando até sua casa, abandonada pelas amigas, ela não parecia nada intimidada. Com a cabeça erguida, as costas eretas, ela parecia no mínimo convencida. Até mesmo triunfante.

Os telefonemas haviam deixado Randall preparado para o pior. Ele esperava encontrar um cavalo hostil e arredio, mas o árabe era calmo. Plácido e meigo como nunca. Ao passar uma luva com cerdas pelos seus flancos, Lisa disse que ele era obediente aos comandos. Seu galopar era suave. Nada, nem carros passando, cachorros latindo, nem teco-teco de pesticida voando baixo, nada o assustava. Ninguém dissera algo indelicado. Ela parecia inabalável diante da reação dos outros. Eles olhavam para o cavalo, mas nenhum dos parentes das meninas se aproximou para tocar nele. Simplesmente mandavam as filhas descerem da sela e não seguirem junto.

Naquela noite, depois do jantar, enquanto Randall e a filha lavavam a louça, um carro estacionou na estrada perto da entrada da propriedade. Os acontecimentos do dia o haviam deixado nervoso, então Randall ficou atento, esperando ouvir o carro ir embora. Em vez disso, a janela da sala de estar explodiu. Passos pisaram o cascalho até voltar para o carro e pneus cantaram ao longe. Em meio aos cacos de vidro no carpete havia algo de formato escuro, curvado. Uma ferradura.

Lisa ficou olhando o objeto, os lábios retorcidos. Um sorriso, pequeno.

No sábado seguinte, eles botaram o Garotão do Sultão num trailer e partiram para os estábulos dos Merriwether. Desde que Randall era garoto, Enid Merriwether dava aulas de adestramento a quem fosse promissor. O estacionamento do padoque estava lotado de mulheres, a maioria mãe e filhas com seus cavalos. Quando Lisa abriu o portão de seu trailer, o burburinho do bate-papo caiu no silêncio.

Uma menina riu. As senhoras encararam a risonha até ela calar a boca.

Uma voz disse:

– Ora, mas se não é o Garotão do Satã...

Todas as cabeças voltaram-se para Enid Merriwether, a grande dama equestre, que se aproximava. O couro de suas botas chiava. O sol resplandecia nos botões de seu fraque. Numa das mãos havia um chicote de adestramento. Seu olhar absorveu a multidão de mulheres ansiosas, amuadas. Voltando-se para Lisa, ela disse, com simpatia:

– Desculpe, mas creio que estouramos o limite de vagas para a temporada.

Randall deu um passo à frente e disse:

– Já vi mais montarias aqui do que essas.

Sem contar as mães, apenas meninas e cavalos, o número de interessados não parecia acima da média.

Como se não tivesse ouvido, Lisa começou a conduzir o árabe, descendo pela rampa do trailer. Enid deu um passo para trás. Enid Merriwether, que nunca havia recuado da fera mais arisca, olhou para o árabe e fez um movimento para a multidão dar mais espaço ao cavalo. Ela ergueu o chicote, pronta e disposta a usá-lo.

– Eu agradeceria se vocês devolvessem o animal a seu reboque e o retirassem destas dependências.

As espectadoras seguraram a respiração. Com um tom desafiador que o pai nunca ouvira na voz da filha, Lisa reagiu com um grito:

– Por quê?

Seu rosto não estava só corado. Estava daquela cor vermelha que se vê quando olhamos para o sol de olhos fechados.

A sra. Merriwether soltou uma risada.

– Por quê? – Ela olhou para a multidão em busca de apoio. – Porque este cavalo é um assassino!

Lisa inspecionou as unhas de forma casual e disse:

– Não é. – Ela colou sua bochecha na do cavalo e disse: – É sério. Ele é um queridão.

A grande dama equestre fez um movimento para arrolar a multidão.

– Ele é pior que assassino. E todos aqui sabem disso.

Lisa olhou para o pai. Randall estava atônito. O garanhão ergueu a cabeça, esticando o pescoço para fungar, depois bocejou.

Com compaixão, até mesmo lástima, Enid Merriwether olhou para a garota e seu sorriso de ironia.

– Lisa Randall, você sabe, e sabe muito bem, que este cavalo é maligno.

– Não é, não – murmurou Lisa.

Ela deu um beijo nele. O grupo de mães estremeceu.

Naquela noite, Randall pregou tábuas para cobrir a janela da frente. No crepúsculo ele conseguia ver, lá fora no quintal, onde havia amontoado um pouco de terra e plantado uma cruz, duas tábuas pregadas em transversal, e, pintadas de branco, as letras com o nome CHUCRUTE. Ele dissera a Lisa que o cavalo estava enterrado ali, mas a verdade era que um reboque havia transportado o pobre bicho morto para uma usina de aproveitamento depois da fronteira estadual, em Harlow. Enquanto ele observava, Lisa pegou um ramalhete de margaridas de um canteiro que a mãe da mãe da mãe dele havia plantado. Ela levou o buquê até o túmulo falso e se ajoelhou. A brisa noturna levou partes da oração que ela fez. Lisa falou do quanto amava seu cavalo antigo e do quanto amava o novo árabe. Enquanto ele ouvia, ocorreu a Randall que o amor que as pessoas sentem pelos bichos é o mais puro que há. Amar um animal, um cavalo, gato ou cachorro, é sempre uma tragédia romântica. Amar um desses bichos significa que você ama algo que vai morrer antes de você. Como naquele filme com a Ali MacGraw. Não há futuro, apenas o afeto do momento presente. Você não espera uma grande recompensa algum dia.

Por conta da pouca luz era difícil vê-la no quintal, mas as palavras de Lisa eram claras. Ela falou do quanto estava gostando do verão. Falou de como o Garotão do Sultão era lindo e de como todos o amavam. Quando disse "Eu te amo, mamãe", Randall percebeu que ela estava no celular.

Antes de entrar, ele ouviu o telefone tocar na cozinha. O identificador de chamadas dizia NÚMERO PRIVADO. Ele atendeu.

A voz não era de ninguém com quem já tivesse falado na vida. Não, ele teria se lembrado dessa voz. Daquele chiado. O tom ofegante, sem ar. Naquela voz que ele nunca esqueceria, o estranho perguntou:

– Estaria correto em afirmar meu entendimento de que o senhor se encontra de posse do garanhão árabe conhecido como Garotão do Sultão?

Randall se preparou para uma torrente de violência verbal. Ouviu Lisa subindo os degraus da varanda.

Sem esperar, a voz prosseguiu:

– Pois saiba que estou disposto a oferecer-lhe a quantia de 500 mil dólares pelo animal em questão.

Uma voz perguntou:

– Quem é no telefone, pai?

Era Lisa, parada a seu lado.

– Ninguém – respondeu Randall, e desligou.

Naquela semana, por intuição, ele atravessou a fronteira do estado até a usina de aproveitamento em Harlow. Não era um lugar aonde as pessoas iam por capricho, já que era a proverbial fábrica de cola. O cheiro por si só já era de derrubar. Ele seguiu a cerca de ferro rente à estrada até chegar a um portão trancado. Lá dentro havia um trailer de viagens. Randall buzinou e aguardou. Um homem saiu do trailer e perguntou o que ele queria. Randall disse que tinha despachado o corpo de Chucrute algumas semanas antes. Sem destrancar o portão, o homem trouxe uma prancheta. Ficou parado com a cerca entre eles enquanto folheava.

– Um malhado castrado, você disse?

Randall perguntou:

– Você tem registro?

Passando muitas páginas, o homem disse:

– Está aqui. Couro bom. Ossos. Cascos.

Ficava evidente que não haviam desperdiçado nada.

Randall perguntou:

– Algum sinal da causa de morte?

O homem disse:

– O condado manda a gente testar para encefalite espongiforme.

Randall ficou aguardando. A imagem de Chucrute desabado no chão do estábulo era forte em sua mente. O pescoço estirado, a cabeça caída numa poça de espuma com sangue.

O homem virou a prancheta para que ele visse. Seu dedo bateu numa linha onde estava escrita a palavra "atropina".

– Ataque cardíaco – disse o homem. – O cavalo deve é ter se metido em beladona ou videira de batata.

Randall perguntou:

– Quanto tempo leva? – Cada músculo do corpo pareceu fraco, como se tivesse acabado de sair de um banho quente demais.

– Não precisa de muito. – O homem sacudiu a cabeça. – Deve ter morrido assim que comeu.

Na mesma semana vieram mais daqueles telefonemas estranhos, todos se oferecendo para comprar o cavalo. Entre eles, o do corretor que havia lhes vendido o árabe. Na quinta-feira à noite, ele ligou dizendo que queria comprar o animal de volta.

– Não para mim, veja bem. – O corretor parecia na defensiva. – Estou apenas servindo de agente da parte interessada.

Ele ofereceu 12 mil. Duas vezes o que Randall havia pagado. Randall lhe perguntou na hora o que era aquele rebuliço. O corretor perguntou:

– Está me dizendo que não sabe mesmo?

Cauteloso, Randall fez que não com a cabeça. Lembrou que estava no telefone e perguntou:

– Sei o quê?

– O senhor não viu o vídeo? Desde que viralizou, eu recebo ligação até de onde Judas perdeu as botas.

Antes que Randall pudesse desligar, ele ouviu o corretor dizer:

– Sua garotinha já me ligou e disse para eu anotar as ofertas, mas o senhor é quem tem os documentos.

Até então, a pior coisa que Randall havia visto na vida era um filme no colégio chamado *Signal 30*. O sr. O'Connor fizera sua turma assistir no sétimo ano, para eles aprenderem a ter mais cuidado ao cruzar a ferrovia e também para usarem cinto de segurança. A memória era como sapatinhos de bebê em bronze ou aquela bola de algodão que se tira do pote de aspirina: quase esquecidos. O filme tinha fotos em preto e branco de carros detonados e gente com o peito atravessado pela coluna de direção, cheia de sangue. Para-brisas pareciam ter sido atravessados por buracos de bala de canhão, mas na verdade eram bebês que saíram voando através deles. O sangue e o óleo de motor tinham o mesmo tom escuro. Ficava difícil saber se a poça na estrada ao lado de um sedã esmagado era de um bloco de motor quebrado ou de alguém que sangrou até a morte. Um garoto da turma, Logan Carlisle, desmaiou; talvez Eva Newsome também. A voz sinistra do narrador deixara os pesadelos alinhavados ali para sempre. Ele interpelava: "Da próxima vez que você achar que ganha de um trem de carga, pense duas vezes!" Uma buzina de trem soava, seguida por efeitos sonoros de vidro quebrando e metal se partindo. Aí o filme exibia a foto de adolescentes mortos, espalhados em torno de um calhambeque reduzido a sucata por uma locomotiva da Southern Pacific.

A voz ribombante perguntava: "Você acha que é seguro ultrapassar um ônibus escolar parado? Pois pense duas vezes!" A tela se enchia com uma estrada rural de duas pistas, com os corpos mutilados de crianças espalhados.

A outra pior coisa que Randall já havia visto na vida fora numa barbearia, onde haviam deixado uma pilha de revistas de crimes reais embaixo das *Playboys*. Páginas e mais páginas de fotos de crime, mas sexualizadas. Atrocidades. Como uma mulher nua, linda, a não ser pelo fato de que seus braços e pernas haviam sido decepados com um cutelo e ela fora enfiada numa mala aberta. Tinha uma barra preta sobre os olhos para proteger sua dignidade. Outra era de uma mulher sobre o tapete florido num quarto de hotel antigo, estrangulada pelo fio de um telefone. Nas páginas ásperas, amareladas, via-se mulher após mulher, todas nuas e mortas de maneiras diversas, mas com retângulos negros para seus olhos ficarem em segredo.

Comparado ao *Signal 30* e às revistas da barbearia, o que Randall encontrou na internet foi pior. Seria melhor a pessoa comer veneno do que baixar aquele vídeo. Ele só precisou assistir a alguns minutos para reconhecer o cavalo. O que o Garotão do Sultão fazia com um homem nu e curvado era a maior das abominações. Uma imagem que Randall teria o fardo de carregar até o túmulo.

No mínimo, foi reconfortante saber que ele era o último entre seus amigos e vizinhos a ser maculado por assistir a esse ultraje, essa coisa estranha e triste. Era igualmente irritante imaginar o que os outros imaginavam, dado que ele estava recebendo o puro-sangue sob seu teto. Mas onde eles viam pecado, ele reconhecia solidão. Uma estirpe de solidão que até então Randall não sabia existir.

Ele apertou ENTER e viu o vídeo rodar pela segunda vez.

Era possível que o que acontecia no vídeo não tivesse tanto a ver com prazer, mas com sobreviver à versão real do que a vida lhe fazia todos os dias. Randall considerou que teria a ver com submissão a um poder maior. Fosse um teste de prazer ou um teste físico, isso não se confundia com os ideais de amor romântico. Era mais um amor religioso. Tomar aquela posição era penitência ou ato de contrição.

Randall reconheceu a nostalgia de não ser o mestre, de não estar no controle. A vontade de agradar uma espécie de deus imenso, forte, maior que tudo. Experienciar sua esmagadora aprovação.

Ele apertou o ENTER para repetir a experiência.

Ficou assustado ao pensar no oposto. Ao considerar que podia ser um prazer, um prazer muito além do que qualquer pessoa viria a conhecer, um prazer pelo qual a morte valeria a pena. Um arrebatamento físico.

Pelos grunhidos e gemidos da gravação, o homem sob o cavalo achava que se divertia como nunca. Devia saber que estava sendo gravado. Nada disso importava, a julgar pela forma como o homem arqueava as costas, olhos fechados, um sorriso no rosto. Era estranho ver alguém tão feliz assim sem estar fingindo. Na tela do computador, o homem dobrou os joelhos ainda mais, impulsionando seu traseiro contra as coxas másculas do garanhão. Uma coisa escura, não se sabe se sombra ou sangue, escorreu pela sua perna.

Randall apertou o ENTER, e a aventura recomeçou, renovada. Dessa vez ele observou o cavalo.

Em retrospecto, Randall identificou que a sombra escorrendo pela parte de trás da perna do homem era sêmen. Sêmen demais para ser humano.

Ele apertou o ENTER outra vez. Ainda tinha que trocar a janela da sala. Passou a noite apertando ENTER. Desligou o áudio, mas continuou assistindo até o celular tocar.

– Como deve saber – principiou quem ligava –, o cavalo tem certos talentos que o tornam de valor extraordinário para um seleto grupo de compradores. – Era a voz de algumas noites atrás. – Sinto-me no dever de alertá-lo. Essas pessoas não hesitariam em recorrer à violência para atingir seus fins.

Randall assistiu ao vídeo até chegar sexta-feira à noite e ter que buscar a filha para o fim de semana.

Eles haviam se mudado para a casa depois que o pai de Randall faleceu. Eles três, Lisa ainda bebê. O pai de Randall tinha passado os dois últimos anos de vida numa casa de repouso na cidade, onde eles iam vê-lo quase todos os dias. A casa, enquanto isso, ficara parada como uma cápsula do tempo. O piano parado onde sempre estivera. Havia uma história ligada a cada prato, a cada martelo. Nada podia ser jogado fora. Cada almofada servia de deixa para um longo sermão que explicava cada mancha ou cada ponto com que fora remendada. Se a esposa de Randall trocava a gaveta de um garfo de churrasco, ele o colocava de volta na gaveta certa. Ela comprou tinta verde para redecorar o quarto de cima e ele a obrigou a devolvê-la. Foi a tia de Randall quem tinha colocado o papel de parede daquele quarto. Cada remendo em cada colcha era sacrossanto. Cada entalhe riscado no batente da porta da cozinha marcava o crescimento de alguém que morrera havia muito tempo. Eles tinham se transformado em curadores. Por fim, sua esposa voltou para a cidade. Tudo que ele via como legado, Estelle tratava como maldição.

Lisa ia visitá-lo ressentida e entediada, até que ele lhe comprou Chucrute. Ela cuidava do cavalo com a mesma intensidade com que ele cuidava da casa e da fazenda. Nenhum deles resistia a um ser puro, a uma coisa indefesa.

Saindo da casa de Estelle, Lisa jogou sua mochila no banco de trás do carro de Randall. Ela estava no celular quando se acomodou no assento do carona. Ela ficava repetindo:

– Isso aí não é problema meu. Se você acha que encontra outro cavalo que dá conta do serviço, não perca meu tempo. – Ela deu uma olhada para Randall e piscou, dizendo ao telefone: – Estamos analisando outras ofertas.

Sem olhar para ela, ele perguntou:

– É verdade?

Lisa tocou na tela do celular.

– O que que é verdade? – E então, com uma risada, perguntou: – Tá falando do filme?

Era uma obscenidade. Uma atrocidade.

Revirando os olhos, Lisa justificou:

– Paris Hilton. Kim Kardashian. Pam Anderson. Rob Lowe. Quem não se filmou transando? – Ela riu. – Pai, é da hora.

Randall segurou o volante com mais força.

– Então você já viu?

Era um clássico da internet, tal como um mito que se lê na escola, ela disse. Leda e o Cisne. Os amigos dela nunca tinham visto nada mais engraçado.

Randall disse que não era engraçado. Era trágico.

Com os dedões convulsionando sobre as teclinhas do celular, invocando fatos, Lisa insistiu:

– Papai, claro que é engraçado.

Randall perguntou:

– Por quê?

Ela ficou pensando na pergunta como se fosse a primeira vez.

– Não sei. Acho que porque ele era branco. – Ela leu os detalhes conforme surgiam na tela. O homem era heterossexual, divorciado, tinha uma filha, e morreu de perfuração no cólon sigmoide. Ela sorriu. – Não é simplesmente perfeito? – Ela fez um aceno para a tela do celular, orgulhosa. – Ele era um figurão da Hewlett-Packard, ricaço, ou um desses membros da lista dos quinhentos mais ricos, do complexo industrial-militar.

Randall a desafiou:

– E se fosse uma menina da sua idade?

Lisa apontou um dedo para ele.

– Se fosse uma menina, quem visse o vídeo ia pra cadeia.

Randall sondou o terreno, perguntando:

– E se o homem não fosse branco?

Lisa subia a barra de rolagem e clicava, distraída em suas buscas.

– Se o cara fosse negro, seria racismo. Ninguém ia postar em site nenhum.

Se o vídeo mostrasse uma mulher com um cavalo, Lisa explicou que seria misógino, porque promoveria o abuso contra as mulheres. Mesmo que fosse consensual, a mulher estaria sendo considerada coagida pela cultura e agindo por ódio internalizado de si mesma. O mesmo se fosse homossexual. Não, o vídeo era hilário porque a pessoa em questão era um homem branco, hétero e adulto.

Lisa disse:

– Eu escrevi um artigo enorme sobre isso para o nosso grupo sobre perspectivas de gênero. – Ela tirou os olhos do telefone, radiante. – Tirei A.

Randall gaguejou.

– Mas ele morreu.

A filha deu de ombros.

– Não no vídeo. Ele morreu horas depois, no pronto-socorro.

O telefone de Randall tocou. Era o corretor rural. Ele não atendeu.

Lisa começou a especular.

– É tipo assistir à Mãe Natureza se vingar pelo aquecimento global, por tudo que o patriarcado branco fez com o meio ambiente. – Ela suspirou. – Não leva para o lado pessoal, papai. É que você escolheu a hora errada na história para ser homem, hétero, branco e cristão.

Era aquela presunção na voz dela. A autoconfiança suprema. Randall sentiu pena. Passaram-se quilômetros até ele criar coragem para perguntar.

– Você matou o Chucrute?

Repassando as mensagens de texto, a filha respondeu:

– Tem proposta de 2,5 milhões.

Foram as últimas palavras que um disse ao outro.

Era quase crepúsculo quando eles chegaram a casa. Um grupo de adolescentes, meninos e meninas, esperava para ver o Garotão do Sultão. Entrando em casa, Randall ouvia Lisa lhes dizer que, para ver o cavalo, era cinco dólares por cabeça. Selfie era dez.

Pela hora do jantar, o corretor mandou mensagem dizendo que as propostas estavam chegando aos 3 milhões.

Randall respondeu: “Dinheiro vivo?”

Era impossível deixar de imaginar como gastar o dinheiro. Um diploma de primeira para Lisa. Uma vida nova em algum lugar, que deixasse Estelle feliz. Libertar-se do passado. Ele digitou: "O que acontece com o cavalo?"

O corretor respondeu: "Rsrs. Garanto que não vai puxar carroça. Esse cavalo vai ter a vida com que a gente sonha."

O cavalo no vídeo não tinha cara de coitado. Como alguém ia pesar a qualidade daquela vida contra, digamos, puxar um arado? Era como se seres humanos conseguissem sujeitar um bicho a qualquer coisa – apinhamento, produtos químicos, mutilação, angústia e morte –, mas não prazer.

Naquele fim de semana, Lisa desfilou com o cavalo pelo distrito. Exibindo-se.

E Randall. Randall começou a olhar os livros de recortes. A família nunca jogou nada fora. Ele encontrou a sua foto com Stu Gilcrest em frente ao Carro da Morte de Bonnie e Clyde. Os dois garotos sorriam de júbilo. Cada um com um dedo enfiado num buraco de bala na porta do motorista. Dependendo de quem contasse a história, Parker e Barrow eram vilões ou mártires. Mas onde quer que o carro fosse exposto, ele rendia mais dinheiro do que eles tinham roubado dos bancos.

No domingo à noite, Lisa colocou flores no túmulo falso de Chucrute, e Randall a levou até a casa da mãe. Nenhum deles se despediu.

Na segunda-feira, ele se lembrou do que o corretor tinha dito de pessoas que deixavam suas lanchas à deriva, abandonando o que antes estimavam, mas que não podiam mais sustentar. Ele pensou no homem do vídeo que acreditava estar vivendo o melhor da vida quando, na verdade, suas entranhas já sangravam até a morte. Randall havia anotado o endereço onde seu corretor dissera para ele ir. Era graminha rasteira no meio de 260 quilômetros quadrados de nada. Ele botou o Garotão do Sultão no trailer.

E Randall levou um calibre .55, do tamanho que deixaria um rombo em Bonnie e Clyde.

Ele não foi aonde eles combinaram. Em vez disso, foi quilômetros ao norte.

Do seu ponto de vista, estava resgatando o cavalo da melhor maneira possível. Ele abriu os fundos do trailer. Tirou a rédea do árabe. Tirou as fitas azuis de sua crina. Apenas com uma corda em volta do pescoço, ele o conduziu por um trajeto onde ele era a única coisa que se via. O animal continuou a ser a criatura dócil e mansa que ele conheceu. Sem drogas, sem doença, mas mesmo assim estragado. Randall puxou a arma e se prontificou a fazer o mesmo que a filha fizera com Chucrute. Se ela podia, com toda a malícia, premeditadamente, ele também podia ser juiz, júri e executor.

Independentemente do que eles ouviram depois, quem ouviu primeiro foi o cavalo. Suas orelhas eriçaram-se para um som que vinha do vento. Cascos, mas não de cavalos selvagens. Não de mustangues. De cavalos enlouquecidos.

Randall não era o primeiro a estar ali, no cume desse lugar-nenhum castigado pelo vento. Outras pessoas comuns foram forçadas a ir a esse mesmo lugar, a esse fim de mundo, para cometer o ato que ele estava prestes a cometer. Ele não estava só, mas todos antes dele haviam encontrado opção melhor e, no horizonte, pastava um rebanho de sonhos que haviam sido obrigados a deixar para trás. Todas as aspirações aparentemente impossíveis corriam juntas, ao longe, prósperas.

Randall soltou a corda daquele pescoço de cavalo árabe. Bateu palmas para assustar o bicho, mas ele não se mexia. Por fim, ele apontou a arma para cima e atirou. Foi o bastante. O Garotão do Sultão partiu a galope. Já era tarde quando Randall pensou que podia ter tirado as ferraduras dele. Podia ter feito bem melhor.

Para testar se havia feito o certo, Randall pôs o cano da arma na lateral da cabeça e apertou o gatilho mais uma vez. O cão caiu, mas não aconteceu nada. A câmara estava vazia. Ele foi perdoado.

Voltando para casa, lembrou a si mesmo que era membro da cooperativa, que ainda tinha boa reputação, e que isso significava que eles teriam que comprar sua colheita. Randall não havia tido um resultado dos melhores, mas daria um jeito.

ROMANCE

Vocês tinham é que me dar os parabéns. Eu e minha esposa acabamos de ter gêmeas e tá tudo bem. Cinco dedinhos em cada mão, cinco em cada pé. Duas garotinhas. Mas você sabe qual é a sensação... Eu fico esperando que dê algo errado, porque é assim quando as coisas ficam muito felizes. Eu fico esperando acordar desse sonho bom.

Quer dizer: antes de ser casado eu tinha uma namorada que era gorda. Nós dois éramos gordos, por isso a gente se acertava. Essa namorada, ela estava sempre testando dieta nova pra gente perder peso, tipo só comer abacaxi e vinagre, ou só alga verde que vinha num envelope e aí ela dizia pra gente fazer caminhada até que ela começasse a perder uns quilinhos, que as ancas derretessem e você nunca visse uma pessoa tão feliz. E naquela hora eu sabia que alguma coisa ia estragar tudo. Você sabe qual é a sensação: quando ama alguém, você fica feliz de ver a outra pessoa feliz. Mas eu sabia que minha namorada ia me dar um pé na bunda porque o radar dela estava apontando para os caras que têm carreira e plano de saúde. Eu lembro que antes ela era bonita e engraçada, mas quando começou a ficar magrinha foi óbvio que tinha vastas reservas intocadas de autocontrole e disciplina que eram demais pro meu caminhãozinho. E meus amigos não ajudavam nada, porque ficavam todos em volta, rondando, esperando que a gente acabasse pra sair com ela. Aí se descobriu que não era o abacaxi nem a autodisciplina, porque ela se deu conta de que o que tinha era câncer, e ela afinou pra caramba até usar P de puta gostosa antes de morrer.

Por isso eu sei que felicidade é que nem bomba em contagem regressiva. E eu conheci minha esposa porque eu não ia namorar mais ninguém, nunca mais, de jeito nenhum, e peguei um trem pra Seattle. Foi no ano do Lollapalooza na cidade, eu tinha levado minha barraca e enrolado meu saco de dormir pra não estragar meu bong e passar o fim de semana acampando que nem aquele explorador norte-americano, Grizzly Adams, e entrei no vagão do bar no trem. Você sabe que às vezes a gente precisa de uns dias pra deixar pra trás os amigos e a sobriedade.

Entro no vagão do bar e aí tem lá um par de olhos verdes, total avião-puro-tesão, me olhando bem na cara. E eu não sou um monstro. Não sou um gordão tipo de reality show entrevado na cama de um hospital comendo balde de frango frito o dia inteiro, mas eu entendo por que alguns caras gostariam de ser guarda de prisão feminina ou de campo de concentração de mulheres, onde poderiam sair com as mais bonitas sem que as minas ficassem pedindo "Veste a camiseta!" e reclamando "Por que você sua tanto?". Mas lá, no trem, tem uma deusa usando uma camiseta do Radiohead rasgada pra mostrar a barriga, e o jeans é tão baixo que dá pra ver um matinho, e ela usa anel do Mickey Mouse e do Holly Hobbie em tudo que é dedo. Levando a cerveja até aqueles lábios lindos, ela me olha lá de trás daquela garrafa marrom, uma MGD, nada fora do comum, não dessas microcervejarias bicholinhas de garrafa verde.

E caras como eu, a gente sabe qual é o esquema. Se não for o John Belushi ou o John Candy, não tem piteuzinho que vá botar os olhos em você. E aí, naquela hora, eu já sei que tenho que olhar pro outro lado e ficar com vergonha. O único motivo pra uma menina que nem ela conversar com um cara como eu é pra me dar a grande notícia de que sou um porco nojento de gordo e que estou tapando a visão que ela tem do oceano. Saiba quais são seus limites, é o que eu sempre digo. Mire baixo e você não vai se frustrar. Passando perto dela, eu olho sem olhar.

Dou uma conferida e ela tem cheiro bom. Tem cheirinho de torta assada, tipo torta de abóbora com aquela especiaria meio marrom, meio vermelha em cima. Melhor ainda: a garrafa de cerveja na boca dela se vira e me segue enquanto eu caminho pelo corredor até o balcão e peço uma, e a gente tá longe de ser o último menino e a última menina nesse mundo. Tem um monte de gente bebendo nas mesas de plástico, indo pro Lollapalooza, dá pra ver pelos dreads e pelas camisetas *tie-dye*. Eu sigo até a mesa mais longe dela, mas o piteuzinho me observa durante todo o trajeto. Você sabe qual é a sensação: quando tem alguém olhando, é difícil dar um passo sem tropeçar, principalmente num trem em movimento. Vou tomar um gole quando o trem faz uma curva e derramo cerveja na camisa listrada, a minha camisa de caubói. Fico fingindo que vou observar as árvores na janela, mas daquele ângulo de agente secreto eu tô é vendo o reflexo dela na janela, e ela ainda tá olhando pra mim. A única vez que ela tira os olhos de mim é quando vai até o balcão e dá uma grana pro garçom, e ele dá outra cerveja pra ela, e aí o reflexo dela fica cada vez maior até ficar de tamanho real, e agora ela tá do lado da minha mesa e diz:

– Oi.

E mais alguma coisa.

E eu respondo:

– Hã?

E ela aponta pra minha camisa de caubói, pra cerveja que eu derramei, e fala:

– Gostei dos botões... Eles brilham.

Eu abaixo meu queixo e olho para os fechos cor de pérola. Não são botões, são fechos, mas eu não quero ferrar o momento. E desde lá eu já tinha notado que às vezes ela bota os dedos na boca – ok, ela põe muito o dedo na boca e tem uma voz sussurrada, ela diz umas palavras de bebê tipo *pagueti* em vez de *espaguete* e *cizora* em vez de *tesoura* –, mas é como se estivesse seguindo uma regra do manual sobre o que é ser sexy.

Ela me dá uma piscada e passa a ponta da língua em volta dos lábios, e, com a umidade ainda brilhando neles, diz:

– Meu nome é Britney Spears.

Ela gosta de provocar. Sim, ela tá meio mamada. Prejudicada. Agora estamos nós dois tomando garrafinha de tequila, já que quem dirige esse trem não é a gente. Não, ela não é a Britney Spears, mas a gostosice é do mesmo calibre. Tá óbvio que ela quer pegar no meu pau, mas no bom sentido. E é só olhar pra ela que você sabe tudo que tem que saber.

Minha única chance é me segurar e ficar azarando de volta e pagar as bebidas. Ela pergunta pra onde eu vou, e eu respondo que vou pro Lollapalooza. Os dedos dela ficam andando pela frente da minha camisa, as pontinhas pulando de fecho em fecho, do meu cinto até minha garganta, depois descem caminhando de novo, e eu fico torcendo pra que ela sinta como meu coração bate forte.

E ela é um charme com esses olhos verdes indo de um lado pro outro ou me observando por debaixo dos cílios compridos, trêmulos. E não sei com quantas cervejas de vantagem ela tá, porque ela fica se esquecendo de terminar as frases, e às vezes aponta pra alguma coisa que passa correndo pela janela e grita "Cachorro!", e quando vê um carro esperando num cruzamento da ferrovia, a Brit grita "Fusca Azul!" e soca meu ombro com seu punho de anéis de Holly Hobbie e Mickey Mouse, e eu, em segredo, torço pra ficar com aquele hematoma pro resto da vida. E a gente vai no Lollapalooza e eu armo minha barraca, e a Brit tá tão bêbada que quando acorda na manhã seguinte continua bêbada. E por mais fino que eu fume, eu tenho dificuldade pra ficar no mesmo nível. E deve ser porque a Brit é muito magra, mas parece que ela consegue ficar de cabeça feita mesmo passando horas sem beber, como se ela tivesse ficando chapada por osmose ou só de respirar a minha fumaça. Todo o nosso Lollapalooza é como um romance clássico, bonito, daqueles que você pagaria na internet pra bater uma, mas tá acontecendo comigo. E a gente namora há seis meses. Em todo esse tempo, passamos pelo Natal, passamos pelo dia em que a Brit trouxe as coisas dela para o meu apartamento, e eu continuo esperando o dia em que vai acordar sóbria, mas isso ainda não aconteceu.

A gente vai pro almoço de Ação de Graças na casa da minha mãe, e eu tenho que explicar. Não é que a Brit seja enjoada pra comer, ela é magra assim porque só come abobrinha cortada ao meio, ao comprido, e sem recheio pra ficar uma canoa de índio em miniatura com marquinhas de faca por fora pra parecer letra indígena e uma tribo inteira de indiozinhos guerreiros esculpida em cenoura crua, com ervilhas no lugar das cabeças, todos enfileirados, remando na canoa de guerra por um prato coberto com uma boa camada de xarope de chocolate, e você não pode imaginar quantos restaurantes não têm esse prato no cardápio. Então, geralmente, é a Brit mesma quem tem que preparar, e vai meio dia nisso, e depois ela tem que brincar com isso tudo no carpete da sala de estar por mais uma hora, e é por isso que parece que ela nunca ganha um grama. E a minha mãe, ela tá toda animada de me ver com namorada outra vez.

E nada que você fume ou injete vai deixar tão chapado quanto sentir que tá caminhando na rua de mãos dadas com uma supermodelo avião tesuda que nem a minha Brit. Os caras que vêm pela rua de Ferrari Testarossa, os caras com barriga de tanquinho e peitoral bombado de esteroides, é a primeira vez na vida que eles não ganham de mim. Eu ando pela rua com a Britney e ela é o troféu que todo cara queria ter.

E o único estraga-prazeres é que todo Romeu vem dar farejada nela, tenta um trava-olho e dá aquele sorriso Colgate em direção ao peito dela. E teve aquela vez do bando de Romeus no ônibus. Eles se levantaram pra ficar de pé perto de onde a Brit e eu estávamos, bem no fundo do ônibus. A Brit gosta de sentar bem em cima das rodas de trás pra poder me dar soco quando vê um Fusca azul. Um Romeuzão vem e fica de pé com a virilha bem na frente dos olhos dela. Quem sabe, quando o ônibus bater num buraco, a coxa dele encosta no ombro dela. Então a Brit levanta o olhar e, falando com os dedos na boca, diz:

– Oi, garotão.

É assim que a Brit é: simpática. E ela pisca e faz um sinal com os dedinhos úmidos pro Romeu se abaixar, e ela olha em volta pra garantir que a concorrência esteja registrando a sorte que ele deu, e esse Romeu se agacha até ficar olho no olho com a Brit, com aquele olhar 42. E deve ser porque ela quer me deixar com ciúme, mas a Brit diz pro Romeu, aqueles olhos verdes que sempre me deixam fervendo olham pra ele, e ela diz:

– Quer ver uma mágica?

E todos os outros Romeus se eriçam de um jeito que prova que tão ouvindo. A Brit tira os dedos da boca e enfia a mão por dentro da frente da calça, enfia os dedos dentro do fundilho apertado do jeans dela, e a metade de trás do nosso ônibus faz aquele silêncio, assistindo aos dedos dela brigando atrás do zíper daquele jeans meio desbotado. E você vê os Romeus engolindo em seco, os pomos de adão subindo e descendo por causa do excesso de saliva e os olhos explodindo que nem um pau duro de tesão.

E aí, rápida como um de seus socos quando vê um Fusca, Britney arranca uma coisa de dentro da calça e grita:

– Mágica!

Ela começa a sacudir um negócio, berrando:

– Olha o fantoche!

E o que balança na mão dela é uma coisa pendurada numa cordinha, tipo um saquinho de chá, só que maior. É que nem um pão de cachorro-quente manchado de ketchup balançando numa cordinha, e a Britney berra:

– Olha o fantoche! Mágica!

E ela bate com o negócio na bochecha do Romeu que ainda tá lá, de cócoras, do lado do banco dela. E a Brit sai correndo atrás dele, berrando e batendo na jaqueta de couro dele, deixando umas manchas vermelhas. E os outros Romeus não olham pra ela de propósito, ficam olhando para os próprios sapatos ou através da janela, enquanto ela sacode a cordinha pra carimbar a cabeça deles com uma mancha vermelha, o tempo todo berrando:

– Olha o fantoche! Truque de mágica!

Ela ri, ha, ha, ha, ha, ha, e berra:

– Olha o fantoche! Mágica!

O ônibus tá fazendo o ding-ding-ding da próxima parada, e uns cem passageiros saem no 7-Eleven, se empurrando e deslocando pra saltar como se todos precisassem comprar refrigerante e buscar o prêmio acumulado da loteria. E eu berro pra eles:

– Tá tudo bem, pessoal!

Eu grito da janela do ônibus, abanando, pra chamar atenção deles.

– Ela é artista performática!

Eu grito:

– Ela não quis dizer nada com isso; é só um lance de afirmação das políticas de gênero.

Mesmo quando o ônibus já tá parando e só estamos nós dois lá dentro, eu sigo berrando:

– Ela é um espírito livre.

Enquanto a Brit avança pelo corredor e começa a açoitar o motorista com o negócio tipo saquinho de chá, eu berro:

– É o senso de humor bobão dela.

Então, uma noite, eu chego em casa do trabalho e a Brit tá pelada e parada de lado na frente do espelho do banheiro, segurando a barriga com as duas mãos, e desde que a gente se conheceu no trem ela ganhou um pouquinho de peso, mas nada que umas semanas de abacaxi e vinagre não deem jeito. A Britney pega minha mão, deixa meus dedos abertos em cima da barriga dela e diz:

– Sente.

Ela diz:

– Acho que eu comi um bebê.

E ela me olha como se fosse um cachorrinho pidão com aqueles olhões verdes de gostosona, e eu pergunto se ela quer que eu vá junto na clínica e que cuide dela, e ela faz que sim com a cabeça, sim. Então a gente vai no meu dia de folga e tem aqueles professores de escola de crente, os de sempre, trancando a calçada. Eles andam com um saco de lixo cheio de bracinho e cabecinha de bebê de plástico misturados com ketchup, e a Brit nem aí. Ela põe a mão no saco dos bebês, tira uma perninha e lambe como se fosse batata frita, e é por isso que minha namorada é tão legal. E eu abro uma revista *National Geographic* enquanto a enfermeira pergunta se ela comeu alguma coisa hoje, e a Brit diz que comeu uma canoa cheia de guerreiros índios um dia antes, mas que, não, hoje ela ainda não comeu nada. E eu ainda nem terminei de ler a matéria sobre as múmias do Egito antigo quando ouço um grito e a Britney vem correndo dos fundos usando um vestido de papel e de pé descalço, de um jeito que parece um negócio importante, de um jeito que parece que ela nunca fez um aborto antes, porque ela corre de pé descalço o caminho todo até meu apartamento, e, pra que ela pare de tremer e de vomitar, tenho que pedi-la em casamento.

E é óbvio que meus amigos tão morrendo de inveja, porque eles me fazem uma despedida de solteiro, e quando a Britney vai no banheiro toda deprimida porque o *chef* não faz pra ela uma canoa de guerra indígena, meus ditos "amigos" olham pra mim e dizem:

– Cara, ela é total mega-avião picante, melhor de tudo que já existiu, mas acho que ela não tá chapada, não...

Meus melhores amigos dizem:

– Vocês ainda não casaram, casaram?

E a cara deles não tá dizendo que a Brit grávida é coisa boa. E você sabe a sensação: você queria que seus melhores amigos e sua noiva se dessem bem, mas meus amigos ficam rangendo os dentes e me olham com aquelas sobrancelhas de preocupação, bem franzidas no meio da testa, e dizem:

– Cara, já passou pela tua cabeça que talvez, só, assim, talvez, a Britney seja retardada mental?

E eu digo pra eles relaxarem. Ela é só alcoólatra. Tenho quase certeza de que é viciada em heroína também. Isso e compulsão sexual, mas nada tão ruim que terapia não resolva. Olha pra mim: eu sou gordo; ninguém é perfeito. E de repente em vez da festa de casamento a gente podia juntar nossas famílias num salão de eventos de hotel pra surpreender ela com uma intervenção, e em vez de lua de mel a gente podia internar a Britney num desses programas de recuperação, noventa dias. A gente dá um jeito. Mas ela, retardada, de jeito nenhum. Ela só precisa de uma *rehab*.

É óbvio que eles falam mal da Britney porque na real estão com um ciúme doido, tudo Romeu de pau duro. Assim que eu olhar pro outro lado, vão me dar uma volta. Eles ficam dizendo:

– Cara, não é por nada, não, mas você comeu uma retardada.

E esse é meu nível de popularidade, eu tendo que aceitar esses merdas de amigo. A Brit, eles insistem que ela tem a inteligência de uma criança de 6 anos. Eles acham que estão me fazendo um favor quando dizem:

– Cara, ela não tem como amar você porque não tem *condição*.

Como se o único jeito de alguém casar comigo fosse tendo uma lesão irreparável no cérebro. E eu digo pra eles:

– Ela não pode ser retardada, pelo amor de Deus, ela usa *tanguinha rosa*.

E tem que ser amor porque toda vez que a gente fica junto eu gozo tanto que minha barriga dói. E é que nem eu disse pro namorado da minha mãe no Dia de Ação de Graças, não, a Britney não tem *nada* de *funcional*. Meu palpite é que ela é vagabunda, alcoólatra, cheira cola, se injeta, mas a gente vai dar um jeito de ela começar o tratamento depois que tiver as bebês.

E pode ser que ela seja ninfomaníaca, mas o que interessa é que ela é *minha ninfomaníaca* e é por isso que a minha família fica toda mordida de inveja. Eu digo pra eles:

– Eu estou apaixonado por uma putinha que é linda e doida pra dar. Não dá pra vocês ficarem contentes por mim?

E depois desse fuzuê todo vai menos gente no nosso casamento do que o esperado.

E pode ser que o amor prejudique o raciocínio, mas eu sempre achei que a Brit fosse muito inteligente. Você sabe qual é a sensação: quando vocês conseguem assistir à TV juntos um ano inteiro e nem discutem qual programa vai ser. É sério, se você soubesse a quanta TV a gente assiste toda semana, diria que é um casamento feliz.

E agora eu tenho duas bebês que têm cheiro de tortinha de Dia de Ação de Graças. E quando elas tiverem mais idade eu vou dizer pras minhas garotinhas que de perto todo mundo é meio maluco, e que se você não consegue olhar tão de perto é porque você não ama a pessoa. E todo esse tempo a vida segue, e segue. E se você fica esperando alguém perfeito, nunca encontra amor, porque o que faz a pessoa ser perfeita é o quanto você a ama. E de repente sou eu o retardado, porque eu sempre acordo esperando que minha felicidade vai se esgotar, quando eu devia mesmo é estar curtindo. Ser tão doido, feliz e apaixonado não pode ser tão fácil. E eu não posso ficar esperando que essa felicidade total dure o resto da minha vida, e tem que ter alguma coisa de errado comigo se amo tanto minha esposa. E eu tô agora levando minha família do hospital pra casa com minha esposa linda sentada do meu lado e minhas garotinhas gêmeas bem seguras no banco de trás. E eu ainda tô preocupado se uma felicidade dessas pode durar pra sempre, quando a Britney grita "Fusca Azul!", e o punho dela soca meu ombro tão forte que quase bato nosso carro na sorveteria.

CANIBAL

É ele mesmo. É assim que ele age, o capitão do Time Vermelho. Ele só repete: "Atenção!" Tá nervoso porque ainda estão escolhendo quem fica de que lado. Como já pegaram os melhores, o capitão diz:

– Vou fazer uma proposta pra você.

Ele cruza os braços no peito, e o capitão do Time Vermelho berra:

– A gente fica com o viado, o quatro-olhos e o latino... se vocês ficarem com o Canibal.

Como a educação física já está quase no fim, o Time Azul fica confabulando, os bicos dos tênis chiando no chão do ginásio. O capitão deles grita de volta:

– A gente fica com o viado, o quatro-olhos, o latino, o judeuzinho, o aleijado, o manco *e* o retardado... se vocês ficarem com o Canibal.

Porque, quando essa escola dá nota de participação, eles querem dizer o seguinte: você aceita sua cota do refugo social? E quando eles dão nota por espírito esportivo, eles querem dizer o seguinte: você marginalizou os "necessidades especiais"? Por conta disso o capitão do Time Vermelho berra:

– Vocês saem na frente, cem pontos.

Ao ouvir isso, o capitão do Time Azul grita de volta:

– Vocês saem na frente, um milhão.

O Canibal, ele se acha o garanhão porque fica olhando as unhas, sorrindo e cheirando os dedos, sem saber que faz todo mundo de refém. Isso aqui é mesmo o oposto do leilão de escravos. Por causa do que a Marcia Sanders contou pra todo mundo. Porque o Canibal está pensando num filme que ficou todo recortadinho na sua cabeça, um filme em preto e branco que ele viu na TV a cabo, que tem uma garçonete casca-grossa lá dos velhos tempos, de avental, nessas lanchonetes de beira de estrada. Porque o Canibal está lembrando como elas, essas garçonetes, estalavam o chiclete. Elas estouravam uma bola de chiclete e gritavam:

– Manda pra mim um abate sangrando na panela.

Elas gritavam:

– Manda um primeira-dama e um pudim nervoso.

Dá pra saber que são velhos tempos porque, na língua de lanchonete, dois ovos *poché* eram "Adão e Eva na canoa". E "primeira-dama" eram costelas, por causa de um troço da bíblia. E só "Eva" era torta de maçã por causa da história da cobra. Porque hoje em dia não tem ninguém fora o pastor Pat Robertson que entende nada de Jardim do Éden. Aqui, quando o capitão do time de beisebol fala em comer um x-pelúcia, o que ele quer dizer é mandar pra dentro uma chuleta. E ele fica se gabando porque está passando a língua numa ostra estragada.

Porque as meninas têm as comidas delas também, tipo quando falaram que a Marcia Sanders estava com um pãozinho no forno. O que elas queriam dizer é que ela não tinha hasteado bandeira vermelha.

Fora isso, a maior parte do que o Canibal sabia de sexo aprendeu no canal Playboy, em que as moças nunca ficam de vulcão em erupção, e quando a garotada falava baixinho sobre engolir ostra de barba ou lanchar bolinho de carne, ele sabia que era a mesma coisa que os coelhinhos fazem com as garotas, tipo quando a cascavel treme a língua ao cheirar uma coisa que vai abocanhar, no canal Animal Planet.

Porque o Canibal tinha visto o pôster que vinha na revista. Você sabe qual é: aquele da miss América das antigas bebendo em taça de pelo. As fotos que confirmavam que ela era cata-ostra, porque eram só as duas moças, sem uma linguiça sequer nem um careca que espirra iogurte lá de lado pra ser casamento de verdade. Porque é assim que menina faz quando a manteigueira tá precisando de um gorgolejo.

Como ninguém tinha explicado a ele de outro jeito, ele estava a postos pra ir até o pescoço no furinho da geleia da Marcia Sanders. Porque seu pai, o velho sr. Canibal, só assistia ao canal Playboy, e a sra. Canibal só gostava do programa *Clube dos 700*, do Pat Robertson, então o menino se ligava que essas coisas de sexo e de Cristo eram muito parecidas. Porque quando se liga a TV a cabo, é sempre assim. Quando você liga e vê uma menina quase-bonita quase-atuando num cenário que parece quase-realista, o Canibal sabe que a história dela vai terminar quando ela for tocada por um anjo. Ou isso, ou ela vai ficar com leitinho quente escorrendo pela bochecha.

Por isso, o Canibal já estava lá, ostentando um picolezão quente, naquele dia em que a Marcia Sanders olhou pra ele na aula de moral e cívica. Por mais que tentasse esconder, a pele dele estava toda arrepiada, porque ele estava se lembrando daquele papo da garçonete casca-grossa que berra pela janelinha. Que nem católico fazendo fila na igreja pra falar bandalheira naquela janelinha deles.

Porque, não importa o nome que dão pra isso, falar bandalheira fazia o Canibal babar. Aquelas palavras iam desenhando um biscoitinho de bigode como os cortinões de presunto que a garotada fala quando o que querem dizer mesmo é suflê de pata de camelo. No ensino médio, quando dão nota por espírito comunitário, eles querem dizer o seguinte: você bate palmas em discurso motivacional e jogo de futebol? E quando tiram sarro do Canibal, as crianças se lembram daquela vez que a Marcia Sanders estava no último ano, pronta para se formar. Como a Marcia Sanders tem aqueles lábios grandes e as bochechas cavadas que fazem parecer que ela passou a vida engolindo a mortadela, ela era considerada a mais popular. Como era um colégio muito pequeno, as pessoas achavam que ela era um tesão. E como ela ainda não tinha nada no quarto período, era monitora de moral e cívica, e foi lá que falou com o Canibal, porque ele ainda estava no oitavo ano e porque ela sabia que ele nunca ia dizer não porque era muito chapado de puberdade.

Ela vem daquele jeito piriguete dela e diz:

– Gostou do meu cabelo, foi? – A cabeça dela gira para o lado pra jogar o cabelo que nem uma capa de espaguete, e depois solta esta: – Meu cabelo nunca esteve tão comprido.

Do jeito que ela fala faz parecer um negócio sujo, porque tudo soa mais sujo quando sai da boca de uma menina tesuda. E como o Canibal não entende nada, aceita fazer uma patrulha com a Marcia Sanders na casa dela porque o sr. e a sra. Sanders foram passar o fim de semana na casa do lago. Ela só está pedindo pra ele porque o namorado dela, o capitão do time de todos os esportes, não a fode como ela gosta. Ela é assim, essa é a Marcia Sanders, e ela diz o seguinte:

– Quer me dar um trato, garotão?

E como o Canibal não tem a menor ideia do que ela quer dizer, ele responde:

– Arrã.

Aí ela diz pra ele ir na casa dela depois que anoitecer, no sábado, e entrar pela porta da cozinha, porque ela tem uma reputação a manter. E, como a Marcia Sanders fala que ele pode ser o namorado secreto dela, o Canibal nem pensa duas vezes.

Porque no colégio Jefferson, quando dão pra você a nota de cidadania, eles querem dizer o seguinte: você lava as mãos depois de mexer em barquete de camarão? E como na metade do tempo o Canibal não sabe nem o que está pensando, ele vai no sábado de noite, e a Marcia Sanders dobra a coberta para trás na cama com colchão de água *king-size* do quarto dos pais. Ela estica duas camadas de toalhas de banho sobre a cama e diz para ele botar direitinho a cabeça no meio delas. Ela diz para ele não tirar as roupas, mas o Canibal imagina que isso vem depois, porque ela tira a calça jeans e a deixa dobrada em cima do espaldar da cadeira, e já que ele fica olhando fixo pra calcinha dela, ela diz pra ele fechar os olhos. E como o Canibal só finge que não espia, ele se ajoelha na beira acolchoada da cama, e aí ele entende por que chamam de enroladinho de presunto. Depois disso ele não consegue ver nada, porque ela joga uma perna em cima da cara dele e se agacha até o quarto ficar só tortilha de peixe, abafando tudo menos o som submarino da voz da Marcia Sanders dizendo o que ele tem que fazer.

O Canibal se vê submerso, a cabeça enfiada na cama de água com o colchão em volta dos ouvidos, escutando o bater das ondas do oceano. Com o corpo tremendo dos pés à cabeça, ouvindo o batimento do seu coração, ouvindo o batimento do coração de alguém. Como a Marcia Sanders, do nada, diz "Chupa aí, burrinho", ele chupa.

Porque ela diz "Reta final", ele a chupa por dentro como se fosse pra deixar um chupão. Não ajuda em nada o fato de que o Canibal não é cavalheiro, como daquela vez que a sra. Canibal disse pra ele prender um alfinete no corpete do baile mas não falou especificamente para prender *no vestido.* E não ajudou em nada o fato de que toda noite você podia passar pela casa deles e ouvir o sr. Canibal berrando: "Eu não bebo o suficiente pra ficar casado com você!"

O Canibal não consegue brigar com a Marcia Sanders porque quando a garotada diz que as pernas dele são grossas que nem tronco, eles estão falando de salgueiros. E quando o *Clube dos 700* fala de histórias de vida deliciosas, inspiradoras, essa não é uma delas, porque quanto mais forte o Canibal chupa, mais forte fica, porque a sucção chupa de volta. Porque ele está brigando com as entranhas dela nesse cabo de guerra por nada.

O Canibal se cobre de Marcia Sanders como se fosse máscara de gás, chupa feito uma mordida de serpente, com as coxas dela abafando tanto seus ouvidos que ele não consegue ouvir por que ela grita. Porque no canal Playboy é no grito que você tem que chegar. O Canibal fica nervoso porque ostra estragada na TV a cabo só tem cheiro do que sua mãe estiver cozinhando lá em cima. Como enroladinho de presunto na TV nunca revida, o Canibal chupa que nem tornado que estoura uma janela e vira sua casa inteira de cabeça para baixo.

Como o Canibal nunca comeu chuleta, ele acha que a cama de água começou a vazar, porque ele ouve um *pop* dentro da cabeça. É que nem quando seus ouvidos estouram quando você pega um elevador bem rápido até um andar muito alto. Tipo quando você estala o chiclete ou morde um tomate-cereja bem maduro.

Ele imagina que o colchão estourou, porque o que acontece depois é que ele tosse água com gosto de lágrima. Porque são litros e litros, como se a cantora gospel tivesse chorado cem anos dentro da boca dele, e como o Canibal nunca engoliu uma ostra, o que ele pensa em seguida é que ele matou a Marcia, e que são as tripas dela que estão escorrendo pela garganta dele. Porque ela berra que nem lanchonete de beira de estrada. Isso tudo acontece em menos de duas batidas do coração, mas como ele já viu o canal Playboy, a outra coisa que Canibal sabe é que fez ela esguichar baldes de leite de moça direto na goela dele. Como ele viu aqueles vídeos das mulheres que fazem gêiser quando se masturbam, aquela espumona, tipo as baleias do Animal Planet jorrando ou aqueles caminhões de bombeiro jogando água na Estátua da Liberdade no Momento Bicentenário. Tipo os grandes jatos de leite de moça ensopando o tapete laranja-cor-de-queijo-prato que sempre têm em filme da Playboy, o Canibal entende o suficiente de leite de moça pra saber que não é pra cuspir, porque a pior ofensa é não engolir o que os outros servem.

Como sua única experiência com leite de moça é da TV a cabo, ele não percebe que tem um pedaço de coisa sólida misturado ali. Pelo menos não na hora. Porque aquilo fica batendo entre sua língua e o teto da boca, uma bala de goma sabor sal.

É um daqueles feijõezinhos que têm gosto da água do pote de picles. Tá sambando ali que nem a última azeitona verde no pote com água fervendo. E como é bem pequeninho, o Canibal engole.

Como na metade do tempo o Canibal não sabe nem o que está pensando, ele diz:

– Você chegou lá.

A Marcia Sanders pesca um O.B. da bolsa e manda:

– Juro pra você que eu não sabia.

Ela nem chega a tirar a camiseta e já está fechando o zíper da calça.

E Canibal diz:

– Eu fiz você gozar.

Ela abre a boca, mas não diz nada porque aí a campainha toca e é o namorado dela de verdade.

Porque o Canibal fez a Sanders espirrar que nem um gêiser, e ela teve que tomar Tylenol e tampar a xana com um plugue, o Canibal sabe que é um garanhão. Como a Marcia Sanders tem que se gabar com a Linda Reynolds, a Linda Reynolds o aborda quando saem dos módulos de química e pergunta se ele pode ser o namorado secreto dela também. Já que o Canibal morde bolinho de carne tão bem, a Patty Watson quer entrar na jogada porque ele faz todo x-pelúcia soltar um pratão de leite especial. Porque o caminho mais rápido pra chegar ao coração de uma mulher é pelo estômago do homem.

Porque até onde uma colegial iria para ter de volta o resto da vida? E porque o Canibal está dando a todas outra chance de serem virgens. Ele é o segredinho sujo delas todas, a não ser pelo fato de que não é segredo. Ele fica se gabando como se cada palavra que saísse da sua boca usasse Ray-Ban. E porque ele não é mais tão pequeninho, não mais. Porque o Canibal está ficando gordo por causa dos erros das colegiais, é a Marcia Sanders quem diz que elas vão ter que dar um jeito de fazê-lo ficar de boca fechada. A Linda Reynolds se organiza para encontrar o Canibal atrás dos módulos de treinamento vocacional com uma chave de roda na cabeça numa noite de sexta, porque o Canibal anda por lá, esperto demais pro próprio bem, mas burro demais pra saber que é o mal em pessoa. Porque agora, quando o Canibal arrota, ele sente o gosto da tua escolha infeliz. E quando o Canibal peida, o cheiro é do neto morto dos teus pais.

Porque se você acreditar no Pat Robertson, o *Clube dos 700* diz que Jesus, certa vez, convocou uma legião de espíritos impuros pra deixar um homem aflito, e esses demônios foram parar num grupo de porcos. Porque aí esses porcos tiveram que se jogar de um penhasco no mar da Galileia, e é por isso que o Canibal tem que morrer. Esse é o único caminho decente a ser tomado.

Porque até os padres que comem pecados pela janela da cozinha nas igrejas católicas, quando ficam empanturrados, até eles precisam queimar na estaca. É por isso que bode expiatório vai pro abate. Porque se você acredita na evolução, o mundo não passa de um monte de gente a galope por uma estradinha de tijolo amarelo em Technicolor cantando "Porque, porque, porque, porque, porque, *porque*...". Quando a verdade verdadeira está no Antigo Testamento, em que as sete tribos vagueiam por aí, perdidas, sempre dizendo: "E gerou, e gerou, e gerou, e gerou, e *gerou*..."

Porque o lado positivo é que talvez o Canibal vá pro céu, já que, fora a boca, ele ainda é virgem.

Porque nesse colégio não interessa quem o capitão do time vai escolher agora, nunca é o Canibal, que personifica aquela coisa que acaba acontecendo a todos nós, então a gente diz:

– Dai-nos os cintos de segurança e dai-nos o papanicolau e tomaremos a pobreza e tomaremos a senilidade. Só não deixai o Canibal ficar do nosso lado. Não deixai a sombra do Canibal cair sobre nossa casa.

Escolhendo o time, o capitão do Time Vermelho diz:

– Damos nosso melhor arremessador pra vocês...

E a gente fica com o menino que mete o dedo no nariz e come a meleca. E a gente fica com o que cheira a mijo. A gente fica com o leproso e com o satanista canhoto e com o hemofílico com aids e com o hermafrodita e com o pedófilo. Topamos vício em drogas e topamos JPEGs do mundo em vez do mundo, MP3 em vez de música, e topamos sentar na frente do teclado em vez de viver a vida real. Vamos emprestar a você felicidade e vamos emprestar a você humanidade, e vamos sacrificar piedade pelo tempo que vocês mantiverem o Canibal a distância.

Como a Marcia Sanders não gerou nada, seu namorado de verdade se forma e vai para a Faculdade Estadual de Michigan pra ter diploma de contabilidade, porque tudo isso aconteceu, a Patty Watson marca de encontrar o Canibal numa sexta-feira à noite atrás do Prédio Vocacional, e a Linda Reynolds diz que vai levar o pé de cabra. E todas combinam de usar luva de borracha.

Porque talvez todas elas possam voltar a jogar o jogo depois que o Canibal se for.

POR QUE O COIOTE NUNCA TINHA DINHEIRO PARA O PARQUÍMETRO?

Aconteceu que o Coiote e sua esposa tiveram um filho. O Coiote nunca quis ser isto: papai. Seu plano de longo prazo era encontrar emprego fixo de rock star – o cara à frente dos hinos de guitarra mais gemidos, tocando em estádios, fumando erva com o Burro e caindo no sono com a cara enfiada entre os flancos magrelos da Hiena. Mas agora o Coiote tinha suas responsabilidades. Em vez das *groupies* tesudinhas, o Coiote tinha uma esposa que não acreditava em abortos.

Ele havia comprado uma casa de dois quartos no Vale Rainier, e lá o bebê nunca parava de chorar. O Coiote não precisava de teste de paternidade para saber que o bebê tinha herdado suas cordas vocais. Não tinha nem 1 ano, e o Coiote já se preocupava que o filho fosse viciado em carro. Não era bom para o nosso meio ambiente. A única maneira que ele tinha de embalar o bebê até dormir era prendendo-o no banco do trás de seu Dodge Dart detonado e sair dirigindo por Seattle mais ou menos na velocidade de um carrinho de supermercado passeando pelas gôndolas. Não mais que dez por hora. Pontual como um despertador, o bebê acordava à meia-noite. A esposa do Coiote pegava a criança no colo e ele a levava para o carro. Na vizinhança deles, ninguém dormia. Ninguém trabalhava e ninguém dormia. O Boi e a Lhama passavam a noite entornando licor de malte, sentados na varanda da casa vizinha. O Mangusto e o Esquilo travavam um jogo de basquete infinito sob o poste da esquina. Algumas noites se ouviam tiros no escuro. A trilha sonora do bairro era o som dos carros, tão alto que sacudia as janelas da casa. Alarmes de carro. Sirenes de viatura. Nada disso fazia o Coiote se sentir mais à vontade com a ideia de um dia enviar o filho para as escolas das redondezas.

Alguém tinha arrancado o rádio de seu painel, e agora, se quisesse música, o Coiote era obrigado a cantar. Todas as noites escutando a merda que saía dos amplificadores, e a voz do Coiote ficou tão cansada que ele não conseguia se ouvir. Pior que o barulho era que na calçada se vendia todo tipo de vício. Nem precisava sair do carro. Não precisava nem estacionar. Dirigindo a dez por hora, somando a criança gritona ao *mash-up* da vizinhança, o Coiote via de tudo: o Raposo vendendo heroína... A Flamingo se vendendo... O Elefante berrando o pedido no *drive-thru* da lanchonete. Os caras das gangues rivais atirando uns nos outros de dentro dos carros, sem nem diminuir a velocidade.

Num bairro em que ninguém tem emprego, o Coiote se perguntava, *por que todo mundo anda nessa correria?* Até os crápulas mais preguiçosos sentiam a pressão para ser *multitasking*.

Algumas noites, o trânsito era de para-choque colado, a pessoa no volante sempre com o pescoço esticado para fora. Eram os assalariados fazendo a rota diária para um emprego que não existia.

A Flamingo, por exemplo. Lá com seu microvestido, balançando a bolsinha de couro rosa com uma corrente de ouro pendurada no ombro esquelético, a Flamingo provavelmente ganhava dez vezes mais que o Coiote, mas não pagava nem um centavo de imposto. O Coiote sabia uma coisinha ou outra sobre bicho indomado. Primeiro, todo bicho usa distintivo. Pode ser o bracelete que o filho trançou ou uma tatuagem no pescoço, mas isso é uma pista de algum segredo que eles estimam. Se identificar o distintivo e elogiar – abre-te sésamo: você destravou o cofre do coração do outro. É só ler as pistas. Você não precisa de faculdade, o Coiote dizia a si mesmo, para saber essas coisas. Vender no grito amostras de calda de sorvete em vários supermercados lhe ensinara o que era mesmo importante. Seu emprego na Llewellyn Comércio de Produtos Alimentícios Ltda. não era exatamente daqueles que dão tesão de subir na carreira.

A outra coisa que o Coiote sabia era que a essência da atração sexual era estar disponível. É este o chamariz da pornografia: um pôster da Cegonha com a boca aberta num O de sexo oral, a bunda empinada para a câmera e sua tanga caída em volta do salto alto. Ela não vai dizer não pra você. Se a Flamingo enfiava o dedo fundo na boca quando passavam os depravados, era bem provável que ela ia adorar até um medíocre como você. A minissaia de lycra da Flamingo que subia até a bunda parecia uma reconfortante garantia – orientação sexual – para os solitários e os tímidos. Toda noite os carros ficavam dando voltas e voltas na quadra, e lá estava a Flamingo: certo como dois e dois são quatro. Aposta certa.

Não que o Coiote não estivesse tentado, mas era seu pau que o tinha feito parar ali: no seu bairro-selva, dirigindo um carro detonado, preso num engarrafamento de depravados e drogados com uma criança berrando amarrada no banco de trás.

A única traição que o Coiote já tinha cometido era deixar o copo de vinho cheio. Botava um pouquinho, tomava um pouquinho, e quando a esposa perguntava quantas taças já ele tinha virado, respondia: "Só esta aqui." Por sua vez, a esposa bebia meia taça de vinho antes de tampar com plástico o que sobrou e guardar na geladeira para o dia seguinte. Por mais doido que pareça, a esposa do Coiote realmente costumava fazer isso.

Deixando o carro rolar pela rua escura, arrastando-se pelo engarrafamento de monóxido de carbono enquanto o bebê dormia no sombrio banco de trás, o Coiote ouviu alguém gritar.

– Cinco dólares.

O grito vinha do meio das latas de lixo na calçada. Era a Flamingo que gritava:

– Eu cuido de você. O que você quiser é de graça por cinco dólares.

Como é que vai ser de graça, o Coiote pensou, *se custa cinco dólares?* Ele queria que o trânsito andasse. De canto de olho, viu a Flamingo pisar no meio-fio. A vizinhança se baseava num princípio: tudo era de graça se você pagasse. A Flamingo bateu as juntas ossudas na janela do passageiro, curvando-se e apontando o dedo para o botão da trava. Ela batia na janela com uma das mãos enquanto puxava a maçaneta da porta com a outra. Ela gritava "É de graça!" tão de perto que seu batom roxo manchou o vidro. Os lábios eram uma coisa lúgubre, como um donut roxo carnudo sugando as algas de dentro de um aquário. Mais alto do que o bebê jamais fez, a boca de dentes tortos da Flamingo berrou:

– Tá tudo liberado, papai!

As batidas deixaram as marcas pegajosas das juntas. Seus berros sujaram o vidro com cuspe; a saliva respingou a apenas alguns centímetros do bebê adormecido. Os postes lançavam a sombra dela no carro, por cima daquele rostinho de sono. O bafo sujo da Flamingo embaçou o vidro do carro e as batidas, unhas roxas, borraram essa névoa, melecando tudo com digitais e batom. O Coiote não parou. Deixou o carro seguir esse tempo todo, e por isso o batom roxo da fantasma-pintora Flamingo borrou a extensão das janelas do carro que davam para a calçada. Uma marca comprida e roxa.

O Coiote sentiu um arrepio ao pensar na pestilência que recobria seu carro e foi para casa, dizendo a si mesmo que a sua família tinha sido salva de um monstro por um simples vidro fechado. A esposa do Coiote ainda dormia quando ele acomodou o bebê ao seu lado. Ele pegou um lenço de papel e foi até onde o carro estava estacionado, o Boi e a Lhama mirando-o sob a luz da varanda. Era difícil enxergar a sujeira no escuro, mas, quanto mais o Coiote limpava, mais o lenço de papel ficava sujo de roxo. Ele voltou para casa na ponta dos pés para pegar mais um lenço. Cuspiu no lenço e passou no carro, misturando o DNA da Flamingo com o seu, misturando o cuspe dele com o dela. Ao nascer do sol, a esposa do Coiote foi até a varanda vestindo robe e segurando uma xícara de café e perguntou o que ele estava fazendo. Da varanda vizinha, o Boi e a Lhama a fitaram como se ela fosse uma presa.

– O que você acha que eu tô fazendo? – vociferou o Coiote, irritado, pois tinha passado a noite toda trabalhando. Sem tirar os olhos da tarefa, disse: – Tô lavando o carro, porra.

– Com lenço de papel? – perguntou a esposa. A calçada estava cheia de papeizinhos amassados. Ela se agachou, de robe, e começou a juntar. – E fraldas?

Entre os lenços descartados havia fraldas descartáveis, cada uma com um pouquinho de roxo. As nódoas pareciam chupões, ou as lesões de um câncer no sangue incurável e sexualmente transmissível.

O Coiote tinha cuspido e cuspido até que seu cuspidor ficou seco. Seu cotovelo doía de tanto o braço esfregar para lá e para cá. Sua garganta ardia.

Enquanto o Tartaruga e o Morsa traziam suas cadeiras para jogar dominó à luz matinal, o Coiote tomou um banho rápido e saiu para o trabalho. *Não é justo*, o Coiote dizia a si mesmo, *meus vizinhos destroem tudo o que tocam*. E começou a armar sua vingança.

Na noite seguinte, à meia-noite, o Coiote dirigiu até seu bebê cair no sono. Depois seguiu dirigindo até encontrar a Flamingo. Sem parar, dirigiu rente à sarjeta e inclinou-se para baixar a janela do lado do passageiro. A Flamingo mordeu a isca e começou a andar junto ao carro, perguntando:

– Você é tira?

O Coiote sorriu e perguntou:

– Eu pareço tira?

Ele continuou a avançar com o carro, obrigando a Flamingo a desviar de parquímetros e hidrantes para ficar lado a lado com ele. Na idade que tinha, o Coiote já devia estar correndo pela vida a toda velocidade. Mas aqui estava ele, mal e porcamente em movimento. No emprego ele era um escravo do salário que fazia demonstrações de produtos no supermercado – tira-manchas, sabonete desodorante, iogurte –, sorrindo e implorando a estranhos para darem uma provinha ou uma cheiradinha. Mas esta noite era ele o consumidor. Era o Coiote quem mandava.

A Flamingo disse:

– Se quiser, eu ensino umas técnicas pra você... – Ela falou a palavra como se fossem duas: *Téqui Nicás*. Ela o encarou de um jeito que fez o Coiote olhar para a aliança, segurando o volante. A Flamingo continuou: – Dez pratas e você faz sua moça berrar tanto que o pessoal vai achar que vocês estão se batendo.

– Cinco – disse o Coiote.

– Pra ensinar é dez, papai – rebateu a Flamingo, sacudindo um "Não" com a peruca e passando as unhas roxas entre as mechas. – O que eu vou ensinar vai salvar teu casamento.

Do jeito que ela dizia, comer a Flamingo não era adultério, mas sim um investimento em formação continuada para agradar a esposa. Traçar a Flamingo não era infidelidade, era um presente infinito que proporcionaria à mãe de seu filho mais prazer que um guarda-roupa de casacos de pele ou uma maleta cheia de anéis de diamante.

Sem parar o carro, o Coiote disse:

– Deixa eu ver minha conta.

Dirigindo com os joelhos, ele se inclinou no banco e abriu o porta-luvas onde juntava trocados para pagar o parquímetro. Ainda arrastando o carro, atiçando a Flamingo, o Coiote pegou uma e outra moedinha, arrumando-as em pequenas pilhas no assento ao lado da sua coxa. Ele contava em voz alta, vez por outra perdendo a noção do total, começando de novo, esticando o suspense e desperdiçando o tempo da Flamingo. Fez com que ela caminhasse oito quadras de salto agulha enquanto contava moedinha, até chegar aos dez dólares.

O Coiote se perguntou: *Por que não dá pra comprar sexo do mesmo jeito que se compra hambúrguer?* A Flamingo tentou cobrar mais três pela camisinha, mas desistiu quando o Coiote começou a contar moedinhas de novo.

O rosto da Flamingo se acomodou no colo dele, a peruca de nylon balançando entre barriga e volante. O Coiote não sabia ao certo como um boquete faria dele um marido melhor, mas parecia um bom começo. Ele se vangloriou pelo fato de, no escuro, ter contado errado as moedas e assim conseguir, de caso pensado, um desconto de 37 centavos.

As bolas do Coiote subiram, fortes como um punho peludo, contra a base do pau. Suas coxas deram um pinote e se dobraram como um cachorrinho de playground. Quando era tarde demais para fazer outra coisa que não liberar a carga, seu bebê acordou e cagou nas calças. Ele gozou com os gemidos e gritinhos dela e o fedor de merda. Mas a Flamingo tinha razão. Foi encher a boca dela que mais ou menos salvou o casamento do Coiote, mas não porque ele havia aprendido alguma coisa. Era uma ironia. Era horrível, mas o Coiote nunca amou mais sua pequena família do que naquele instante em que liberou tudo entre os lábios roxos da Flamingo. Enquanto seu pau amolecia, o mesmo sangue correu direto das suas bolas para encher seu músculo cardíaco. Trair a esposa fez seu coração ter uma ereção espetacular. Mesmo antes de recuperar o fôlego, quando pinçou a camisinha leitosa do pau e abaixou a janela do motorista, o Coiote ansiava contar à esposa o quanto a adorava. Enquanto soltava na rua a borrachinha gorda e pingando, a esposa pareceu, ao Coiote, a mais bela e mais nobre do mundo. Ele dizia a si mesmo que não merecia uma esposa tão perfeita.

O Coiote tentou não pensar que a porra que ele agora jogava na sarjeta era a mesma que tinha feito o seu querido bebê. Tentou não pensar que a Flamingo já fora o nenenzinho fofo de alguém. A Flamingo era uma certeza, e o Coiote não queria estragar uma coisa boa pensando demais. Acima de tudo, o

Coiote tentou não olhar pelo retrovisor, para o caso de seu bebê estar acordado e devolver o olhar. Ele tinha ficado poucas horas dirigindo, mas ao ir para casa sentiu-se Odisseu voltando para Penélope após uma viagem de vinte anos.

Nunca mais faria isso, o Coiote pensou. Ele raramente dava uma segunda mordida em qualquer coisa que fosse: novo sabor de manteiga de amendoim... A batatinha com nova textura para causar sensações melhores na boca... O banco da frente do seu carro estava lotado dessas amostras de uma mordidinha só, em pacotinhos individualizados. Era parte do seu emprego.

A infidelidade, o Coiote pensou, *aumenta a paixão.*

Em casa, tomou um banho quente. Gorgolejou. Quando deitou na cama ao lado da esposa, ele a abraçou e sussurrou:

– Te amo muito.

Ela estava acordada e virou a cabeça para beijá-lo. A esposa do Coiote passou a mão por dentro do short dele e começou a fazer carícias. Como ele não reagiu, ela beijou-o no peito. Beijou-o na barriga. A vida sexual deles não foi sempre só fazer bebês. Eles curtiam anal, oral, fantasias e consolos. Eles tinham tido uma vida rock'n'roll. Mas quando a esposa começou a colocá-lo na boca, o Coiote lhe disse:

– Não.

– Só quero mostrar o quanto eu te amo – disse ela.

O Coiote falou:

– Hoje não, tá? – E virou-se para o outro lado.

Ele não aguentou ver a esposa fazendo de graça aquilo que até a Flamingo cobrava dez dólares para fazer.

Não era justo, o Coiote se dizia. Ele praticamente vivia preso a um cabresto, arrastando a bunda até a Llewellyn Comércio de Produtos Alimentícios Ltda. e tomando café para ficar acordado sob as lâmpadas fluorescentes em reuniões de estratégia com o Rinoceronte e o Porco-da-Terra. Por aquilo ele tinha o eminente privilégio de pagar metade do salário em imposto retido na fonte e imposto predial. Ele contava a grana para o plano de saúde enquanto todo mundo ia no pronto-socorro e dava nome falso. A vizinhança deles em Seattle era a terra do grátis: seringa grátis, clínica odontológica grátis, moradia grátis. Vale-Cesta Básica. Queijo subsidiado. Não tinha nada que o Coiote conseguisse comprar que os outros não ganhassem de graça. Celular de graça para os moradores de rua. Passe de ônibus de graça. Quando não estavam jogando basquete, o Mangusto e o Esquilo fingiam problema de coluna para conseguir estacionamento de graça em vaga de deficiente. A Flamingo cobrava três dólares a mais dos clientes por camisinhas que conseguia de um programa municipal a custo zero. O mais importante de tudo era que todos ao redor do Coiote tinham tempo livre, que era de graça também.

O Coiote não tinha tempo nem para limpar a bunda, pois estava ocupado pagando as contas de todo mundo. Eles tinham o ócio para fazer marcha de protesto e exigir mais direitos. Enquanto o Coiote comia um sanduíche de mortadela na mesa do trabalho, seu bairro inteiro estava no noticiário ou virando perfil de um jornalista defensor dos frascos e comprimidos. Os pobres de Seattle passavam tanta fome que seu maior problema de saúde era a obesidade.

Por isso que o Coiote carregava o próprio peso e o de todo o resto do mundo.

Um dia, o telefone tocou em seu cubículo na Llewellyn Comércio de Produtos Alimentícios Ltda. Era a Hamster, de Recursos Humanos. Sem mais explicações, ela perguntou:

– Que horas você consegue chegar em Orlando? Temos um incidente se armando.

Já havia uma passagem de avião esperando por ele no Aeroporto de Seattle-Tacoma. Se corresse, o Coiote conseguiria pegar o próximo voo.

O Coiote correu para casa mais cedo para fazer a mala e encontrou sua esposa sentada na varanda do vizinho. Em plena luz do dia, estava bebendo uma lata de licor de malte com a Lhama e o Boi, rindo como se não fosse esposa e mãe. Depois de pegá-la pelo pulso e arrastá-la para casa, o Coiote perguntou:

– O que aqueles medíocres contaram pra você?

Ele perguntou:

– Eles falaram mal de mim?

Na verdade, o Coiote estava se encontrando com a Flamingo pelo menos uma noite por semana. Geralmente eram duas ou três. Gastava mais com a porra da gasolina do que com o boquete. Mesmo quando seu bebê não estava chorando, ele o enfiava no banco de trás e saía para dirigir devagarzinho. A Flamingo não tinha valor nenhum para ele, fora o roxo no seu pau. Ela não tinha rosto para além daquele batom, mas aqueles putos preguiçosos do bairro não tinham nada melhor para fazer a não ser espiar e fazer fofoca, e o Coiote ficou preocupado que aquilo chegasse na sua esposa. Ela não ia entender.

– O Boi me disse que eu sou bonita – respondeu ela. – A Lhama acha que meu marido tem muita sorte.

– Bom – contrapôs o Coiote –, você não devia acreditar em tudo o que ouve. – Ele não percebeu que estava gritando.

Sua esposa pareceu magoada. Ela disse:

– Querido, eles não são tão ruins assim. Você devia ouvir as histórias que eles contam.

– Eu não tenho que ouvir ninguém – disse o Coiote. – Eu tenho olhos!

Esses bichos nasceram para mentir, ele disse. Eles fraudavam a Assistência Social e roubavam a correspondência de todo mundo para cometer estelionato. A Lhama já tinha passado um tempo na cadeia, e o Boi era pior ainda. O Coiote dizia que, todas as noites, via o Boi pegando a Flamingo para ela lhe dar boquetes de cinco dólares. A Flamingo parecia um saco de gonorreia ambulante e seja lá qual outra praga mais estivesse incubando. O Boi tinha que estar contaminado. O Coiote tinha desembestado a falar. Dizia que o Boi tinha cumprido pena por estuprar a Cabra-de-Leque. A Lhama, ele disse, tinha sido condenada por vender pornografia infantil. Todo mundo sabia, disse o Coiote, que a Flamingo ia fazer aborto a preço zero quase todo mês; a Flamingo provavelmente tinha consulta de curetagem todo mês. O Coiote exigia saber como uma católica que se dizia "decente" podia socializar com ex-presidiários responsáveis pelo rastro de bebês mortos da Flamingo. O Coiote fez uma pausa no seu discurso, só por um instante, para deixar a esposa estourar em lágrimas e implorar seu perdão.

Em vez disso, ela riu.

– Aborto? – Ela ria. – Nem que a Flamingo quisesse!

O Coiote ficou aguardando. Disse a si mesmo para não dar um tapa na esposa. Esperou que a risada dela minguasse.

Finalmente a esposa recuperou o fôlego e disse:

– A Flamingo nem mulher é.

O Coiote sentiu todo o seu sangue evaporar pela pele. Suas mãos formigavam.

Sua esposa continuou rindo, e disse:

– A Flamingo é... Como é que se diz? – Ela fez um punho e bateu as juntas de leve na testa. Finalmente estalou os dedos e disse: – Travesti! – Ainda rindo, o hálito fedendo a licor de malte, ela disse: – Você devia ver sua cara!

E o Coiote lhe deu um tapa.

Sua esposa caiu no chão e ficou sentada, apertando o canto da boca com uma das mãos. Quando tirou a mão, havia sangue na palma. Não era muito, mas o suficiente para o Coiote ver. A esposa do Coiote olhou para aquela nesga ridiculamente minúscula de sangue vermelho-claro como se fosse o fim do mundo.

O Coiote pegou sua chave na mesinha de entrada e foi para o carro. Com a cadeirinha de bebê vazia, ele se mesclou ao engarrafamento de perturbados estranhos que iam lentamente a lugar nenhum. Ele sabia que o casamento era que nem esses filmes em que as únicas partes boas ficam condensadas nos três minutos de trailer. Fazia parte do seu emprego no marketing mostrar trailers para públicos-teste em shoppings, e depois perguntar se pagariam para assistir ao filme inteiro. O Coiote sabia, antes de pôr o cinto de segurança, que a esposa estava no telefone dando entrada numa acusação por agressão. Era uma daquelas noites frias em que não demora muito para ficar escuro, e o Coiote se viu em busca da Flamingo pelas ruas.

Já não basta eu ter estragado minha vida, o Coiote pensou. *Eu destruí a vida da minha esposa e a da criança. A única vida que eu não destruí foi a da Flamingo.* Ele planejava colocar as duas mãos em volta do pescoço esquelético da Flamingo e apertar forte. Nada que a Flamingo lhe ensinou podia salvar seu casamento. O Coiote baixou todas as janelas e deixou a noite soprar pelo carro. Cantou junto ao rádio que já não tinha, inventando letras de músicas tristes que nunca chegou a compor. Sem precisar caçar muito, ele a encontrou no ponto de sempre, no meio das latas de lixo. A Flamingo se inclinou e espiou dentro do carro.

– Que voz linda – disse a Flamingo. – Se quiser, eu posso ser sua *backing vocal* tesudinha. – Ela abriu a porta e se sentou ao lado dele.

O Coiote olhou para a peruca-espantalho dela, para os lábios roxos dela. O banco entre os dois estava lotado de pacotinhos de amostra, cada um contendo uma pastilha para tosse. Pareciam embalagens de camisinha. No meio deles havia umas moedas. A Flamingo conhecia todos os seus segredinhos sujos, mas mesmo assim sorriu ao revê-lo.

Ela disse:

– Cadê o teu bebê?

Ela notava, mas nunca disse.

O Coiote quis perguntar "Cadê a tua boceta?", mas ficou de bico calado. Seu carrinho detonado se arrastou até parar, e ele disse:

– Hoje eu dei um soco na minha mulher.

Sua boca bombeava a verdade aos jorros, poucas palavras de cada vez. Ele disse:

– Só vim aqui hoje para matar você.

A vontade dele era chorar, mas achou que seria um exagero. Chorar não convence ninguém de nada. Ele ficou esperando, mas a Flamingo não pulou para fora do carro.

As unhas roxas foram na direção dele. E ela disse:

– Papaizinho, eu sei que você nunca me paga os dez dólares.

A mão dela agarrou o pescoço dele e puxou.

E o Coiote se deixou puxar. Ele desabou, caiu, enrolado no cinto de segurança. Quando conseguiu uma trégua, disse, com o rosto amassado contra o cheiro da minissaia da Flamingo:

– Eu morro todos os dias da minha vida.

E, antes que pudesse evitar, o Coiote caiu no sono.

FÊNIX

Na segunda-feira à noite, Rachel faz um interurbano de um hotel em Orlando. Enquanto ouve o telefone chamar do outro lado da linha, pega o controle remoto e fica passando de canal em canal com o som no mudo. Conta quinze toques. Dezesseis. Ted atende no 26º toque, sem fôlego, e ela pede que ele passe para a filha deles.

– Vou chamar – diz Ted –, mas não prometo milagre.

Ouve-se uma pancada quando ele solta o telefone no balcão da cozinha, e Rachel escuta a voz dele ficar mais alta e mais distante enquanto ele vaga pela casa, berrando: "April? Querida? Vem falar com a mamãe!" Ela ouve o chiado das molas na porta de tela. Os passos de Ted surgem e somem enquanto ele anda do chão de madeira do corredor ao carpete da escada.

Rachel espera. Fica sentada na cama. O tapete e as cortinas do quarto de hotel têm um vago cheiro de brechó: um monte de tecido que perdeu a cor, um pouco de suor velho, fumaça de cigarro. É raro ela ter que viajar a trabalho; é a primeira vez que faz uma viagem assim desde que April nasceu, há três anos. Ela fica zapeando por canais de jogos de futebol no mudo e clipes de música sem música.

A casa em que moram hoje não é a primeira que tiveram. Aquela em que moravam antes pegou fogo, mas o incêndio não foi culpa de ninguém. Ficou provado em tribunal. Foi um acidente absurdo, bizarro, que entrou para os anais dos seguros domiciliares. Eles perderam tudo que tinham, e aí a filha nasceu cega. April era cega, mas as coisas podiam ter sido piores. A primeira casa já era de Ted antes de os dois se conhecerem. Tijolos de vidro cobriam uma parede da sala de jantar, lançando um quadriculado sobre a mesa e as cadeiras de laca negra. Quando você apertava um botão, chamas de gás dançavam como mágica sobre um fundo de granito na lareira da sala de estar. As banheiras, as privadas e as pias eram de porcelana negra. Persianas verticais pendiam das janelas. Não havia tons terrosos nem madeira.

Mas era boa para Ted, a casa. Ele tinha uma gata que batizou de Belinda Carlisle e que ele deixava tomar água nos bidês negros. Era uma sagrada-da-birmânia preta, de pelo comprido, parecia uma bola de pelo preto. Ted amava Belinda Carlisle, mas sabia que não podia chegar muito perto. A gata parecia limpa até que você tocasse nela; se tocasse, vocês dois ficariam cobertos por uma caspa oleosa. Para lidar com a descamação de Belinda, Ted tinha um desses aspiradores de pó robô que passava o dia polindo o chão. Era essa a ideia, pelo menos. Aconteceu mais de uma vez de os dois terem que unir forças: a gata tinha diarreia e o robô corria por cima, cruzando e ziguezagueando pela poça o dia inteiro, espalhando a porcaria até ela ficar em cada centímetro quadrado do carpete negro.

Quando tinham quase um ano de casados, Rachel anunciou que eles precisavam se mudar. Ela estava grávida e não queria trazer um bebê a um mundo de tapetes imundos e lareiras abertas. Eles teriam que vender a casa e se livrar de Belinda Carlisle. Até Ted teve que admitir que a casa fedia como uma caixinha de gato, por mais que eles trocassem a caixinha em si, e não se pode estar grávida perto de uma caixinha de gato. No jantar, ela explicou o que era toxoplasmose. Era uma doença causada por um protozoário parasita chamado *Toxoplasma gondii*, que mora no intestino dos gatos. Ele se espalhava depositando ovos em fezes de gato e podia matar ou cegar crianças.

Ela estava acostumada a explicar essas questões a Ted. Sabia que ele nunca seria um gênio. E esse era seu maior charme. Ele era leal e de temperamento manso. Ted trabalhava duro se você ficasse em cima dele o tempo todo e dissesse exatamente o que ele tinha que fazer. Ela se casou com ele pelos mesmos motivos que contrataria um funcionário a longo prazo.

Ela explicou devagar, entre garfadas de espaguete. A única maneira de mascarar o cheiro do gato era colocar coentro em tudo. Depois do discurso, Ted permaneceu sentado do outro lado da mesa, as sombras dos tijolos de vidro criando uma carta topográfica em seu rosto e sua camisa branca. Ela ouvia as bolhas da água mineral dele. Não importava o que Ted cozinhasse; contido pela porcelana negra, nada ficava apetitoso. Ele piscou. Ele perguntou:

– O que você disse?

Rachel, dessa vez mais devagar, falou:

– Temos que achar uma casa nova.

– Não – disse Ted, estendendo a palavra como se quisesse ganhar tempo. – Antes disso.

Rachel não ficou incomodada. Tinha ensaiado aquele discurso durante dias. Ela podia ter diminuído mais o ritmo. Era muita coisa para jogar nele de uma só vez.

– Falei que precisamos colocar a casa à venda.

Ted fechou os olhos e fez que não com a cabeça. Sua testa se franziu. Ele disse:

– *Antes.*

– Sobre a Belinda Carlisle? – perguntou Rachel.

– Antes – insistiu Ted.

Rachel ficou preocupada ao pensar que Ted não era burro; que, na verdade, ele simplesmente não ouvia nada do que ela dizia. Ela rebobinou a conversa na mente.

– De eu estar grávida?

– Você está grávida? – perguntou Ted, levando o guardanapo preto aos lábios.

Se foi para limpá-los ou escondê-los, Rachel não soube dizer.

* * *

Ainda é segunda à noite em Orlando, Rachel ainda espera ao telefone. Ela puxa a colcha e se estica para assistir ao canal Home Shopping. O que ela mais ama nesse canal é que não existem comerciais. Os anelões de coquetel de diamante giram em câmera lenta, reluzindo sob luzes halógenas e ampliados a cem vezes seu tamanho real. O vendedor sempre tem uma fala arrastada, caipira, e sempre parece animado quando diz:

– É bom que cês peçam logo, pessoal, só sobrô mil e poco dessas tiara com rubi...

Um anel solitário de esmeralda saía pelo mesmo preço que um pote de castanha-de-caju do minibar.

Com a TV muda, ela ouve pelo telefone o cachorro do vizinho latindo. O latido some como se fosse abafado por alguma coisa. Como se April tivesse colocado o telefone no ouvido. Segurando a respiração para ouvir melhor, Rachel diz:

– Docinho? Bubu? Como você e o papai estão se virando sem a mamãe?

Fala até se sentir uma idiota balbuciando sozinha num quarto de hotel vazio. Fica se perguntando onde foi que fez merda dessa vez. Esqueceu o beijo de despedida?

Esse silêncio, Rachel suspeita, é de vingança. Uma noite antes do voo, ela notou que seus dentes estavam amarelados. Podia ser café demais. Depois do jantar, preparou as moldeiras de branqueamento dental e deixou April examinar. Rachel explicou que elas ficavam bem presas: a mamãe não ia conseguir responder a nada pelo menos uma hora depois que as moldeiras estivessem nos dentes. Mamãe não ia poder dizer nada. Se April precisasse de alguma coisa, ia ter que pedir ao pai. Assim que ela esguichou o gel de branqueamento caro em cada moldeira e prendeu na boca, a mão de April já estava puxando seu roupão pedindo uma história de ninar.

Ted não ajudou. April foi para a cama em lágrimas. Os dentes de Rachel continuaram um inferno.

Pelo barulho que vinha da parede, os hóspedes do quarto ao lado estavam em trepação total. Rachel fecha uma das mãos em volta do telefone e torce para que a filha não ouça. Fica pensando se a ligação teria caído. Diz:

– April? Querida, está ouvindo a mamãe?

Resignada, Rachel pede à menina para devolver o telefone ao pai. Entra a voz de Ted.

– Para de esquentar a cabeça – diz ele. – Ela só está se vingando de você com o silêncio. – A voz dele fica abafada, a boca está apontada para outro lado, ele diz: – Você está triste que a mamãe viajou, não é? – Segue-se um silêncio sepulcral.

Rachel ouve música de circo e vozes bobinhas de desenho animado na sala de estar. Ela não deixa de pensar que vê a televisão sem som enquanto a filha assiste sem ver.

Ainda virada para o lado, a voz de Ted pergunta:

– Você ainda ama a mamãe, não ama?

Mais um instante de silêncio. Rachel não ouve nada até que Ted começa a apaziguar:

– Não, a mamãe não ama o emprego mais do que você. – O tom dele não é nada convincente. Depois de uma pausa, ele ralha: – Não fale assim, mocinha! Nunca mais fale assim! – Pelo tom da voz, Rachel se prepara para o som de um tapa. Ela quer ouvir um tapa. O som não vem. Agora, com toda a clareza, falando diretamente no telefone, Ted diz: – Vou dizer o quê? Nossa filha é de guardar rancor.

Rachel fica intrigada. A última coisa que ela quer é que a filha vire molenga como Ted, mas ela deixa essas palavras na boca. E esse é o telefonema de segunda-feira, resolvido.

Belinda Carlisle era a gata de Ted desde bebê. Já era uma gata velha quando a colocaram em vários sites de adoção. Velha e peidorrenta. Só algum programa de pesquisa científica se interessaria por ela. Quando a eutanásia pairou como melhor opção, Ted chamou Rachel na cozinha e lhe mostrou o saco de ração da gata com vinte quilos. Cheio até a metade. Ele disse:

– Deixa esse acabar que eu acho uma família pra ela.

Rachel considerou um bom acordo. Cada dia dava duas pás de ração. O saco tornou-se uma ampulheta a contar os últimos dias de Belinda. Depois de duas semanas, Rachel já não tinha mais certeza. O saco de comida ainda estava pela metade. Aliás, parecia um pouco mais pesado do que quando eles haviam feito o acordo. Ela suspeitava de que Ted vinha contrabandeando ração de outra fonte. Talvez tivesse um saco secreto guardado no carro ou em algum lugar da garagem, e trazia ração de lá às pás para reabastecer o da cozinha. Para testar a teoria, ela começou a repartir o dobro de ração nas refeições da gata. Rachel justificava a si que era um agrado a Belinda, satisfazendo-a em vez de apressar sua chegada ao túmulo.

As rações reforçadas mal cabiam no pote, mas a gata comia tudo. Estava ficando gorda, mas nem perto de ir embora. Tal como a parábola dos pães e peixes ou daquele candelabro no Templo de Davi, o grande saco de ração estava sempre pela metade.

O telefonema da terça-feira não é nada melhor. A cada noite, ela e Ted fazem pequenas contabilidades. Ele limpou a primeira leva de folhas caídas. Ela implementou o catalisador local precursor para transmissão de micro-ondas via satélite. Ele encontrou a loja que vende o queijo de que ela tanto gosta. Rachel informa que ressequenciou o script de protocolo da matriz de recarga pré-sistema. Ela diz que Orlando é um péssimo lugar para quem está sem crianças.

Quando ela para de falar há um silêncio, como se Ted estivesse prestando atenção em outra coisa. Ela tenta ouvi-lo teclando, respondendo e-mails enquanto conversam. Por fim, Ted fala:

– O que está acontecendo aí?

Ele se refere ao barulho. Os hóspedes do outro quarto, trepando de novo. Na verdade nunca pararam, mas os ouvidos de Rachel não registram mais os gemidos e os gritos estridentes. Os sons ficaram tão uniformes que deve ser filme pornô. Não existe gente tão apaixonada. Ela fica furiosa de imaginar Ted prestando atenção em estranhos trepando, e não nos avanços dela.

Enquanto uma safira paira na televisão, a voz de Ted diz:

– Pegue o telefone, April. Diga "boa noite" pra mamãe.

Para ouvir mais, Rachel tenta subtrair o barulho da rodovia lá fora. Ela se desliga do zumbido do minibar e das ternuras resmungadas do outro lado da parede. Rachel não bebe nada desde o *eggnog* de Natal, três anos atrás, mas agora se dirige ao minibar e vistoria as prateleiras de garrafinhas, cada uma mais cara que o pingente na televisão. A contagem regressiva minguante mostra que sobraram menos de 5 mil dos pingentes. Pelo preço de brincos de pérola, Rachel prepara um gim-tônica e vira tudo.

Pelo telefone, Rachel ouve a voz de Ted. Abafada, ao fundo, ele se queixa, implora:

– Conta pra mamãe das tartaruguinhas que você gostou no zoológico.

Nada. Rachel sente pela filha um respeito que nunca sentiu pelo marido.

Para o jantar, ela rasga um saquinho de M&M's comum que custa mais que o kit de noivado do canal de compras. Para cada saquinho de batatinhas ou barrinha de chocolate que ela comer, outro vai aparecer como num passe de mágica.

Em relação ao saco de comida da gata, Rachel confrontou Ted. Ele negou que a estava enganando. Rachel não admitiu que a alimentava em excesso, mas ressaltou que haviam se passado cinco semanas e Belinda Carlisle parecia uma melancia vestindo casaco de pele. Além do mais, Rachel também já não era nenhuma Maria magricela.

– Está me dizendo – disse ela, apontando para o saco de comida – que isso é um milagre?

Não ajudou o fato de o corretor que colocou a casa à venda lhes dizer que a sala de estar cheirava mal. O corretor disse que o preço inicial deles estava 200 mil acima das condições de mercado. Os hormônios de Rachel também não ajudaram.

Ted e Rachel discutiram. Entre o Dia de Ação de Graças e o Natal, eles brigaram quase todos os dias. Nesse período, o nível do saco de ração subiu a ponto de se ver ração caída no chão da cozinha. A gata estava tão inflada que mal conseguia se arrastar pelo carpete da sala. Foi aí que a casa superfaturada pegou fogo.

Na quarta-feira à noite, como esperado, Rachel telefona de Orlando. Ela tem esperança de que April fale. Talvez isso prove que a menina herdou alguma iniciativa da mãe. Para testar, Rachel pergunta:

– Você não ama a mamãe?

Em voz mais baixa, ela reza para que a menina não caia nessa isca tão óbvia.

O mundo é horrível. A última coisa que Rachel quer é criar uma criança que se machuca como banana madura.

Como se April precisasse de mais testes, Rachel diz:

– Deixa a mamãe cantar uma música de ninar. – E começa a sussurrar uma musiquinha que sabe que vai derreter a determinação da filha.

De *backing vocals,* os gemidos e grunhidos do quarto ao lado, aqueles sons sem idioma que gente fraca faz contra a vontade. Rachel pretende cantar todos os versos, mas perde o brio quando ouve Ted rir. Fica muito claro. Ela suspeita de que April soltou o telefone e saiu de perto. Ou seja, Rachel está cantando para uma cozinha vazia. Ela termina dizendo:

– Se você não disser "boa noite", a mamãe vai chorar.

Se ninguém está ouvindo, não interessa o que ela diz. Ela finge que chora. Ela aumenta os soluços fingidos até gemer. É mais fácil do que ela imaginava. Quando percebe que não consegue parar, desliga o telefone.

* * *

Rachel não havia inventado os perigos da toxoplasmose; ela entrou na internet e armou um argumento incontestável. Não era coisa de louco. Neurobiólogos haviam vinculado o *T. gondii* a suicídio e princípios de esquizofrenia. Tudo causado pela exposição a cocô de gato. Alguns estudos chegavam a sugerir que os parasitas cerebrais da toxoplasmose coagiam as pessoas quimicamente a adotar mais gatos. Aquelas mulheres loucas por gatos estavam na verdade sendo controladas por invasores monocelulares.

O problema de instruir gente burra é que eles não sabem que são burros. O mesmo vale para curar gente louca. No que dizia respeito à gata, Ted era as duas coisas.

Na última noite na primeira casa deles, como Rachel explicara depois à polícia, eles foram a uma festa de Natal no bairro. Os dois estavam voltando para casa. Eles tinham bebido *eggnog*. Enquanto se arrastavam pela neve, ela explicou a Ted que ele não precisava ser tão molenga. Ela falou com cautela, pesando cada palavra. As pegadas que ela deixava eram bem largas, para equilibrar o peso a mais.

Rachel ainda trabalhava como consultora de interfaces corporativas nível 1, mas assim que entrou no segundo trimestre de gravidez teve a sensação de estar num emprego de período integral. Ela ficou preocupada que, com o bebê, a situação não fosse melhorar. Você até consegue dividir o amor de um homem pela metade, mas não por três.

Da forma como Rachel contou à polícia, ela foi a primeira a entrar na casa às escuras. Não havia nem tirado o casaco. Ela disse: "Que frio aqui dentro." A árvore de Natal cobria a janela da sala de estar, impedindo a entrada de luz da rua. Aliás, a primeira hipótese de todas foi a de que a árvore de Natal era a culpada. Os suspeitos são sempre velas aromáticas, luzinhas de pisca-pisca com defeito, uma tomada sobrecarregada. Ted acusou o aspirador de pó itinerante. Estava cruzando os dedos para que ele tivesse sobreaquecido, que algum circuito tivesse entrado em curto e ele tivesse saído doido por aí, cheio de pelo de gato inflamável, botando fogo em tudo.

Quinta-feira à noite em Orlando, o paradoxo de sempre: quanto mais Rachel tenta apressar o processo de instalação, mais tempo leva. Ela liga para si mesma e deixa mensagens. "Para me lembrar: encerrar nomenclatura do inventário de gráficos."

Ela tira o telefone da mesa de cabeceira e começa a repassar fotos. Ela só tem uma de April. Fotografar pessoas cegas não parece certo. É como roubar algo de valor que elas nem sabem que têm. Dentro desse mesmo espírito, Rachel se autocorrige para nunca dizer "Que belo pôr do sol" ou "Olhe para a frente, querida". Perto de April, dizer "Que flor linda!" seria sarcasmo.

Ela e Ted se conheceram num encontro às cegas, outro termo que Rachel evita com todo o ardor.

Recentemente a filha havia começado a dizer "Olha pra mim, mãe! Olha pra mim! Tá olhando?". É óbvio que April não tinha ideia do que dizia. Era simplesmente o coro universal de crianças, com ou sem visão. A essência de ser pai ou mãe era a transformação de uma pessoa que é observada numa pessoa que observa.

Mais uma vez, quinta-feira, a menina se recusa a emitir um único som. Rachel aguça o ouvido. Rachel tenta negociar, prometer, até que Ted pega o telefone e diz:

– Desculpe. – Ela pode perceber o dar de ombros na voz dele. E ele fala: – Não consigo fazê-la falar.

Em resposta a isso, Rachel diz:

– Tente. – Ted tem talento para desistir. Ela sugere cutucar April de lado para ela rir. Ela pergunta: – Ela não sente cócegas?

Respondendo, Ted ri, mas mais de descrédito.

– Você me perguntou se ela tem *cócegas?* – Ele bufa. – Por onde você andou nestes três anos?

* * *

Depois da noite do incêndio, Rachel só aceitava a culpa por ter ligado o interruptor. Antes de acender as luzes da sala de estar, Rachel disse que tinha ido até o termostato para aumentar a temperatura. Ela havia ligado a lareira a gás no mesmo instante em que começaram os gritos. Um pranto tomou conta dos aposentos no escuro, como se uma *banshee*, uma bruxa irlandesa louca, estivesse ali. Parecendo sair de um demônio invernal, ouviu-se um guincho saído de outro mundo. Então, foi como se a casa inteira houvesse pegado fogo. A árvore de Natal se incendiou. As almofadas negras se incendiaram. Os tapetes negros se incendiaram. Ted correu para abraçar Rachel enquanto colchas e toalhas de banho eram consumidas por chamas laranja. Por cima de tudo ecoavam gritos de almas torturadas no inferno. O ar fedia a fumaça e pelo queimado. Os detectores de fumaça se somaram à algazarra. Eles não tiveram tempo de desencostar o carro negro da casa e poupá-lo antes das chamas tremularem como bandeiras alvas em cada janela do andar de cima. Eles estavam de pé no jardim nevado da frente quando os caminhões do corpo de bombeiros surgiram com as sirenes, do nada. A casa estava totalmente tomada.

Em Orlando, Rachel começou a especular. Seria bem do feitio de Ted esconder alguma verdade horrenda, pelo menos até ela chegar em casa. Se April estivesse no hospital, se ela tivesse sido picada por uma abelha e tivesse uma reação séria, ou coisa pior, Ted acharia que estava fazendo uma gentileza a Rachel por não contar ao telefone. Ela entra na internet e busca acidentes em Seattle envolvendo meninas de 3 anos na última semana. Para sua consternação, encontra um. Segundo a notícia, a menina foi atacada pelo cachorro do vizinho. Naquele momento estava no hospital, em estado crítico. O nome não havia sido divulgado até outros familiares da garota serem notificados.

Naquela noite, Rachel ouve suas novas mensagens. São todas dela mesma. "Para me lembrar: reverberação!" Só essa palavra, estridente, intimidante. Ela não tem a menor ideia do que pretendia dizer quando deixou o recado. Tem que conferir o identificador de chamadas para ter certeza de que foi ela mesma. Essa é sua voz?

A noite inteira a ideia fica pesando sobre ela: quantos bebês engolem bolinhas de borracha, se engasgam até a morte e nem chegam a constar naquela lista da CNN? Ela fica apertando Atualizar, querendo novidades da matéria do *Seattle Times*. Que tipo de mãe ela é se não consegue sentir se a filha está morta ou viva?

O inspetor dos bombeiros não achou que fosse criminoso, pelo menos não no início. O episódio fizera com que eles virassem celebridades, e não no bom sentido. Eles viraram a prova viva de que algo em que as pessoas não queriam acreditar podia acontecer de fato.

O inspetor começou a examinar os cômodos carbonizados, traçando a rota do fogo. Começou na lareira minimalista, depois fez um círculo pelo perímetro da sala de estar. A seguir, o perímetro da sala de jantar se incendiou. Ele traçou um esboço da planta do andar numa folha de papel quadriculado presa a uma prancheta. Com a lapiseira, fez uma linha desde a sala de jantar de cima e em volta do perímetro do quarto principal e do banheiro.

Enfiado debaixo do braço, ele carregava alguma coisa enrolada num saco de lixo de plástico preto.

– Essa foi a coisa mais danada que eu já vi – disse a Ted e Rachel na entrada de casa.

Ele abriu o saco e deixou os dois espiarem dentro. O cheiro era horrendo, uma mistura de pelo queimado e produtos químicos. Ted deu só uma olhada e começou a tremer.

Sexta-feira à noite em Orlando, Rachel começa a cogitar uma ligação para a polícia. Mas diria o quê? Ela procura por atualizações sobre a menina de 3 anos em estado crítico. Liga para uma vizinha, JoAnne. Elas tiveram um contato breve motivado pelo ódio em comum pelos lixeiros da área. JoAnne atende no 19º toque. Rachel pergunta se Ted tirou a lata de lixo deles da calçada naquela semana. Não quer se denunciar.

Ela ouve, trocando o telefone de uma orelha para outra, mas não escuta nada. Boa parte do que não escuta é o vira-lata de rottweiler de JoAnne latindo. Ele está sempre latindo e arranhando a cerca.

Enfim, JoAnne diz:

– O lixeiro é só na semana que vem, Rachel.

A vizinha parece se resguardar. Diz o nome de Rachel como se estivesse fazendo sinal para outra pessoa que a ouve. Ela pergunta como está Orlando, e Rachel quebra a cabeça tentando lembrar se havia comentado sobre a viagem. Jogando verde, Rachel diz:

– Espero que Ted não esteja mimando April enquanto eu não estou. – A pausa a seguir demora. – April... – sonda Rachel. – Minha filha...

JoAnne diz:

– Eu sei quem é April. – Agora ela parece irritada.

Rachel não consegue se segurar.

– O Cesar mordeu meu bebê?

A linha fica muda.

Por fim o inspetor resolveu o mistério do fedor que a casa antiga tinha no inverno. Belinda Carlisle, conjecturou o inspetor, vinha usando o cascalho de granito da lareira como caixinha. Todas as vezes que eles ligavam os jatos de gás, Ted e Rachel estavam fervendo infinitos quilos de dejeto de gato. O avaliador do seguro lhes disse que o que ocorreu era sem precedentes. Rachel notou que ele mal conseguia conter a risada enquanto explicava que o gato devia estar aliviando o intestino no mesmo instante em que Rachel ligou a lareira.

Num dado momento, Belinda estava dando sua cagada noturna na caverninha escura da fornalha. Com a casa gelada, ela devia gostar do calor suave da chama-piloto. Ela teria ouvido o cricrilar do acendedor eletrônico. Naquele instante, jatos de chama azul teriam disparado contra a gata, saindo de todas as direções.

Tinha sido aquele demônio peludo e incandescente que desencadeou tudo. Belinda saiu gritando e correndo pela casa, e pondo fogo em cada pedaço de tecido antes de cair morta no closet do andar de cima, sob a roupa de lavanderia de Rachel guardada em plástico inflamável.

No sábado, Rachel telefona para casa três vezes e cai na caixa de mensagens. Ela imagina a casa vazia. É fácil imaginar Ted chorando ao lado de um leito hospitalar. Quando ele finalmente atende, ela pede April.

– Se é assim que você quer, mocinha – ela ameaça –, não vai ter Natal, não vai ter carrossel nem pizza se você não falar. – Ela espera, sem querer magoar. Ela põe a culpa do humor no rum com Coca-Cola duplo que custa mais que um cinto turquesa da TV. – Eu tive uma garotinha que era cega – provoca ela, tentando conseguir uma resposta. – Quem é você, a Helen Keller?

É o rum. Na televisão, um topázio ampliado cintila hipnoticamente, girando lento com o áudio desligado.

Na profundidade do silêncio, Rachel consegue ouvir a menina respirar. Não é sua imaginação. April está respirando, parecendo amuada, bufando baixinho como se seus braços gordinhos estivessem cruzados sobre o peito e suas bochechas de querubim estivessem vermelhas de raiva.

Arriscando-se, Rachel pergunta:

– O que você quer que a mamãe leve quando voltar? – Propina ajuda qualquer um a poupar a honra. – Um Mickey Mouse? Ou um Pato Donald?

Ela ouve uma leve arfada. A respiração para um instante, até que a voz distante, aguda, guincha:

– Ah, papai. – Deliciada, ela diz: – Puxa meu cabelo, Papai! Come meu cu!

Não é April. São os hóspedes do lado, uma voz que passa filtrada pela parede.

– Quem sabe uma barra de sorvete Rocky Road de ouro maciço, meia tonelada, coberto de chocolate? – Rachel fala na cara de pau, berrando longe do telefone. Ela bate contra a parede e grita: – Que tal um pônei pra comer sua bunda?

Pelo telefone ela ouve o robozinho aspirador de pó zumbindo – um novo – limpando o chão e batendo nas paredes, como – fazer o quê? – um animal sem olhos. Ted passa a metade do dia com a bunda na cadeira, mas quer seus brinquedinhos poupa-tempo da Sharper Image. Rachel fica assustada em pensar que April pode tropeçar sem querer no aspirador, mas Ted insiste que ela é mais inteligente que o robozinho.

Num lampejo, Rachel se dá conta. Mesmo que esteja um pouco embriagada, tudo faz sentido. Ted a culpa pelo que aconteceu a Belinda Carlisle. Ele não é brilhante, mas também não é burro. Ser rancorosa é algo que April herdou do pai. Ele esperou pelo momento certo, e agora ia se vingar.

Uma fina rachadura se abre na voz dela, e todo o pânico escoa. Ela pergunta:

– April, neném, seu papai está fazendo mal a você? – Ela tenta não perguntar, tenta deter a pergunta, mas é um esforço equivalente ao de desestourar um balão.

Na época em que April nasceu, eles estavam acomodados numa casa térrea pré-fabricada a poucas quadras de onde moram. Ted queria enterrar a gata no novo quintal, mas o inspetor nunca devolveu os restos mortais. A casinha térrea era menos teatral. Não tinha lareira aberta nem bidê, mas com uma criança cega era melhor. Como é que Rachel não ia se afetar vivendo grávida durante seis meses com cocô de gato em combustão? Como disse a obstetra, o toxoparasita ataca o nervo óptico. Mas Rachel sabia que era mais que isso. Era vingança. Claro que Rachel jurou que não havia visto Belinda Carlisle antes de acender o interruptor. E Ted aceitou a afirmação de Rachel ao pé da letra.

Havia mentiras que casavam as pessoas com mais eficiência que qualquer voto matrimonial.

No domingo, Rachel telefona e insiste que Ted escute.

– Minha próxima ligação vai ser para a polícia – jura ela.

A não ser que April diga algo que a faça mudar de ideia, ela vai ligar para o Conselho Tutelar e pedir uma intervenção.

O marido, o sr. Passivo-Agressivo, dá uma risada confusa.

– Quer que eu faça o quê, que dê um beliscão nela?

Um beliscão, sim, Rachel diz. Um tapa. Que puxe o cabelo. Qualquer coisa.

Ele pergunta:

– Só para esclarecer... Se eu *não* bater na minha filha, você vai me denunciar por abuso?

Concordando, Rachel diz ao telefone:

– Sim.

Ela o imagina tomando café numa caneca de laca preta que ele recuperou dos destroços do incêndio. A cor e o acabamento são tão feios que a caneca parece novinha em folha.

– Quem sabe deixo uma marquinha de cigarro? – pergunta ele, a voz embebida em sarcasmo. – Assim você fica contente?

– Use uma agulha da minha caixa de costura – instrui Rachel. – Mas antes esterilize com álcool. Ela ainda não tomou a antitetânica.

Ted diz:

– Não acredito que você tá falando sério.

– Isso já demorou demais – diz ela.

Ela sabe que está com voz de louca. Talvez seja tarde demais. Talvez seja a toxoplasmose, uma infecção do cérebro falando por ela. Mas ela sabe que fala sério.

O dinheiro do seguro custou a aparecer, e até esse momento o inspetor de incêndio ficou dizendo que havia sido criminoso. Os testes de laboratório detectaram um resíduo no pelo da gata. Um tipo de agente químico inflamável manteve Belinda Carlisle em chamas durante seu pavoroso e agonizante último voo. O mais estranho era que, algumas semanas antes, Rachel havia dobrado a cobertura do seguro. Mesmo com um bebê colado ao peito, ela não hesitou em chamar um advogado.

Ao telefone, no domingo à noite, Rachel diz que não está blefando. Ou Ted faz a filha emitir algumas palavras, algum *som*, ou eles vão brigar na vara de família. Parece se passar uma eternidade, mas Ted responde.

Com a voz apontando para outro lado, ele diz:

– April, querida. Você lembra o que é vacina da gripe? – Ele diz: – Lembra quando você teve que tomar injeção para brincar no acampamento de Páscoa? – A resposta é silêncio.

Rachel fecha os olhos para conseguir ouvir mais. Só consegue detectar o zumbido da luz fluorescente na lâmpada de cabeceira. Ela se levanta da cama para desligar o ar-condicionado, mas antes de dar um passo, a voz de Ted está de volta.

– Pode trazer a cesta de costura pro papai? – Parece que nada acontece, mas agora sua voz vem com tudo ao ouvido de Rachel. – Ficou contente? Assim você gosta? – Seus passos ecoam pelo corredor. – Eu vou ao banheiro. – Sua execução é monótona como uma canção de ninar. – Vou pegar o álcool para torturar nossa filha. – Ele canta: – Rach, você pode me impedir a qualquer momento.

Mas Rachel sabe que não é verdade. Ninguém consegue impedir nada. As pessoas no quarto ao lado vão trepar para sempre. A gata em chamas vai correr como um cometa para todo o sempre em toda casa que eles morarem. Nada vai se resolver, nunca. Mais uma vez passa pela mente de Rachel que ela própria esteja sendo torturada por Ted. April está no andar de cima, no seu quarto, ou brincando no quintal, e ele só finge que ela está lá. É mais fácil de engolir do que a ideia de que a própria filha a detesta.

– Você não entende – diz Rachel ao telefone. – Eu preciso que a machuque pra provar que ela está viva. – Ela exige: – Machuque pra provar que você não me odeia.

Antes que a TV possa vender mais mil relógios de diamante, April grita.

Nem um instante depois, Ted pergunta:

– Rach?

Sem fôlego. O grito ecoa na sua mente. Ecoaria para sempre na sua cabeça. Um miado de gato. O berro de Belinda Carlisle. O mesmo guincho que April dera ao nascer.

– Você enfiou a agulha – diz ela.

Ted responde:

– Você que gritou.

O grito não foi de Rachel nem de April. Era mais um som do sexo no quarto ao lado. Mais um impasse. O saco sempre vai estar até a metade. Ted sempre vai trapacear.

Rachel pede para ele colocar April no telefone.

– Quero ter certeza de que ela vai estar com o telefone no ouvido – diz Rachel –, e depois quero que você saia do quarto.

Pelo telefone, Rachel diz à menina:

– Seu pai não entende. Ele devia mais por aquela casa do que ela custava. Alguém tinha que tomar a decisão, fazer o trabalho sujo.

Ela explica à filha que o único problema de se casar com um homem sem personalidade, preguiçoso e burro é que você pode ficar com ele pelo resto da vida.

– Eu tinha que fazer alguma coisa – diz Rachel. – Não queria que você nascesse morta *e* cega.

Não interessa quem está ouvindo, se é Ted ou April. É outra confusão que Rachel vai ter que resolver. Ela explica que havia passado seu laquê no pelo da gata, laquê barato, simples, de todo dia, semanas a fio. Ela sabia que a gata estava usando a lareira como banheiro e torcia para que a chama-piloto fosse suficiente. Rachel deu mais comida para que ela tivesse que defecar com mais frequência. Cruzou os dedos, torcendo para que o aumento de gás intestinal resolvesse a questão. Ela não era sádica. Pelo contrário, ela não queria que Belinda Carlisle sofresse. Rachel garantiu que os detectores de fumaça estivessem com as pilhas em dia, e aguardou.

– Seu pai... – começou ela. – Ele acredita que se os pratos e o banheiro forem pretos, eles nunca ficarão sujos.

Na última noite deles na casa de Ted, Rachel entrou na sala de estar. Entrou correndo por causa do frio. Ela havia abaixado o termostato intencionalmente, torcendo para que a chama-piloto ficasse mais atrativa. Para preparar a armadilha, ela enterrou atum no cascalho de granito. Naquela noite, ela entrou na sala escura, em direção à sombra da árvore de Natal, e viu dois olhinhos amarelos piscando na lareira. Meio bêbada, ela disse:

– Sinto muito.

No telefone, de Orlando, muito bêbada, ela diz:

– Eu não senti nem um pouco.

Rachel disse adeus à gata e ligou o interruptor. O clic-clic--clic, como uma bengalinha branca batendo. O grito de bruxa irlandesa. Chamas correndo pelas cortinas da sala. Chamas correndo pela escada. A companhia de seguros acabou não conseguindo provar com 100% de certeza que o resíduo químico não era resquício calcinado do plástico da lavanderia.

Ao dizer isso, ela sente que April tornou-se uma estranha. Alguém à parte que precisa ser respeitada e merece saber a verdade. April dividiu-se para se tornar outra pessoa.

– A procrastinação do seu pai é o motivo pelo qual você nunca vai ver um pôr do sol.

O silêncio podia ser de qualquer um ou de ninguém. Se for mesmo April, ela não vai entender, só quando for mais velha.

Rachel diz:

– Só escolhi seu pai porque ele é fraco. Eu me casei com ele porque sabia que eu ia poder mandar.

Ela diz que o problema com gente passiva é que elas nos obrigam a agir. Depois, elas passam a odiar você. Nunca perdoam. Só então, pelo telefone, de forma clara e inegável, Rachel ouve Ted chorar. Nada que ela não tenha ouvido antes, mas dessa vez seus soluços crescem até que, como estouros de um apito, uma criança grita. Como um alarme de incêndio, irrompe um berro de criança, frenético e agudo, uma sirene pelo telefone.

A incitação de Rachel deu certo. Ele a havia intimidado, coagido, controlado e induzido a ferir um inocente. Agora eles estavam quites.

Com os gritos da filha e o choro do marido ainda ribombando nos ouvidos, Rachel fita um diamante giratório, gigantesco. Hipnotizada, tenta adivinhar seu novo futuro. E sussurra:

– Boa noite.

FATOS DA VIDA

O pai de Troy estava decidido a ser melhor que o próprio pai. Quando o pai dele, o avô de Troy, lhe explicou de onde vêm os bebês, ele contou como se fosse piada. Ele perguntou:

– Qual a diferença entre sexo anal e forno de micro-ondas?

Na época o pai de Troy tinha 6 anos, a idade que o filho tem agora. O pai de Troy não sabia, então o avô de Troy respondeu, sem rodeios:

– O micro-ondas não deixa sua carne marrom.

Era isso: os fatos da vida. Então, naquela tarde em que Troy entrou no carro e anunciou que sua turma de terceiro ano ia ter uma aula sobre sexo seguro, seu pai percebeu uma oportunidade de aprendizado. O colégio ainda nem tinha tratado de sexo e já ia dizer para as crianças o que não se faz. Independentemente disso, o pai de Troy sabia o que todo político sabe: você não responde à pergunta que lhe fizeram, você responde à pergunta que queria que lhe fizessem. Em se tratando de sexo inseguro, o pai de Troy sabia tudo.

Eles estavam no carro, então já parecia um bom ponto de partida. Estavam indo para casa, por isso o pai de Troy tinha que olhar por onde ia. Ele disse que às vezes, quando os papais e as mamães se amam muito, mas muito, eles gostam de ficar a sós. Ele contou que, quando se está no ensino médio, às vezes o único lugar pra ficar a sós é no carro, mesmo que seja um Dodge Dart que tem uma fita adesiva pegajosa cobrindo os rasgos no painel de vinil, e mesmo assim é preciso comprar ingressos para o *drive-in* – coisa quase impossível de explicar pra crianças hoje em dia, a não ser dizendo que é uma televisão tão grande que dá para cobrir toda a lateral do prédio onde o papai trabalha –, mesmo que o filme que estivesse passando naquela semana fosse *Os implacáveis,* com Sally Struthers, o que praticamente não interessa, porque o único motivo que leva os papais e mamães ao *drive-in* é quererem ficar a sós, e quando estão no colégio a vontade de ficar a sós juntos e se beijar e se tocar e acender uma ervinha e ficar se engalfinhando que nem ator pornô de pele macia numa cama de sal, bom, nessa situação papais e as mamães comprariam ingresso até pra ver tinta secar se garantisse umas horas longe do jugo de alguém, mesmo que o que eles tivessem fosse um amor real, verdadeiro e eterno que os papais e mamães mais velhos já tenham esquecido que existe, mesmo que o Dodge Dart não seja lá o melhor carango pra dar uns amassos porque um dono antigo filho da puta tinha trocado o banco da frente por dois assentos ajustáveis e o banco de trás só dava espaço para fazer conchinha, peito nas costas, deitados de lado, que não é a melhor das posições porque a mamãe sempre diz que entra muito ar, e por enquanto o pai de Troy ainda está de olho na rua e não vê a reação do garoto, mesmo quando ele diz que conchinha é a única posição para a mamãe porque se ela tentasse a de vaqueira uma vez que fosse ia ficar de pé, subindo e descendo pra todo mundo ver, os peitos e o cabelo batendo até o *drive-in* inteiro acender os faróis, alto--baixo, alto-baixo, e buzinar e berrar que nem no rodeio até a história correr o colégio inteiro, mesmo quando esse papai no *drive-in* decidiu que eles iam tentar um sessenta e nove só pra começar a festa, mesmo quando ele descreve os dois tirando as roupas e se engalfinhando no banco de trás, mesmo assim seu garoto, Troy, pergunta o que isso tem a ver com a origem dos bebês, mesmo que seu pai tenha chegado no momento em que a mamãe pega na zona do perigo do papai com dois dedos, como se estivesse tirando lixo do chão de um banheiro público, e ela diz que ele não está com o cheiro bom e que ela está na dúvida, mesmo depois de ele explicar e explicar como é limpinho e qual é a natureza do prepúcio, mesmo assim ela não cai nessa nem quando ele solta o velho argumento do "Por que só é mutilação genital quando é com menina?", mesmo assim ela fica paralisada, mesmo quando ele diz que "Mutilação genital é mutilação genital, independentemente do modo como você corta o negócio", nem assim ela ri, mesmo quando ele pisca e diz que está só brincando, mesmo assim ela empacou total quanto à possibilidade de apalpar as partes dele, então ele dá uma escalada só da cintura para cima no banco da frente e abre o porta-luvas e fica remexendo nos mapas velhos, mesmo que tenha que explicar pra criança o que é mapa, uma geração de crianças que têm GPS de tudo e que nunca vai saber do pesadelo origami que é tentar dobrar de novo um papel velho à noite, no vento, mesmo quando ele está procurando uma camisinha e sei lá o quê, qualquer coisa pra tapar o cheiro, mesmo que esse cheiro não seja nada de mais além do cheiro que uma saudável zona do perigo pré-mutilação deve ter, mesmo assim tudo que o papai consegue encontrar é uma garrafona de álcool em gel que sobrou do pânico que tinha tido no ano anterior com a gripe aviária asiática, e mesmo assim isso foi uma década antes de o garoto nascer, o menino quer entrar numa tangente de o-que-foi-gripe-aviária e de o-que-é--assento-ajustável mesmo que nada disso interesse no grande panorama das coisas, mesmo que ele esteja explicando como o papai mostra o álcool em gel para a mamãe no banco de trás coberto de fita adesiva e se dispõe a passar o álcool em toda a zona do perigo se ela ficar contente, até mesmo o coração gelado dela não consegue deixar de derreter diante desse gesto romântico tão grande, mesmo assim ela se preocupa porque isso vai arder porque a garrafa está falando de uma grande porcentagem de álcool, mesmo assim a zona do perigo dele está ardendo de vontade tão forte que vence o senso comum, então ele esguicha uma megamãozada do gel transparente, frio, pegajoso, e usa o gel para esfregar sua zona do perigo, e mesmo com os quase cem ingredientes germicidas listados na etiqueta, sem falar em vestígios de aloe vera, mesmo assim não arde tanto quanto ele tinha imaginado, não tanto quanto sua zona já está ardendo, como se ele pudesse morrer de compactação espermal, tipo um dente do siso, mas que fica no meio das suas pernas de adolescente magricela, a ardência não é tanta a ponto de fazer sua zona do perigo mudar de ideia mesmo quando a mamãe ainda não lhe dá uma boquinha, mesmo assim sua zona do perigo continua uma rocha dura como o nariz do rosto quando ele planta a cara bem no meio da zona do perigo da mamãe e cai de boca, fazendo aquele joguinho que eles chamavam de Flipper e que é baseado num programa de TV tão antigo que nem na Nickelodeon passa mais, mesmo assim sua mamãe não bota a boca pra trabalhar porque agora está preocupada de se contaminar com produtos químicos, mesmo assim, em vez de desistir, o papai fica de cara abaixada, segurando a respiração, brincando de Flipper, patinando com a língua no riozinho dela porque sabe que se ela ficar bem quente vai topar tudo, mesmo assim o pai de Troy continua com os olhos na rua enquanto sente um tsunami de perguntas se avolumando no seu garoto, mesmo assim o papai do *drive-in* não levanta para tomar ar, fica só no nado cachorrinho com a língua até o momento em que ela fica tão inundada que ele pode virar a cabeça tão rápido que um borrifo do suquinho de mamãe vai voar da ponta de seu nariz e fazer um arco de lama enquanto ele solta um Iii-Iii-Iii-Iii de risadinha de golfinho e bate palmas como se fossem nadadeiras de golfinho tipo toda vez que eles assistiram a esse programa na TV quando eram menores, mesmo assim sua zona do perigo está estourando-vai-estourar com 136 atmosferas de leitinho de papai pressurizado quando, com ou sem fedor, essa mamãe não quer mais nada nesse mundo do que uma conchinha no banco de trás do Dodge Dart, entrando ar ou não, mesmo assim o que não fica dito é que já se passaram pelo menos onze dias do tempo estimado de chegada dos dias mensais da mamãe, e mesmo assim ela fica dizendo que pode ser por ter vomitado muita salsicha empanada, mesmo que ela tenha feito as contas de cabeça e visualizasse seu erro já do tamanho de um aglomerado celular, mesmo assim esse garoto, Troy, pergunta "Foi assim que eu comecei?", ainda tentando entrar naquele esquema de-onde-a--gente-vem, mesmo assim o papai no Dart está surrando as zonas de perigo com a mamãe, doces e perfeitas memórias, enquanto Sally Struthers diz alguma coisa para Steve McQueen na tela do *drive-in*, mesmo assim ele não tem a mínima ideia de que já é um papai, não, ele está surrando tudo lá com a água de Flipper ressecada que deixa a pele firme em volta do rosto até que ele ouve a mamãe dar uma guinchada como se todas as manhãs de Natal tivessem se juntado numa só, e ele se solta todo, e mesmo assim ele quer de novo, mas ela diz para primeiro fumar um grosso que ela tem na bolsa e sai de perto dele engatinhando e pesca o beque e acende um isqueiro, paraquat e malation que se fodam, e mesmo assim ela reclama do ar que ficou dentro dela, mesmo quando ela acende o beque e eles ouvem que não é do bom porque mesmo com Sally Struthers berrando alguma coisa, os dois ouvem as sementes estourando quando ela dá uma tragada longa, mesmo assim eles começam a estapear de novo as zonas do perigo um do outro, porque nos tempos de colégio o papai nunca ficava meia-bomba de verdade, mesmo assim seu garoto, esse garoto, Troy, quer saber por que eles iam fumar um grosso mesmo com o risco de causar lesão cerebral nele em gestação, e não é bem coisa de criança fazer pergunta e não esperar resposta e ser tão ensimesmado, mesmo com seu filho dando sermão de sexo seguro e dos efeitos do THC no primeiro trimestre, mesmo assim ele descreve como essa sementinha estourou, bem alto, estourou e soltou faísca como no feriado da Independência, e chove faísca até que essas faíscas caem na moita da mamãe.

A parte seguinte é bonita. Um brilho bonito. Como aquele azul de bananas flambadas ou de crepe Suzette que servem na mesa auxiliar. Como um café espanhol quando o barman polvilha com pó de canela, que se ilumina como os vaga-lumes. Tão bonito que o papai e a mamãe só conseguem olhar para essa nimbus azulada como se fosse uma TV preto e branco exibindo filme antigo, essa luz azul de feitiço que dança lá embaixo no pelo do colo que deve estar ensopado de álcool em gel de segunda porque esse negócio nunca evapora de verdade e porque a moita dela explode que nem napalm pela manhã atrás de Charlie Sheen no segundo filme da noite, e mesmo assim a mamãe e o papai não param pra pensar em pare-deite-role, pare-deite-role, que nem o Bill Cosby dizia para eles quando eram pequenos, em vez disso eles gritam e até a zona de perigo da mamãe grita com o monte de ar que o papai botou dentro dela, até que essa explosão de ar solta chamas que nem um dragão que cospe fogo, como um lança-chamas da Guerra do Vietnã ou a tenente Ellen Ripley perseguindo o alien no escuro, uma heroína feminista do caralho que ninguém tinha visto até que se viu que era só a Sigourney Weaver, mesmo quando aquele disparo que cruza o banco de trás e bota fogo na zona do perigo com álcool em gel do papai, não só nos pentelhos mas nas partes de pele também, que ainda estão grudadas por pressão interna, de modo que ter prepúcio a mais é a menor das preocupações, mesmo assim ele tenta ser fiel ao que aconteceu, mesmo que a expressão no rosto do garoto, no rosto de Troy, seja de horror e desprezo, o pai de Troy diz que é tipo quando eles vão acampar e deixam o marshmallow muito perto da fogueira e fica só aquela bolha pingando porcaria e derretendo e chamuscando e que ninguém consegue apagar, muito pior que só deixar a carne marrom, mesmo assim os dias mensais da mamãe resolvem descer, mesmo que fora de hora, é assim que as moças fazem se alguma coisa assusta elas, tipo uma aranha perto da pia ou uma máscara de Halloween que dá medo, elas contraem todos os músculos porque é manobra de defesa, tipo um polvo que solta tinta pra criar cortina de fumaça e poder fugir, a mamãe jorra esse vulcão de sangue rodeado por um círculo de fogo. Mesmo assim não adianta, porque a parte interna do Dodge Dart pega fogo e faz um fogaréu fogoso dentro da fogueira como um fogareiro dentro de uma casa no meio de um incêndio numa subdivisão do inferno, mesmo assim o papai está tão engatilhado que quando tirou ele ainda disparou seus espermatozoides, só que pegando fogo do álcool em gel, disparou, POU, POU, POU, como um sinalizador, como feriado da Independência, mesmo assim a mamãe não está sentindo aquele susto de alívio de não-estou-grávida, mesmo assim a mamãe e o papai ficam pulando no banco de trás do Dodge Dart até que todos os faróis atrás deles ficam piscando alto-baixo, alto-baixo, e todo mundo fica gritando "Iupi!" como se fosse rodeio e gritando "Pinoteia, menina!" sem saber que é uma conflagração de zonas do perigo, que só veem quando a mamãe desaba da porta de trás do Dodge e o papai desaba pela outra porta de trás e mesmo assim essa ideia de pare-deite-role é a última coisa que vem à mente, mesmo assim os dois saem correndo pegando fogo, deixando um rastro de pedacinhos de marshmallow queimado, em combustão, soltando bolas de banana flambê que estouram no cascalho do *drive-in*, botando fogo em guardanapos que os lixentos jogaram no chão, mesmo assim eles seguem correndo até onde os rostos de Sally Struthers e Steve McQueen se beijando ficam cada vez maiores, maiores, e mesmo assim o rosto do seu filho, o rosto de Troy, é um grande ponto de interrogação, e o menino pergunta:

– Foi daí que eu vim?

Nesse momento eles estão em casa, estacionados na frente da garagem, enquanto a mãe de Troy acena da janela da cozinha. O que sobrou dela. Mesmo assim o pai de Troy está tão determinado a superar a péssima performance do seu próprio pai que diz:

– Não, meu filho. É por isso que você é adotado.

TELEVENDAS

O computador me passa a sra. Wayne Timmons, código de área de Battle Creek. É a primeira semana que fazemos televendas do Limpa Lustra Luxo, que não é só um esfregão, mas um sistema completo de aprimoramento de assoalho, a única forma de proteger e conservar seus pisos de alta qualidade, o jeito mais econômico de poupar milhares de dólares de prejuízo na sua madeira de lei ou nos seus laminados vinílicos, toda essa tranquilidade para seu lar por três suaves parcelas de...

E a sra. Wayne Timmons diz:

– Espera um pouquinho. – Ela pergunta: – Por que eu deveria comprar alguma coisa de vocês?

As diretrizes dizem para voltar às defesas nível 2: porque o Limpa Lustra Luxo vai fazer você poupar mais do que ele custa, em termos de economia de tempo e na eventual revenda da sua residência.

E a sra. Wayne Timmons diz:

– Por acaso você acredita em Deus?

Não está no roteiro oficial de respostas, mas eu respondo. Os diálogos que fogem às planilhas-padrão, chamamos oficialmente de provocação. Oficialmente não é para entrarmos em tangentes que fujam dos trilhos do tema, mas eu respondo:

– Sim.

E a sra. Wayne Timmons continua:

– Nosso único e verdadeiro Deus cristão?

Sim. Oficialmente eu deveria retomar o tópico do Limpa Lustra Luxo, dizendo como ele é fácil de usar, e que limpar o chão da cozinha não mais será trabalho servil no sétimo dia...

E a sra. Wayne Timmons diz:

– Não é aquele deus-elefante do sorrisinho, né? – Ela pergunta: – Tem certeza de que você não venera mulher pelada com um monte de braço?

O básico de qualquer ligação externa é você começar com a saudação, a concessão e a proposição. Primeiro você dá um boa-tarde ou bom-dia ou o que for; essa é a saudação. Você pede autorização para falar com o cliente: a concessão. Só depois você faz a proposição.

– Que horas são aí? – diz a sra. Wayne Timmons. – Aqui são quatro da tarde.

Aqui são três, da mesma tarde. Outra provocação. Se você tiver muitas provocações, a supervisora registra um demérito. Muitos deméritos e você vai ter que achar um emprego que paga ainda menos.

– Não vá mentir pra mim quanto ao horário – retruca a sra. Wayne Timmons. – Você está em Calcutá ou Nova Délhi? Índia ou Paquistão?

Outra provocação. Estou em Walla Walla. Rezo exatamente para o mesmo Deus dela, o grandão, da barba branca.

– Como você se chama?

Bill.

– Não vá mentir pra mim, hein, Omar, Akbar – diz a sra. Wayne Timmons. – Nós americanos sabemos como vocês são treinados. Já deu no jornal e na TV. Vocês ganham nome normal e eles ensinam vocês a falar que nem gente de verdade. – Ela diz: – Mas a gente sabe que vocês estão tirando comida da boca dos nossos bebês...

Do outro lado da mesa de networking, a supervisora ergue os olhos. Os olhos dela se fixam nos meus, as sobrancelhas dela se erguem. Ela aponta uma unha para o visor digital na parede:

as ligações ativas, as ligações totais do turno, como minhas provocações estão prejudicando a duração média de chamada. A média de três minutos está chegando a quatro-vírgula-cinco. A supervisora passa uma unha no pescoço.

No meu fone, a sra. Wayne Timmons fala:

– Vocês nem comem hambúrguer. Eu vi as fotos, vocês deixam vaca suja atrapalhar o trânsito...

Meus olhos observam o tempo médio de ligação se estender a cinco minutos, os colaboradores de outras mesas e outros bancos olham para mim, eles fazem "não" com a cabeça porque estou detonando o bônus mensal de todo mundo. O roteiro diz que eu deveria pedir desculpa e encerrar, mas não encerro. Continuo provocando, dizendo que meu nome é William Bradley Henderson. Tenho 17 anos e frequento o colégio Thomas Jefferson, em Walla Walla, Washington. Trabalho quatro noites por semana em televendas porque quero juntar dinheiro para comprar um carro...

E a sra. Wayne Timmons diz:

– Vocês não perdem uma...

E eu falo, bem alto. No meu bocal, eu falo:

– Confie em mim.

Ao meu redor, os fones sobem. Vários olhos me alfinetam de todos os lados. Colaboradores negros, hispânicos, asiáticos. Indígenas.

Eu falo baixinho no telefone:

– Escute, minha senhora... – Eu quase grito: – Eu sou branco que nem você...

Na noite seguinte, um homem com código de área de Sioux Falls diz:

– Vocês sequestram nossos aviões e batem nos nossos arranha-céus, e é pra eu comprar essa porcaria desse esfregão com vocês? Mas nem fodendo, Haji...

Um homem com código de área de Tulsa diz:

– Vai enrolar uma toalha na cabeça, vai.

E desliga.

Um homem com código de área de Fargo diz:

– Vai pilotar camelo.

E desliga.

Um homem com código de área de Memphis diz:

– Vai comer areia, negão.

E a linha fica muda.

A seguir, o computador me passa um código de área da Zona Oeste de Los Angeles, e a mulher que atende diz:

– A Praça da Paz Celestial foi uma tragédia para os direitos humanos, mas você tem que continuar lutando pela liberdade. Como integrante da Anistia Internacional, invisto cada centavo que me sobra lutando para obter um salário digno e condições de trabalho mais seguras para gente como você. – Ela diz: – Você precisa erguer-se e livrar-se dos grilhões de seus suseranos imperialistas. – Ela continua: – Os povos do mundo marcham ao seu lado.

Mas ela não compra o esfregão.

A seguir, na lista, o computador me passa um sr. e sra. Wells no estado de Washington, código de área 509, e quem atende é uma menina.

Eu digo:

– Podemos conversar sobre uma revolução para preservar seu assoalho?

E ela responde:

– É claro. – A menina diz: – Fala.

Saudação, concessão, proposição.

A menina me interrompe:

– Tenho inveja de você. – Ela diz: – Eu tô aqui, encurralada nessa cidadezinha fofinha chamada Walla Walla, que dá no mínimo um tanque de gasolina pra ir até qualquer lugar legal. No meu colégio só tem clones: roupa igual, cabelo igual, sonho igual, como se todo mundo tivesse saído da mesma linha de montagem. Eu nunca vou conseguir sair daqui. Nunca.

Digo que o Limpa Lustra Luxo é um novíssimo sistema completo de aprimoramento do assoalho...

– Você tem um elefante? – pergunta ela. – Tipo, você vai pro trabalho montado em elefante, elefante vivo, de verdade?

A fila, a duração média de ligação, a supervisora. E eu respondo:

– Sim. – Saindo do roteiro, falo: – Um elefante indiano, ele tem 5 anos.

Ela comenta:

– É legal, né?

Eu digo:

– Ele se chama Sinbad.

A menina fala:

– Adorei! Eu tenho uma gata. Na verdade ela é uma jaguatirica. Quer dizer, ela vai ser jaguatirica quando crescer. Ela se chama Pimentinha.

A supervisora está olhando, vindo na minha direção, tão perto que escuta a conversa.

– Meus pais me adotaram – diz a menina – quando eu era bebê, no Zaire. Meu pai adotivo estava no Corpo de Paz. Eles são legais e tal, mas é estranho ser a única menina afro-americana, tipo, na cidade. – Ela diz: – Sabe o que é jaguatirica?

Anotando o telefone dela num pedaço de papel, pergunto à menina se posso deixá-la na nossa lista de retorno de ligação. E aí, na outra noite, poderemos falar mais sobre o Limpa Lustra Luxo.

– Sim, por favor – diz ela. – Samantha. Eu me chamo Samantha, mas meu nome de batismo é Shamu-Rindi.

E eu encerro a ligação.

Naquela semana no colégio, cheguei numa menina negra na hora do almoço e perguntei:

– Você é do Zaire?

E ela ficou me olhando. Ela me deu uma ombrada, virou-se e foi embora.

No outro dia, perguntei para uma menina negra se ela tinha uma jaguatirica.

E ela disse:

– Uma o *quê*?

– É um gato selvagem, pequeno – respondi.

E ela revirou os olhos:

– Eu *sei* o que é jaguatirica!

No outro dia, cheguei na última garota negra do colégio Thomas Jefferson e perguntei:

– O seu nome de verdade é Shamu-Rindi?

A menina piscou, devagar, devolveu o olhar, esperou.

Então eu perguntei:

– Samantha Wells?

E a menina ergueu uma mão, devagar, e apontou para uma menina do outro lado da cantina. Uma menina branca. De cabelo loiro e comprido. Usando traje de animadora de torcida.

Quando retorno a ligação, Samantha "Shamu-Rindi" diz:

– ...ninguém gosta das músicas que eu gosto, essa coisa techno, tribal, batuque *world music*. Nem de comida orgânica, natural, que é a única que eu como. Quer dizer, meu gosto vai muito além da vivência limitada deles...

Não digo nada.

– Um bom exemplo – diz ela – é o verão daqui, a umidade deixa meu cabelo todo zoado...

Não digo nada.

Ela pergunta:

– Como está seu elefante?

Bem, respondo. Vai bem.

– O Sinbad? É isso?

Pergunto se ela quer comprar o Limpa Lustra Luxo.

E Samantha diz:

– Se eu comprar, amanhã você me liga de novo?

Na noite seguinte, um homem com código de área de Yakima diz:

– Neste exato momento, o que eu quero saber é como nossos contribuintes seguem dando bilhões de auxílio financeiro pra vocês e vocês nunca melhoram. Estão sempre pegando aids ou passando fome!

A supervisora vem do lado da minha cadeira. Fazendo "não" com a cabeça, ela passa o dedo no pescoço.

E eu encerro a ligação.

Em outro retorno, Samantha diz:

– ...eu adoro que você é indiano. É tão sexy. Ou você é paquistanês?

Pergunto se ela quer comprar o quinto Limpa Lustra Luxo.

E ela diz:

– Peraí que vou pegar o cartão de crédito do meu pai.

Na semana seguinte, no colégio Thomas Jefferson, chego na líder de torcida loira e digo:

– Oi. Você que é Samantha Wells?

E ela diz:

– Quem quer saber? – A voz é a mesma do telefone. A menina com dez Limpa Lustra Luxo, mas nenhuma jaguatirica.

Eu, o garoto do elefante de faz de conta, digo:

– Vamos sair um dia desses?

E Samantha responde:

– Eu estou meio comprometida no momento. Ele não estuda aqui. – Aproximando-se com um sussurro falso, com seu agasalho de líder de torcida, o cabelo loiro em rabo de cavalo descendo pelas costas, ela diz: – Ele é hindu. A gente tem um romancezinho a distância...

Eu pergunto:

– Qual é o nome dele? – Eu nunca lhe disse meu nome.

Fazendo "não" com a cabeça, Samantha diz:

– Não tem como você conhecer.

Então eu pergunto:

– Como você pode namorar alguém que não acredita no único e verdadeiro Deus cristão?

Ali parado, meu penteado, minhas roupas e meus sonhos, tudo em mim que saiu da mesma linha de montagem que ela, só mais um clone, digo:

– Esses hindus... – Eu falo: – Hindu é tudo viado...

E ela diz:

– Desculpe. – E dá meia-volta, balançando o rabo de cavalo, e vai embora.

Indo atrás dela, eu berro que sou branco. Berro que ela é menina, da raça branca. Que ela tem que sair com cristãos brancos... Não se meter com uma bicha, com um negro, lá do outro lado do mundo, pra fazer bebê mestiço ímpio...

Eu berro, correndo atrás dela:

– Meu nome é Bill. – Eu berro: – Meu nome é Bill Henderson.

Mas Samantha Wells já está longe, inalcançável.

O PRÍNCIPE SAPO

Mona Gleason tem uma tatuagenzinha do Mickey Mouse na nádega, por isso Ethan decide começar por ali. Ele dá um beijo no Mickey e diz:

– Imagina o primeiro homem das cavernas – sussurra as palavras junto à pele dela.

Mona diz:

– Para. – Ela fala: – Não faz cócegas. – Mas ela não se vira.

Ele beija o camundongo mais uma vez e diz:

– Imagine um homem das cavernas cutucando uma fogueira com um galho em chamas. A fuligem queimando na pele, e o homem das cavernas se dá conta de que aquela mancha preta não vai sair nunca...

Isso é depois que Ethan já passou da meia-lua, da pequena área e do gol. Mona está no quarto dele, os dois na cama, uma longa tarde pela frente até que os pais voltem do trabalho. Está sendo uma guerra para ele não tirar a calça jeans. As roupas de Mona estão espalhadas por todo lado. Camiseta e saia. Cobrindo a mesa dele, cobrindo tudo, menos ela. Ele já apertou os peitinhos dela e tirou sua calcinha, bem devagar. A tattoo fica num lugar que os pais dela nunca vão ter como saber. Essa é a ideia. Mona está tão molhadinha que quer ir até o fim. Ela está gemendo e pingando nos lençóis, mas Ethan não quer repetir os últimos desastres.

Diferentemente do primeiro homem das cavernas que ficou marcado, ele quer que a história lhe dê crédito pela sua descoberta.

Ele franze os lábios e chupa. Deixa Mickey Mouse com o rosto roxo, horrendo. Ele diz:

– Olha só: Mickey Chupão. – Deitada de barriga para baixo, Mona se vira, mas não consegue ver, não sem espelho.

Ethan pergunta:

– Imagine aquele primeiro homem das cavernas fazendo a mancha negra ficar maior? – Ethan descreve a fuligem e um pedaço de osso com ponta afiada, alguém se furando até ficar coberto de sangue. Que coisa louca que devia parecer para outro homem das cavernas. Tudo que um dia vai parecer legal sempre parece doido no começo. Ele aperta a pelezinha de Mickey Mouse e diz: – Imagina a primeira moça das cavernas que enfiou um brinco na orelha? Seja lá o que ela enfiou, um osso de peixe, um espinho de cacto, ela nem sabia o que era um brinco.

Mona dá risadinhas e roça a mão sobre a calça dele.

– Agora vocês são à prova de balas – diz Ethan. – Todas vacinadas contra HPV, milhões de jeitos pra não ficar grávida.

Os olhos dela agitam-se, indo e voltando da virilha ao rosto dele. Mona lambe os beiços.

Ethan descreve a prática de *pearling*, inventada pelos nativos dos Mares do Sul. O nativo faz uma pequena incisão na pele na parte superior do pênis. Ali ele implanta uma pérola, logo abaixo da primeira camada de pele, e costura o corte. Provavelmente não faz isso sozinho. Deve ter todo um time de futebol de tonganeses que vem segurar enquanto quem faz o negócio é um feiticeiro. Mas, se sarar direito, eles fazem de novo. Eles enterram pérolas, um colar de pérolas, na volta da ponta do pênis. Aí, quando ele fica duro, as pérolas, os carocinhos duros que são, eles roçam certinho, certinho na moça.

Enquanto ouve, Mona está friccionando, mas não tão forte. Ela olha para a calça dele e pergunta:

– É isso que você não quer me contar?

– Não – diz Ethan.

Ele a deixa pensar que não é nada tão horrível.

O truque é chegar na verdade com passinhos de bebê. Das tatuagens aos piercings. Depois: *pearling*. E aí ele descreve injeção salina. Gente, caras principalmente, que faz um entalhezinho na pele, perto da parte de cima dos escrotos. Ele reforça os plurais, dizendo "caras" e "escrotos", para que não pareça um passatempo isolado de aberrações de circo. O cara enfia um tubo estéril no entalhe e enche o escroto com litros de solução salina. O saco do cara incha até ficar uma bola de basquete e ele cobre a incisão até sarar.

Quando ouve isto, Mona para de mexer no zíper de Ethan. Ela parece meio esverdeada, mas está tudo dentro do esperado.

– Moças também podem fazer – explica Ethan. Nos seios, por baixo, usando essas agulhas grandes de doar sangue. Independentemente de ser em seios ou escrotos, fica uns dias inchado até o corpo da pessoa absorver a água. – Já vi fotos na internet – diz Ethan. – Seus peitos ficam tão grandes, tão estufados, que parece sutiã de água da Victoria's Secret, só que sem o sutiã.

Imaginar aquilo faz Mona cruzar os braços por cima do peito.

Ethan a escolheu não só por ser gostosa. Achou que ela seria mais cabeça aberta. Diferente de Amber Reynolds e Wendy Finerman. Ele tinha conhecido Mona Gleason em microbiologia avançada. Era uma aula sobre virologia. Adorou Mona porque ela ama os vírus. Eles nasceram um para o outro. Alguma coisa nas partes dele se mexe como um bebê pronto para nascer.

– Modificação corporal – diz ele.

Toda época adota uma moda que parece ridícula para qualquer outro momento na história.

Agora ele já percebe que Mona está em dúvida quanto a abrir a calça dele. Está afobada. Esse papo todo abafou o tesão.

– Do meu ponto de vista – prossegue ele –, a pessoa tem que sacrificar a vida por alguma coisa.

Ele percebe que ela deixou um grande espaço na cama entre os dois. Ethan pergunta:

– Já ouviu falar de Couve de Bordelas?

Mona, ela diz:

– Couve-de-bruxelas?

Ethan repete, mais devagar:

– Bordelas. – Ele explica: – Bordel.

Agora Mona ficou temerosa. Sua testa se enruga como a de uma pessoa que não quer ligar A com B.

Ele pergunta:

– E "quebra-molas"?

As linhas somem da testa. Ela faz que sim.

Ele pergunta:

– Conhece "espiga de milho"?

Mona revira os olhos. Com cara de tonta e aliviada, ela responde:

– Óbvio.

Ethan faz que não com a cabeça.

– Você não faz a menor ideia do que estou falando. – Ele olha para a janela, certificando-se de que está fechada. A porta está trancada. Ele atenta para ouvir se há alguém por perto. Quando tem certeza de que a barra está limpa, ele continua: – É assim que chamam as damas da noite.

– Putas? – pergunta Mona.

Ethan estende um dedo para corrigi-la.

– Prostitutas.

– Espiga de milho?

– Ouça – diz Ethan.

Ele conta que foi à Zona Leste da cidade. Saiu de casa escondido e pegou um ônibus para a Zona Leste, tarde da noite. Também já foi em fins de semana. Por motivo de pesquisa. Não foi caro.

Ao ouvir isso, Mona faz cara de quem sabe onde aquilo vai dar.

– Usei luvas de látex – diz Ethan, para defender seus métodos, seu protocolo científico.

Ele conta que roubou cotonetes esterilizados da enfermaria do colégio e placas de Petri do laboratório de química. Fez a cultura das amostras ali mesmo, na escrivaninha do quarto.

Mona olha para a mesa, abarrotada de livros. Os manuais de virologia. Nenhuma plaquinha de Petri. Ela pergunta:

– Você transou com prostitutas?

Ethan estremece.

– Não – diz ele. – Só passei o cotonete nelas.

A julgar pela expressão, Mona está imaginando alguém fazendo faxina. Os marujos do navio limpando o deque com esfregões e baldes de água com sabão.

Para esclarecer, Ethan explica:

– Perguntei a cada voluntária sobre o histórico de infecções. Há quanto tempo haviam se manifestado. Com que velocidade se espalharam. Perguntei sobre desconfortos e quaisquer sintomas negativos.

Pela cara de Mona, ela está pronta para pegar as roupas. Para ganhar tempo, para acalmá-la, Ethan diz:

– Não é o que você está pensando. – Ele fala, num tom tranquilizador: – Se você foi vacinada, garanto que não corre perigo.

Mona começa a sair da cama. Ela está alcançando o celular, mas Ethan o alcança primeiro. Ele deixa o celular longe dela enquanto reitera:

– Lembra que o primeiro tatuado deve ter parecido um doido?

Os olhos de Mona fitam os dele.

Ethan está contando tudo porque quer que ela entenda. Ele não é um lunático. Também não é um puritano; tem coisas que precisam ficar por baixo dos panos. Ele quer que ela saiba o que a espera quando abaixar as calças. Ele é um artista. É um pioneiro, um revolucionário. Ele está contando para ela não gritar quando vir.

Ele se põe de pé na frente dela e sugere:

– Lembra a primeira moça das cavernas que botou um osso no nariz?

Agora ele começou a mexer no cinto. Estende a mão para tirar da fivela. Ele joga o celular por cima do ombro. Abre o cinto.

Ele não quer que ela grite que nem Amber Reynolds gritou pedindo socorro. Nem que ligue para a polícia, como tentou Wendy Finerman.

Ethan é o elo perdido que não quer ficar perdido. Ele diz:

– Eu sou o que existe entre os seres humanos e o que está por vir.

Mona não está mais afobada. Mas ela não é covarde. Está eriçada de curiosidade. Ela volta a ficar agachada na cama, ajoelhada, enquanto Ethan está ali, de pé. Ela tira o cabelo da frente do rosto. Os mamilos já murcharam. Ele abre o botão da calça jeans.

Ethan diz:

– Não sou o primeiro cientista que se usa de cobaia.

Ao descer o zíper, ele tenta interpretar a expressão de Mona. Não está indo bem. Ele começou tão devagar, fez uma defesa tão gradual, mas o que ela vê apagou toda a racionalidade científica que havia em seu rosto. Os olhos dela dão voltas. O queixo está caído. O único som que ela emite é um pequeno espasmo devido a um suspiro.

– Meu método – tenta explicar Ethan – foi fazer minúsculas picadinhas e infectar cada um com uma amostra. – Ele se esforça para manter-se racional e não reagir ao olhar dela. – Tipo na aula de biologia – diz ele, com esperança –, tipo o Gregor Mendel com as ervilhas, sabe? Eu sou meu próprio jardim de experimentos.

É assim que o primeiro homem das cavernas deve ter se sentido. Ou mesmo o príncipe Albert, que todo mundo no vestiário do colégio ficou olhando, achando que era um doido, sem saber que o príncipe Albert definia tendências, um gênio, e daqui a uns anos todo mundo vai querer a mesma coisa. Não, todo futeboleiro panaca deve ter ficado de boca aberta diante do príncipe Albert. Tal como está Mona, com suas bochechas descoradas.

Apesar de Ethan ter sido meticuloso nos cuidados para prepará-la, Mona não para de olhar o que há entre as pernas dele. Não diz nada. O rosto dela congela como uma risada muda enquanto ele tenta explicar seu método científico. Tal como o *pearling*, como tantas formas de modificação corporal, sua meta foi ampliar a sensação de prazer. Todas as moças são vacinadas, então o que interessa se o cara tiver infecção? Ele plantou na sua sementeira e ficou vendo o que ia brotar. As picadinhas não foram grande coisa. Mais fácil que tatuagem. Menos doloroso que piercing.

Quando os primeiros resultados brotaram em sua pele, deixaram um rastro de brotinhos. Era quase uma coisa fofa. Tipo o Sítio do Seu Lobato. Por toda a extensão dele havia uma delicada trilha de espiguinhas, pequenas demais para se ver sem uma lupa. Quando esses brotinhos começaram a crescer, Ethan entendeu por que chamavam de Couve de Bordelas. Depois que apareceram todas as fileiras e elas começaram a crescer, fileiras de bulbinhos bulbosos que iam até suas partes, aí que ele entendeu por que também chamavam de espiga de milho.

Mona ajoelha-se a seus pés, olhando para a janela. Para a porta trancada. De pé e com as pernas abertas, agigantando-se sobre ela, Ethan diz:

– Do ponto de vista científico, você tem que admitir que é fascinante.

Algumas eram vermelhas. Outras, cor-de-rosa. Pelancas brilhantes rosa-shocking. Outras pareciam escuras. Erupções púrpura que estouravam de erupções roxas. Algumas eram bem brancas, ficavam maiores, projetavam-se como telescópios. Em microbiologia, eles estudaram que um vírus não era uma coisa viva nem morta. Não em termos técnicos. A ciência não tinha certeza do que era um vírus, sabia apenas que era uma partícula de ácido nucleico revestida de proteína.

Nem é preciso dizer que hoje ele tem que sentar para mijar. Pode apostar também que as partes pudicas de Mona já secaram.

Cada vez mais seu pai lhe diz que ele é esperto demais para seu próprio bem, mas dessa vez ele sabe que não é o caso. Assim que conseguir aperfeiçoar o processo, poderá patentear ou registrar ou o que for, e sua família vai ficar rica. Ethan inventou o jeito seguro e eficiente de aumentar e customizar as partes dos caras. O mundo vai fazer fila na sua porta.

O problema é que o jardim de Ethan seguiu crescendo. A plantação está abarrotada. Não é mais uma espiga de milho. É um milharal. Não é mais uma sementeira, já passou dessa fase. É uma floresta de protuberâncias, de nódulos. Lá embaixo se veem aglomerados de verrugas tão roxas que parecem pretas. Pontinhas gordas na pele saltam das couves e ramificam-se como tentáculos até formarem uma selva que paira a meio caminho dos joelhos.

Esses jardins suspensos, essa lavoura que pende entre as pernas de Ethan parece uma coisa felpuda, que se eriça com calombos que pingam do verso dos inchaços maiores, que pendem de montículos disformes de carne frouxa. Eles formam um aglomerado pontiagudo de estalactites, tecido frouxo e pesado que cai como cortina. Para fora dessa pujante franja de aberrante multiplicação celular escorrem fios de baba seminal, incolores como teia de aranha, que qualquer movimento ou respiração ou batida do coração faz pendular tranquilamente, de um lado para outro.

E, por algum motivo, essa, essa selva de baba, isso consegue sentir Mona. Isso sente o cheiro de seus peitinhos, sente o calor de sua pele nua. Assim como havia sentido Amber e Wendy. E está crescendo, roubando sangue que normalmente subiria ao córtex de Ethan. Está usurpando seu sistema nervoso. E cresce, transforma-se numa fera que continua soltando caules carnudos e antenas, até que o restante de Ethan, o Ethan original, começa a secar, a encolher. A fera amplia-se, nódulos brotam das verrugas, incham, inflam-se de jatos renegados da carne intumescida. Ela se dilata com sangue e linfa, até que tudo que resta de Ethan é um vestígio enrolado, encolhido, empoleirado a meio caminho das costas da fera, sarapintadas de vermelho e pontilhadas por verrugas.

Isso monta em Mona, estranha e demente. Ethan, não mais que uma mácula de pele que escorre até a bunda. Não mais do que aquilo que Mickey Chupão é em relação a Mona.

A fera se movimenta como sempre foram seus movimentos. Sem músculos. Sem ossos. Tal como um paramécio expandindo-se numa direção, atravessando a cama. A fera se movimenta com o impulso peristáltico de nódulos tremulantes, uma inundação hidráulica e a drenagem alternada de paredes celulares. Ele não precisa de esqueleto para ter forma. E, ao fazer isso, ele desaba mais perto dela.

Nesse ponto, Ethan está quase dormindo. Nem vivo, nem morto. Ele mal consegue falar, pois a fera cooptou a maior parte de seu sangue. Com a voz muito baixa, ele diz:

– O pior para você seria entrar em pânico.

Ele raciocina com ela, querendo explicar estética de modo são e lógico. A vanguarda da cultura e da evolução.

Aos sussurros, ele diz:

– Vocês não são as únicas que podem trazer vida nova ao mundo.

Ele é prova disso. De início, era só um garoto querendo um pau maior e ficar rico. De uma hora para outra, é a porta de entrada para uma nova espécie dominante.

O problema é: ele não vai conseguir isso sozinho.

Ele implora. Se Mona conseguisse estender a mão e tocar nisso. Acariciar isso. Quem sabe até beijar isso, tal como o sapo feio do conto de fadas. A cultura popular é entulhada de monstruosidades que surgem de jovens normais, ordinários. No raciocínio de Ethan, não era muito diferente do que acontecera com o Homem-Aranha. Mona Gleason poderia ser sua coinventora. Podia fazer amizade com a coisa, fazer a coisa desinchar. Juntos, poderiam domá-la.

Bastava um... um beijinho e ele voltaria a ser o príncipe encantado.

O pedacinho que resta de Ethan é sugado, desidratado e esmagado até virar uma espinha na bunda do monstro, mas que continua a ouvir o grito de Mona.

Depois do grito, ele sabe que ela vai tentar fugir. Assim como Amber e Wendy tentaram. E depois que ele se recuperar, vai acordar e encontrar Mona tal como Amber: sufocada, machucada e tudo mais. Terá que enfiar o corpo no armário até os pais chegarem em casa. Então ele vai ter que ir ao colégio no dia seguinte e se sentar ao lado da carteira vazia dela. À tarde, ele terá que correr para casa e enterrá-la. Tem quase certeza de que a polícia e seus pais nunca entenderiam. Assim que as putas que ele cotonetou ficarem sabendo, vai ser um alvoroço e ninguém vai ter a exclusividade da patente.

E aí, para piorar a situação, ele vai ter que começar tudo de novo com outra namorada.

É aí que Ethan sente uma coisa. Coceira. Cócegas.

Naquele instante ele sente uma coisa quente. É o toque acalorado de dedos, quando Mona estende a mão no fundo daquela porqueira tremulante de pelos emaranhados e pele suspensa, e aqueles lindos e suaves lábios fecham-se em torno daquela partezinha úmida que sobrou dele.

FUMAÇA

As palavras simplesmente não saíam mais. Cada sílaba tinha que ser pesada e medida. Cada uma era ajustada para desencadear riso, ou dominar, ou lhe valer um dólar. Ele estava sentado na cozinha, tomando um café, enquanto a esposa folheava uma revista. Ela a abaixou um tiquinho e disse:

– No que você está pensando? – Ele só conseguia ver os olhos azuis dela por cima da capa. Ela perguntou: – O gato comeu sua língua?

Qualquer coisa que ele respondesse pareceria muito estudado. Falar... criar mais palavras, fazer algo assim só pioraria uma situação que já era deplorável. Por muito tempo, a linguagem o havia usado como égua para reprodução. Ele decidiu que não diria mais nada até que tivesse algo de importante a dizer. Deixou de lado as palavras cruzadas do jornal que fazia toda manhã. O livro que estava lendo, ele usou para apoiar a xícara de café. Já sentia as palavras reprimidas dentro de si, a pressão subindo, expandindo-se até virar explosão. Será que a linguagem, pensou, teria vindo à terra e inventado as pessoas só para perturbar a si mesma? Era o que a bíblia dizia: "No início havia a Palavra, e a Palavra estava com Deus, e a Palavra era Deus." A linguagem havia chegado do espaço e acasalado com lagartos e macacos ou o que fosse, até arranjar um hospedeiro sob medida que pudesse sustentá-la. A primeira pessoa fora introduzida à complexa sequência de DNA de substantivos próprios e verbos compostos. Fora da linguagem ele não existia. Não havia escapatória. Sentir alguma coisa, hoje, exigia um número de palavras cada vez maior. Grandes aterros e pontes aéreas de palavras. Uma montanha de conversas para se chegar à menor das conclusões. Conversas eram como uma daquelas máquinas de Rube Goldberg nas quais um passarinho bicava um milho colado num botão, apertava o botão para ativar uma locomotiva a diesel, e a locomotiva saía em disparada por cem quilômetros de trilhos reluzentes até bater numa bomba atômica, cuja explosão assustava um ratinho na Nova Zelândia, que então soltava um pedaço de queijo sobre um dos pratos de uma balança para que o prato vazio se levantasse apertando um interruptor que mexia um barbante, soltando um martelinho que girava e batia com a força exata para romper a casca de um pistache. Sua esposa tomou fôlego como se fosse dizer alguma coisa. Ele olhou para ela com expectativa, aguardando o tal pistache. As palavras amarelas, grandes, da revista diziam ELLE DECOR. A esposa tossiu. Ela voltou a ler, ergueu a xícara de café, virando a beira contra a boca para fazer uma máscara branca enquanto lhe dizia:

– Os franceses têm uma expressão para o que você está pensando.

Ele tinha certeza de que todas as pessoas eram habitadas por bilhões de micróbios, e não apenas pela simples flora do sistema digestivo. As pessoas eram hospedeiras de ácaros e vírus que queriam reproduzir-se e dar sequência à vida em outros lugares. Eles abandonavam o navio a cada aperto de mão. Era tolice imaginar que éramos algo mais que receptáculos, transportando nossos passageiros mandões para lá e para cá. Éramos nada. Ele bebericou o café, fornecendo mais açúcar e cafeína para todos a bordo. Para sentir algum alívio, imaginou-se jogando pás de palavras numa fornalha, onde elas queimavam para abastecer um transatlântico colossal no qual cada cabine era do tamanho de um campo de futebol, e cada salão de baile era tão descomunal que não se viam as paredes opostas. O navio soltava vapor ao cruzar um oceano onde era sempre noite. Cada luz de cada deque fulgurava forte como uma mesa de cirurgia enquanto uma valsa era tocada, as chaminés vomitando os rastros de cinzas de diálogos incinerados. Ele estava na casa de máquinas, suando, os pés plantados e bem separados para ficar mais firme, e lançou "Olá's" e "Feliz aniversário's" e "Bom dia's" às chamas. Jogou uma pá de "Eu te amo's" e uma pilha de "Tem desconto's?". Imaginou um planeta, azul e perfeito, vazio de palavras até o dia em que esse navio chegasse. Não precisa ser um transatlântico. Um bote salva-vidas já bastaria. Só um marujo moribundo com poucas palavras incubando na boca. Em seu último suspiro, o marinheiro perguntaria: "Quem é ele?" E isso bastaria para arruinar um paraíso.

TOCHA

A tempestade de areia não chegou na ponta dos pés. Não foi uma neblina de Dashiell Hammet que se arrasta sobre São Francisco nem uma neblina de Raymond Chandler que arma o palco em Los Angeles. Essa tempestade do deserto desceu sobre o acampamento tal como uma nevasca, só que marrom e escaldante. Da noite para o dia, os campistas entrincheiraram-se dentro das barracas que se sacudiam. Amarraram bandanas úmidas sobre nariz e boca. Em vez de bambolês e engolição de fogo, eles queimavam um bong que contava histórias à boca pequena, à luz de lanternas. Em respeito aos mortos, se lembraram dos tochas que haviam abandonado a segurança de suas tribos. Imbecis que haviam se aventurado em tempestades iguais à dessa noite, confiantes no senso de direção de bêbados. Seu destino podia estar a poucos metros, mas, cegos, olhos cerrados contra a areia abrasiva, esses viajantes davam passos na direção errada. Açoitados pela areia, eles agravavam o erro. Aos tropeços, sempre em frente, por pura fé, tinham certeza de que conseguiriam chegar a algo sólido. A salvação sempre parecia ao alcance...

À alvorada, um walkie-talkie grasnou. De início era estática, seguida de uma voz. Voz feminina. Semienterrado, recoberto de respingos secos de areia, o walkie-talkie perguntou:

– Rainbow Bright, câmbio?

A estática tossiu de novo na atmosfera de pó.

– É a Moranguinho – disse a voz. – Código Hortelã. Câmbio?

Com o nascer do sol, a poeira havia assentado. Perto do walkie-talkie, um zíper comprido foi se abrindo. Uma mão se estendeu de dentro de um saco de dormir. Cada dedo estava recorberto por arabescos desenhados em hena. As unhas, pintadas de preto. Um anel indicador de humor exibia a pedra ônix: ansioso. O pior estado. Não era uma mão jovem. Já tinha sido mais jovem. A mão tateou o chão em volta da barraca, rejeitando bastõezinhos fluorescentes mortos, colares de balinha cobertos de imundície, camisinhas usadas e borrachentas, até encontrar o walkie-talkie e puxá-lo para dentro do saco. Um homem falou, a voz abafada. Respondeu:

– Rainbow Bright falando.

– Ai, graças às deusas – respondeu a voz feminina, Moranguinho.

Meio grogue, o homem enfiou um dedo bem fundo no umbigo. Um dos privilégios de chegar à meia-idade: ele tinha uma pança. A vida lhe dera aquela barriga dura e redonda, que caía por cima da cintura e forçava a menina a arquear as costas quando ele a pegava por trás. Quanto maior a pança do cara, mais fundo o umbigo – o de Rainbow Bright era como uma bolsa de canguru. A ponte de seu dedo alcançou um Stelazine 5 mg. Um Mandrix da África do Sul. Um Mellaril 15 mg, reservado para emergências como essa. Ele puxou um Mellaril verde 10 mg e disparou entre os lábios ressequidos. Perguntou:

– Certeza de que é Código Hortelã?

O saco de dormir se abriu e mostrou o ocupante: um homem bronzeado, de barba. Um emaranhado de colares de continhas ameaçava estrangulá-lo. Eles pendiam por cima dos pelos de seu peito nu. Uma fileira de continhas passava por dentro do anel de prata que furava seu lábio inferior. Segurando o walkie-talkie ao ouvido, ele perguntou:

– Onde?

Ele sentia cheiro de mijo de gato. Com a mão livre, puxou alguns dreads do cabelo e os levou ao nariz.

A voz de Moranguinho disse:

– Estou na base Povo da Lama.

O saco de dormir parecia molhado de algo mais que suor. Ao lado de Rainbow Bright havia um bong vazio, derramado. A água havia encharcado suas tranças. Não era nem água. Na noite anterior ele tinha enchido o bong de Jägermeister. Com meister, skank e THC, sua cabeça estava um fedor.

Ainda mais perto, aninhada ali, havia uma alguém nua. Uma jovem acólita em sono profundo. Aquele sono estilo coma. Dormindo como se estivesse sob uma maldição de conto de fadas. Uma pessoa não identificada havia colado estrelas no seu rosto e nos peitos. Mamilos roxo-escuros, do tamanho de ameixas, se não maiores. As estrelinhas de alumínio que as professoras usavam para dar nota no dever de casa, vermelhas, douradas, prata. Alguém tinha usado um canetão preto para escrever alguma coisa na sua testa. Rainbow leu o que estava escrito e se assustou. Em maiúsculas, dizia GAROTONA DO PAPAI. Ele analisou a caligrafia com afinco. Não parecia dele.

A garota dormia tão pesado que nem mesmo um bando de moscas sobre os peitos a acordou. Rainbow despachou as moscas. Um gesto de cavalheirismo que não serviria para nada. Elas continuaram voando em círculos, zumbindo; assim que ele saísse, cairiam como abutres.

Moranguinho perguntou se deveria chamar os tiras.

Foi isso que o trouxe de volta à realidade. Quase realidade. Realidade o bastante. O Mellaril bateu e fez sua mágica.

– Negativo – disse ele. – Nada de bomba aqui – Ele fez uma pausa para dar ênfase. – Câmbio?

A voz no walkie-talkie começou a chorar. Estava implorando:

– Vem rápido, por favor.

Ele a aguardou recuperar o fôlego.

– Moranguinho, câmbio?

Ele tirou um chato do tamanho de uma lentilha dos pentelhos da menina e jogou por cima dos colegas de barraca, todos no décimo sono.

– Não chama ninguém de fora. Copiou?

A Base Povo da Lama. Não era o lugar preferido de Rainbow Bright. Nem de longe. Ele preferia passar uma noite de lua cheia vendo engolidor de fogo e dançarina de bambolê na Palhaço Triste. E olha que ele odiava aqueles doidos da Palhaço Triste. E agora ele estava se arrastando para sair de seu saco de dormir estampado com o dinossauro Barney e pegar seu celular enfiado na areia. Tirou da tela uma camada da areia fina do deserto. Ainda não eram oito horas. Boa parte do acampamento estava dormindo. A tela indicava quase 34ºC graus. Ele esticou os braços. Previsão de sol para o dia todo. Depois de achar os chinelos e ajustar a tanga de Tarzan, partiu para uma xícara de café no Pavilhão Acolhida. Era a caminho da Base Lama. Ele não estava com pressa. Cadáver espera.

Enquanto contornava uma instalação artística, um pênis ereto esculpido em papel machê, Rainbow Bright mandou mensagens para auxiliares em potencial. Uns doidos tinham transportado o pênis desde East Lansing até aqui. Era do tamanho de um campanário de igreja, carregado de fogos de artifício categoria ilegal, e ia entrar em chamas exatamente naquela noite do festival.

Construir. Queimar. Construir. Queimar. Venerar e destruir. O festival era a civilização em *fast-forward*. Eles abraçavam e festejavam a demência sem sentido da experiência humana.

Com os dedões dançando sobre o teclado, Rainbow reiterou que era Código Hortelã. Escreveu: "Não é simulação. É pra valer."

Ele fez uma pausa entre as barracas para mijar. No máximo metade do xixi chegou no chão. O ar da manhã já estava escaldante.

O celular tocou. Alguém ligando de número privado. Ou a esposa, ou uma ruiva que ele tinha visto gravando para um canal a cabo. Arriscou.

– Ludlow Roberts? – Era a esposa. – Onde você está?

Para alguém a 614 dólares de passagem aérea dali, fora impostos e excesso de bagagem, a voz dela estava de uma clareza assombrosa.

Rainbow Bright pensou em desligar.

– Liguei para o hotel – prosseguiu ela. – Não existe convenção da Aliança dos Artistas Freelancer em Orlando.

Ele travou a língua. A ponta do indicador começou a pesca no umbigo, à procura do Luminal. Talvez precisasse.

A esposa tinha seus demônios. Era funcionária do Estado, batia ponto havia vinte e tantos anos. Computando dívidas. Acúmulo de juros. Isso depois de fazer o ensino médio com o Bill Gates. Palavra de escoteiro, duas vezes. William Henry Gates III. Não na mesma turma. Ela estava três anos à frente dele, mas era normal ele dirigir a ela olhares carregados de significado. Fitadas longas e expressivas, e ela nunca deu bola. Todo mundo sabe que o destino não bate à porta duas vezes na vida. Não com um anel daquele tamanho. Hoje em dia ela se mantinha no emprego como se fosse a devida penitência.

Ela seguia no celular:

– Você tá *aí,* não tá? Descumpriu o prometido. – Ela parecia arrasada. – Tá com os ripongas.

Rainbow Bright desligou. Achou um Mandrax e mastigou para bater mais rápido.

A equipe do Pavilhão Acolhida sabia como era o café de que ele gostava. Sem leite de soja. Sem LSD. Sem mescalina. Acima de tudo: nunca descafeínado. Melhor ainda: sem café. Eles enchiam uma xícara de cerâmica feita à mão e lhe davam um pão integral para acompanhar. Ele levava a xícara à boca e sorvia fundo: rum. Bem açucarado, sabor banana. Os privilégios de ser facilitador.

Rainbow Bright ficou observando os membros da equipe atrás de sinais de que já sabiam do morto. Cada centímetro quadrado da pele deles, que não estivesse recoberto por pelos, estava ocupado por tatuagens. Ninguém parecia inquieto. Ninguém usava a redinha obrigatória no cabelo. Era só o trabalho de todo dia.

Ser facilitador não era o pior dos cargos. Melhor que ser da equipe de limpeza. Nos primeiros três anos dele no festival de artes, ele bombeava água emporcalhada e escaldante da casinha de cagar, aquele coisa de fibra de vidro projetada para cozinhar quem entra. Ninguém daquela turma trepava, mas novato tinha que começar por baixo. Ele era tão novo... Cabelo escovinha, recém-saído do ensino médio. Quando o cabelo já estava no ombro, foi subindo degraus até chegar no Acolhida. O festival durava só três semanas, mas eram as únicas que contavam no ano. Quando seu cabelo bateu nos cotovelos, ele já tinha chegado na Brigada de Incêndio. Depois, na Trupe Yoga. Mais uns anos e: Facilitação de Conflitos. Hoje em dia ele era o facilitador-chefe, com a pulseirinha e a dor de cabeça de prova. Naquele lugar ele era Senhor da Lei. Valia mais do que ele era no mundo lá fora.

Nas outras 48 semanas do ano, ele projetava efeitos especiais de vídeo para a indústria médica. Não era só isso. Rainbow Bright fazia ilustração médica científica; pelo menos é o que escrevia na declaração do imposto de renda: ilustrador científico. Seu contador não precisava dos detalhes sórdidos.

Hoje em dia ele deixava os dreads caírem na cintura. Mas eles estavam ficando grisalhos, começando a se soltar e quebrar nas raízes.

Quando chegou à Base Lama, seus assistentes o aguardavam. O teletubbie Tinky-Winky e Bebê Sol. Bons garotos. Não em condições de aprender, mas também não eram tochas pra valer. Ainda não. Juntos, não somavam três pelinhos no peito. Os dois pareciam abalados, pálidos embaixo das camadas de pele descascando, um não bronze de quem mora em Nevada. Ambos nus, fora várias cordas, penas e as pulseiras de facilitador.

Como se fosse possível Rainbow Bright se sentir mais ancião, os dois tinham prepúcios. Quando foi que o mundo acordou e descobriu que circuncisão masculina era mutilação genital? Até a equipe da Base Judaica tinha prepúcio. Nada fazia Rainbow Bright se sentir mais dinossauro do que seu pênis à moda antiga. A última menina com quem estivera era uma duendezinha da Base Conto de Fadas. Nua, só com um par de asas de gaze rosa presas aos ombros por elástico. Tão novinha que perguntou se ele tinha sofrido um acidente. Antes de chegar lá embaixo, ela ficou maravilhada com suas partes e disse:

– Você é que nem aquele cara do *O sol também se levanta*.

Era por isso que ele sempre usava tanga. E cobrir as partes parecia apropriado a sua autoridade.

Tinky-Winky tinha uma chupeta rosa que ficava pendurada por um barbante em volta do pescoço. Bebê Sol usava óculos escuros gigantes com lentes cor-de-rosa, a armação ladrilhada com imitação de diamante, que doía de olhar quando a luz do sol ficava forte. Rainbow via os dois assistentes como surfistas. Ripongas com grana do papai. Viajando o mundo em busca de *waves* e *raves*.

Rainbow perguntou se eles tinham visto Moranguinho. Tinky-Winky jogou as tranças na direção dos fundos da barraca da Base Lama. A maioria dos ocupantes continua inconsciente, roncando num calor cada vez maior. As paredes da imensa barraca sacudiam à brisa seca.

Moranguinho estava lá no fundo, junto de uma pessoa da Lama. Era costume da tribo deles passar as três semanas nus, cobertos por uma crosta de lama cinzenta seca. Eles ficavam de pés descalços e usavam capacetes redondos que envolviam as cabeças, como esferas cinzentas, só com três buracos. Uma boca e dois olhos. Todos pareciam idênticos. Eram todos bolas de boliche cinza. Dançavam em volta do acampamento como aliens ou aborígenes. A que estava parada ao lado de Moranguinho havia tirado o capacete. Chorava tanto que tinha lavado a maior parte da lama da comissão de frente. Sem a sujeira, até que eram uns peitos legais. Peitinhos de universitária. Apesar de sua função de Senhor da Lei, Rainbow ficou torcendo para que ela chorasse até lavar a região abaixo da cintura. A garota estava ajoelhada sobre um corpo manchado de lama. A lama dela mesma, craquelada, esfarelando.

Ele se preocupava porque, hoje em dia, sua única reação à beleza, beleza e vulnerabilidade, era ficar de pau duro.

Uma voz atrás de Rainbow falou:

– Eu tenho isso... – Era Bebê Sol. Os assistentes haviam vindo atrás dele. Bebê Sol estendia uma faquinha de plástico da Tenda da Boia e disse: – ...Se você precisar, tipo, fazer autópsia.

A figura desabada no chão parecia cinza como a terra plana e árida que se estendia por cento e tantos quilômetros em todas as direções. Apesar da camada de areia, as moscas já haviam achado os buracos na máscara de bola de boliche. Sua bexiga havia se soltado e moscas pairavam sobre a umidade de sua genitália empastada de lama craquelada. Ele estava caído de lado, levemente curvado, a barriga flácida contra o chão. Não havia como dizer se era branco, preto, asiático. Não sem passar água e sabão. Para Rainbow Bright, o morto parecia uma vela de areia derretida. Até o Cara Lama morto tinha prepúcio.

Ele entregou sua xícara de café meio vazia a Moranguinho.

– Alguém mais sabe? – Ele fez um sinal com a mão para indicar o resto das pessoas em cena. – Fora nós cinco?

Fez sinal para ela tomar um gole. Para se acalmar. Ao fazê-lo, notou que seus anéis de humor estavam mais claros, quase marrons.

Moranguinho havia raspado a cabeça. Sacada de quem sabe das coisas. O ano anterior tinha sido o auge dos piolhos e neste ela tinha dito para todo mundo que não ia passar o melhor do verão enfiando os dedos no escalpo em carne viva. Ela usava uma peruca brilhante com fios compridos e cintilantes, cor de chiclete. Ela sacudiu a cabeça: não.

Enquanto falava, Rainbow deteve o olhar em cada um deles.

– Se a gente informar o xerife, fecham o acampamento. – Ele aguardou até as palavras se assentarem. O único barulho era o zumbido das moscas. – Nunca mais vai ter Festival de Artes Playa Rock, pelo menos não aqui. – Ele sorriu. – A não ser que vocês queiram passar as próximas férias na Disney... – fez um meneio de sapiência – ...a gente vai ter que resolver essa sozinhos.

Os ventos furiosos trouxeram o batuque distante de música trance... hip-hop... *drum and bass.* Rainbow Bright tinha que pensar rápido. Aos poucos os campistas acordavam.

– Você – ele apontou para Tinky com o queixo. – Você solta um SMS geral, informando Código Sarna urgente na Tenda Relax. – Nada, nem informe de escorpião ou cascavel, esvaziava uma tenda mais rápido que boato de infestação de percevejo. Assim que a informação se espalhasse, ninguém ia chegar perto da Tenda Relax. – Leva o corpo pra lá, agora. Eu vou precisar de uma escova dura e uns 10 mil lenços umedecidos.

Na Base Bruxa Sexy, ele foi atrás da responsável pelas inscrições. Ela devia ter os registros de ingresso, os cartõezinhos que cada um precisava preencher. Onde declaravam que abriam mão de qualquer responsabilidade civil ou penal. As Bruxas Sexy estavam ocupadas montando uma efígie gigantesca de Sandra Bernhard. Elas a tinham construído aos pedaços, cada braço e cada perna, em lugares como Memphis e Brownsville, seguindo diagramas que haviam encontrado na internet. A grande tarefa pela frente era empilhar tudo do jeito certo.

A responsável pelos registos: o nome dela era Tinkerbelle. Rainbow Bright estava pronto para fazer permuta por informação.

A menina da Base Lama, a que tinha encontrado a vítima, ela disse que o nome dele era Scooby-Doo, mas não sabia de onde ele tinha vindo. Ela apontou para seu saco de dormir. Não se via nada além de pulgas e uma edição *pocket* de *Clube da luta.* Rainbow Bright começou a remexer o umbigo até achar um peiote e um pouco de Toquilone. Ela os engoliu sem hesitar, e ele a convenceu de que Scooby-Doo não estava morto; o garoto só tinha tido uma overdose. A menina aceitara bem rápido a história de que um Narcan havia botado as coisas na linha. Moranguinho a fez dormir com uma canção de ninar e um brownie de haxixe.

Na barraca Bruxa Sexy, Tinkerbelle botou a mão sobre o nariz e a boca.

– Sua cabeça tá cheirando a caixinha de gato.

Ela não vestia nada além de sobrancelhas céticas erguidas e uma capa de óleo de coco que fazia seus pentelhos parecerem o desenho de nervuras de madeira falsas.

Rainbow Bright propôs-se:

– Quer camisinha? Eu troco por uma espiada nas fichas.

– Tem Ritalina?

Ele fez que não.

– Protetor solar?

– Fator 54, tem? – perguntou Tinkerbelle. Ela lançou um olhar afiado para os dreads dele. – Eu tenho um troço capaz de tirar cheiro até de mancha de xixi de gato.

Rainbow Bright sugeriu:

– Precisa de Imosec? Escabin? Álcool em gel?

As planícies áridas ao redor deles pululavam de figuras. Como um planeta em lugar estranho. Tipo uma cantina de *Star Wars*. Doidos passavam por eles em pernas de pau. Outros doidos, no alto de monociclos, vestiam sombreiros e faziam malabares com crânios de plástico. Um futuro *Mad Max* enxertado no passado caubói. O visual mistureba de um estúdio de Hollywood de cem anos antes: a mistura de sets e personagens, todos em busca do fio de uma grande narrativa que os unisse.

Tinkerbelle perguntou:

– Como está Polegarzinha? – Era o nome de festival da esposa. Ela e Tinkerbelle tinham muita, muita história juntas. – Em casa com as crianças, imagino? – O tom dela era de quem joga verde, como se soubesse alguma coisa que ele não sabia.

Rainbow Bright fora incentivado a oferecer coisa grande. Twinkies. Pipoca. Óleo tropical hidrogenado e batatinha transgênica sabor artificial Cajun. Nesse lugar, depois de passar uns dias só com 100% soja, integral e macrobiótico, um biscoitinho Oreo era coisa que se desejava tanto quanto um rubi.

Tinkerbelle chegou mais perto. Tão perto que ele conseguia sentir a sabedoria dela. Os olhos dela começaram a vasculhar atrás de alguém que pudesse estar ouvindo, e ela cochichou:

– Você tem como conseguir carne?

– Frango? Porco?

– Quero um bife – sussurrou ela.

– Hambúrguer serve?

Chegaram a um acordo. Qualquer coisa para fugir do regime do tempeh e do tofu. Ele conseguiria um quilo de carne moída em troca de uma espiada nas fichas do acampamento.

Na Tenda Relax, eles tiraram todos os objetos sagrados do altar comunal, empurrando para o lado cristais de quartzo e estátuas do macaco Hanuman, as fotos emolduradas de Ram Dass e as *action figures* de Yoda, os bonecos de Esqueleto e Miss Piggy, os My Pretty Ponies, as Barbies Malibu, os Gumbies e as velas aromáticas sabor baunilha. Vazio, o altar ficava na altura da cintura e era coberto com um lençol *tie-dye* com redemoinhos vermelhos e laranja. Era um lugar prático para examinar o corpo. Enquanto Rainbow trabalhava, Bebê Sol documentava cada passo do procedimento, tirando fotos e fazendo vídeos com o celular.

Segundo as fichas, 48 campistas haviam se registrado com o nome Scooby-Doo. O vento era tomado pelo aroma de churrasco. Nesse lugar era sempre verão. Rainbow Bright avaliou a probabilidade de o Cara Lama morto não estar entre os seis Scooby-Doos que haviam dado o número da carteira de motorista na inscrição. Havia mais chance de ele ter ido de carona.

Enquanto trabalhava, Rainbow se sentia um arqueólogo, tirando a sujeira com a escova, depois passando lencinhos umedecidos para abrir rastros de pele. Estava atrás de marcas de seringa, furos, evidências de overdose. Facadas. Balas. Mordida de cobra. Quanto mais esfregava, mais certeza Rainbow Bright tinha de que nunca vira o garoto. Com certeza era um garotão de fraternidade. Menino branco, atraído para lá pelo que a TV mostrava: uma orgia zoada, ninfas do deserto, todas drogaditas. Não tinha tatuagens. Nem piercings. Assim que examinou o corpo, Rainbow pediu a Tinky-Winky para buscar uma tesoura de cortar frango na Tenda da Boia, e eles recortaram o papel machê da máscara de bola de boliche. Descascando tiras tal como uma pessoa descasca uma laranja, eles libertaram não menos que 1 bilhão de varejeiras.

Um moicano tingido de vermelho, cheio de espinhos, ia da ponta da testa de Scooby-Doo até a parte de trás do crânio. Os espinhos se projetavam firmes como ferro. A fileira de pontos parecia menos uma crista de galo e mais a de um periquito cor de fogo.

A expressão *causas naturais* surgiu na mente de Rainbow Bright, e ele já começou a se perguntar onde podiam enterrar o corpo do garoto. De repente, Tinky-Winky virou-se e dobrou o corpo. Da sua boca jorrou uma longa cascata aquosa. O tofu semidigerido respingou num Buda reclinado. Quando Rainbow Bright olhou de novo, percebeu que o moicano não era corte de cabelo. A atmosfera de calor ficou na mesma hora com fedor de vômito. Os espinhos que saíam do garoto eram de metal. No escalpo raspado estava alojada uma estrela ninja com o glacê vermelho de sangue seco.

O celular de Rainbow tocou. Outro número privado. A chance era pequena, mas podia ser um de seus filhos, então ele atendeu.

– Alô?

As impressões digitais que a areia não tivesse destruído, o sangue tinha.

– Sr. Bright? – disse a ligação.

Era uma voz que ele conhecia da TV. Uma voz de menina embonecada com sotaque britânico. Muito King's Road. Aquilo lhe fez pensar numa frente única e numa âncora jovial e sardenta transmitindo ao vivo de algum ponto de Spring Break em Jersey. Era a última pessoa que precisava ficar sabendo de um Código Hortelã. Lamentavelmente, teve que desligar na cara dela.

A última coisa de que ele precisava era uma repórter tolinha com a pele bronzeada a spray ficar sabendo de um calouro de faculdade que resolveu ter uma aventura na favela e saiu de crânio rachado.

Naquele instante, ele precisava era de um bagulho e um piteuzinho de 19 anos torrada no sol. Na Base Zumbi, uma animadora de torcida zumbi usando uma sainha plissada curta e nada por baixo tinha lhe dado uma olhada demorada. O normal dele era comer uma dessas às duas da tarde. Xana zumbi. Xana hobbit. As meninas que o coroavam com flores de seda e salpicavam glitter na sua barba tinham problemas sérios com o pai. Deus que o livre de sua própria filha um dia se amarrar em barrigudo, fim de carreira, meia-idade, predador.

Essas três semanas eram a única época do ano em que ele tinha algum respeito. A única época em que se sentia um ser humano produtivo. Ali, ele era uma pessoa de importância. Não ia deixar uma jornalistinha ferrar seu único esquema.

Bebê Sol se abaixou para examinar de perto.

– Eu diria que esse trequinho de estrela é a causa provável da morte. – Ele ficou fazendo que sim com a cabeça, pose de esperto, e cruzou os braços magrelos sobre o peito nu como um médico dando diagnóstico.

Não eram as condições ideais para uma autópsia. O tilintar crescente de sininhos indicava que o vento do deserto estava ganhando força. Uma tempestade de areia densa cobriria os rastros de um assassino de maneira tão eficiente quanto a névoa de Londres havia mascarado Jack, o Estripador. Sempre São Tomé, Rainbow perguntou:

– Por que tanta certeza?

Bebê Sol esticou o braço para coçar a virilha.

– Eu sou paramédico.

Rainbow Bright não sabia se tinha ouvido direito.

– Lá fora, no caso – disse Bebê Sol, antes de cheirar os dedos. – Eu sou paramédico. – Ele disse: – Na real, estou fazendo faculdade de medicina, a Rutgers.

Uma chupeta rosa-neon pendia do barbante em volta de seu pescoço. Daqui a um ano seria um estetoscópio.

Rainbow Bright dispensou a declaração com uma bufada zombeteira. Ele não ia dar autoridade ao Dr. Doogie, que tinha acabado de ganhar pelos no saco.

– Se você é tão esperto assim, me conta como foi?

Bebê Sol parou um instante para analisar o morto.

– Base Ninja Irado.

Tinky-Winky limpou o vômito dos lábios. Cuspiu para limpar a boca.

– Sem dúvida.

Seus dentes retinhos reluziam, mesmo à luz de velas e da fumaça do incenso. Ainda havia um pouco de vômito preso na armação de pedrinhas brilhantes dos óculos escuros.

Rainbow Bright tremeu. A Base Ninja Irado estava entre as que ele menos gostava de visitar. Principalmente em missão oficial. Cada tribalista lá era um palhaço de marca maior com arma afiada e contas a acertar com alguém.

– O Scooby-Doo já falou tudo que tinha pra falar. – Rainbow Bright estalou os dedos e apontou um dedão por cima do ombro. – Some com ele.

Os dois assistentes no fitaram, sem entender. Bebê Sol levou a chupeta até a boca e começou a chupar. Tinky-Winky abaixou a cabeça, amedrontado.

– Talvez não seja da minha conta, mas não seria destruição de provas?

Rainbow Bright sorriu.

– Que foi? É advogado?

O garoto deu de ombros. Ficou corado e olhou para o lado.

– Sim, especializado em litígio por direitos autorais no mercado de entretenimento.

Fora do Festival Playa Arts, dessas três semanas de magia no meio do nada, todo mundo era outra coisa. As gatinhas chapadas de topless iam pra casa ser neurobióloga, engenheira de software. Na vida real, os tochas de queixo caído eram promotores públicos. Nenhum deles queria perder aquilo ali. Rainbow Bright ficou esperando mais objeções. Não houve.

– Enterrem fundo. Algum lugar além do horizonte. Coloquem pedras em cima pra não deixar que os bichos peguem os ossos.

Ele observou os dois enrolarem o tecido *tie-dye* do altar em volta do corpo. Quando levantaram o cadáver, ele assegurou:

– A coisa vai voltar a ser um mar tranquilo depois que o assassino encarar a justiça. – Na verdade, Rainbow dissera aquilo para se convencer.

Ele tinha um contato lá dentro. O chefe da tribo Ninja era um fodalhão chamado Ardiloso Espertalhão. Lá no Pleistoceno, ele e Rainbow já tinham cumprido função na casinha de cagar. Ardiloso nunca ia admitir que era tão velho. Ele aparava o cabelo grisalho do peito e falava muito em fazer supletivo, tentando dar pinta de jovem. Rainbow o encontrou no Pavilhão Mídia, gravando um podcast para uma emissora que só passa clipes. Dessa vez, equipes de TV do mundo todo tinham achado o caminho para tirar proveito das doideiras lá. Eles ganhavam em número das rodas de batuque, e quando os helicópteros deles ficavam muito baixo, tentando pegar cenas do concurso de topless, as pás rotatórias reviravam a areia da *playa* fazendo redemoinhos sufocantes.

O que acontecia ali era uma espécie de Gestalt-terapia coletiva para o mundo, e não havia como culpar o mundo se ele queria dar uma espiada. Aqui, monstros davam cambalhotas. Sonhos tomavam forma. Uma réplica em tamanho real da Bolsa de Valores de Nova York, com os degraus gigantes e as colunas caneladas, erguia-se da argila árida e assolada pelo vento. Estava em construção um busto do Grande Timoneiro Mao Tsé-Tung, quase do mesmo tamanho da réplica da Bolsa. Um castelo da Renânia. Um transatlântico, atolado no carbonato de cálcio torrado de sol. Um pênis descomunal. Um cavalo de Troia. Tudo feito com madeira de balsa e cortiça. Cada um deles produzido da noite para o dia com ripas e papel machê, tela de galinheiro, lona esticada, grampos e tinta. Todos eles rodeados por minúsculos corpinhos nus. Um quadro de Dalí. Bracinhos desciam e um segundo depois ouvia-se o som de minimartelos. Tudo era distorcido pela escala e pela distância. Nas avenidas, entre esses monumentos, as figuras desfilavam com cocares gigantes feitos com asas de pavão e máscaras africanas esculpidas na madeira. Centuriões romanos marchavam junto a gueixas delicadas. Papas católicos e carteiros com uniforme do Serviço Postal dos Estados Unidos. Uma multidão incessante de fantasias e nudez. Gente desfilando com rédeas, escravos por opção. Gente que fazia serenatas com tubas que emitiam um brilho ofuscante, o bronze quente ao sol do meio-dia.

Era nessa companhia que se imiscuía Rainbow Bright, aceitando suas saudações e louvores. Para os jovens, ele era a prova de que a idade não acabava com a diversão. Para os mais velhos, ele era o vínculo vivo com a juventude.

Aqui se via a incubadora, o tubo de ensaio, a placa de Petri. E ele estava orgulhoso de fazer parte disso. Era a fronteira do futuro, e o que aconteceria a seguir no mundo acontecia ali primeiro. A moda. A política. Música e cultura. A próxima religião mundial tomaria forma aqui. Quase todos esses experimentos dariam em nada, mas alguns iriam criar raízes e crescer.

Para efeito de comparação, houve só um ano de Occupy. Rainbow Bright ponderava que o Festival de Artes Playa Rock havia durado tantas décadas porque sua premissa era criação, não reclamação. Produzir *versus* protestar.

O mundo lá fora era um sorvedouro de corrupção e discórdia. Era indefensável. A única esperança de cura viria deste bando de artistas e livre-pensadores envolvidos com o lúdico.

Esse mundo frágil, esse mundo especial que eles tinham, nunca teria fim. Não enquanto ele estivesse encarregado de não deixar que ele tivesse fim.

Primeiro, ele faria uma visita a sua barraca e escavaria o umbigo. Sabia que Ardiloso Espertalhão era fácil de enrolar quando a coisa envolvia mescalina.

No Pavilhão Mídia, a entrevistadora era britânica. Uma ruiva com olhos de mel cativantes e xana raspadinha. Ela estava sentada de pernas cruzadas com Ardiloso na penumbra de um guarda-sol de listras azuis e brancas. Espertalhão vestia uma tanguinha de cânhamo em macramê. Muito esperto da parte dele. Para mina europeia, pau sem prepúcio ia parecer defeito de fábrica. Espertalhão e a menina se deram beijinho na bochecha e ele saiu. Enquanto o Ninja idoso saía da entrevista, Rainbow apertou o passo às suas costas. Deixou Espertalhão dar uma olhada no seu celular. Uma foto do garoto da Lama, o morto. Perguntou:

– Deram falta de uma estrela lá no acampamento dos Ninjas?

Espertalhão deu uma olhada na foto e fez que não com a cabeça. A negação era evidentemente mentirosa.

Rainbow manteve a voz de inocente. Ingênuo.

– Você acha que eu devo chamar o xerife do condado?

A pergunta fez Espertalhão ficar estático. Ele sabia o que estava em jogo. Se o assassino fosse um Ninja, sua tribo não lhe daria refúgio. Fosse ele homem ou mulher. Com aquele monte de espada curva, cimitarra, clava, os Ninjas sacrificariam um membro da própria tribo antes que suas patacoa fechassem o acampamento.

Espertalhão deu mais uma olhada na foto. Uma olhada mais demorada.

– Me manda a foto – resmungou ele. – Conheço essa arma. – Ele tirou um beque detrás da orelha e um isqueiro do fundo da tanga de Tarzan. Botando fogo no que tinha cheiro de skank da Califórnia e tabaco do bom, ele inflou o peito com fumaça. Ao soltar, disse: – Se o transgressor for da gente, é a gente que resolve a parada.

Ele ofereceu um pega a Rainbow, que aceitou. Eles se despediram na barraca Furbie. Uma tribo inteira andando desengonçada em roupas de bicho e máscara de pelúcia. Como alguém usava pelúcia nesse calor? Incompreensível.

Enquanto ele caminhava, seu celular tocou.

– Ludlow, eu sei que sou um peso na sua vida. – A esposa, de novo. Ela nem sempre fora um peso na sua vida. Eles haviam se conhecido no festival. Nos tempos em que ela era uma doida que andava sobre as brasas, entornava bolinha, pintava a pele. Era linda, naquela época. Destemida. Hoje em dia, depilava o sovaco. Ela dizia no telefone: – Luddy, você tem dois filhos. Você não pode passar as férias inteiras longe da família.

Tal como antes, Rainbow Bright a deixou dizer o que tinha a dizer. Não respondeu. Não se defendeu. A clareza do sinal o deixou impressionado. Conseguia até distinguir os dentes dela rangendo.

– Uma parte de mim diz que eu devia sair de casa – ela soltou a isca. – É pra eu deixar você? Levar as crianças, trocar as fechaduras, me mudar? – A voz se fechou como um punho, e esperou. – É isso que você quer?

Ele ficou ouvindo. Deixou que ela desabafasse. Seu anel do humor estava ficando escuro, mais escuro, de novo, quase obsidiana.

– Ludlow, tá aí?

Ele estava, mas não disse.

– Então, tá – encerrou ela, e desligou.

Ele deu meia-volta para o Pavilhão Mídia. A ruiva estava no intervalo entre entrevistas. Ela tomava uma Coca-Cola diet quando os olhos cor de mel o perceberam. Avaliando a expressão provocante, Rainbow Bright ficou feliz de ter vestido a tanga mais limpa. Ficou preocupado que a esposa e os filhos pudessem assistir à matéria, mas torcia para que os colegas de trabalho assistissem. O câmera o fez se sentar sob o guarda-sol listrado e a ruiva se conferiu num espelho. Depois de alguma atrapalhação, resolveram prender o minimicrofone na sua barba.

– Tentei ligar pra você. – Ela lhe estendeu a mão sardenta. – Meu nome é Skipper. – Voltando-se para a câmera, ela perguntou: – Tá pronto? – Um homem de boné de beisebol e fone subiu dois dedões para ela.

Rainbow Bright sabia qual era o posicionamento oficial do acampamento em relação à mídia. Ela estava ali para explorar e transformar o festival numa *commodity* que podia ser usada de alavanca para vender outras *commodities:* cerveja, camisinha, qualquer coisa de que baladeiro gostasse. Independentemente disso, a mídia dava aos tochas uma chance de compartilhar sua mensagem e ponto de vista com o mundo. O elemento-chave era não cair na cilada da perguntinha capciosa. Ele respondeu que sim, que ele se chamava Rainbow Bright. Não, ele não era chefe de segurança do acampamento. Sua função era facilitar a comunicação entre tribos. Ela fez as perguntas-padrão sobre brigas. Sobre drogas. Sobre violência sexual.

De repente, a apresentadora, a Skipper, perguntou:

– O que é Código Hortelã?

Rainbow não tinha certeza se havia ouvido direito.

– Código...?

Ela confirmou com a cabeça.

– Um palhacinho triste aí falou pra eu perguntar pra você.

Rainbow deu de ombros.

– Não temos essa expressão.

– Significa assassino em série, não é? – A ruiva não perdia um segundo. Ela apontou um dedo para a turba que os observava de pé. – Foi aquele palhaço, se não me engano.

Ele olhou para onde os olhos dela haviam focado na plateia. Tinha um palhaço carrancudo. Parecia alguém familiar, mas só porque todos os palhaços parecem alguém familiar. Alguma coisa nos olhos ou na postura.

Rainbow Bright titubeou.

– Este aqui não é o mundo lá fora. – Ele ostentou seu sorriso de oh-puxa-vida. – Não temos nada nem remotamente parecido com isso aqui.

– Está me dizendo que mesmo com as drogas e os jovens e as condições extremas – os olhos dela riam, desafiando-o a dizer a verdade –, vocês nunca tiveram uma morte?

Ele fingiu que pensava. Inclinou a cabeça de lado. Franziu a testa. Um arremessador fazendo corpo mole antes de jogar a bola rápida.

– Não – disse ele. – Nunca tivemos.

O telefone dele tocou. Nova mensagem. Ao vivo. Haviam dito para desligar, mas ele ficou contente de não ter obedecido. Enquanto Skipper fechava a cara, ele conferiu a mensagem. Era Moranguinho, falando de gritos, de barulhos, de uma briga violenta na Base Ninja Irado. Apesar das câmeras, ele começou a responder à mensagem.

Para provocar alguma reação, Skipper perguntou:

– É o Código Hortelã?

Rainbow usou a mensagem de desculpa para cair fora. Olhou direto para a câmera – outra atitude que eles haviam proibido, com todas as letras – e disse:

– Hora de encarar a bandidagem.

Quando ele deixou o palco improvisado, o palhaço em questão havia sumido. Engolido pelas massas de bailarinas, motoqueiros de couro e *drag queens* correndo para um lado e para outro.

Longe da câmera, ele ligou para Moranguinho. Ela não tinha encontrado nada. Nada a informar. A tribo Vampiro e integrantes da tribo Super-Herói haviam ouvido gritos. Um homem gritando por socorro. Antes que alguém pudesse investigar, tudo parecia ter voltado ao normal. Tão normal quanto é possível, por essas bandas. Rainbow Bright pensou em Ardiloso Espertalhão e cogitou que a justiça Ninja havia sido cumprida com todo o virtuosismo.

Nesse momento, cada perna de Sandra Bernhard já era da altura de um poste de luz. Depois de montada, ela ficaria alta como uma sequoia. O cronograma dizia que ela seria queimada em dois dias. Mal estaria finalizada antes de soltarem os tochas. Rainbow Bright ficou parado observando pendurarem os braços no torso sem cabeça. As sombras da tarde se alongaram mais. Ao crepúsculo, as sombras de qualquer coisa avançavam quilômetros, desenhando listras na vasta planície. Fileiras de luzinhas de natal piscavam, e logo a grande sombra da noite apagou todas as menores. O ar límpido do deserto começou a feder a fumaça de diesel dos geradores. Em algum lugar, um panaca tocava gaita de fole.

Pelo celular chegava um boletim do Serviço Nacional de Meteorologia. Havia previsão de ventos fortes à meia-noite, ou seja, mais uma tempestade de areia de cegar. Ele torcia que fosse mesmo. Conforme a programação, botariam fogo no gigantesco pênis de papel machê às nove da noite. Uma grande multidão era esperada. A noite teria os discursos usuais sobre amor e drogas. Alguns casos de prostração em função do calor. As tribos cumprimentavam-no com respeito conforme ele passava pelos acampamentos, sempre devagar. Meninas jogavam colares de balinha sobre sua cabeça. Pessoas lhe ofereciam cerveja e *chai*. Era sua gente. Artistas fracassados. Músicos e escritores que o mercado rejeitou. Idealistas de meio-período e visionários enrustidos.

Quando jovem, ele fora idealista num mundo corrupto. Não era à toa que havia ficado igualmente corrupto, mas de um tipo inédito. Talvez fosse o melhor que toda geração podia almejar: ser pioneiro no seu jeito de ser corrupto.

Tinha cursado faculdade de artes. Uma fraude. Um desvario nojento. Depois de descontar seu cheque, disseram que ele tinha potencial para Rembrandt. Seus orientadores e professores haviam pintado um retrato de seu futuro mais bonito do que qualquer obra-prima que haviam pintado na vida real. Doce ilusão. Disseram que ele tinha talento. Para um jovem, aquela palavra era como heroína. *Talento.* Quatro anos, cinco anos, seis, e ele continuou comprando as doses. Seu sonho era fazer animação digital para filmes, quem sabe videogame. Ia dedicar a carreira a dar vida para heróis e anjos de CGI. Ia fazer o impossível virar possível.

A dívida com a faculdade e uma sequência de empregos medíocres – que a cada ano se interrompiam por conta desse lugar, onde ele conhecera a esposa, uma mulher que suportava se enfiar em qualquer cubículo sem graça – e finalmente ele encontrou sua vocação. Um proctologista, vejam só, o recrutou. É engraçado, mas ele costumava confiar em médicos. Agora sabia que médicos eram iguais a qualquer outro colarinho-branco.

Rainbow Bright havia sofrido na primeira sigmoidoscopia. Ainda chapado de Demerol, assistira ao vídeo com seu médico. Uma visita guiada a seu intestino grosso, supersaudável. Eles não tinham intenção de armar um golpe. Eram só dois carinhas muito espertos se fazendo de mais espertos. Rainbow Bright pedira uma cópia do vídeo. Era digital. Tudo é, hoje em dia. Ele levara para casa e, ainda chapado, copiou as cenas do cólon no seu animador digital. Photoshopou JPEGs dos pólipos pré-câncer mais feiosos encontrados na web. Misturou a imagens de Jesus Cristo. Era o trabalho mais criativo que ele fazia desde os tempos de gênio precoce na faculdade de artes. Por fim, plantou os rostos de pólipo na parede do seu cólon e mandou o vídeo de volta pro seu cirurgião. Deixou o médico de bunda chocado. Muito. Os dois riram um bocado. Mas aí o seu doutor resolveu levar a sacanagem a sério.

Eles só faziam isso com gente que pudesse pagar, gente que tivesse plano de saúde de rico. Óbvio que era golpe. Quando a sigmoidoscopia não mostrava nada de anormal,

Rainbow vinha com suas mágicas de faculdade de artes. Era só dar uma olhada nos horrores que Rainbow detalhava com toda a meticulosidade dentro delas, que as pessoas imploravam para entrar na faca. Na verdade, não sofriam nenhum corte. Quem sabe uma drogazinha, uma mexida aqui e ali, mas nada traumático. Os pacientes iam para casa, chapados, cheios de energia renovada porque tinham vencido a morte. Rainbow Bright e o médico dividiam os honorários. A grana começou a entrar.

Nos últimos tempos, ele vinha pegando encomendas com um oncologista, adulterando raios X de peito. A maioria tumores, algumas tuberculoses. Não que precisasse de grana. Só queria explorar uma nova via de escape para sua expressão artística. Era um golpe, trapaça suja, fraude, mas não mais do que tinha sido a faculdade de artes. Além disso, provava uma coisa: Marcel Duchamp tinha razão. Os franceses eram insuperáveis. Contexto era tudo. Você podia retratar uma coisa bonita, um sol adorável se pondo por trás de um jardim de rosas exuberante, e nenhum amante das artes daria um tostão furado. Mas se você executasse uma obra-prima, algo deformado e descolorido, e enfiasse na bunda de um rico, eles pagariam o resgate de um rei para arrancar fora aquele negócio.

Ao cair da noite, o pênis de mamute pairava sobre eles. Tão alto que sumia no crepúsculo. Sem circuncisão, claro.

Enquanto uma multidão de milhares assistia, uma Bruxa Sexy nua, posicionada a distância, puxou a corda de um arco. Com uma mira perfeita, disparou uma flecha incandescente que deixou um rastro branco em milhares de retinas antes de furar a glande. Todos os homens ali presentes se encolheram. As chamas percorreram todas as direções, como um ataque repentino de herpes furiosa. Depois daquilo, bombinhas estouraram. Daquela marca que apita, Piccolo Petes, então começaram a apitar. Mais fogos de artifício explodiram, disparando faíscas no céu noturno.

Na sua imaginação... só podia ser sua imaginação, porque as bombinhas soavam quase como humanos. Só que era tarde demais para escutar. Todos gritavam, uivavam, dançavam em círculos em volta do espetáculo pirotécnico.

Os gritos dentro do pênis fizeram a multidão gritar junto. Em meio ao alvoroço, Rainbow Bright notou Ardiloso Espertalhão ao seu lado.

Olhando as chamas, Espertalhão disse:

– Um cara comprou briga lá na Base Lama. Disse que as estrelas e as facas dele sumiram.

A atmosfera noturna tinha cheiro de churrasco, mas não mais que de costume. Carne grelhada, fumaça de diesel, pólvora.

Ardiloso tinha um ar de triunfo.

– Fizemos votação. O cara perdeu. – Ele continuou a olhar para o falo em chamas. – Não se preocupe – emendou, sem que seu foco deixasse um ponto exato no alto da pira. – A gente encheu ele de Rohydorm. Pra cavalo dormir. O cara não vai sentir nada.

Por um instante, para Rainbow Bright, o festival já não parecia o futuro. Parecia uma reunião de demônios manchados de sangue e fezes, dançando em volta de uma torre em chamas, acompanhados pela música de gritos de tortura. Era coisa da erva, ele disse a si mesmo, era coisa da erva, até que sua visão voltou ao que ele queria ver. Até que no primeiro plano de suas preocupações surgiu a pergunta sobre como ele conseguiria comprar um quilo de carne moída fresquinha.

O pênis se consumiu no céu noturno. Tombou para o lado. Desabou em câmera lenta. E o fogo fez um morro de carvão sobre o qual a tribo mística não perdeu tempo em caminhar. Como previsto, os ventos começaram a ganhar força. As pessoas foram buscar abrigo. Seria mais uma tempestade de areia à la névoa londrina.

Até as maiores raves, a Colônia Terra do Nunca e o Laboratório das Ciências Aplicadas do Ritual Cinético, até essas fecharam as portas por conta de rajadas estilo furacão e da areia nos olhos. A atmosfera ficou tão densa que, de sua barraca, Rainbow Bright não conseguia enxergar o trajeto até a Base Bruxa Sexy. Ele não conseguia distinguir as luzes da Tenda da Boia. A lua e as estrelas estavam apagadas.

Do conforto de seu saco de dormir, ele teclou um número que conhecia de cor.

– Polegarzinha? – Era o nome de festival dela. No mundo lá fora, ela se aferrava ao nome de batismo. Sloane. Sra. Sloane Roberts. Ele perguntou: – Você está bem?

Ela perguntou:

– Você está bem?

Exausto, ele respondeu:

– Tivemos um incidente, mas já foi resolvido.

– Ludlow?

Ele hesitou.

– Nada para se preocupar.

Ele a ouviu esperando. Ficou escutando enquanto ela se decidia. Dava para ouvir o rugido da tempestade de areia se armando fora da barraca. Raspando todo o deserto. Apagando de sua memória os gritos de um assassino que fora queimado vivo. De onde vieram suas palavras seguintes, ele não sabia bem. Nenhum dos dois disse nada, então ele aguardou o silêncio ficar mais profundo. Esperou mais. Enfim, falou:

– Teve uma vez que um cachorro entrou no nosso colégio. Eu estava no quarto ano. Ele corria por todos os lugares, lambendo tudo. Eu tinha 8 anos. Aquele cachorro me fez perceber tudo que eu ia deixar pra trás. Para todo o sempre.

Foi tudo que surgiu na sua mente. Ele disse o que tinha que dizer.

Sloane, ou Polegarzinha, aparentemente entendeu. Ela, sua esposa, disse:

– Como naquela canção do jardim de infância: "As crianças riram e brincaram com o carneirinho na escola" – cantarolou.

Ela entendia. Ficar em casa era condenar seus filhos ao futuro da mesmice. Ali era o berço da civilização. Ela precisava entender. Não era crise de meia-idade nem tapa-buraco, mas uma opção original. Todos que buscavam algo sempre se aventuraram no deserto atrás da grande resposta.

– Eu estava pensando – disse ele, esperançoso –, quem sabe no ano que vem a gente vem junto ao festival, toda a família. – Ele estava caindo no sono.

Com a voz dura, suave mas não sem simpatia, a esposa disse:

– Ano que vem não vai ter festival.

Rainbow Bright ficou maravilhado em como a voz dela parecia próxima e clara, apesar do vento.

A voz caiu até um ronronar. Um murmúrio provocante. E ela disse:

– Ludlow? – Ela disse: – Eu proponho um acordo.

Ele repetiu, incerto se havia ouvido direito:

– Um acordo.

– Se você voltar pra casa – sugeriu ela –, eu paro de matar sua gente.

Rainbow Bright acordou no mesmo instante. Ele não havia contado nada. Moranguinho não tinha o número dela. Ninguém além dele tinha esse número.

Ela sussurrou:

– Uma estrela ninja na nuca de um panaca da Lama... Isso lembra alguma coisa?

Todo mundo ali usava nome falso. Outros tantos usavam máscaras. Sloane seria capaz? Sim, ela já fora uma selvagem, já tinha andado por aí coberta de areia. Quando se conheceram, ela era a parte que atirava as facas de uma apresentação de atirador de facas. Mas agora era uma mamãe que levava os filhos para o treino de futebol.

A voz do telefone perguntou:

– Quem você acha que falou do "Código Hortelã" pra sua amiguinha da TV?

Ele perguntou:

– Onde ficaram a Lisa e o Benny?

– Com a vovó Roberts.

Ludlow Roberts perguntou:

– Enquanto a mamãe matava os tochas?

Era ela o palhaço que lhe deu o olhar mortal. O palhaço triste na plateia. Ela, disfarçada, deixou que executassem um homem inocente e dançou entre os furbies e zumbis e os farristas suarentos. Um monstro de verdade entre os monstros de faz de conta.

Enquanto escutava, ele se sentiu cada vez mais pesado, como se, em vez de um saco de dormir roxo, estivesse deitado numa banheira e a água quente escoasse por debaixo dele. Já não estava flutuando. Agora sentia todo o peso de seus ossos e sua carne. Um fardo que de repente era pesado demais para carregar. O volume inerte de um morto.

A voz ao telefone ditou:

– Amanhã, você vai inventar uma desculpa e vai para casa antes que eu pegue mais um. – Ela fez uma pausa. – Você decide. – E desligou.

O vento. Era o vento que deixava essa gente louca. Na areia densa, que avançava em rajadas, ela podia estar a poucos metros. A cidade das barracas estava cheia de bêbados e garotos drogados e, se era possível acreditar no Ninja morto, ela havia roubado seu arsenal de armas pontiagudas, afiadas feito navalhas. Ela sabia que, caso ele chamasse a polícia, a festa ia chegar ao fim. Ia acabar para sempre só porque ele ignorou seus deveres matrimoniais. Se ele não desmontasse a barraca, mais gente ia morrer.

Na melhor das hipóteses, ele voltaria para um lar onde havia uma assassina implacável.

A ponta de seu dedo caçou no umbigo, buscando, procurando, e puxou um tablete de Gardenal 100 mg. Pessoas iam embora do acampamento todo dia. Outras chegavam. Não havia como controlar. Na pior das hipóteses, cada noite custaria a vida de mais uma pessoa. Imaginou Moranguinho morta. Tinky--Winky. Bebê Sol. Ele podia pagar para ver. Quem sabe se ele saísse contando por aí, ela terminaria presa. Faria um controle de danos.

Um tocha por noite. Seriam mais dezessete mortos. A cada ano um garoto ou dois saía da festa, ia aos tropeços pela areia e nunca mais se ouvia falar dele. O deserto os consumia. Um sacrifício. Um tributo. Em algum ponto dos milhares de quilômetros quadrados de terra erma, a tempestade os cobria exatamente onde caíssem.

Construir. Queimar. Construir. Queimar. Venerar e destruir.

Nessa noite ele precisaria do Gardenal. Mesmo caindo de sono, sentiu a empolgação crescendo no peito. Um jogo digno de ser jogado tinha acabado de começar. E se ele a pegasse, o que aconteceria? Sabendo a verdade, seria capaz de drogá-la? Assaria a esposa, viva, dentro da cabeça descomunal de Sandra Bernhard? Agora que sabia como era grandiosa e mais que gloriosa a devoção de sua esposa?

LITURGIA

Em razão dos prejuízos causados recentemente à Battlinghamshire Court nº 475, a associação de proprietários gostaria de reiterar as diretrizes de nossa assembleia relativas tanto à posse de cães quanto à destinação adequada de material orgânico com potencial risco biológico. Conforme o regulamento da associação, todos os cães domésticos devem ficar presos ou cercados dentro dos limites da propriedade dos seus respectivos donos. Não se permite em absoluto que cães saiam desacompanhados.

Em relação a resíduos humanos, a regulamentação regional de saúde exige que sejam entregues às autoridades responsáveis para destinação sanitária. O sepultamento doméstico não é permitido sob quaisquer circunstâncias.

A observância às duas normativas supracitadas teria evitado a vasta gama de prejuízo patrimonial recentemente constatada. De momento, ao criar uma linha do tempo dos prejuízos, é possível traçar a rota do material de risco em questão e implicar os animais envolvidos. O primeiro incidente de que se tem relato ocorreu no dia 17 de maio, entre 10h e 15h30. Restos semidecompostos foram, aparentemente, exumados de local desconhecido por um cão. Neste primeiro caso, o aparente ofensor teria sido "Buttons". Após a exumação, o beagle transferiu os resíduos para o quarto principal, até então de paredes brancas e tapetes felpudos, da Battlinghamshire Court nº 475, no qual os ditos restos foram sujeitos a cabriolagens durante período indeterminado antes de serem sepultados nos fundos da propriedade.

Ao mapear a trajetória de prejuízos na Battlinghamshire Court do número 475 aos números 565, 785, 900, 1050, 1075 e 1100, pode-se rastrear o desgraçado progresso de vísceras humanas descartadas de forma imprudente, uma vez que foram descobertas e transferidas por uma série de animais, tanto domésticos quanto pestes locais, nomeadamente ratos ou guaxinins, todos os quais reivindicaram o item progressivamente putrefato, injuriaram o mesmo e sepultaram-no em local distinto. Prejuízos similares perpetrados em tapetes, móveis estofados e roupas de cama sugerem que, a seguir, o item contravencionado teria sido encaminhado a Surreydaledown Mews. Provas significativas disso encontram-se em diversas residências junto à Knightsbridgeton Close e à Regentrosetudor Crescent. Dada a qualidade progressivamente instável típica do tecido degradado, cada visita subsequente gerou efeito ainda mais pernicioso e duradouro na mobília estofada de cada residência.

Propôs-se avaliação especial para cobrir os custos de drenagem e limpeza das piscinas localizadas nas quadras em questão. Além disso, incentiva-se que os moradores revisem seus históricos de vacinação, sobretudo os banhistas que se depararam com o item, não tiveram condições de reconhecer sua natureza e confundiram-no com uma bola de praia roxa e murcha. Tem-se relato de que, em no mínimo uma ocasião, a lançaram entre si em alienado deleite.

Essa abominação, essa coisa foi o horror alienígena encharcado que a filha mais nova dos Sanchez inocentemente removeu da piscina de sua residência. Utilizando um pegador de carnes de churrasco, ela arremessou o item por cima de uma cerca viva, fazendo-o cair na piscina dos DiMarco. Lá, a coisa foi descoberta pelo filho mais velho da família, Danny, que se absteve de adotar qualquer atitude nobre e digna. Em vez disso, lançou-a para o alto, ao teto vizinho da Ivy High Street, nº 8871. Ali, a abominação prestou-se ao banquete de corvos, um dos quais por fim tomou a carniça ensopada e alçou-a ao céu azul de verão, dela perdendo a posse para a *chaise longue* ocupada por Ada Louise Cullen. Nesse momento, a jornada de tal transtorno teve fim abrupto.

Lamentavelmente, diversos veículos de comunicação on-line já veicularam a história, com a manchete "Resíduos corpóreos de descarte negligente arrebentam cabeça de naturista". A matéria viralizou após tornar-se assunto entre radialistas a nível nacional.

No momento de sua recuperação, o transtorno havia perdido grande parte de seu volume original. Agentes da lei foram convocados. Após longa discussão, paramédicos presentes no local tentaram determinar a natureza da massa orgânica, estimando seu peso final em 620 gramas. A srta. Cullen recebeu tratamento para choque, náuseas e possível concussão, bem como por lesão nas vértebras cervicais e em tecidos adjacentes.

Depois de muito debate, a opinião majoritária considerou que a massa carnosa em questão não era resultado de nenhum ato de violência. Aparentemente, havia surgido de modo natural. A primeira suposição foi de que ela seria de origem humana.

Embora muitos possam não compartilhar dessa opinião, as estruturas epiteliais desprendidas qualificam-se juridicamente como resíduo hospitalar e, dessa forma, constituem ameaça tanto à saúde pública quanto ao valor imobiliário dos lares que se viram expostos ao referido resíduo por sucessivos animais domésticos, os quais, conforme análise da massa exumada, a realocaram continuamente ao longo de três dias de temperaturas altas.

Realizada a inspeção forense, a matéria putrefata em questão provou ser revestimento uterino expelido há não pouco tempo e contendo estruturas epidérmicas intumescidas por sangue resultantes de parto. Os resíduos supérfluos do processo de um nascimento humano.

Certo número de residentes do Conjunto Corningmarblerock celebrou a chegada de novos membros, o que não significa que o resíduo hospitalar em questão não possa ter sido trazido de fora da subdivisão, fruto de um plantio de árvore ritualístico ou de cerimônia similar. A rápida consulta a solicitações de alteração paisagística permanente encaminhadas nos últimos três meses revelou autorizações para cinco roseiras, um lilás, três jasmins-da-Filadélfia, um cipreste-chorão, catorze buxos e um carvalho vermelho. Quaisquer destes podem ter marcado o local de repouso original da matéria expelida.

Não foge ao reino das possibilidades que um animal deambulante, tal como esses abutres de quatro patas que chamamos de coiotes, possa ter obtido os perturbadores dejetos de comunidade outra. Da Mockingbird Farms, por exemplo. Ou das Belle Lakeside Villas, nas quais há grande probabilidade de que o descarte desdenhoso de restos pós-natais seja prática sujeita a menor reprovação.

Com a devida franqueza, a associação diria que pelo menos metade dos residentes de Heron Cove estaria apta a tal proeza riponga-bicho-grilo. Mas que providências tomar? Publicar uma nota nos achados e perdidos dos classificados? "Encontrada placenta desgrenhada, semidecomposta, mordida por todo animal detentor de mínima curiosidade num raio de três quilômetros. Favor telefonar para." Nenhuma atitude que a associação tomar poderá satisfazer tipinhos 100% alternativos que acreditam que céu e terra devam ser movidos para devolver o transtorno a seu originador.

O comitê não há de considerar discussões em relação ao valor espiritual ou ritualístico do descarte de tecido reprodutivo excedente. Contudo, esse incidente evidencia que se faz necessária uma diretriz para tratar possíveis ocorrências futuras.

Não se deu apenas mácula a mobiliário de residências. Não foi pequeno o número de animais domésticos que ingeriram porções do transtorno. Em razão disso, o siamês que pertence ao sr. e à sra. Heywood Marshall-Simon regurgitou o mesmo no colo da sra. Marshall-Simon. Tal como o beagle supracitado,

Buttons, que o fez no assento traseiro com aquecimento elétrico do novo Jaguar XJR LWB do sr. Clayton Farmer.

A associação de proprietários se declara empática aos vizinhos afetados pelo transtorno. À exceção da srta. Cullen, porém, nenhum está eximido de culpa. Desde a parte que enterrou o transtorno de maneira tão relapsa até os proprietários de animais que flagrantemente desconsideraram os protocolos relativos a coleiras, todos estão comprometidos. Entre aqueles cujas propriedades sofreram danos, há os que reivindicam exame de material genético para determinar sua titularidade e abrir requisições de compensação financeira, a fim de amortizar os custos de restauro. A associação, todavia, afirma que tais medidas seriam de justificava e execução jurídicas igualmente complexas.

Não é difícil imaginar um pai recente que, encontrando um buraco grosseiramente revolvido por patas em seu quintal e estando ciente da algaravia aqui descrita, não se mobilize para exigir apuração de responsabilidade. No sentido de uma solução imediata que satisfaça todos os envolvidos, a associação decidiu tomar uma atitude de longo prazo quanto ao episódio. Nomeadamente, tais são os desastres comunitários que unem vizinhos ao longo das épocas. Em nossa sociedade atual, na qual casas são vendidas e famílias se mudam em média uma vez a cada sete anos, esta saga servirá de memória coletiva de nosso período fugaz como amigos e conhecidos.

Ao serem recontados, os fatos sofrerão deturpação. Pessoas cujas vidas não tiveram envolvimento direto afirmarão terem tido. Aqueles que possam ter sofrido a perda de um tapete afirmarão que a casa teve que ser integralmente abandonada. Os fatos recentes ampliar-se-ão até tornarem-se a mitologia de nossa comunidade. Muito após nossos animais de estimação falecerem, nós, nós mesmos, haveremos de ressuscitar a memória para saboreá-la e transferi-la ao mundo. Nós a jogaremos uns aos outros em troca de risos. Vamos distorcê-la. Lançaremos a história ao vento em festas e riremos da maturação que sofreu. Degradada que era, degradá-la-emos ainda mais. Mais inflada ela será. Vamos afiná-la até ser absurdamente terrível, transformando-a na mitologia de nós mesmos. Um conforto. Prova das tribulações a que sobrevivemos.

Seguiremos com nossas orações em intercessão pela srta. Cullen, que informa pesadelos reiterados após o incidente.

Sem opção preferencial, os restos foram entregues ao médico legista do Condado de Shaysaw, onde ficarão armazenados por dois meses, após os quais serão respeitosamente incinerados.

POR QUE O PORCO-DA-TERRA NUNCA CHEGOU À LUA?

Quase uma vida atrás, quando mal era frangote, o Galo estava jogando xadrez com os amigos. Estavam todos no sexto ano, o Galo, o Coelho e o Porco-da-Terra, sentados de pernas cruzadas em volta de um tabuleiro de xadrez no canto mais tranquilo da quadra na hora do recreio. O Porco-da-Terra movimentou uma torre para preparar uma armadilha bastante óbvia, então o Galo pegou um dos bispos do Porco-da-Terra e disse "Xeque". De repente, uma sombra imensa pairou sobre o jogo. Uma sombra do tamanho de tudo. Um pé pisou no meio dos peões, espalhando os cavaleiros e amassando o tabuleiro que o Galo tinha ganhado em seu décimo aniversário e que levava ao colégio em maleta própria, com tranca e alça, porque parecia uma maleta tal como a maleta de couro que planejava carregar quando fosse advogado. Um advogado especializado em propriedade intelectual, de preferência especializado no mercado de entretenimento. A maleta de transporte do jogo tinha inclusive as iniciais do Galo incrustadas no couro falso – incrustações a ouro –, presente de mamãe e papai. O Porco-da-Terra estava prestes a vencer, mas agora o tabuleiro estava amassado no meio e rasgado nas pontas. Seu reizinho de plástico preto e seus peões brancos estavam destroçados. E no meio do desastre estava o Javali, de pé, socando o presente de aniversário do Galo no chão sujo.

Com um grito de guerra, o Javali caiu para a frente, berrando e dando joelhadas, com toda a força, no peito do Galo.

O Coelho e o Porco-da-Terra caíram para trás e saíram correndo pela grama para fugir, ambos aliviados que, pelo menos dessa vez, não seriam eles a levar a surra. Os punhos do Javali arrancaram os óculos do rosto do Galo. Os joelhos do Javali atingiram as costelas finas do Galo e achataram seu nariz. Da parte do Galo, seu revide consistiu em sangrar copiosamente pelos lábios cortados. O sangue jorrava de suas narinas. Quando ele rolou por cima das próprias pecinhas de xadrez, os bispos apunhalaram-no na espinha e as torres enfiaram as pontas acasteladas em suas costas. Desde o início, o Galo chorava com a potência de um bebê.

Um silvo penetrante soou ao longe, o que fez o Javali retirar-se de modo tão repentino quanto viera ao ataque. Dos óculos do Galo, uma lente havia caído e a beira de uma haste estava quebrada ao meio. O jogo de xadrez estava tão destroçado e imundo que o Galo instantaneamente sentiu vergonha por um dia tê-lo amado. O Galo amou tanto aquele tabuleiro que agora, enquanto o Porco-da-Terra e o Coelho assistiam, mudos, ele pisava nos restos misturados à areia suja da quadra. Chutou cavalos e rainhas para todos os lados, enquanto lágrimas e sangue escorriam pelo rosto. O Galo socou as próprias iniciais incrustadas em ouro na lama de sua humilhação, dizendo:

– Filho da puta de jogo de merda do caralho viado cuzão!

O Porco-da-Terra e o Coelho ficaram envergonhados com a vergonha do amigo, mas entenderam perfeitamente. Os três estudavam e faziam leituras complementares para ganhar pontos extras. Os três atingiam notas máximas e, mesmo ainda no sexto ano, pareciam destinados a futuros altivos: o Galo, advogado; o Coelho, neurocirurgião; o Porco-da-Terra, engenheiro de foguetes. Eram tampinhas entre seus pares. Todos os professores os amavam por impulsionarem a média geral das provas padronizadas. A professora deles, a srta. Scott – que era jovem e bonita e usava o cabelo comprido amarrado com uma fita –, em especial, os amava, e eles a veneravam. O Galo, o Coelho e o Porco-da-Terra vinham de lares asseados e tinham pais que expressavam amor e respeito por eles. Nem é preciso dizer que eram espancados pelos valentões praticamente toda semana.

Para piorar a situação, a escola tinha uma diretriz de tolerância zero em relação à violência, de forma que, em qualquer agressão, todos os envolvidos eram punidos com suspensão obrigatória. Para o agressor, isso significava férias de uma semana; para a vítima, atraso nas disciplinas. Portanto, quando a srta. Scott correu para onde o Galo pisoteava seu tabuleiro de xadrez enquanto bradava juras de sangue, ele usou as costas da mão ferida para limpar as lágrimas que escorriam dos olhos e lhe disse:

– Estávamos brincando de pega-pega. Bati numa árvore.

Quando o Galo voltou da enfermaria com os cortes tratados e enfaixados, as meninas do sexto ano e deram risadinhas de boca coberta. O Rouxinol chamou a atenção da Andorinha para que visse o lábio inchado e o dente lascado, e as duas reviraram os olhos. O Galo tomou seu lugar designado na mesa de leitura e disse para si mesmo: *Minhas notas são as de um gênio.* O Coelho e o Porco-da-Terra não erguiam os olhos para encará-lo, mas ele se inclinou sobre a mesa de leitura e lhes disse:

– Temos que pensar num plano para nos livrarmos deles.

À aula de leitura silenciosa seguia-se a de matemática. A segunda-feira virou quarta-feira. Ortografia e vocabulário. Os arranhões do Galo estavam sarando; seu ego, não. Perto do fim de um concurso de soletrar, o Galo percebeu que olhos hostis o fitavam. Ao começar a soletrar "tessitura", percebeu o Javali nos fundos da sala de aula, observando-o e esfregando o punho de uma mão na palma da outra, os dentes à mostra, rosnando sem som. Em pânico, o Galo acidentalmente falou "c" em vez de "ss" e deu a vitória ao Golfinho. Na mesma tarde, quando a srta. Scott foi à secretaria buscar mais giz, o Javali acertou um dicionário na nuca do Golfinho. Só o barulho do tomo batendo no crânio já foi o suficiente para ferir todos que o ouviram.

Para o Galo, foi um momento de inspiração.

Enquanto voltavam do colégio, ele disse ao Coelho e ao Porco-da-Terra:

– Ouçam, meus amigos. Tenho um plano para nos salvar.

O plano era simples. Parecia fácil e era brilhante. O Coelho e o Porco-da-Terra concordaram: era simplesmente genial.

No dia seguinte, a srta. Scott chamou o Galo ao quadro-negro, pedindo que ele multiplicasse 34 por 3 e demonstrasse seu raciocínio. O Galo tomou o giz e escreveu por um bom tempo, preenchendo quase metade da lousa, e chegou à resposta de 97. A srta. Scott solicitou mais uma vez que ele resolvesse o problema, e sua nova solução foi 91. Ela lhe dirigiu um olhar de preocupação e o mandou se sentar. Quando ela pediu ao Coelho para resolver o problema, ele chegou em 204. O Porco-da-Terra, em 188. Durante uma prova oral de estudos sociais, o Coelho afirmou ser Atenas a capital da Finlândia. O Porco-da-Terra disse que a capital era a Dinamarca. O Galo respondeu: Mar de Cortez.

Ela pediu que eles ficassem na sala após o sinal. Perguntou se estavam felizes em casa e se os pais por acaso andavam gritando. O penteado da srta. Scott era tão esvoaçante e suas bochechas tão brancas que os três melhores amigos só podiam venerá-la com seus olhos de lua cheia.

Nas semanas que se seguiram, o Porco-da-Terra esqueceu como escrever o próprio nome. O Coelho errou a letra de "Brilha, brilha, estrelinha". Quando chegou a vez de o Galo ler *Uma casa na campina* em voz alta, embolou-se com a palavra "hermafrodita". A srta. Scott devolveu as provas de história que a turma tinha feito na semana anterior, e os três amigos tiraram nota F. F de fracasso. Eles fizeram a curva de avaliação cair tanto que até o Javali ficou com C. No intervalo, ninguém os espancou.

F de *finalmente.*

Tendo esquecido matemática e ciências, leitura e geografia, o Galo e seus amigos redobraram os esforços. Iam para a escola de rosto sujo, prova de que negligenciavam a higiene. Empurravam a guardinha de trânsito para provar que haviam apagado cidadania. Corcovavam-se para rodar em postura.

Eles iam mal em todas as matérias. O plano do Galo estava funcionando com maestria. Tal como ele havia proposto, bastava eles rodarem, serem reprovados. E não uma vez só, mas três ou quatro. Que o Javali e o Rouxinol e o resto da turma dos valentões e das meninas às risadinhas passassem para o sétimo e o oitavo anos. Dali a três ou quatro anos, o Galo, o Coelho e o Porco-da-Terra seriam gigantes que fariam sombra sobre os colegas do sexto. No restante de sua trajetória escolar, seriam representantes de turma, capitães de time e reis do baile. E não seriam apenas os maiores: seriam inteligentes, mais inteligentes e mais benevolentes que todos os heróis escolares de todos os tempos. Teriam a força muscular e a coordenação física, além da sabedoria dos ex-pobres coitados. Enquanto isso, ficariam relaxados e curtiriam belos quatro anos de atenção extra da solícita srta. Scott.

Eles sabiam que rodar uma série seria uma vergonha apenas se um só rodasse. Enquanto voltavam para casa na tarde do concurso de soletrar – o som do dicionário no crânio de Golfinho ainda a ecoar nos ouvidos –, os três haviam cuspido nas mãos e feito o juramento triplo de rodar juntos. Podiam até ter sucesso, mas apenas se os três fracassassem juntos, como equipe. Além disso, não podiam contar a ninguém sobre o plano. Foi o Coelho quem os batizou de "Roda do Roda".

– A primeira regra da Roda do Roda – disse o Porco-da--Terra – é: ninguém fala sobre a Roda do Roda.

A efetividade do plano era de complexidade maior do que haviam previsto. Primeiro, eles eram obrigados a cortar os louvores na marra. Os sintomas de abstinência eram horríveis, mas, caso um amigo se sentisse tentado a fazer experimentos de química ou reler *República*, de Platão, teria apenas que telefonar aos outros para ter apoio até que o impulso negativo cessasse. Assistir a horas de televisão aparentemente ajudava, mas era preciso potência mental para ser burro. Graças a Deus que o Porco-da-Terra encontrou um potencializador. Numa manhã, a caminho da escola, o Porco-da-Terra entrou num beco e fez sinal para o Galo e o Coelho o seguirem. Num ponto onde ninguém podia vê-los, o Porco-da-Terra olhou para os dois lados antes de colocar as mãos no bolso da jaqueta e ostentar um saco de papel amassado. Desenrolou o saco, e a única coisa que se via dentro dele era um tubo de cola de aeromodelismo.

O Porco-da-Terra tirou a tampa do tubo e apertou forte, deixando a fita viscosa de cola pingar no saco de papel. Então soltou o tubo dentro do saco – eles queriam ser idiotas, não espalhadores de lixo – e deixou o saco aberto sobre o nariz e a boca. Os olhos do Porco-da-Terra ficaram abertos, fitando o Coelho e o Galo, enquanto inspirava e expirava com força, inflando e esvaziando o saco como se fosse um balão de papel pardo. Os únicos sons no beco eram de papel amassando e do inalar e exalar pesados do Porco-da-Terra. Seus olhos ficaram vidrados. O Porco-da-Terra entregou o saco ao Galo.

A cola tinha cheiro de banana mole sarapintada de fungos. O efeito de inalar aqueles vapores era sensacional! Eles não precisariam mais se fingir de imbecis! Os membros da Roda do Roda seriam imbecis de verdade! O Método Cola, como vieram a chamar, não tinha como durar para sempre; sob sua influência, contudo, o Coelho não conseguia nem segurar um lápis. O Porco-da-Terra caiu no sono em sua mesa e molhou a calça. O Galo sugeriu roubar vodca do freezer dos pais, e a combinação mágica de cola e álcool deu aos três amigos uma ignorância ainda maior que a esperada. No Natal, eles foram para a aula de recuperação em leitura. Na Páscoa, já não sabiam amarrar o cadarço!

A srta. Scott, a bela e solícita srta. Scott, não saía de perto dos três. Fazia carinho neles e os elogiava até por abrirem um gibi. Depois que os machucados do Galo sumiram, ela passou a perguntar repetidamente:

– Conte-me de novo: como você se machucou? – Ela via o Porco-da-Terra sozinho e perguntava: – Como o Galo se machucou?

Nenhum deles tinha pensado em combinar as histórias, e a cola não ajudava. O Galo dizia que havia caído do alto do escorregador. O Coelho dizia que tinha sofrido falta num jogo de futebol. Por fim, ela levou o Galo à secretaria, onde a enfermeira tirou três fotos dele e da srta. Scott juntos, o braço dela sobre os ombros dele. Apesar da dor nos lábios cortados, o Galo sorriu. Ficou radiante em frente à câmera, de tão apaixonado que estava.

Ninguém mais lhes dava socos. Ninguém ria nem ficava apontando para eles. Ninguém nem mesmo os notava. De início, não foi fácil ser invisível. Logo ficou. O Galo continuou a sonhar com a faculdade de direito. Passaria no exame da Ordem com notas altíssimas e faria arguições inflamadas nos tribunais, sempre em prol dos espezinhados e injustiçados. O colégio deve ter enviado uma carta de advertência aos pais – o oposto de um boletim positivo –, porque houve uma noite em que a mãe e o pai do Galo mandaram que ele permanecesse na mesa depois do jantar. O pai suspirou fundo e perguntou:

– Ok, mocinho. Qual é o problema?

O telefone na cozinha tocou e a mãe do Galo deixou a mesa para atender. Pela porta da cozinha, o Galo a viu erguer o receptor e dizer:

– Boa noite. – A voz dela de repente ficou serena. – Um instante, por favor – disse ela, e apertou o bocal no peito como se fosse cobrir o coração para fazer o Juramento à Bandeira. Dirigindo-se ao pai do Galo, ela disse: – É a Hamster.

Depois de ouvir algo, o pai do Galo falou ao telefone:

– Como chefe da consultoria jurídica, aconselho que se livrem imediatamente desse queijo...

De volta à mesa de jantar, a mãe do Galo olhou para ele com um círculo vermelho em volta dos olhos preocupados e disse:

– Sabemos que não tem a ver com suas notas. – Ela mordeu o lábio. – Você sabe que amamos você independentemente de tudo, não sabe?

Na cozinha, o pai do Galo disse:

– Não vale a pena correr risco por causa de salmonela. Se a nossa seguradora ficar sabendo, eles vão invalidar nossa apólice com base em negligência ativa. – Ele desligou o telefone e voltou à mesa do jantar.

O Galo teve que se valer de todas as habilidades que havia adquirido para ser imbecil a fim de não entender a preocupação dos pais, mas o pai disse "Sem televisão" até que as notas melhorassem. Depois, veio "Sem telefone". Depois, "Sem tudo que for divertido". Antes do fim, o Galo, o Porco-da-Terra e o Coelho estavam cada um dormindo em quartos sem nada, sem pôsteres nas paredes, sem nem mesmo rádio AM, nada que os distraísse dos estudos que haviam abandonado.

A srta. Scott ficou com o Galo na sala depois da aula numa sexta-feira e implorou que ele contasse o que estava acontecendo. Por que suas notas caíram a ponto de ele agora estar entre os piores da turma? Ela fez a pergunta com uma voz tão desolada que o Galo começou a chorar. Chorou tanto quanto na vez que o Javali o espancou. Ver a expressão de sofrimento da srta. Scott era ainda mais dolorido do que os chutes e socos. O Galo chorou até o nariz começar a sangrar e os olhos parecerem feridos como os do Guaxinim. Mas mesmo com os braços da srta. Scott em torno dele, abraçando-o enquanto ela também chorava, mesmo assim o Galo disse apenas:

– Não posso contar. Prometi que não ia contar.

Na segunda-feira seguinte, um juiz da vara de famílias emitiu ordem de prisão e o Galo foi levado para um lar adotivo, aguardando a investigação dos agentes da assistência social. Na quarta-feira, o Porco-da-Terra e o Coelho também foram para lares adotivos.

O Galo pensou: *Estas provações serão de curto prazo.* O Galo reanimou seus camaradas dizendo:

– A glória do nosso futuro justificará as atuais, provisórias, dificuldades.

Eles tinham uns aos outros, disse. Tinham a atenção tão solícita da srta. Scott. Em alguns anos, mandariam na escola. Seriam os maiores, os mais inteligentes, os que ditariam as regras nos corredores e na quadra. Os três sofreriam agora para que seus futuros colegas nanicos não sofressem bullying nem humilhações.

Um dia, o Galo seria advogado. O Coelho, neurocirurgião. O Porco-da-Terra, engenheiro de foguetes. E cada um compraria para os respectivos pais uma mansão no clube de campo e um jatinho particular. Eles finalmente explicariam o pacto secreto da Roda do Roda e todos dariam juntos uma robusta gargalhada. Os pais iam amá-los e admirá-los ainda mais pela previdência e dedicação que os três amigos de sexto ano demonstraram ter.

Cheirar cola também ajudava. Se o Galo cheirasse bem forte, sua mente ouvia estrépitos e silvos como plástico queimando. Ele enfiava o rosto no saco de papel e respirava até sentir insetos andando sob a pele e ouvir os pensamentos de estranhos. Num sábado à tarde, o Galo resolveu brincar de seguir o Porco-da-Terra. O Galo ficava uma ou duas quadras atrás, escondendo-se nas cercas vivas e agachando-se à sombra de latas de lixo para não ser visto. Assim ele acompanhou o Porco-da-Terra até a biblioteca pública. Enquanto via o amigo entrar escondido lá dentro, o sangue do Galo ferveu de ira. Ele disse a si mesmo que o Porco-da-Terra estava armando para traí-los. *Ele está fazendo trabalhos para ganhar pontos extras, e no fim do ano vai passar para o sétimo ano e abandonar o Coelho e eu à vergonha!*

O Galo foi informar a traição ao Coelho. Procurou por toda parte: no lar adotivo, no beco, atrás da lixeira da escola. Não se via o Coelho. Uma terrível suposição tomou forma na mente de plástico queimado do Galo, mas ele rejeitou a ideia. Quando a resignação venceu o medo, o Galo foi ao Museu de História Natural. Lá, numa exposição sobre o Egito Antigo, estava o Coelho. Para piorar a situação, o Coelho segurava caderno, lápis e estava fazendo anotações.

O Galo, que havia fundado a Roda do Roda, ficou possesso. Seria o único que ficaria para trás, o único que repetiria o sexto ano. Seus camaradas, que haviam compartilhado de tantos abusos, eram traidores. Que traição! O egoísmo deles arruinaria gerações futuras de garotos de 10 anos, sujeitos ao mesmo ciclo de tormento e desgraça. Como haviam esquecido rápido sua promessa. Mas o Galo estava determinado a lembrá-los.

Na segunda-feira, inclinando-se em sua mesa o Galo propôs, cochichando:

– Amigos: vamos dividir uma cola atrás do Lixão durante o intervalo do almoço?

Inocentes, os dois aceitaram. Assim que o trio estava reunido e o saco de papel pronto, o Galo graciosamente deixou que seus amigos respirassem os vapores antes dele. Quando o Coelho e o Porco-da-Terra estavam absolutamente chapados, os olhos dilatados e a baba escorrendo dos lábios frouxos, o Galo os confrontou com severidade.

– Desmascarei vocês! – berrou ele, e saltou sobre a dupla indefesa, os joelhos golpeando o Porco-da-Terra e os punhos esmurrando o Coelho. O Galo gritava: – Biblioteca? Museu? Expliquem-se!

Os amigos estavam tão incapacitados pelos vapores tóxicos da cola que o Galo pôde triturá-los e pisoteá-los sem que oferecessem resistência.

Depois do horário de almoço, quando a srta. Scott quase chegou às lágrimas ao ver o nariz quebrado do Porco-da-Terra e as orelhas escoriadas do Coelho, os dois tomaram seus assentos na mesa de leitura e disseram que ela não deveria se afligir.

– Eu caí da escada – disse o Porco-da-Terra. – Foi o preço que paguei por não pensar nos outros.

O Coelho disse:

– Eu sou desajeitado. Minhas orelhas são uma pequena perda em troca de um futuro luminoso.

Para que pudesse melhor orientar os amigos, o Galo resolveu implorar à srta. Scott que os três fossem alojados no mesmo lar adotivo. A srta. Scott apoiou o pedido, e logo o Galo, o Coelho e o Porco-da-Terra estavam dividindo o mesmo quarto, o mesmo banheiro, o mesmo saco pardo. Nenhum se viu tentado a visitar biblioteca ou museu. Eles penduraram um calendário na parede do quarto e riscavam os dias restantes do ano letivo. Esqueceram a diferença entre Idaho, Iowa e Ohio. Esqueceram a diferença entre "repugnante" e "repelente". A meta mais difícil à qual já haviam aspirado era não corresponder ao enorme potencial que tinham, mas, valentes, cumpriram o desafio. Não foi fácil, mas rodaram. Nas aulas de reforço no verão, viram-se obrigados a dar duro para não fazer mais esforço.

No último dia das aulas de verão, observaram a srta. Scott abrir as gavetas de sua mesa e retirar fotografias... recordações... *souvenires* que guardava numa caixa de papelão. Quando a mesa foi esvaziada e a caixa preenchida, ela olhou para os três naquela sala de aula, vazia exceto por eles, e disse:

– Vou sentir falta de vocês no ano que vem.

Fracassamos em fracassar, o Galo pensou. Apesar do pior empenho, eles passariam para o sétimo ano. Haviam perdido o prestígio, a família, o tempo e, no fim, seriam despachados para o ano seguinte, em que continuariam no fundo da pérfida hierarquia social. Oh, que depravação! Naquele instante, a raiva do Galo superou seu amor pela professora. Se ela tivesse alguma consideração por eles, jamais os teria aprovado. Para o Galo, era evidente que a srta. Scott estava apenas transferindo seus problemas para outra professora. Ela os estava descartando. O sangue lhe subiu ao rosto, seu corpo inteiro fechou-se num punho de ira, e o Galo gritou:

– Sua vaca!

O Porco-da-Terra e o Coelho ficaram olhando para ele. A srta. Scott ficou olhando para ele.

– Como você foi capaz de nos mandar para o sétimo ano? – perguntou o Galo. – Você chama isso de "educação"? – Apenas porque a amava muito, ele correu até a frente da sala e derrubou a caixa de papelão que estava sobre a mesa dela. Espalhando as fotografias e recordações pelo chão, o Galo começou a pisoteá-las, rasgando-as, destruindo-as, enquanto gritava: – Filho da puta de jogo de merda do caralho viado cuzão!

Quando tudo estava arruinado, o Galo parou, ofegante, suando, aguardando uma resposta.

A srta. Scott não chorou. Ninguém chorou. Era um avanço, se é que se podia chamar assim.

– Vocês não passaram de ano – disse ela. Sem fazer esforço para recuperar seus objetos destruídos, a srta. Scott pegou o casaco nas costas da cadeira e enfiou os braços nas mangas. Fechou os botões. Abriu uma gaveta e pegou sua bolsa. – Tive três alunos reprovados apesar do meu empenho – disse ela, abrindo a bolsa e recolhendo um molho de chaves. – Por isso, perdi meu emprego.

Deixando a bagunça aos pés do Galo, ela caminhou até a porta, abriu-a, atravessou-a e desapareceu da vida dos três para todo o sempre.

Em vez de passarem para o sétimo ano, o Galo, o Coelho e o Porco-da-Terra graduaram-se em maconha. Adquiriram grande competência em serem imbecis, e o segundo ano de burrice passou muito mais rápido. Os três nem chegaram a aprender o nome da professora. Voltaram a seus respectivos pais. Perseveraram.

No ano seguinte, em vez de passarem para o sétimo ano, graduaram-se em analgésicos controlados. Eram gigantes de 12 anos que faziam sombra aos nanicos de 10. Arrastavam-se como palermões entre os colegas de turma. Ninguém os tratava como heróis; ninguém os tratava com um pingo de respeito até um concurso de soletrar em que o Galo errou "ígneo" e ouviu o Gnu dar uma risadinha. Quando começou o recreio, o Galo, o Coelho e o Porco-da-Terra saíram à espreita pela quadra, onde se revezaram em socar o rosto choramingão do Gnu. Nem é preciso dizer que Gnu não contaria à professora, e caso contasse... que diferença faria? Rodar no sexto ano não lhes provocava mais terror algum, e, para reforçar sua imbecilidade, os três amigos se sentaram num canto do pátio e enrolaram um baseado. Fumaram e ficaram rindo e falando do que iam comprar quando fossem ricos. Enquanto o Galo se estirava no chão, alguma coisa afiada se inseriu na sua espinha. Ele tateou e encontrou o objeto: uma estatuazinha, uma pecinha com uma coroa... Quase a identificou, quase. O Galo mostrou a pecinha ao Coelho e ao Porco-da-Terra, mas eles apenas fizeram um não com a cabeça. Ninguém sabia dizer o nome daquele objeto. O Coelho o lambeu e o mordeu, e declarou que era uma peça de plástico preto. O Porco-da-Terra propôs que eles a derretessem e apresentou um palito de fósforo. Quando a coroazinha pegou fogo, queimou com uma chama azul que gotejava e liberava um odor de fezes e cabelo queimado. Fosse lá o que fosse aquela coisa, ela forneceu uma espiral de fumaça acre que, sem pensar, os três amigos se inclinaram para inalar.

PEGA

Hank está com um pé plantado a um passo do outro, todo o peso apoiado no de trás. Ele flexiona bem a perna traseira, se agachando sobre ela com o joelho dobrado, enquanto torso, ombros e cabeça ficam torcidos, esticados até ficarem o mais longe possível do dedão do pé dianteiro. No instante em que solta o ar, a perna traseira do Hank explode, reta, a coxa faz uma flexão pra impulsionar todo o corpo pra frente. O torso gira pra jogar o ombro pra frente. O ombro lança o cotovelo. O cotovelo lança o pulso. Todo aquele braço se impulsiona em curva, estala, rápido como chicote. Cada músculo do corpo se puxa pra lançar aquela mão pra frente. No ponto onde Hank deveria cair de cara no chão, sua mão solta a bola. Uma bola de tênis, amarelo-clara, que voa rápido como um tiro, a bola que voa até quase sumir no céu azul, desenhando um arco amarelo da altura do sol.

Hank joga com o corpo inteiro, como homem tem que jogar. O labrador da Jenny sai correndo atrás da bola, uma mancha negra que dispara em direção ao horizonte, faz a volta nas lápides, depois volta também correndo, sacudindo o rabo, e solta a bola nos meus pés.

Eu, pra jogar a bola, uso só os dedos. Talvez um pouquinho do pulso, meu pulso é fininho. Nunca me ensinaram direito, aí meu arremesso bate na primeira fila das lápides, ricocheteia num mausoléu, rola pela grama e some atrás da laje de uma pessoa, enquanto Hank sorri para os pés e sacode a cabeça de um lado pro outro, dizendo:

– Boa jogada.

Hank puxa bem fundo do peito e cospe uma escarrada na grama entre meus pés descalços.

O cachorro da Jenny fica ali, parado, cruza de labrador preto com burro, olhando pra Jenny. Ela fica olhando pro Hank. Hank está olhando pra mim e diz:

– Tá esperando o quê, garoto? Vai pegar. – Ele aponta com a cabeça o ponto onde a bola de tênis sumiu, perdida entre as lápides.

Hank fala comigo do mesmo jeito que Jenny fala com o cachorro.

Jenny torce uma mecha do cabelo comprido entre os dedos e olha pras nossas costas, lá onde Hank parou o carro, o estacionamento vazio. A luz do sol brilha no meio da saia dela, sem forro, a luz desenha as pernas dela até a altura da calcinha, e ela diz:

– A gente espera. Juro.

Nas lápides, as de perto, não tem data posterior a 1880 e bolinha. Chuto que o meu arremesso deu lá por volta dos 1930. O arremesso do Hank chegou lá nos peregrinos e naquela porcaria do navio *Mayflower.*

Dou um passo e sinto uma coisa molhada na sola do pé descalço, um lodo, uma coisa pegajosa, quente. O cuspe do Hank gruda no meu calcanhar, pega nos meus dedos, aí eu arrasto meu pé na grama pra limpar. Jenny, atrás de mim, ri enquanto eu arrasto o pé pra subir o declive até a primeira fileira das covas. Buquês de flores de plástico enfiados no chão. Bandeirinha americana girando na brisa. O labrador preto corre na frente, fungando os mortos, as manchas de terra na grama, depois acrescenta seu mijo. A bola de tênis não está atrás da fileira de covas de 1870. Atrás da de 1860 também não. Os nomes de gente morta começam onde estou e vão pra todos os lados. Amados pais. Estimadas esposas. Adoradas mães, adorados pais. Os nomes vão até onde a vista alcança, levando mijo do cachorro da Jenny, o exército que jaz sob nós.

No meu passo seguinte, o chão explode, os gêiseres da grama baixa têm minas terrestres de água fria que lavam minha calça e minha camiseta. Uma carga explosiva de frio congelante. Os regadores subterrâneos do gramado soltam borrifos de água, fecham meus olhos, lavam meu cabelo. A água gelada vem de todos os lados. Ouço risadas atrás de mim, Hank e Jenny rindo tanto que um tem que se segurar no outro, as roupas molhadas, grudando nos peitos da Jenny, moldando-se à forma dos pentelhos dela. Eles caem no chão, ainda abraçados, e a risada deles para quando as bocas molhadas se juntam.

São os mortos mijando na gente. O jeito gelado que a morte tem de agarrar você ao meio-dia de um dia de sol, quando você menos espera.

O labrador burro da Jenny late e vai se engalfinhar com um jorro de água, mordendo a cabeça do irrigador ao meu lado. Tão rápido quanto surgiram, os irrigadores automáticos voltam a se esconder no chão. Minha camiseta está pingando. A água escorre pelo meu rosto, do esfregão encharcado que virou meu cabelo. Ensopado, meu jeans fica duro e pesado como se fosse concreto.

A bola está na base de uma lápide a menos de duas covas. Uma lápide que não é coberta de poeira nem musgo. Recém-esculpidas no granito, as palavras MARIDO AMADO, o nome CAMERON HAMISH e a data deste ano. Pobre defunto. Apontando o dedo, eu digo ao cão:

– Pega. – E ele sai correndo, funga a bola de tênis, rosna pra ela e volta correndo sem o objeto. Vou até lá e recolho aquela felpa amarela molhada. Digo pra lápide: – Desculpa o incômodo, Cameron. Pode voltar a alimentar os vermes em paz.

Cachorro burro.

Quando me viro pra jogar a bola de volta pra Jenny, a ladeira de grama não tem ninguém. Mais atrás, o vasto estacionamento está vazio. Não tem Hank nem Jenny. Nem carro. Só sobrou uma poça de óleo preto que pingou do motor do

Hank e duas trilhas de pegadas molhadas que terminam onde o carro estava.

Com um arremesso forte, cada músculo fraco de toda a extensão do meu braço se estica, fazendo a bola chegar até o cuspe do Hank. Digo pro cachorro:

– Pega. – E ele só olha pra mim.

Ainda arrastando um pé, começo a descer o declive, até meus dedos sentirem outra coisa quente. Desta vez, é mijo de cachorro. Aqui onde eu parei, a grama parece áspera. Morta. Quando eu levanto o olhar, a bola está do meu lado, como se tivesse rolado pra cima. De onde eu estou, exceto pelos milhares de nomes esculpidos em pedra, o cemitério parece vazio.

Jogando a bola de novo, pra descer a longa ladeira, eu digo pro cão:

– Pega, pega.

O cão fica me olhando, mas lá de longe a bola vem rolando e chega cada vez mais perto. Volta pra mim. Subindo a ladeira. Subindo o morro.

Um dos meus pés dói, o mijo canino faz os arranhões e joanetes do meu pé descalço arderem. No meu outro pé, os dedos estão colados pelo escarro cinza com espuma do Hank. Meus tênis. Ficaram no banco de trás do carro. Já era. Eu, largado aqui pra ser babá desse burro pulguento enquanto a Jenny fugiu.

Voltando pelo meio dos túmulos, arrasto o pé na grama pra limpar. No passo seguinte, arrasto o outro pé. Enquanto arrasto um e outro, vou deixando um rastro de derrapagem na grama que vai até o estacionamento vazio.

Essa bola de tênis. Agora o cão não chega perto. No estacionamento, paro ao lado de uma poça de óleo da caixa de motor e atiro a bola de novo, com a força de que sou capaz. A bola rola de volta, faz a volta em mim no cimento quente e cinza, me obriga a ficar girando pra observar. A bola amarela me circunda até minha cabeça rodar, tonta. Quando para nos meus pés, eu jogo a bola de novo. Ela rola de volta, mas dessa vez faz um desvio, rola pra cima de um degrau, desrespeitando a lei da gravidade. Faz um círculo na poça de óleo da caixa do motor do Hank, sorvendo a imundície preta. Manchada de negro, a bola de tênis rola até ficar a um chute do meu pé descalço. Dando voltas, pulando, indo e voltando, a bola deixa um rastro preto pelo estacionamento cinza e então para. Uma bola de tênis negra, redonda como um ponto no fim da frase. Um pontinho na base do ponto de exclamação.

O labrador preto e burro se sacode bem perto de mim, o pelo encharcado me joga água de cachorro. O fedor de cão molhado e as salpicadas de lama grudam em toda a minha calça e minha camiseta.

O rastro negro e oleoso da bola forma letras. Letras cursivas desenham palavras pelo estacionamento de concreto. Escreve: "Socorro, por favor!"

A bola volta à poça de óleo, embebendo sua face felpuda em preto, depois, rolando, escreve em caligrafia avantajada, ampla: "Salva ela."

Quando me abaixo pra pegá-la, agachado pra alcançar a bola de tênis, ela pula mais uns passos. Dou um passo, e a bola pula de novo, chegando ao fim do estacionamento. Enquanto a acompanho, a bola pula e para, como se estivesse colada no chão, me tirando do cemitério. Com o asfalto quente e afiado sob meus pés descalços, eu sigo, pulando de um pé pro outro. A bola vai na frente, pulando e deixando uma fileira de pontinhos pretos pela rua como as trilhas gêmeas das pegadas da Jenny e do Hank que levavam a lugar nenhum. O labrador vem atrás. Uma viatura de polícia passa pela gente, sem diminuir. Na placa de PARE, onde a rua do cemitério encontra a rodovia, a bola para, esperando que eu a alcance. A cada pulinho solta menos óleo. Eu, sem sentir muita coisa, sou totalmente atraído por essa visão do impossível. A bola para de pular, gruda num ponto. Um carro nos segue, se arrastando na mesma velocidade. A buzina toca, eu me viro e vejo Hank atrás do volante, Jenny sentada ao lado dele no banco da frente. Baixando a janela do carona, a Jenny estica a cabeça pra fora. Com o cabelo comprido caindo pela porta do carro, ela diz:

– Ficou maluco? Tá chapado? – Jenny estica o braço pro banco de trás, depois estica pela janela do carro, meus tênis na mão. – Pelo amor de Deus, olha seus pés...

A cada passo, meus pés esfolados deixam um pouco mais de sangue, minhas pegadas carimbando aquele vermelho no pavimento, marcando meu trajeto desde o estacionamento do cemitério. Parado num ponto, estou numa poça do meu suco vermelho, sem sentir o cascalho afiado e os vidros quebrados no acostamento.

Um salto à minha frente, a bola de tênis aguarda.

Sentado ao volante, Hank torce um ombro pra trás, enganchando o braço por cima do assento e segurando a trava da porta entre dois dedos. Puxando a trava, ele abaixa o braço e puxa a alavanca pra abrir a porta, dizendo:

– Entra no carro. – Ele diz: – Entra no carro *agora,* porra.

Jenny dá um impulso com a mão, faz meus tênis voarem até meio caminho de onde estou, quicando no cascalho do acostamento. Linguetas e cadarços caídos, emaranhados.

Ali parado, meus pés escuros como cascos ou sapato de ir na igreja, cobertos de sangue seco e poeira, eu só consigo apontar pra bola de tênis suja... As enormes moscas pretas voando ao meu redor... e a bola ali, parada, sem se mexer, sem me levar a lugar nenhum, parada na beira do asfalto onde crescem as anserinas.

Hank esmurra o meio do volante, disparando uma buzinada colossal. A segunda buzinada é tão alta que ecoa no horizonte. Todas as planícies com plantação de beterraba, as plantações à minha volta e no carro deles, vítimas da buzina ensurdecedora do Hank. Sob o capô, o motor gira, as varetas batem, o eixo do comando estala e Jenny se estica pela janela do carona, e ela diz:

– Vê se não deixa ele puto. – Ela diz: – Entra no carro.

Um lampejo preto pula atrás das minhas pernas e o labrador burro salta na porta que Hank abriu. Com o braço dobrado, Hank puxa a porta pra fechar e torce o volante todo pro lado. Fazendo um balão, o carro detonado sai raspando, o cascalho chocalhando dentro das estrias do pneu, a mão da Jenny, ainda pra fora da janela, deixa um rastro. Atrás deles, os pneus do Hank deixam duas marcas fumegantes de borracha queimada.

Enquanto os observo indo embora, eu me abaixo pra pegar os tênis. É aí que – POC – uma coisa dá uma pancada na minha nuca. Coçando o escalpo, me viro pra ver o que me acertou, e a bola de tênis imbecil já está andando, pulando pela estrada na direção oposta à do carro do Hank.

Agachado, amarrando os cadarços, eu berro:

– Espera!

Mas a bola segue em frente.

Correndo atrás dela, eu grito:

– Espera um pouco!

E a bola segue pulando, pulando, grandes saltos alinhados com a estrada. Na placa de PARE da Fisher Road, no meio de um pulo, no ponto mais alto do salto, a bola dobra à direita. Dobra a esquina no ar e sai pulando pela Fisher, e eu me arrastando atrás dela. A bola desce a Fisher, passa o ferro-velho, onde vira na Millers Road, depois dobra a esquerda pra Turner Road e começa a subir o rio, paralela à margem. Desviando das árvores, a bola de tênis encharcada de óleo e coberta de poeira sai voando, soltando uma nuvenzinha de sujeira toda vez que quica.

No ponto onde dois sulcos de rodas deixam a estrada e passam pela grama, a bola vira para aquele lado, agora rolando. Ela segue a lama seca de um sulco, desviando pra contornar as poças e os buracos mais feios. Meus cadarços balançam e chicoteiam minhas canelas. Eu arfando, me arrastando atrás dela, perdendo de vista a bola na grama alta. Vejo de novo quando ela pula, pula no mesmo lugar, até que a encontro, ali. Sigo, e as moscas me seguem. Então, rolando pelo sulco, a bola me leva aos choupos que crescem rente ao riacho.

Não tem ninguém que faça fila pra me dar bolsa de estudos. Não depois dos três D's que o sr. Lockard me deu em álgebra, geometria e física. Mas eu tenho quase certeza de que bola nenhuma devia subir morro, não pra sempre. Não tem bola de tênis que consiga parar perfeitinha, num lugar, pra então começar a pular sozinha. Com o pouco que aprendi sobre inércia e momento, é uma impossibilidade o jeito como essa bola vem voando do nada, me soca na testa e toma minha atenção toda vez que eu olho pro lado.

Um passo mata adentro, eu preciso parar e deixar que os olhos se acostumem. Só essa esperadinha e – PUM – uma bola de tênis suja carimbada no rosto. Minha testa está gordurenta, cheirando a óleo de motor. Minhas mãos se erguem por reflexo, e estou me debatendo contra o nada, como se eu brigasse com um marimbondo rápido demais pra se ver. Estou abanando o nada e a bola de tênis já está pulando à minha frente, aquele baque surdo entrando na mata.

Chegando à margem do riacho, a bola pula à frente até parar. Na lama, entre duas raízes bifurcadas de um choupo, a bola rola até parar. Quando a alcanço, ela dá um pulinho, não chega nem na altura do joelho. Dá um segundo pulo, desta vez até a cintura. A bola pula até meu ombro, até a cabeça, sempre parando no mesmo lugar, a cada aterrissagem se enfia mais na lama. Ela pula mais alto do que eu consigo alcançar, e, em volta das folhas da árvore, a bola abre um buraquinho ali, entre as raízes.

Os sons dos passarinhos, dos corvos, tudo para, vira silêncio. Não tem mosquitos nem zumbido de moscas. Nada faz barulho fora essa bola e meu coração batendo no peito. Os dois cada vez mais rápido.

Outro pulo e a bola faz um tinido de metal. Não é um som agudo, é mais um estrépito, como pular da calha da casa do

Velho Lloyd, ou uma pedra batendo no teto de um carro estacionado no Morrinho da Pegação. A bola bate na areia, dura como se tivesse sido atraída por um ímã, para e rola pro lado. E ali, no fundo do buraco que ela cavou, um brilho. Uma coisa de metal. O metal de uma coisa enterrada. É a tampa de metal de um pote de conserva, igual àqueles em que sua mãe guardava tomates pro inverno.

A bola não precisa me explicar mais nada. Começo a cavar, as mãos enfiadas na lama, os dedos escorregando em volta do vidro do pote enterrado. A bola me espera. Eu me ajoelho, puxo o pote sujo da lama que puxa ele de volta, é um pote grande como nabo que ganha prêmio em feira. O vidro está tão sujo que eu não consigo ver o que é essa coisa tão pesada ali dentro.

Com cuspe, com saliva e com a camiseta ainda molhada dos irrigadores lá do cemitério e de suor, eu começo a limpar. A tampa está emperrada, dura, cheia de ferrugem e de areia. Cuspo e limpo até que uma coisa dourada me olha lá de dentro do vidro: moedas de ouro, com cabeças de presidentes que já morreram e águias ao céu. A mesma coisa que você encontraria se seguisse um Leprechaun, um duende irlandês imbecil até a ponta do arco-íris – se você acreditar nessas merdas –, esse é um pote de um litro cheio de moeda de ouro, tão apinhado de moedas que elas nem chocalham. Não sacodem. Só brilham forte como as rodas de liga leve que vou comprar pra jogar a porcaria do carro do Hank pra fora da estrada. Elas brilham como o anel de diamantes que vou comprar pra Jenny no shopping. Bem aqui nas minhas mãos – e aí: BAM.

O ouro brilhando vira um monte de estrelinhas cadentes. Cheiro de óleo de motor.

O outro cheiro é do meu nariz esmagado se enchendo de sangue. Quebrou.

A bola de tênis bate no meu rosto, pulando como se fosse uma vespa zangada. Ela me esmurra, voa no meu rosto enquanto eu revido com o pote pesado, protegendo meus olhos enquanto os músculos do braço ardem com o peso do ouro. O sangue escorre pelo meu nariz, irrompendo com meus gritos. Torcendo um pé na lama lisa, eu me jogo pela margem do riacho. Que nem ensinam nos Lobinhos em caso de ataque de vespa, me jogo na água e vou me arrastando pelo fundo com ela por cima da cabeça.

Debaixo d'água, olho pra cima e vejo a bola boiando na superfície do riacho, flutuando entre mim e o céu. Está me esperando. O pote pesado de moedas de ouro me prende às rochas no leito do rio, mas eu vou rolando com ele, meu peito cheio de fôlego, vou subindo contra a corrente. A corrente leva a bola rio abaixo enquanto o ouro me ancora, me separando do sol e do ar. Chegando à parte rasa, no momento em que meu fôlego acaba e não dá mais pra ver a bola, ergo a cabeça pra tomar ar. Uma respirada bem forte e afundo de novo. A bola foi embora, sacudindo, acho que um quilômetro rio abaixo, é difícil dizer porque ela parece um ponto preto e muito oleoso na água funda, mas é a bola seguindo o rastro do sangue do meu nariz, me seguindo na direção da corrente.

Quando meu ar acaba de novo, eu me levanto, meio corpo pra fora d'água, e me arrasto até a margem, carregando o ouro e fazendo o mínimo barulho possível. Fungando o sangue de volta pro nariz quebrado. Uma olhada pra trás, e vejo que a bola já está nadando, lenta como um marreco remador, contra a corrente, na minha direção.

Mais uma impossibilidade, segundo sir Isaac Newton.

Com os dois braços em volta do pote cheio de ouro, corro pela lateral do córrego, a água chapinhando nos meus tênis, e saio em disparada pelo mato.

A cada passo que dou, a lama desliza sob meus pés. O pote me faz pender pro lado, quase me tira o equilíbrio, me torce quando puxo demais pro outro lado. Meu peito arde, meu tórax parece que afundou. A cada pisada, praticamente torço o pé, segurando o pote tão forte que, se eu caísse, o vidro estouraria e se enfiaria direto nos meus olhos e no coração. Eu sangraria até morrer, ali, esborrachado, a cara enfiada numa poça de lama, ouro e caco de vidro. Por trás, a bola de tênis dispara pelas folhas, quebrando galhos e gravetos, dando aquele mesmo *fiuuuuu-bum*! de uma bala que cruza a selva vietnamita perto da sua cabeça em seriado de guerra na TV.

Talvez um pulo dos bons antes que a bola me alcance, eu me abaixo. Há um caule podre de choupo que quebrou e caiu, e eu enfio o pote pesado bem fundo no meio das raízes e do lodo, a caverna de lama de onde a árvore saiu. O ouro, meu ouro, escondido. A bola provavelmente não percebeu porque continua atrás de mim enquanto eu corro mais rápido, pulando e abrindo caminho por trepadeiras e brotos, pisando em lama que levanta água até eu alcançar o cascalho da Turner Road. Meus tênis mordem o cascalho, cada pulo meu faz a água escorrer das minhas roupas. A água de irrigador do cemitério que foi trocada por mijo de cachorro, que foi trocada pelo riacho Skinner, que foi trocada pelo meu suor, as pernas da minha calça me esfregam, o jeans duro pela poeira que grudou. Eu, arfando tanto que fico prestes a vomitar os pulmões, virado do avesso, minhas entranhas vomitadas como bolas de chiclete rosa.

No meio do caminho, entre um passo e outro da corrida, no instante em que as duas pernas estão esticadas, uma na frente e uma atrás, no ar, alguma coisa me atinge nas costas. Cambaleando pra frente, eu me recupero, mas a coisa me acerta de novo, bem entre as omoplatas. Com a mesma força, fazendo um arco na minha coluna, alguma coisa me acerta pela terceira vez. Me acerta na nuca, forte como uma bola que sai do estádio ou um arremesso forte no softball. Rápido como arremesso rente ao chão disparado de um taco Louisville Slugger, nocauteando você, a coisa me acerta outra vez. O fedor de óleo de carro. Estrelas cadentes e cometas passam pelos meus olhos, mas consigo ficar de pé e a ultrapasso, correndo a todo pau.

Exausto, chupando o ar, cego pelo suor, meus pés se atrapalham, a coisa me acerta outra vez, sova o alto do meu crânio, e eu caio. A pele dos meus cotovelos sulca o cascalho. Meus joelhos e rosto afundam na poeira da aterrissagem. Meus dentes rangem com a areia dentro da boca e meus olhos se fecham. A coisa misteriosa me socou as costelas, esmurrou meus pulmões, e eu me contorço na estrada. A coisa pula, forte, pra quebrar meus braços. Ela continua pulando, batendo estaca, um impacto descomunal, tentando furar minha barriga, atacando meus ouvidos quando me curvo pra proteger meu saco.

Passado o momento em que eu ainda conseguiria voltar e mostrar pra bola onde está o ouro, quase totalmente apagado, sou abatido. Derrotado. Até que uma buzina absurda me acorda. A segunda buzina me salva, tão alta que ecoa lá do vazio depois do horizonte, por todos os choupos da baixada e pela grama alta, tudo à minha volta é tomado pela buzina mega-alta do Hank. Os pneus pretos e brancos do Hank derrapam até o carro parar.

A voz da Jenny:

– Vê se não deixa ele puto. – Ela diz: – Entra no carro.

Abro os olhos, colados de sangue e poeira, e a bola está parada na estrada, do meu lado. Hank parou, o motor em marcha baixa. Sob o capô, o motor gira, as varetas estralam, os tuchos batem nas válvulas.

Olhando pra Jenny, eu cuspo sangue. Uma baba rosa escorre, desce pelo meu queixo, e minha língua sente os dentes quebrados. Um olho tão inchado que quase fecha. Digo:

– Jenny, casa comigo?

A bola de tênis imunda, me esperando. O cachorro da Jenny, arfando no banco de trás do carro. O pote cheio de ouro, escondido onde só eu vou achar.

Minhas orelhas ficam quentes e ardidas. Meus lábios, cortados e sangrando, digo:

– Se eu ganhar uma vez do Hank Richardson no tênis, você casa comigo?

Cuspindo sangue, digo:

– Se eu perder, compro um carro pra você. Juro. – Eu falo: – Novinho em folha, vidro elétrico, direção hidráulica, som, tudo...

A bola de tênis parada, aninhada no cascalho, está me ouvindo. Ao volante, Hank balança a cabeça de um lado pro outro.

– Fechado – diz Hank. – Pode crer: ela casa com você.

No banco carona, o rosto emoldurado pela janela do carro, Jenny diz:

– Você que pediu. Agora entra.

Consigo me levantar, me endireito, me inclino e agarro a bola de tênis. Por enquanto, é só uma coisinha de borracha cheia de ar. Não está viva. Na minha mão, só parece molhada de água do riacho, com uma camada de poeira. A gente vai pra quadra de tênis atrás do colégio, onde ninguém joga, as linhas brancas quase apagadas. As cercas de corrente descascam ferrugem vermelha, porque faz muito tempo que foram construídas. A grama nasce entre as rachaduras do concreto, e a rede de tênis fica ali, envergada no meio.

Jenny joga uma moedinha, e quem saca primeiro é Hank.

A raquete dele golpeia a bola, mais rápido do que eu posso enxergar, num canto onde eu nunca ia alcançar, e Hank fica com o primeiro ponto. A mesma coisa no segundo. Mesma coisa em todo o primeiro set.

Quando o saque vem pra mim, eu seguro a bola de tênis perto dos lábios e sussurro meu esquema. Meu acordo. Se a bola me ajudar a ganhar a partida – ganhar Jenny –, eu a ajudo com o ouro. Mas se eu perder pro Hank, a bola que me soque até matar porque nunca vou dizer onde o ouro está escondido.

– Vai logo com esse saque – berra Hank. – Para de dar beijinho na bola, porra...

Meu primeiro saque é uma bomba que se afunda no saco do Hank. Meu segundo arranca o olho esquerdo do Hank. Ele devolve o terceiro saque, rápido e baixo, mas a bola vem diminuindo até quase parar e pula bem na minha frente. A cada saque meu, a bola voa mais rápido do que eu jamais seria capaz de bater e arranca mais um dente da boca do imbecil do Hank. A cada devolução, a bola desvia pra mim, perde velocidade e pula no lugar onde eu consigo rebater.

É previsível, mas: eu ganho.

Pareço um aleijado, mas Hank está pior, os olhos quase fechando de tão inchados. Os nós dos dedos esfolados, com crostas de ferida. Hank está mancando, de tanta bolada na virilha. Jenny o ajuda a se deitar no banco de trás do carro. Ela é quem vai dirigir. Pra casa ou pro hospital.

Eu digo pra ela:

– Mesmo que eu tenha ganhado, você não precisa sair comigo...

E a Jenny diz:

– Que bom.

Eu pergunto se faria diferença se eu fosse rico. Tipo super-rico mesmo.

E a Jenny diz:

– E você por acaso é?

Sentada sozinha na quadra de tênis, a bola parece vermelha, manchada com o sangue do Hank. Ela rola, fazendo uma caligrafia vermelho-sangue-cursiva que diz: "Esquece ela."

Eu espero, espero, depois faço que não com a cabeça. Não. Não sou rico.

Depois que eles vão embora, pego a bola e volto até o riacho. Debaixo das raízes do choupo caído, tiro o pote cheio de moedas de ouro. Carrego o pote e solto a bola. Ela vai rolando, eu vou atrás. Rolando morro acima, contra todas as leis que o sr. Lockard tentou enfiar na minha cabeça, a bola passa a tarde rolando. Ela rola pela grama e pela areia, a bola rola até escurecer. E esse tempo todo eu sigo atrás, segurando aquele vidro com o tesouro do pirata. Descendo a Turner Road, descendo a Millers Road, rumo ao norte pela rodovia velha, depois oeste pelas estradas de terra sem nome.

Tem um caroço no horizonte, o sol se pondo atrás dele. Conforme nos aproximamos, o caroço vira um montículo. Um barraco. Mais de perto, o barraco é uma casa sobre um ninho de cascas de tinta que caem da madeira carcomida pelo tempo, fazendo um círculo em volta das fundações de tijolo. Como pele morta, queimada de sol, que descasca. As placas de madeira estão entortadas, torcidas. As telhas de alcatrão fazem curvas, ondas. Colado na porta, um papel amarelo diz: AVISO DE DESPEJO.

O papel amarelo, que ficou mais amarelo com o pôr do sol. O ouro no pote de vidro brilha, tem um dourado mais intenso sob a luz amarela.

A bola de tênis sobe a estrada, chega até a entrada suja de terra. Ela pula os degraus de tijolo, bate na porta, o som é oco. Pulando da varanda, a bola bate na porta de novo. Dentro da casa vêm passos que rangem, que fazem eco na madeira exposta. Do outro lado da porta fechada, do aviso de despejo, uma voz diz:

– Vai embora.

Uma voz de bruxa, rasgada e quebradiça como revestimento de madeira envergado. Uma voz fraca como as cores esmaecidas da tinta descascada no chão.

Eu bato e digo:

– Tenho uma entrega, acho...

O pote de ouro, esticando meus músculos do braço até virarem fios, até quase meus ossos quebrarem.

A bola de tênis pula na porta, de novo, batendo num tambor.

A voz de bruxa diz:

– Vai embora, por favor.

A bola pula na porta de madeira, mas agora o som é de metal. Um baque de metal. Um tinido. Pela parte de baixo da porta estende-se uma ranhura emoldurada com metal dourado, com a palavra CARTAS.

Abaixando-me, depois ajoelhando-me, eu abro o pote de vidro. Tirando a tampa, ponho a boca do pote na abertura das cartas e viro o pote, sacudindo pra jogar as moedas lá dentro. Ajoelhado ali na varanda, derramo o ouro pela abertura da porta. As moedas chacoalham, badalam, tamborilam lá dentro, depois rolam pelo piso nu. O grande prêmio de caça-níqueis se derrama onde eu já não consigo ver. Quando o pote de vidro fica vazio, eu o deixo na varanda e começo a descer os degraus. Atrás de mim, uma maçaneta estala, o barulho de uma fechadura girando, uma lingueta deslizando. As dobradiças rangem, e uma fresta das trevas lá de dentro aparece no batente.

Daquelas sombras, a voz de bruxa diz:

– A coleção do meu marido...

A bola de tênis, pegajosa com o sangue do Hank, coberta de poeira, a bola rola pelos meus calcanhares, me seguindo como o cachorro da Jenny a segue. Andando ao lado, do jeito que eu costumava seguir a Jenny.

A voz de bruxa diz:

– Como você encontrou?

Da varanda, a voz diz:

– Você conhecia meu Cameron? Cameron Hamish.

A voz grita:

– Quem é você?

Mas eu, eu só quero a minha cama. Depois disso, acho que essa bola de tênis está em dívida comigo. Imagino que esse tal de sr. Hamish vai fazer de mim o cara que mais ganha aposta em partida de tênis no mundo.

EXPEDIÇÃO

"Para conhecer a virtude, há que se conhecer o vício."
(Marquês de Sade)

Aquele que visitar Hamburgo, mesmo que o faça pela primeira vez, notará um aspecto curioso da Herman Strasse: parte da rua em questão é bloqueada nas extremidades. Não se trata apenas de uma barricada, não, mas de duas cercas de madeira com quatro metros de altura cada que passam de prédio em prédio, ficando o bloqueio interno a aproximadamente seis metros do externo. É proibido entrar com veículos. As portas de madeira permitem apenas a entrada dos pedestres homens, e são portas com mola, que se fecham com uma batida no instante em que são soltas. Além disso, as portas da cerca externa são compensadas pelas da interna, o que impossibilita olhar com clareza para dentro ou para fora da seção bloqueada da rua. A menção aos pedestres homens aqui é intencional, porque as mulheres são dissuadidas de passar pelas portas. Por costume, só homens são encorajados a romper o bloqueio.

Em função disso, há uma exposição constante de mulheres enfurecidas, indignadas, de ombros caídos, fora da área isolada. Com o olhar abatido, cada uma se mantém distante das outras, sabendo ser objeto de compaixão pública. Em alemão, essas mulheres são chamadas de *Schandwartfreierweiber.* A tradução tosca diria "mulheres que passam vergonha enquanto esperam seus homens".

Dentro dessas barricadas está o distrito da devassidão de Hamburgo, tomado de prostitutas, muitas delas incrivelmente encantadoras, que chamam os homens que passam:

– *Hast ein frage*?

Ou:

– *Haben sie ein fragen*?

As barreiras servem para excluir as mulheres inocentes e críticas e, especificamente, as respeitáveis. Considera-se que, ali, a presença de uma mulher que não está vendendo o corpo envergonharia as que vendem. E todo mundo merece uma dose de respeito, não é? Talvez mais do que ninguém as mulheres que têm tão pouco.

É um acordo informal. Não há lei que proíba mulheres de respeito de adentrar o distrito; contudo, o costume é que as crianças da região, os filhos das prostitutas, encham preservativos masculinos com urina. Os meninos, sobretudo por conta da fisiologia necessária para encher uma camisinha com urina, amarram esses balões – quentinhos, fedidos, instáveis, sejam os de pele de cabra ou os de látex –, deixando-os enfileirados em local onde peguem bastante sol, de forma que o conteúdo fermente até o limite da podridão. Ao jogar essas bombas insalubres, eles ensopam toda curiosa, voyeur ou, indubitavelmente, esposa impaciente que ali se aventure a procurar um marido ou namorado que tenha tirado férias demasiado longas. O mais interessante, porém, é o fato de que a prole masculina bastarda assume o papel de defesa da honra das mães decaídas.

Saber desses balões tão frágeis, tão rançosos, tão à mão, e das crianças loucas que os arremessam: é isso que mantém as *Schandwartfreierweiber* do lado de fora quando seus homens – turistas estrangeiros ou gente que vem dos arredores da cidade – insistem em entrar "Só para dar uma olhadinha" ou "Só um segundinho, querida, eu tenho que dar uma olhada" e somem por uma hora. Duas. Quanto durarem tais visitas.

Toda cidade tem uma barreira, tangível ou intangível. Para preservar o respeito das decaídas e a sensibilidade das demais. Em Amsterdã, chama-se De Wallen. Em Madri, é a Calle Montera, saindo da Gran Vía. E foi a um distrito como esse, em sua própria cidade, que Felix M--------- se aventurou mais vezes do que se disporia a admitir sequer para si mesmo. Especialmente para si mesmo. Especialmente porque fora num antro vulgar, similar a esse, que seu pai havia desaparecido duas décadas antes. E ainda mais especialmente porque hoje Felix M--------- tinha seu próprio filho, uma criança já com 10 anos.

Felix M--------- achava que ter um filho o faria sossegar, encerrando seus hábitos errantes: suas infinitas e tortuosas perambulações a perscrutar espeluncas e antros da perversão que restam desconhecidos, invisíveis à cultura geral, dado que não existe aquilo do que não se fala. E lugares como esses não são mencionados em jornal algum, de maneira que não são documentados. Não existem. Talvez seja este seu grande atrativo: a ideia de que, ao ali entrar, se some.

Nas noites em que ele se ausentava do leito matrimonial, mal chegava a mentir à esposa alegando uma emergência no trabalho. Não, ela mal parecia dar bola ao vê-lo se vestir no escuro e lhe dar um beijo de despedida. A seu favor, a esposa era inteligente e graciosa. Uma figura muito considerada no círculo de amigos que tinham. Ao contrário de muitas mulheres, era mais graciosa despida do que vestida, pois seu corpo mantinha as proporções da juventude e o sol nunca havia manchado sua pele. Por muito tempo, anos, aquilo bastara.

Nessa noite, tal como em toda noite que Felix se aventurava, ele fez um curto trajeto do mundo que existia para o que não existia. Uma carruagem. Ao atravessar a cidade escura, sentiu a velocidade exagerada, assim como se sente caminhando toda a extensão de um trem quando ele avança a oitenta quilômetros por hora. Sobre-humano. Um movimento ruidoso e implacável, sempre em frente.

Logo já estava entre os antros vulgares, acotovelando-se com os concidadãos que não existiam ao bem da luz do dia e da diligência humana. Os contratempos e a história os haviam condenado, condenado essas mentes aleijadas e corpos deformados, e Felix M--------- buscava, tal como Krafft-Ebing, observá-los para compilar uma taxonomia das circunstâncias que os levara a chegar tão baixo. Um compêndio, como ele dizia, do fracasso humano. Uma exposição da desprezível sociedade que lhe roubara o pai. Para esse fim, ele se guarnecia de caderno e caneta, ambas discretas ferramentas para registrar o melhor que sua bisbilhotice pudesse captar. Além disso, uma ninharia já bastava para comprar tragos suficientes de cerveja absurdamente negra, que soltava as línguas até dos mais reservados entre os que espreitavam aqueles locais.

Tal como engenheiros testam a flexibilidade de elementos de aço, Felix buscava localizar o ponto de ruptura em si mesmo e em outros. Queria colecionar, via entrevistas, os eventos que haviam levado cada homem ao monturo.

À maneira de Darwin ou Audubon, ele fazia sua jornada dentro daquela selva, daqueles habitats inabitáveis, das tavernas úmidas reservadas ao consumo de bebida e ópio, juntando-se aos que cultivavam igualmente a autoerradicação. À luz débil, as paredes sombrias tremeluziam com grandes e cintilantes mosaicos de baratas motaláricas. Pragas peludas de estirpe dimórfica cruzavam o chão com suas garras, imperceptíveis entre mesas e cadeiras, vez por outra sepaciando-se sobre os sapatos de Felix.

Acomodou-se, abrindo seu caderno numa página em branco, e preparou-se para a colheita dos infortúnios dos presentes. Se palavras perfeitas não existiam, Felix M--------- as compunha. Inventava palavras tal como se inventasse ferramentas para fins inauditos. Já que os sons que ouvia não eram idênticos aos que outros ouviam, ele precisava de algo que superasse a linguagem-padrão que vinculava cada humano ao passado e reduzia cada nova aventura à mera e sutil variação sobre um episódio pregresso.

Por mais que lhe parecesse lúgubre e desafiadora, a cena estimulava sua mente como nenhuma outra. De todas as direções vinham histórias que o compungiam, mais envolventes do que as publicadas nas revistas mais ousadas, histórias enervadas pela violência insana, salafrários que não sofriam a devida punição. Ali se viam tragédias de lares e familiares mais catárticas que as obras mais tristes de Dickens ou Shakespeare. Ali, o caos não levava ao esclarecimento. Não havia lição a se tirar dos mandriões nitócticos nem dos beberrões volmaritários. No mais, em nível pessoal, Felix M--------- sentia grande conforto em ouvir tais histórias. Embora sua vida como caixa de banco e marido não fosse ideal, comparado a esses ele era um rei.

O livro que ele preparava não era, não mesmo, um mero diário. Esperava que fosse atrair um vasto público leitor, pois não só lhe renderia lições valiosas sobre perseverança e autodeterminação, mas também serviria como bálsamo. A pornografia vivaz da desgraça dos outros. Tal tomo, encadernado em couro marroquino, páginas com bordas douradas, seria perscrutado por alguém acomodado numa poltrona de veludo, ao lado de uma agradável lareira, enquanto bebericava uma taça de vinho. Seriam sem fim os prazeres suburbanos que a infelicidade daquele livro glorificaria. A insensatez dentro daquelas páginas validaria as vidas tediosas, medrosas, temerárias de bancários e lojistas.

Os bem-nascidos adoram escrutinizar os que vivem na pobreza. As desejadas histórias moralizantes sobre a imoralidade, mais ainda quando essas histórias eram formuladas no espírito da reforma social. Sob esse disfarce moralmente inatacável, ele publicaria os relatos mais excitantes dos acontecimentos vis que se passavam no meretrício. Seus preços e perversões. Embora enquadrada como tratado progressista, sua crônica ostentaria mais monstros e aberrações que as atrações de circo de todo o mundo. Os de mente fraca. Os deformados.

Os atos de sadismo bestial e humilhação inumana que ele faria desfilar impudentemente diante do leitor.

Sua real motivação escondia-se mais fundo. Um segredo do qual o próprio Felix mal tinha ciência.

Herr Nietzsche só recentemente declarara que Deus estava morto. Caso Felix tivesse êxito, sua expedição provaria o contrário. A exploração e a documentação (seria ele menos explorador do que o sr. Darwin?) provariam seu teorema.

Não apenas um mísero registro de experiência sinistra: ele queria que fosse uma prova. Prova inegável do divino. Da mesma maneira que matemáticos – aqueles homens brilhantes que conseguem destilar todo o tempo e o espaço a partir do giz – podiam resolver as charadas da existência com uma equação, Felix acreditava poder resumir os mistérios do eterno a uma frase.

Se os números podiam explicar o mundo físico, as palavras explicariam o mundo invisível. Felix apostara nisso sua vida. E se a história se lembrasse dele como imbecil, pois bem: era apenas um entre bilhões. A história não poupava homem algum. Todos estão condenados a passar a maior parte de sua existência entre os mortos.

Sua expedição poderia ser tratada como teimosia, mas assim também foram os percursos de muitos. Entre eles, o sr. Darwin, Vasco da Gama, Fernão de Magalhães. Ser marido e pai, ter seu emprego de caixa de banco: essas circunstâncias não o impediam de empreender sua própria busca por descobertas.

Empiricamente, indiscutivelmente – tal como Henry Stanley recentemente tinha descoberto o perdido dr. Livingstone –, a empresa de Felix seria o resgate de Deus. No rude, no profano, sua expedição em busca de Deus o levaria às profundezas mais escuras do coração humano.

Para tal fim, seu diário havia se tornado uma enciclopédia de equívocos e erros. Um livro de receitas para perder-se para sempre. Cartilha de tudo que se pode abater sobre uma pessoa, o livro de Felix seria aquele a salvar as pessoas.

Aonde não chegavam os horrores do verdadeiro sofrimento humano, sua própria imaginação forneceria os elementos mais extremos, transformando o apenas chocante em temível de fato. Não havia profundeza que ele não houvesse sondado. De horror algum seus olhos se eximiram. E, em verdade, seu livro estava pronto. Essa noite seria apenas uma travessura, uma volta da vitória. Em questão de poucas semanas, as figuras que ele observava à sua volta, os beberrões e toxicômanos, os incruzos, os aleijados ou abençoados com membros extras – barbatanas ou dedos palmados –, toda pessoa letrada das ruas poderia admirar-se com eles e resmungar seus nomes secretos: Waltraud dos Olhos de Amêndoa, Holger Crocodilo, Bertina Cabeça-Chata.

Felix ansiava ouvir histórias que só se contavam aos sussurros, às lágrimas, depois da meia-noite. Ansiava ver algo além das cortinas do visível. Para tal fim, patrocinava a bebida amarga de estranhos dos quais poderia extrair a loucura. E seu lado do negócio era melhor. Dado que os homens não têm como conhecer os corações uns dos outros, não enquanto estão com a mente sã, as palavras padronizadas são mais obstáculo do que auxílio. De nenhum auxílio são também os gestos. Somente após o colapso do intelecto a comunicação existe de fato.

Nisso residiria sua vingança, pois entre aqueles desajustados, Manfred Pau d'Água e Fritz Maria Lepra e Bruno, o Hermafrodita Albino, entre aquelas companhias encontrava-se seu pai, ainda inidentificável. O homem que abandonara o seio de sua família em prol do mundo crasso. A contrapartida de Felix M--------- seria lançar luz aniquiladora sobre tudo daquele mundo. Quando não era mais velho do que seu filho era agora, Felix fora impelido a se tornar seu próprio guia pela vida e elencado como caixa de ressonância dos sofrimentos e aflições da mãe. Esse compêndio determinaria sua fortuna no mundo e, com sorte, devastaria a de seu pai.

Eram esses os pensamentos que se agitavam em sua mente quando uma voz bradou na taverna suja. Todo rosto sensato, desdentado, boquiaberto, toda vista postulada ergueu o olhar em resposta, e a voz bradou de novo. Uma voz masculina, tão vibrante que se projetava acima do ruído, disse:

– Quem, de súbito, vai me ofertar uma taça?

Alguém riu em repúdio.

– Um copo, por misericórdia – chamou a voz. – Um mísero copo, e eu talvez apresente em troca, pessoalmente, o monstro mais repulsivo que há.

Felix ficou atiçado. Aqueles cortiços, aquelas fossas, buracos enlameados da devassidão, ainda tinham a oferecer um temor que ele negligenciava. Faria belo acréscimo à sua missiva. Ainda não tinha visão clara de quem havia ofertado, mas Felix berrou de volta:

– Qual monstro?

Enquanto a multidão se aquietava de curiosidade – pois mesmo entre os deformados e dementes existe a curiosidade para com monstros mais reais que eles –, Felix colocou a mão no bolso do casaco e contou o preço de um trago.

A voz, do ático dos falsocábulos, gritou:

– O monstro é dos pequenos, mas penso eu que a criança não é daquelas em que já puseram os olhos.

Com isso, aquele que falava deu um passo à frente, revelando-se em meio à massa de subdegenerados balançantes, salivantes, tomados de cicatrizes do pecado.

Quem se apresentava era um velhaco do tipo mais exuberante. O homem que veio à frente não apresentava os efeitos nocivos de ter-se servido da depravação a seu redor. Seus membros pareciam intactos. Sua idade e seu físico não eram dissimilares aos de Felix, que supôs ver ali um predador, um homem que tirava vantagem dos mais fracos e absorvia seus recursos escassos. Havia mais que uma centelha de obsessão cor de abóbora brilhando em seus olhos. Acompanhar aquele tipo robusto na noite vazia seria pura tolice. Qualquer excurso proposto indubitavelmente acabaria com Felix assaltado e drogado, seu cadáver vendido ao instrutor de anatomia no colégio de cirurgiões. O amanhã irromperia com suas vísceras à mostra sobre uma laje de mármore para edificação de uma galeria tomada de bocejantes calouros de medicina.

Ainda assim. Pois ainda assim Felix fez um sinal para o homem juntar-se a ele e outro para o atendente servi-los. Enquanto o estranho ocupava uma cadeira cuja distância lhe permitia sussurrar, Felix notou que ele não tinha malformações. Embora desgrenhado, seus trajes sugeriam um cavalheiro devasso. O cabelo sujo, que ia até os ombros, sugeria um profeta do deserto provindo de algum versículo do Antigo Testamento. Felix preparou-se para a decepção: ele passara a considerar-se um especialista do grotesco, e a promessa do estranho provavelmente chegaria à hipérbole. No máximo, a promessa revelaria algo nas linhas da Sereia de Fiji que apregoava Barnum: o torso taxidermizado de uma vítima infeliz enxertado nas pernas de outra, com as garras de um emu convocadas para fazer as vezes de braços, e orelhas de raposa costuradas à cabeça de um chimpanzé há muito falecido.

Contudo, Felix M--------- sabia que seu gênio dependia não tanto do que lhe era mostrado, mas de sua habilidade em retratar o objeto. Não importava que o horror em si fosse improvisado ou mundano, ele poderia dar-lhe maior vida na página. Abasteceria aquele gaiato de cerveja e empreenderia a caminhada para testemunhar seu dito monstro. Mas o que quer que fosse revelado nunca superaria a imagem que já se formava na imaginação de Felix. Ali, o rejeitado produto do enlace entre uma puta deficiente mental e seu agressor deformado, o fruto da violência, seria apenas um bolo alimentar de carne cujas feições dificilmente seriam reconhecíveis como humanas. Nas anotações que Felix fazia, o monstro já arrastava seu eu desprovido de ossos por um porão imundo. A criatura abandonada sobrevivia da maneira que lhe era possível. Como um vira-lata que se alimentava das fezes de outras criaturas. Sorvia atos derramados de onanismo, assim como de leite coalhado e ovos viscosos. Para seu sustento, segregava lenços saturados de fluxo menstrual rançoso e, quando os esgotos transbordavam, ah, era nessa ocasião que o monstro de Felix se banqueteava.

Enquanto o estranho o distanciava da taverna, Felix jurou em silêncio que tiraria proveito da monstruosa criança. Ela lhe serviria como peça central de sua taxonomia, e ele comporia uma *cause célèbre* para a redenção dela. Diante de seu relato, nenhum coração com sentimentos ficaria ileso. A possibilidade o seduzia a perpetrar tal golpe. A compaixão pública seria em muito despertada. Uma campanha de resgate, armada por sua insistência. Mas nenhum monstro seria jamais localizado, pelo menos não um monstro que rivalizasse com aquele que as faculdades mentais de Felix propunham.

Conduzindo-o por passagens e vielas inundadas pelas poças da corrupção, o estranho disse:

– Adelante, vossa senhoria.

Os vis atalhos da cidade eram bem conhecidos de Felix graças a seus meses de flanagem. Ele havia se tornado uma autoridade em relação aos túneis e dédalos que formavam a cidade sob a cidade.

Caía neve forte. Os rodopios brancos transformavam cada um dos poucos postes do distrito numa noiva alta vestindo longo véu. Havia algo de sarcofaguesco no escuro. O ardilento esfarelar de flocos de neve. E, conforme a dupla deitava pé ante pé, silêncio sepulcroso se coagulava em volta deles.

Felix M--------- dedicou um cálido pensamento à esposa, adormecida: do corpo dela vertendo leite.

Avançando pelas lamparinas a gás, as sombras destas caíam atrás deles, e, ao deixar cada uma, as sombras deles caíam à frente das lamparinas. Dessa maneira, cada etapa da jornada marcou um dia falso com o nascer e pôr de cada sol cintilante. Por essa sucessão de aparentes semanas eles prosseguiram a caminhar, até chegar ao fim de um beco sem saída. Ali, um muro proibido, desfigurado pelo grafite, impedia o avanço dos dois. A obra dos vândalos era densa: opiniões e assinaturas pintadas, camadas de opiniões umas sobre as outras tomando o muro com tal vigor que a própria matéria da parede fora obliterada. Felix não poderia adivinhar se era de tijolo ou madeira, pedra argamassada ou gesso espatulado. Tão forte era a aplicação de tinta e tão incisivo o esforço de apagar as pinceladas concorrentes que não restava pista quanto ao propósito ou pertença do muro.

Tão densos eram os clamores pintados que nenhum era legível. Seriam palavras de alerta? Em garatujas gotejantes, todas as palavras eram obliteradas por tons rubros de sangue e piche.

Mesmo diante desse impasse, o estranho não se deteve, seguiu em frente rumo ao amálgama de xingamentos e imprecações. Seus dedos encontraram suporte em torno de algo invisível entre as blasfêmias, cuja tinta censurava blasfêmias prévias. Felix observou o pulso do homem girar e ouviu o estrépito de um ferrolho sendo puxado para o lado. Uma fenda negra abriu-se no que fora um muro de palavras sólido. A fenda ampliou-se quando o estranho abriu uma porta. Sim, espantou-se Felix, diante deles havia uma porta, com tantas camadas de borrões concorrentes que ninguém poderia descobri-la.

Com o corpo posicionado de forma a impedir a entrada, o estranho falou:

– Atenta, por obséquio, da regra prima concernente ao monstro: que tu nunca digas ter conhecido o monstro.

O estranho continuou a falar dessa maneira, com linguajar pomposo, arcaico, de antepassados de outrora um século.

– A regra secunda concernente ao monstro é que deves tu nunca dizer ter conhecido o monstro.

Só após Felix aceitar tais termos foi que o estranho movimentou-se para o lado, fazendo-lhe um sinal de boas-vindas com o meneio do braço, e Felix adentrou o vazio além da porta misteriosa. A não menos de um passo, uma escada estreita descia a um reino ainda mais desprovido de luz.

Juntos, os dois homens desceram degraus de pedra em treva quase absoluta. Navegaram por poços ramificados que faziam rampas contínuas em descendência, perfumadas pelo chorume dos cemitérios abaixo dos quais passavam. Depararam-se com galerias subterrâneas escuras como catacumbas. Avançando pela infiltração de fossas, passaram por odores tão biliosos que Felix temeu ter envenenado os pulmões. Durante esses episódios, respirava por trás da manga do casaco.

Cada era trazia um terror específico. Quando garoto, Felix ficava desperto por medo de que sua casa pegasse fogo. Quando moço, temia os intimidadores valentões. Mais tarde, temeu o alistamento militar. Ou o medo de não dominar um ofício. De nunca encontrar esposa. Depois, dos estudos, da carreira. Depois que seu filho nasceu, ele temia tudo. Seu sonho oculto era encarar um horror tamanho que o deixasse inoculado. Nunca mais sofreria pelo medo de algo, nunca mais.

Os túneis se provavam mais antigos do que ele achava possível. A julgar pelas marcas clivadas por implementos primitivos, as paredes já eram antigas quando a pedra fundamental fora deitada por magos babilônicos da grande Quéops do Lete. Assim enterrados, os pavimentos úmidos precediam a triste dilapidação engolida pela selva do lendário Templo Lunar de Larmos.

A lama, confirmada pelo bate e cospe de cada passo mugrubioso.

Foi nessa conjuntura que Felix notou um estranho efeito. Uma fraca luminescência brilhava dos longos cabelos do estranho. Da mesma maneira, uma luz laranja parecia emanar da pele exposta das mãos e da face do homem, uma sombra pálida do mesmo laranja maníaco que distinguia seus olhos febris. O brilho, mais um detalhe para adornar seu futuro relato.

Apreensivo quanto a se perder, Felix passou a arrancar pedacinhos de seu caderno e soltá-los para deixar uma trilha de retorno seguro. De início não era nada vital, apenas páginas em branco. Quando estas se esgotaram, ele passou a rasgar apenas palavras isoladas. Não havia palavra tão importante, raciocinou ele, que sua perda prejudicasse a obra completa. Entre acessos de tosse, perguntou:

– Estamos longe ainda?

– Aquele monstro? Se próximo está? – ecoou o estranho, sempre poucos passos à frente.

– Temos muito ainda a prosseguir? – perguntou Felix, pronto para se virar e refazer seus passos. De momento já havia monstros o bastante em sua mente para superar qualquer coisa que se lhe pudesse exibir.

Como se lesse seus pensamentos, o estranho perguntou:

– Tens plano de contar do meu monstro ao mundo? – O eco de seus passos era a única pista de que havia mais túnel aberto à frente. Com voz zombeteira, o estranho perguntou: – Planejas em teu livro escrever sobre a cousa?

O sentido de direção não ajudou Felix. Cada passo parecia mais exótico. Em desespero, apalpou o bolso do casaco e encontrou uma caixa de fósforos. Acendeu um e, no instante em que queimou, viu que o estranho o havia superado e que os túneis derivavam para os lados em todas as direções. O fósforo extinguiu-se e Felix correu a acender outro. Com este, viu que seu guia havia tomado ainda mais distância e estava a ponto de superá-lo para sempre. Quando Felix correu para alcançá-lo, o incremento na velocidade apagou prematuramente o fósforo. Ele correu mais alguns passos até acender o seguinte, apenas para ver seu anfitrião luminoso quase sumindo pela estreita distância à frente. Para prolongar a luz do fósforo, pôs fogo numa página do caderno. Pouca importância tinha uma página. Ele teria como recriar o que se perdeu de memória. Frente ao teste, estava confiante de que poderia recontar todas as suas excursões de anos pelos lamaçais do submundo. Segurando a pequena tocha no alto, ele chamou a figura ao longe:

– Caso me perca do senhor, como faço para encontrar o monstro?

Mais uma vez, a chama apagou-se e ele foi lançado ao breu total. O brilho alaranjado do estranho não se via mais.

Aqueles caminhos pedregosos, ele identificou, já eram antigos antes do grande Ônus de Blatoy. Desde antes do ante-druídico, antes de os pagãos erigirem o Altar dos Cleoples Címricos. Em seu espanto, Felix deu chama a mais uma página de suas reflexões para ter mais um vislumbre daqueles ancestrais arredores mesoesoméricos.

À frente dele, à frente e atrás e ao redor, distorcido pelos ecos, Felix ouvia o estranho rir. Da mesma maneira, de todas as direções, a voz do homem lhe assegurava:

– Não te preocupes.

Passou-se mais uma extensão de silêncio, contada por sons de pingos e nada mais. Felix esforçou-se para acender mais um fósforo.

Para romper a aparente infinita espera, a voz do homem falou, acrescentando:

– Penso eu que o monstro logo encontrar-te-á.

Quando o novo fósforo se acendeu com sucesso e mais uma página do caderno foi sacrificada, Felix ergueu-a e viu-se só. Absolutamente, totalmente e inegavelmente abandonado. A luz bruxuleou e apagou-se, mas ele decidiu não gastar outro fósforo em mais uma página até recompor os pensamentos. A raiva lhe seria melhor aliada que o pânico, e Felix imaginou uma cena em futuro não tão distante quando adentraria um bar e encontraria o homem que o conduzira naquela estúpida empresa. Estava longe de ser um novo território para ele: mais uma vez, havia sido descartado, rejeitado, deixado para trás. Sairia vivo. Se necessário, reconstituiria cada passo. As circunstâncias o haviam forçado a indicar sua própria trajetória a cada dia difícil e solitário da vida. Desde a infância, nada lhe fora dado e nada lhe fora explicado, e esse legado vazio construíra nele grande fé nas próprias capacidades. Ele nunca tinha perdido a esperança. No mínimo, a adversidade lhe havia apenas temperado a determinação.

Essa miaslama.

Os jorros vaporosos e polistetílicos.

A falta de algum som pesava tanto que parecia fazer pressão sobre seus tímpanos, tal como água a grande profundidade. O silêncio começou a sufocá-lo.

Felix M--------- sentiu as mãos se fecharem em punhos. Sua respiração acelerava e desacelerava. Um ataque de pirraça ameaçava dominá-lo. A sensação parecia um eco de terceira geração de correr para entrar no ritmo de seu pai, muito tempo antes, e a situação como um todo suscitava uma raiva que ele não sofria desde que se tornara adulto.

– Então vá embora! – berrou Felix com o fantasma. – Permita que eu me livre de você! – Ele sacudiu o caderno acima da cabeça, no escuro. – Você há de sofrer ainda mais quando isto eu recontar. – O nome do estranho permanecia mistério, e ele praguejou contra si por não ter perguntado. – Faz vinte anos que encontrei meu caminho sem qualquer conselheiro, sendo meu próprio aprendiz, tendo nada além de incentivo próprio.

Não seria derrotado tão facilmente. Agora gritava, seu praguejar ecoando por toda a extensão de cada túnel contíguo. Reclamou do abandono do pai. Desvariou quanto aos anos de agressão na infância. Derrotado, não tinha ninguém a ensinar-lhe qual deveria ser sua conduta ou defesa.

Apesar da diamansidade da preocupante situação, ele não seria presa de ideias nervosas. O medo o perseguia, uma braçada à frente no escuro, e o pânico espreitava imediatamente atrás. Sem ponto de referência no espaço, Felix se concentrou no sabor glulúbrio e reconfortante da própria língua.

Ser menino sem pai é ter armas no lugar dos braços e um canhão carregado em vez de boca. Sempre, a todo momento, sitiado, sem possibilidade de convocar reforços. Correr a toda velocidade no breu total com a fúria a triunfar sobre seu medo, sem saber se o que quer de fato é bater-se contra uma parede ou desabar num poço, encontrar limites, restrições e disciplina. Uma perna quebrada. Uma concussão. Castigo de um pai postiço, mesmo que este pai seja meramente físico, para lhe dar um tapa e fazê-lo seguir a linha definitiva.

Desde a meninice, a fúria era seu pai. Seu irmão mais velho. Seu único defensor. A fúria lhe dava força e coragem e o incitava a sempre seguir em frente mesmo que sempre entendesse errado e sempre fracassasse e não houvesse lá mentor para ajudá-lo ou ensiná-lo, e todos sempre riam. A raiva livrava-o de catástrofe. A ira impedia que ele desabasse. Passara a ser seu maior ativo e sua única estratégia.

Sua vida era abastecida por uma bateria que tinha a solidão num polo e a raiva no oposto. A existência de Felix ficava suspensa entre os dois polos, deixando-o indefeso. Seu pai não chegou a conhecer a mulher irada e amarga que a mãe de Felix se tornou. Como, quando garoto, ela lhe falou da fraqueza de seu papá. Ela o instruiu a recitar o catecismo do veneno. E, tal como ele crescera para tornar-se espelho do marido ausente, ela começou a sujeitar Felix à totalidade de sua fúria por ter sido desprezada. Tarefa impossível, a tribulação de Felix foi conseguir constituir uma vida nesse lar causticante em que cada fatia de pão era amanteigada com o desprezo.

Felix odiava o pai por tê-lo entregado à custódia abusiva daquela mulher. Odiava ambos, amava-os e detestava-os com um ardor que ao mesmo tempo medrava e coloria tudo mais em sua vida.

Para fugir, casou-se com uma mulher que já contava seus afetos pelo *pfennig* e os gastava como avarenta, como pequeno ordenado pelos comportamentos que desejava cultivar no marido e no filho. Mesmo nas circunstâncias mais felizes, a esposa de Felix dava a entregar-se ao humor mais infeliz. Esses atributos, reconheceu ele tarde demais, a mulher compartilhava com a mãe dele. Não era impossível a ideia de que ele se aclimatou para encontrar conforto em tal desconforto familiar.

Se ele não retornasse, seu filho, aquele minúsculo modelo de Felix, suportaria o grosso da animosidade da esposa.

O filho do próprio Felix, aquele garoto, no porvir, encontraria a mesma sina. A esposa, ao acordar, encontraria o outro lado do leito matrimonial vazio. Pouco depois, ela ficaria sabendo que ele não fora convocado no trabalho. A preocupação sobre ele se abateria, seguida pelo medo, que amadurece e torna-se desespero. Ao escolher a própria esposa, apesar das virtudes que ela tinha, Felix fora atraído por um submerso potencial para a vingança. Um traço de caráter não muito distanciado da frugalidade emocional de sua mãe.

Um trem passou por um túnel em algum ponto muito acima. Para descrever como o chão balançou, Felix vacilou entre os termos "abadôntico" e "abadêstico". O som trepidante era tudo, e então se foi.

Terminada sua fúria, Felix fez uma pausa para inspirar e, na quietude, ouviu o som de passos distantes indo em sua direção no escuro. Não eram do estranho; eram pisadas arrastadas, tropeçadas, pesadas. O monstro que ele imaginava com todo o horror em sua mente tomou forma no túnel à frente.

A glória da raiva era que ela não deixava margem para o medo. Fosse o que se aproximava naquele breu o guia trambiqueiro ou seu infante grotesco, Felix preparou-se para estrangulá-lo. Para liberar as mãos, enfiou o caderno no bolso do casaco. Com receio de que a criatura que se aproximava o antevisse, acalmou a respiração irregular, sustentando o corpo das pernas ao pescoço, pronto para o instante em que ele e seu adversário ficassem frente a frente. Adiantando-se, correu a todo vapor, desordenado, disparando socos no ar, lutando com tudo e atingindo nada.

Seus punhos viraram bombas prontas para explodir ao mínimo contato. Quando sentiu o ser ao alcance dos braços, Felix jogou-se sobre ele. Cada junta pontuda, ele empunhava como arma – joelhos, cotovelos, punhos e os calcanhares dos sapatos. Usado como porretes e cassetetes, esse arsenal atacava a forma que ele não conseguia enxergar.

Ele sentiu o próprio peso equilibrado sobre o inimigo invisível e pôs-se a martelar sua carne esmagada e seus órgãos mutilados. O oponente pouco fez para se defender. Embora maior que uma criança, a figura parecia frágil. Com a raiva a seu favor, Felix seguiu socando até o outro não mais oferecer resistência.

A massa arfante sob ele soltou um grande suspiro. Numa voz enferrujada e empoeirada pelo desuso, ela emitiu um som. A voz, esmagada pela incerteza, disse:

– Sohnemann. – Em tons de perdição, a voz suspirava. – Você veio.

Nas trevas, o monstro entoou uma oração:

– Por favor, não seja meu garoto.

Esforçando-se para acender um fósforo, Felix associou o som da voz a suas memórias mais antigas. O fósforo fulgurou, e ele o levou a uma página do caderno.

À luz desfalecente, um rosto fechou os olhos e retorceu-se para não encarar a claridade.

Felix ficou paralisado pelo choque. Não era possível. Que truque cruel. O guia, o rufião enganador, sabia algo de seu passado e armara o falso reencontro. O golpe em si é que era monstruoso.

Ainda presa sob os joelhos de Felix, a aparição disse:

– Eu esperei. Sempre com a esperança de que você não viesse.

Ali se via um simples pedinte de aluguel, um impostor grosseiro, e Felix olhou com escárnio para o sadismo da proeza. Preparou-se para empurrar o corpo para o lado.

– Como ousa? – vociferou. Tão ferido estava seu coração que ele deu um tapa com as costas da mão no frágil idoso, derrubando-o ao chão. Sobre ele, incapaz de sair de perto, paralisado tanto pelo amor quanto pela repulsa, gritou: – Você não é meu pai!

O idoso o examinou.

– Ele o enganou também.

– Ninguém me faz de tolo – declarou Felix.

O monstro disse:

– Tyler fez.

Em desesperado frenesi, Felix M--------- berrou para o guia voltar. Por mais que o rótulo se provasse errôneo, pois a função de um guia é guiar e aquele só o havia conduzido à perplexidade e à desorientação. Inibindo a ira e o desespero, Felix urrou:

– Bela armação! Grande realização! – Gritou: – Você me feriu mais que qualquer lâmina ou pancada! – Olhou para a figura no chão e gritou: – Agora dê fim a isto, ou, juro, hei de massacrar seu vil cúmplice!

A única resposta veio de suas próprias palavras: lâmina e pancada, sova e vil, ecoando das trevas. Para que sua ameaça valesse, Felix ergueu a figura frágil, agarrou-a pelo pescoço esquelético e sentiu sua pulsação como a de um coração de lebre momentos antes de lhe partirem a espinha.

Diante disso, com voz estrangulada e gargarejante, o impostor inquiriu:

– Meu garoto ainda gosta de criar palavras? Desde cedo, você sempre fomentou um idioma só seu. – Um detalhe da infância que Felix nunca confiara a ninguém além do pai.

Ao ouvir essas palavras, Felix observou seu opressor com um olhar mais cuidadoso. A fisionomia do homem era a retratada no daguerreotipo que a família tinha, mas se recusava a mostrar. Os olhos do homem eram versões envelhecidas dos olhos que Felix via a cada manhã em seu próprio espelho de barbear. Afrouxou as mãos que apertavam o pescoço flácido. Felix pôde apenas perguntar:

– Como?

Os olhos tristes se fixaram nos dele. A voz, esmagada até o sussurro, disse:

– Tal como você, meu garoto. – Os lábios sorriram de resignação. – Tyler não voltará, não antes de muitos e muitos anos.

Felix perguntou:

– Tyler?

Seu pai, aquele homem, disse:

– Seu guia.

Sem ele, seria impossível fugir daquele lugar. Era evidente que aquele homem, se de fato era o pai de Felix, claramente teria descoberto uma saída depois de tanto procurar. Ainda assim, era uma possibilidade intolerável. Aterradora demais para a mente de Felix acomodar.

Felix pensou no próprio filho. A criança, em casa, ainda na cama dormindo. Dentro de uma hora, o mundo daquele garoto teria seu rumo alterado, e ele se tornaria seu próprio guia. Outro garoto obrigado a inventar-se do zero. Outro jovem que cresceria desamparado diante de uma mulher rabugenta ou raivosa.

– Você o verá de novo – garantiu-lhe o pai. – Esta é a parte infeliz. – O idoso sorriu languidamente. – Quem sabe, daqui a vinte anos. Então, seu filho o derrubará no chão, por raiva e por amor, tal como eu ataquei meu próprio pai.

Pois ali, naqueles salões sombrios, o pai de Felix havia encontrado o próprio pai. E ali o avô de Felix se reencontrara com o próprio progenitor. Ali estavam seu pai e seu avô, assim como as ossadas de seu bisavô e de todos antes deles. Para além deles, ali estavam os pais de infinitos filhos.

– Este Tyler – perguntou Felix –, a que propósito serve?

Como se o idoso pudesse prever o pânico crescente do filho, deu um sorriso caloroso. Já se viam feridas roxas brotando das bochechas pálidas e da testa.

– Você perdoa seu papá?

Receoso, Felix respondeu:

– Perdoo.

– Você perdoa Deus?

Felix negou com a cabeça.

Diante daquilo, o pai projetou o braço de forma a cobrir um amplo arco, levando o punho contra a lateral do crânio do filho.

Fogos de artifício estouraram, centelhas que só Felix conseguia enxergar. Ele coçou o local, reclamando:

– Você me fulminou a orelha!

– Nossa salvação jaz não apenas em perdoar um ao outro – entoou seu pai –, mas em perdoar igualmente Deus. – Sem escusas, o pai disse: – Eu hei de buscar contigo. Vamos buscar juntos.

Com isso, Felix voltou a reconstituir suas palavras de fabricação pessoal: sarcofaguesco... ardilento... sepulcroso... mesoesomérico... miaslama... polistetílicos... diamansidade... glulúbrio... abadôntico ou abadêstico. Ateou fogo a mais uma página de seu diário, na esperança de poder retroceder à primeira palavra antes que a luz sumisse de vez. Ao procurar a trilha que deixara, Felix ouviu seu pai chamar.

– Não tenhamos pressa em encontrar o caminho de volta – propôs o idoso. – Vamos mais fundo. – As palavras ressoaram contra as pedras. – Que descubramos uma aventura válida antes de retornar à luz e ao ar que uma vez tanto amamos.

O idoso havia se virado e caminhava cada vez mais distante pelo labirinto, navegando pelas trevas. Aprofundava-se, cego, no denso desconhecido. Após um instante de hesitação, Felix virou-se para segui-lo.

MR. ELEGANTE

Não me pergunte como é que eu sei, mas da próxima vez que você se achar gordo, pense que podia ser bem pior. Uma coisa pra você botar na cabeça da próxima vez que estiver na academia fazendo abdominal ou barra pra deixar o abdômen duro: saiba que existe gente que tem outra pessoa inteira crescendo naquela parte do corpo. Aquela parte carnuda, a que sacode, embaixo da caixa torácica, que pra você é só um "pneuzinho". Tem gente que tem perninha e bracinho ali, quase um ser inteiro pendendo por cima do cinto.

Isso é o que médico chama de "parasita epigástrico".

Tem médico que chama essa pessoa a mais de "heteradelfo", uma palavrinha bonita pra "irmão diferente". Quer dizer que alguém que devia ter sido seu irmão ou sua irmã nasceu com a cabeça dentro da sua barriga. Essa pessoa a mais, no caso, nasce sem cérebro. Sem coração. É um parasita, e você é o hospedeiro.

Esse é o tipo de coisa que não tem como inventar.

E, por favor, me ouça. Se eu estou contando isso e tem outra pessoa saindo por baixo do seu braço nesse momento, por favor, não vá ficar desesperado.

O único motivo pra contar isso a você é que eu, sabe como é, eu também tinha um desses.

E, pode confiar, pior do que gordura subcutânea se sacudindo ali é botar pra fora um estranho sem coração e sem miolos. Tem vezes que isso acontece anos e anos depois de você ter nascido.

Não me pergunte como é que eu sei, mas depois de uns 100 milhões de abdominais, quando você se inscreve pra ser dançarino sensual à la Chippendales – só pra contratarem você como dançarino exótico, pelado e saradão –, eles perguntam: “Tem histórico de convulsões epilépticas?”

A pergunta aparece no formulário que dão pra você no consultório médico, no exame que pedem logo depois do teste de elenco. A enfermeira passa uma prancheta cheia de perguntas, uma caneta e um copinho plástico pra você encher de mijo. E a companhia de dança nem são os Chippendales de verdade. Mas se você perguntar pra qualquer ex-dançarino exótico fracassado por aí de que trupe ele era, só pra encurtar a história, ele vai dizer: Chippendales.

Todo mundo conhece. Aqueles que usam só o punho da manga e a gravatinha-borboleta.

Mas, sério, meu teste foi nos Cavalgatos. É “tos”, não “dos”. Os Cavalgatos são aquela companhia de dança exótica só de homem, alto astral, põe-pra-cima, estilo Chippendales. Só atende ao público feminino. O escritório deles botou um anúncio num site, o *Backpage*. Na categoria Serviços Adultos. O anúncio vinha com a chamada: “Viva sua fantasia.”

No salão de eventos do Holiday Inn do aeroporto, domingo à tarde, o sorriso no meu rosto era falso. Meu bronzeado era falso. Nem meu cabelo era loiro de verdade. Na inscrição, escrevi 84 quilos: falso, também. Na cor dos olhos, botei a cor das minhas lentes. Na parte da entrevista que ficava sentado, eu falei que queria ser Cavalgato porque gostava de viajar pra lugares interessantes e conhecer gente nova.

Na verdade, eu só queria uma profissão em que, noite sim, noite também, centenas de virgens bêbadas e novinhas enfiassem dinheiro na minha cueca usando os dentes.

Na idade, menti três anos e escrevi 24. Cada uma das minhas coroas na dentadura era uma mentirinha branca cintilante.

Raspei meus pentelhos castanhos, e a agente dos Cavalgatos disse que tinham vaga pra Mr. Elegante. Naquele instante, ela disse, havia outras dezesseis trupes de Cavalgatos cruzando o mundo pra atender à demanda de strippers masculinos entre os bilhões existentes no planeta. Cada trupe incluía um bombeiro, um policial, um soldado, um operário de capacete amarelo. Tipo um Dia das Profissões itinerante nos colégios. E tinha o Mr. Elegante, que entra de smoking com velcro e entrega rosas pra todas as mulheres nas mesas. Tudo bem suave e cosmopolita. James Bond descolado.

Na Trupe Onze, o último Mr. Elegante tinha dado pra trás depois que uma aniversariante cheirada, em Fairbanks, deu nele um puxão que virou torção testicular.

Foi aí que o meu parasita começou a sair.

No salão daquele Holiday Inn, eu não parecia nada que já tivesse visto no espelho do banheiro. Bronzeado, óleo no corpo. Loiro e sorrindo.

A agente apertou minha mão cheia de óleo e disse:

– Muito bom. De agora em diante, você é o Mr. Elegante...

O surgimento do meu novo irmão, sem coração e sem cérebro. A vida nada mais é que uma ladeira lambuzada de óleo de bebê.

Na real, era o seguinte: eu acreditei que se me esforçasse de verdade, o tempo todo, passaria por 24 pra todo o sempre. Na parte de dança do meu teste, a música "Bodyrock", do Moby, é a melhor que existe pra botar no embalo. Tem 3:36. Pode dizer que eu sou retrô, mas se você começa com uma música que a mulherada curte, já ganhou metade do jogo. E tem aquele *drop* perto do fim, quando corta só pra letra – ali é o ponto perfeito pra você botar acrobacia. Naquele intervalo, eu cravei um *standing flip*, fiz abertura total e voltei com um *kip-up*. Depois de tanto me bronzear e depilar e sorrir, a tal agente dos Cavalgatos me deu uma folha impressa com indicação de uma clínica. A enfermeira me deu um copinho pra mijar. E o formulário perguntava: "Tem histórico de convulsões epilépticas?"

Então, depois daquela merda, foi fácil marcar o quadradinho do NÃO. Pra me garantir, tomei meu Clonazepam.

Se você já viu o vídeo que as pessoas botaram na internet, do cara musculoso pulando pelado que nem um peixe, cercado de mulheres com drinks Alexander e Lagoa Azul na mão, as duas bolinhas cor-de-rosa dele saindo da tanguinha preta e escorregando na poça do próprio mijo, então você sabe o erro que foi mentir nessa última pergunta.

Todas as pessoas no mundo já viram esse vídeo. Os putinhos dos adolescentes até fazem a dança que chamam de Mr. Elegante, em que eles dão aquele tombo no meio da pista e ficam se bamboleando que nem hiperativo convulsivo levando choque. Uns bostinhas.

As pessoas imaginam que é fácil ser dançarino exótico, alto astral, estilo Chippendales. Homem imagina que o pior problema seja armar a barraca.

Tem outras perguntas que aparecem no mesmo formulário do exame médico. Tipo: "Sofre de incontinência urinária induzida por estresse?" E: "Já teve um episódio de narcolepsia?"

Só de ler essas perguntas, eu devia ter percebido onde a coisa ia parar. Advogado não tira esse tipo de pergunta do nada. Qualquer companhia de dança das grandes, do Bolshoi aos Chippendales, tem plano pra toda e qualquer situação apocalíptica. Vai que no meio do *Lago dos cisnes* um cisne aí tem um treco no palco, os olhinhos sobem e fica aparecendo o branco, a baba começa a escorrer do bico amarelo. Suando. Molhando as penas.

No livrinho de treinamento dos Cavalgatos, ensinam você a ficar de olho em quem na plateia estiver de bloquinho e lápis fazendo anotações. É um troço chamado ASCAP – alguma coisa tipo Sociedade Americana de Compositores e Seilaoquê –, e se pegam você dançando uma música e você não paga uma porcentagem, processam você e os Cavalgatos. Além deles, em todo estado tem vigilância sanitária infiltrada pra multar se você tocar indevidamente na freguesa. Se você usar punho da manga e gravata-borboleta, se arrisca a levar uma injunção dos Chippendales de verdade por violação de propriedade intelectual.

Nem me pergunte sobre a parte de gerenciar os pelos. Sério: a pior parte desse emprego é ter que pagar para os outros um Tequila Sunrise por ter deixado escapar um pentelhinho do saco. Numa só rebolada pode acontecer de você ter que pagar para as duas fileiras da frente outra rodada de daiquiri de banana.

Viva sua fantasia... Vou repetir: esse tipo de coisa não tem como inventar.

Fazer uma fulana bêbada botar dinheiro na sua cueca usando os dentes: é mais difícil do que parece. Manter os 24 anos também. Num instante você está lá, sacodindo a pochete na cara de uma solteirona tão mamada de Long Island Ice Tea que dá pra sentir o cheiro dos próprios cachinhos de pelo pubiano no cigarro aceso dela. A dama de honra mais feia está enfiando um dólar na sua bunda com a língua, e a mãe dela está lá filmando. É assim que virgem fica bêbada. Policial e bombeiro – os de verdade, no caso – reclamam do estresse do ofício, mas eles não sabem o que é estresse de verdade. Os dançarinos com quem eu trabalhei deixavam o saco de molho na salmoura que nem boxeador faz com o rosto pra deixar mais resistente antes da luta. Todo o seu tempo livre você passa botando as bolas em água e sal e gerenciando os pelos.

A única outra parte do treinamento que é superimportante é contar o tempo pelas músicas. "I'm Afraid of Americans", do David Bowie: cinco minutos de acorde de guitarra com fuzz. "One on One", de Keith Sweat, é um rala-coxa (5:01) perfeito pra coreografar elefante. Com isso eu quero dizer qualquer dançarino parrudo demais pra conseguir fazer qualquer outro movimento que não seja pose de competição. Passo, flexiona, passo. O Duplo Bíceps. O Caranguejo.

O jeito pra não ficar de pau duro é contar o tempo que falta pra terminar cada música. Se você me der o nome da música, eu sei o tempo – e não só os minutos e segundos que aparecem na caixinha do CD. Sei dizer o tempo real que aparece no display, lá na cabine. O bom dançarino sabe que "Slave to Love", de Bryan Ferry, versão Digweed remix, na caixa diz 4:31, mas na verdade dura 4:24. O dançarino preguiçoso vai se ver com mulher bêbada até a cintura quando a música parar.

Sacudir as partes baixas com um mix retumbante de "Mo Move", de Underworld – aquela pulsação incessante do grave, que dura 6:52 –, é arte. Mas se você não está nos bastidores quando a música para, mesmo que seja só por um instante de silêncio, e sacode suas partes raspadas na cara de senhoras estranhas, isso é assédio.

Mais uma vez, outro escorregão. E não me pergunte como é que eu sei.

Silêncio. Silêncio e vêm as luzes de encerramento, fortes, é a Cinderela que se transforma num cara puro sorriso, pelado, suado, oleoso, com o pênis mais perto que devia da sua cara e do seu White Russian aguado que custou dez dólares.

Como diz o livrinho de treinamento dos Cavalgatos, o Mr. Elegante entra e entrega rosas para as mesas da frente. Ele dança "Fascinated", de Raven Maize, Joey Negro club mix. É pra botar no embalo, 3:42. Aí vai pra beira do palco e dança uma música animada mais curta, pra arrecadar as notinhas. Ele se sacode pela beira do palco e pela pista, roçando nos colos, pegando gorjeta, e sai do palco um segundinho antes da música pra-botar-no-embalo do policial.

Na noite seguinte, em Spokane, mesma coisa. Depois, Wenatchee. Pendleton. Boise. Servicinho tão simples que até parasita sem coração e sem cérebro consegue dar conta.

O Mr. Elegante adorava as gorjetas e os números de telefone. O número de telefone escrito nas cédulas. Número de telefone em pedaços de toalha de papel, enrolados nas tirinhas elásticas da sua tanga preta. Até lá em Salt Lake City.

Não me pergunte como é que eu sei, mas tem gente com doença de Milroy, que os linfonodos e as pernas não crescem e que acabam com pés do tamanho de malas e pernas que parecem toras. Ou de ciclopia, quando você nasce sem nariz e com os dois olhos no mesmo buraco.

O Mr. Elegante tinha uns mamilos tão pequenos e tão pálidos que, pra ficarem maiores, grandões, vermelhões, ele aprendeu a pintar com uma coisa chamada Lip Booster. Vem num potinho com um pincel, tipo esmalte, e quando você pinta os mamilos, os lábios e a ponta do pau, fica tudo inchado, gigante. O Mr. Elegante delineava o tanquinho com rímel, depois esfumava com um lenço pra pança não parecer um jogo da velha.

Se ele tirasse uma lente azul e se olhasse no espelho embaçado do banheiro do motel, arrã, ele ainda passava por 24. Mas depois de Billings e Great Falls e Ashland e Bellingham, depois da vez que o bombeiro deixou todo mundo com chato e dos roncos do soldado, o Mr. Elegante estava se sentindo cansado. Lá em Salt Lake City, suas bolas na conserva já estavam se arrastando.

O Mr. Elegante entrava em cena com uma braçada de rosas. Ainda de smoking com velcro, ele entregava as rosas e aí começava a tirar os botões da camisa plissada. A única coisa que faz Salt Lake City ser diferente de Carson City ou Reno ou Sacramento é que, depois de arrancar o smoking, depois que o Mr. Elegante começou a contar a segunda música, sorrindo e cuidando pra não deixar cair pentelho nos drinks, vendo as notinhas de dólar saírem de bolsas e carteiras, as virgens escrevendo o número do telefone em antigos comprovantes de caixas eletrônicos, depois de fazer um espacate e voltar num *kip-up* perfeito, uma inspiração profunda antes do mortal pra trás e do flip total no ar, 2:36 do cover de "Stayin' Alive", de N-Trance (4:02), os rostos e os drinks e as notas começaram a virar borrão. O Mr. Elegante puxou o elástico em volta de cada coxa, alto e firme, foi fazer o mortal pra trás, agachou, pulou e – eu só lembro até aí.

Caso não tenha notado, a música parou e eu continuo aqui, sacudindo meu pau na sua cara. Como se depois desse tempo eu ainda não tivesse aprendido.

Que mané.

Desde que eu me entendo por gente, tenho síndrome do Olho Fixo, que é tipo uma epilepsia do lobo temporal. Minha mãe ou meu pai estavam conversando comigo e eu congelava. Minha visão travava e meus músculos todos paravam. Ainda ouvia minha mãe falando, dizendo pra eu prestar atenção, quem sabe estalando os dedos no meu rosto, mas eu não conseguia falar nem me mexer. Um minuto inteiro, que parecia uma eternidade, e eu só conseguia respirar.

Eles me levaram para fazer ressonância e eletrocardiograma. Eu só conseguia pedalar em rua deserta. Subia em árvore e minha visão começava a borrar. Acordava no chão, meus amigos me perguntando se estava tudo bem. Numa peça do colégio, o menino Jesus, Maria, José, seis pastores, três camelos, um anjo e os outros dois reis ficaram esperando quase um ano inteiro e eu lá, congelado, segurando a mirra, a sra. Rogers se esticando dos bastidores, cochichando: "Abençoai-me, pois trago-lhe humilde oferenda... Trago-lhe *isto*!"

Mas depois de dez anos de Clonazepam, eu praticamente já estava curado.

O problema foi que minha receita terminou em Carson City. O cansaço piora tudo. Bebida e fumaça de cigarro, fadiga, barulho, tudo é fator de risco. Em Salt Lake City, me deu o que se chama de convulsão tônico-clônica, que costumavam chamar de crise Grande Mal. Acordei numa ambulância, berrando, bem a tempo de ver um técnico de enfermagem enfiando um maço de notinhas molhadas de mijo na carteira, dizendo "Mr. Elegante..." e sacudindo a cabeça. Um cobertor amarrado com cintos me deixou lá, duro na maca, e eu senti cheiro de merda. Perguntei pro enfermeiro:

– O que houve?

E ele me disse, enfiando a carteira no bolso de trás:

– Meu amigo, melhor você não saber...

Quando o hospital me liberou, a Trupe Onze já estava em Provo, com um Mr. Elegante novo, que despacharam pra se encontrar com o grupo direto no local. O Motel 6, onde a gente tinha passado a noite anterior, guardou minha maleta.

Uma assistente social veio e ficou do meu lado no leito do hospital, dizendo que a mente humana é nada mais que um ciclo constante de atividade elétrica. Ela disse que uma convulsão é como um estouro de estática, uma tempestade dentro da cabeça.

Eu falei:

– Me conta uma coisa que eu ainda não saiba, mocinha.

E ela me contou da focomelia, uma doença em que você nasce com as mãos saindo dos ombros. Sem braços. O termo mais antigo para esse defeito de nascença, aliás, era "braço de foca". Tem relação com usar talidomida de sedativo, mas já existia bem antes. Ela me contou da sirenomelia, quando você nasce com as pernas fusionadas, que ficam como se fosse um rabo de peixe. Daí o nome sirenomelia, que deve ter dado origem à ideia de sereia. A assistente social me disse que o nome dela era Clovis, e que ela já tinha sido dançarina, dançarina exótica, tentando esconder que sofria de narcolepsia. Ela usava cabelo loiro comprido e olhos azuis, pernas compridas e lisinhas, nenhuma marca de biquíni. Ela ali, do lado da minha cama, o cabelo castanho e crespo. Os olhos eram castanhos. As coxas e o terninho branco estavam bem apertados, a ponto de não conseguir cruzar as pernas.

Quando dançava, ela mantinha a doença sob controle com Stavigile, mas aí ela ficou sem receita e começou a pular as doses, cortar os comprimidos ao meio, aquela falsa economia de praxe. Teve uma noite que ela virou atração principal num bar de motoqueiros em Rufus, Novo México. Clovis chegou com tudo, pegou no poste até lá em cima e foi girando com a força centrífuga, o cabelo loiro balançando, o corpo bronzeado em espiral até o palco.

Enquanto contava, seus olhos castanhos ficaram enevoados. Clovis não se lembrava de descer do poste até o chão. Ela acordou nos bastidores, grávida de 32 clientes. De alguns, duas vezes.

Eu perguntei:

– Qual música?

E, com os olhos úmidos, Clovis disse:

– Portishead, "Sour Times".

Ah, sei. Aquele vocal doce e sombrio de Beth Gibbons. De 4:11.

– Quatro minutos e oito – corrigiu Clovis. Uma sobrancelha erguida pra mim, ela disse: – Sempre confira no display. Nunca confie na caixinha.

Perguntei qual era seu nome de palco.

E Clovis olhou para o relógio de pulso e disse:

– Faz muito tempo. – Ela disse: – Estou com quase 30.

– Eu também – comentei.

E, observando um formulário do hospital na prancheta, Clovis disse:

– Eu tinha sacado que essa idade que colocaram aqui era mentira.

Antes que ela pudesse se levantar e sair, pedi a Clovis pra me contar o que tinha acontecido. O que se deu, de fato.

O bebê nasceu, ela disse, nove meses depois que ela acordou, como mandam os manuais. Menino. Não se parecia com ninguém e partiu imediatamente de limusine para ter uma vida de condomínio fechado em Malibu Colony, com dois executivos de cinema gays e milionários. Clovis disse:

– Fale sobre botar pra fora um estranho sem coração e sem cérebro.

Ela já tinha me contado de parasitas epigástricos.

E eu falei:

– Não... O que aconteceu comigo?

Depois de um longo minuto de um puta silêncio, Clovis só piscou pra mim. Por fim, com voz de profissional de saúde, ela disse:

– Tem uma gravação do... fato.

Uma solteirona tinha entrado no clube com uma camerazinha de bolso escondida e me filmou enquanto eu entregava as rosas, as rosas de haste comprida. Eu comecei meu número e ela continuou filmando. Tiveram que borrar no digital a parte em que minhas bolas saíram, mas chegou a passar na TV. Primeiro foi num desses programas de vídeos engraçados do Japão, mas depois foi na Europa. Aquela coisa, de 4:20, viralizou na internet. Baixaram no mundo inteiro. Coisa pra virar piada em talk show.

A ASCAP começou a processar sites e mecanismo de busca pela distribuição não autorizada de "Stayin' Alive". O sindicato dos Chippendales não curtiu o fato de que eu estava de punho de manga branco. Alguém se dizendo produtor do *Late Show* ligou para a central do hospital, pedindo pra falar com meu quarto.

Falei a Clovis que queria assistir.

E Clovis disse:

– Não. Não quer.

Perguntei:

– É tão ruim assim?

E Clovis disse:

– Durante o episódio, você perdeu controle momentâneo do esfíncter.

O fedor na ambulância.

– Tanga – disse Clovis – não deixa dúvida.

Eu nunca assisti ao vídeo.

Utah era um bom lugar pra se esconder, então fiquei em Salt Lake City e deixei os pentelhos crescerem. Tingi o cabelo loiro de castanho. Perdi meu bronzeado e comi tudo – frango frito, salgadinhos e batata chips sabor churrasco – que o Mr. Elegante não podia.

Quando você faz 30 anos, sua vida passa a ser fugir da pessoa que você virou pra fugir da pessoa que você virou pra fugir da pessoa que você era quando começou. Então, teve um tempo em que eu estava virando Mr. Porco-Pálido-Pança--Gorda-Triste. Fui trabalhar num fast-food e a cada 2 ou 3 milhões de hambúrgueres tinha uma cliente que ficava me encarando do outro lado do balcão cheio de gordura, os olhos trabalhando rápido pra sacar de onde conhecia o meu rosto.

Aí eu estalava os dedos e perguntava:

– Fritas pra acompanhar?

Nunca peguei dinheiro de ninguém sem lavar as mãos.

Quem sabe se eu estivesse nadando nas minhas fezes, talvez as pessoas conseguissem juntar dois mais dois. Mas aí morreu aquele monte de chinês que a câmera de segurança filmou, no incêndio daquela loja cafona, e o mundo da comédia se esqueceu de mim e da minha porcalhada.

Mas Clovis não esqueceu. E eu não tinha como esquecer.

Clovis vinha almoçar, comia um hambúrguer, trazia sempre um cliente mais novo cujos dedos ficavam unidos em duas pinças de carne e cujas pernas eram atrofiadas, inúteis. Síndrome de ectrodactilia, o que chamavam de "síndrome de garra de lagosta". Ela me apresentou uma garota com pigomelia, ou seja, que tinha quatro pernas, na prática duas pélvis lado a lado e quatro pernas funcionais que ela escondia debaixo da saia comprida.

Eu ainda contava o tempo com as músicas. "Steppin' Out", Joe Jackson, 4:19, o tempo de um cigarro no beco. Kim Wilde cantando "You Keep Me Hanging On", que dá 4:15, o tempo que leva pra encher o cilindro de gás da máquina de refrigerante. Tudo aquilo que você tenta esquecer e nunca consegue. Todo minuto do qual você quer fugir.

Enfim, Clovis me convidou ao apartamento dela pra conhecer umas pessoas. Eu disse que meu dia inteiro era só conhecer pessoas. E Clovis disse que aquilo ia ser diferente.

No apartamento dela, ela me apresentou uma menina com dois braços e duas pernas, quase uma pessoa inteira que brota da parte superior do tomara-que-caia. Minha primeira heteradelfa de verdade. Ela se chamava Mindy. Depois, conheci um garoto que tinha a cabeça gigante e volumosa, como se fosse um travesseiro. Neurofibromatose, a doença do Homem Elefante. Tinha 23 anos e se chamava Alex. Conheci uma ruiva bonitinha sem pernas; os pés nasciam direto do estômago. Osteogênese imperfeita. Ela se chamava Gwen e tinha 25.

Clovis me disse:

– Você entende de música. Entende de palco. – Ela disse: – A ideia é deles, mas queriam que você ensinasse dança exótica...

Ela estava falando de strip. A trupe dos dançarinos exóticos com necessidades especiais. Todos jovens de saco cheio de Salt Lake City. Eles pensaram o seguinte: *Qualquer um consegue botar músculo, clarear o cabelo, fazer bronzeamento com spray.* Por que não oferecer ao público uma coisa que não é baseada num monte de falsidade? Por que não servir dançarinos que não se escondem atrás de um sorriso falso?

Aquele bando de garotos. Doidos, idealistas. Só no Utah.

Eu disse:

– Claro que eles são jovens e cheios de sonhos. Claro que eles têm umas deformações monstruosas. Mas será que sabem *dançar...?*

E Clovis disse:

– Eu ensinei pra eles tudo que sei de *pole dance*, mas queria que...

Os executivos de cinema milionários já tinham entrado com sete dígitos de financiamento de start-up, a juros baixos. Dane-se. Se eu consigo ensinar elefante anabolizado a dançar, ensino qualquer um.

Que nem dizia na Backpage: "Viva sua fantasia."

Queria poder dizer que foi fácil. As pessoas sempre desconfiam das suas intenções. Sou chamado de aproveitador. Isso, e microempresa não é só alegria, não. Em Boulder, Glenda, a nossa menina que tem os dois olhos no mesmo buraco, fugiu com um corretor milionário. Em Iowa City, Kevin, nosso dançarino com nanismo parastremático, emprenhou uma solteirona. Ajuda o fato de que Clovis faz a turnê comigo e com a trupe, ela parece uma galinha com seus pintinhos. Só Deus sabe como vai ser em setembro, quando a gente lançar o serviço de acompanhante.

Eu, pessoalmente, não tem show que comece sem que eu fique suando nos bastidores. Contando os segundos de cada música. Vendo se tem alguém da ASCAP fazendo anotações. Cada músculo das minhas pernas e dos meus braços se contorce, revivendo cada mortal pra trás, estrelinha, flip no ar e *kip-up* que eu sempre cravei no palco. Vendo aquela meninada doida pescar as notinhas e dançar no colo pra ganhar gorjeta, eu me pego sussurrando.

Sussurrando:

– Abençoai-me, pois trago-lhe esta humilde oferenda...

Sussurrando:

– Trago-lhe *isto*!

TÚNEL DO AMOR

As pessoas dizem que o cabelo continua crescendo depois da morte. Falam dos corpos que saem dos túmulos, cadáveres, com longo cabelo de moça glamourosa que não tinham no enterro. Os corpos exumados vêm com unhas de um tamanho que só mulher de vida fácil pode ter. Como se, na morte, todo mundo recebesse um tratamento de beleza pra foto profissional.

Mito ou verdade? Meu último horário na sexta à noite diz:

– Vamos descobrir.

Ela telefonou uma semana atrás e pediu para eu reservar meu último horário. Tem os tipos de músculo que não a deixam ficar sentada muito tempo, ela diz.

No meu estúdio, ela puxa uma vela da bolsa. Fala:

– Acenda. – E me entrega.

Ela pergunta se eu tenho outra coisa que não seja música com cítara.

Ela parece meio não conseguir se equilibrar direito. É difícil dizer, porque ela está numa cadeira de rodas. Nesse mercado, cadeira de rodas não chama a menor atenção. Tem muita gente que paga pra ser acariciado. É como marcar uma permanente quando você só precisa da sensação gostosa de alguém lavando seu cabelo. Não que essa mulher precise cuidar da aparência. Ela já tem o cabelo pintado de loiro platinado Hollywood da raiz até a ponta. As pernas são lisas como ossos. É tudo parte do experimento. Ela acaba nua, com exceção da pulseira com lacre térmico, tipo a que colocam em recém-nascido, só que nessa está escrito NÃO RESSUSCITAR.

Metade dos pelos, diz ela, foi arrancada com cera. Metade do corpo. A outra metade ela descoloriu à la Jean Harlow, loiro Lana Turner. Antes de eu colocá-la na mesa de massagem, ela diz para deixar as pernas por último. Diz que se eu sentir o pelo ralinho vai ser prova de que o mito é verdade. Ela diz que a melhor parte de estar nas últimas é que nunca mais vai precisar retocar as raízes.

O pior de estar na cadeira de rodas, diz ela, não é as pernas virarem bagagem supérflua. O pior é que a maior parte da sua mobília vira supérflua. A mulher diz que tinha mobília requintada: poltronas Luís XVI com estofamento em ponto cruz, canapés Luís XV. Assim que ela foi reduzida à cadeira de rodas, suas posses mais estimadas – poltronas, sofás, coração, cérebro – passaram a ser meros obstáculos.

A bolsa, diz ela, está recheada de grana.

– Quando a gente terminar, você pode revirar aí dentro e fazer a festa, como se fosse saco de doces de Halloween.

A polícia não precisa saber que ela tinha grana. Nem um relógio de pulso com diamantes.

Eu vejo que as drogas estão agindo, porque ela não ri. O tipo de droga que ela usa é permitido nesse estado. Eles são tão antissuicídio que deu para comprar pelo plano de saúde. Tinha uma coparticipação de dez dólares, mas mesmo assim era uma bela economia, se comparado à casa de repouso. Massagem, ironicamente, o plano não cobria.

Pelo que eu sei, digo a ela, a não ser que você tenha se envolvido num acidente de carro sério, massagem nunca entra no plano. Nessa profissão, o que ela tem em mente é a nova definição de "dar um final feliz". Geralmente rende uma risada. As pessoas têm que fazer algum barulhinho.

Depois de um silêncio longo, pergunto se ela está bem.

– Desculpe – diz ela –, é a fenilalanina *não* falando por mim.

Eu digo que não seria a primeira vez que alguém faz a partida na minha mesa. Por isso que massagista começou a pedir que paguem antes do início da sessão. É um pouco incômodo dizer a uma pessoa na situação dela que aquilo não é original. É como a última ofensa. Depois do primeiro incidente assim, o policial que veio me disse: "Seria interessante você guardar todas as mensagens de voz, no caso de abrirem um inquérito." Qualquer coisa para provar que não fui cúmplice.

Agradeço por ela ter solicitado meu último horário do dia. Seria estranho ter que resolver uma tendinite no manguito rotador depois dessa sessão. Sem falar que ninguém na sala de espera vai querer ver o cliente anterior sair da sala dentro de um saco fechado com zíper.

Ninguém me diz de cara o que tem em mente. Mas assim que o coquetel da ciência moderna, o substituto da cicuta, bate, a vida inteira de segredos que eles têm começa a transbordar.

Eu lhe digo:

– Os movimentos compridos fazem o sangue agir mais rápido. – Eu quero dizer "drogas".

Para que ela continue falando, pergunto a quem devo ligar. Estou tentando um parente próximo, alguém mais íntimo que o legista.

Ela me conta que, quando o primeiro marido quis fechar a conta, os médicos não tiveram autorização para ajudar. Em vez de auxílio profissional, ele se consultou com uma Gillette de dois gumes. Ela o encontrou na banheira.

Ela pergunta:

– Qual foi a pior massagem que você já fez?

Pergunto se ela se lembra de um livro chamado *Tudo que você sempre quis saber sobre sexo (mas tinha medo de perguntar)*.

Ela faz que sim e diz:

– 1969.

No capítulo sobre feromônios, o livro recomenda ao leitor homem que faça o seguinte: assim que acordar, antes de se vestir, passe um lenço de linho higienizado nos seus testículos. Dobre o lenço bem dobrado e use no bolso da frente do paletó o dia inteiro. O livro promete que as mulheres vão achar o odor irresistível. Funcione ou não, o conselho fez os lenços de linho entrarem na moda.

A pior massagem que já recebi foi em 1985, eu digo a ela. Na ocasião, me atrasei para a sessão.

A massagista era uma garota. Devia estar gripada. Ou era alérgica. Rinite alérgica, quem sabe. Algo dos sinus, porque ela não parava de espirrar. Não foi o que chamam de "Tira Estresse", aquelas em que a massagem termina com "relaxamento total". Mas talvez ela tivesse trabalhado nesses inferninhos, onde era ela quem tinha que desviar de cada erupção de lava. Como se quisesse se vingar, ela espirrava sem parar. Mesmo quando eu dizia "Saúde", ela não tapava nem nariz, nem boca. Eu estava com o rosto para baixo na mesa, e os borrifos garoavam nas minhas costas.

Ela fazia aquilo sem pedir desculpa. Fazia isso tão naturalmente que comecei a pensar se não era um tipo novo de massagem. Ela espirrou de novo. Sem perder o ritmo, simplesmente espalhou o espirro seguinte na minha pele. Devo ter economizado uma fortuna em óleo corporal.

Quando a sessão terminou, eu me vesti e paguei. Ela ainda estava fungando, e então, de forma cavalheiresca, puxei o lenço do meu bolso e ofereci. Quando ela o colocou no nariz e na boca, ficou com uma cara estranha, como se o livro estivesse errado quanto às mulheres. Eu disse que ela podia ficar com o lenço. Na saída, disse para ela se cuidar. Nunca se sabe no que pode se transformar uma infecção dessas.

A mulher na mesa ri. Eu percebo com as minhas mãos. Enfim, meu clímax.

Ela diz que me encontrou na internet, num site de recomendação de profissionais. Isso é estranho. Clientes que me procuram para esse serviço corporal especializado geralmente não recomendam a amigos e família.

– Eu nunca tenho aquilo que chamam de clientela fiel. – Não nesse tipo de sessão.

Ela descobriu, disse, quando foi no Zoom Care tratar de uma congestão nasal que não passava. Era o Zoom Care ao lado do Outlet Westfield, entre a Poupe-Sola e as Velas Connecticut, onde vendem peças defeituosas com desconto. Velas que soltam faísca. Velas que não param acesas. Ela diz:

– Não tinha nada de "Dr. Kildare" naquele lugar.

Ela estava pensando em faringite e... BLAM. A enfermeira no Zoom Care não falou em estágio quatro, mas provavelmente isso não é exigido nessa faixa salarial. Sem hesitar, ela foi na porta ao lado e comprou uma vela cor de abóbora feita para ter cheiro de noz-moscada.

Quando ela foi diagnosticada, já era tarde demais para aquele negócio que faz o cabelo cair.

Pergunto se ela tem dado atenção ao corpo. Ela me diz que é uma batalha inglória, tentar achar uma esteticista que lhe faça depilação à brasileira depois de tanto tempo.

Ela diz que falou com o agente funerário em caixão aberto e minissaia. Com isso ela queria dizer uma camisola transparente.

– Quero que meus ex-maridos vejam o que estão perdendo.

Quando eu pergunto "Por que loira?", ela pergunta se eu leio os jornais. Incrédula, ela diz:

– É sempre mais trágico quando quem morre é uma loira.

Ela falou em maridos, então eu retomo:

– Quantos?

Ela diz que o último faz tanto tempo que na época certidão de casamento custava só dez dólares. Massagem é mais caro. Até lavar o carro sai mais caro se você contar com os impostos.

– Dez dólares pra foder o resto da minha vida – diz ela. – Como é que eu ia negar uma pechincha dessas?

Ela pergunta se vou massagear os pés dela por último.

– Sinto tanta cócega que não quero estar aqui quando você chegar lá.

Passo aos movimentos fortes e percussivos entre as omoplatas, mas não com a força que ela gostaria.

Ela diz:

– Gostei. – Mas me convence a fazer mais forte.

Ela garante que tem um bilhete na bolsa para explicar tudo, escrito de próprio punho, caso a polícia pergunte por que ela tem tantas contusões.

Finjo que faço mais forte. Não que ela vá notar a diferença, não nesse estágio. As drogas são misturadas para não uma, mas doze overdoses. Ela está tão distante que eu poderia lhe dar um soco e mesmo assim não seria suficiente.

Ela diz:

– Sabe o que isso me lembra?

Não sei.

Eu a massageio tão forte que a voz dela salta como se ela estivesse dirigindo pelos sulcos de uma estrada de terra.

– Quando meu primeiro marido me pediu em casamento –diz ela –, ele me levou num lava a jato. – Ela fala o nome da rede.

Já passei no mesmo lava a jato em uma dúzia de cidades. A parte mais complicada é sempre mirar os pneus retinhos para entrar nos trilhos. O adolescente espinhento que orientar você, ele ou ela, vai usar as mãos para apontar esquerda ou direita tipo a pessoa na pista que diz para o jumbo por onde taxiar. Você paga pela janela do motorista e eles dizem para deixar em ponto morto com o motor ligado. Independentemente do que aconteça, dizem para não tocar no freio. Uma esteira sai do chão e carrega você.

Esse lava a jato em que o primeiro marido a levou era igual aos outros: um prédio comprido e estreito com poucas janelas e, como sempre, um furacão lá dentro.

– Ele chamou de "Túnel do Amor". – Ela suspira.

O primeiro noivo, ele lhe disse:

– Não se preocupa, neném. Eu sou esperto por nós dois.

Ele tinha pagado pela opção mais cara, quando os esfregões automáticos circundam seu carro por uma eternidade enquanto as escovas rotativas descem do teto. É um vapor de selva e leva o tempo de um cochilo vespertino. O toca-fitas dele tocava "We've Only Just Begun", dos Carpenters. O carro tinha vidro elétrico e travas automáticas.

Ela disse:

– Achei que era só uma cantada.

Ela complementa:

– Eu não sabia que ia doer.

Alguns metros de lava a jato adentro, ela conta, ele usou os controles para baixar a janela. Aí já era tarde demais para ela abrir a porta e sair correndo. Mesmo que fugisse, não tinha para onde ir. Os robôs deixam o carro cercado, preso. Um jato de água escaldante raspou a lateral da cabeça dela. Ela gritou. Ele devia ter acionado a tranca para crianças, por isso ela não conseguia subir o vidro.

– Ele me disse: "Sheilah." Gritando no meio daquele barulhão, ele falou: "Antes de se casar comigo, quero que você saiba o que é o casamento."

Aí aquela água fervendo já tinha começado a espumar ao redor dela, queimando a lateral do pescoço. Tiras de camurça pesadas desceram para açoitá-la.

Em ritmo de lesma, ela diz:

– Foi como cilióforos. Como se eles estivessem me digerindo.

Ela tentou tirar o cinto de segurança e fugir para o banco de trás, mas um jorro de sabão em alta pressão a deixou cega. Os olhos ardiam. Quando abriu a boca para gritar, ela se engasgou com mais sabão. Nem conseguia ver o que a atingia, mas pareciam animais selvagens arrancando a pele do rosto e do pescoço. As escovas rotativas pressionaram mais sabão contra as feridas. Foi como ácido clorídrico.

O jovem com quem ela planejava se casar disse:

– Você acha que casamento é "felizes para sempre". Só que é mais isto aqui!

Do jeito que soavam as palavras do noivo, ela percebeu que a janela dele estava aberta e que ele tinha planos de se afogar ao lado dela. Ela imaginou o túnel cuspindo os dois no fim: dois cadáveres encharcados. Tossindo água, ele gritou:

– Você pode achar que só estou sendo cruel, mas na verdade estou lhe fazendo um grande favor.

Contando o episódio de dor, ela diz que não houve discussão sobre o quanto aquilo doía. Algum instinto lhe disse que ele já tinha feito aquela viagem com outras mulheres, era por isso que ainda era solteiro.

Durante o tempo todo, mandíbulas agarraram seu cabelo comprido e lhe puxaram o escalpo pelas raízes. Ela foi banhada por um dilúvio de água de enxague congelante. Era uma punição. Era como afogar alguém para descobrir se era uma bruxa. Era como ser torturado por afogamento sem ter uma confissão a fazer. Cega e agonizante, ela sentia que ele estava sofrendo ao seu lado. Era esse seu único consolo. Os esfregões deram lugar a robôs insensíveis disparando jatos de cera derretida direto nas suas orelhas. Ela não ouvia nada além do urro das engrenagens. O maquinário demente agarrando, roçando, raspando, rasgou sua blusa predileta.

O noivo continuava gritando:

– Você e eu.

Ele gritava:

– A gente nunca mais vai transar pela primeira vez!

Eles continuaram em frente, sempre em frente. Não havia como ir mais rápido. Não havia como parar nem voltar.

Ele gritou:

– Quando a gente se casar, a gente vai dizer coisas um pro outro que vão fazer este momento parecer um bolo de chocolate.

Depois da cera, cilindros descomunais castigaram-nos. Furacões trovejantes socaram e esticaram seus rostos. Então ela se sentiu uma coisa carregada por uma tempestade na praia. Os dois estavam semicarecas. Os fios de cabelo que lhes sobraram estavam brancos, reluzindo de sabão e cera.

– É disso que eu me lembro com essa massagem – diz ela para mim. – Sem querer ofender.

A consciência dela vai e volta. Posso sentir isso pelo jeito que sua respiração diminui.

Não é crime, mas já estou adulterando a versão que vou contar à polícia. Para mantê-la acordada, pergunto:

– Então, qual é o seu problema com música de cítara?

O primeiro noivo nunca tocou nela, mas, depois do lava a jato, lá estava: ferida, esfolada, queimada. O cabelo que tinha sobrado estava todo emaranhado. Cera quente escorrendo entre os seios.

Secadores que pareciam ventiladores superpotentes a atingiram no fim. Vento ardente. O som parecia do fim do mundo. Como sentir um espirro de Deus.

Mesmo assim ela aceitou a aliança, achando que o pior tinha passado. Ela estava certa, mas só pelos dezessete anos seguintes.

Pergunto por que ela o ajudou quando o encontrou na banheira, e ela diz que precisava. Não o ajudar, ela disse:

– Seria como dar à luz meio bebê.

Por "ajudar", ela quer dizer que teve que fazer massagens nos braços dele. Para o sangue não coagular. Ela diz que foi como ordenhar vaca. A ideia era manter as coisas andando na direção do mundo lá fora. Então ele conseguiu partir assim que a água da banheira esfriou.

Ela conta isso enquanto eu massageio seus braços.

Ela diz que o que fez pelo primeiro marido foi a definição do que as pessoas querem dizer quando se referem a "atos heroicos". Que problema tem se for o que a pessoa quer? Foi exaustivo, tanto trabalho para virar viúva. Em retrospecto, ela vê que devia ter parado quando estava em vantagem. As alegrias da viuvez só duram até você se casar de novo.

INCLINAÇÕES

Tinha essa menina. Ela se chamava Mindy. Mindy Evelyn Taylor-Jackson. Era esse o nome que o meirinho ia ler para registro. Porque, veja só, tudo que vier a seguir vai acabar caindo em tribunal. Sem estragar o suspense: a justiça vai vencer.

Tem bastante coisa para contar, mas o que você tem que saber é que a Mindy ficou prenha. Com 13 anos, ainda por cima. Ela queria vaga na equipe de líderes de torcida, fazer carreira como assistente jurídica e um Porsche modelo 911 Carrera 4S Cabriolet preto vulcano n. 2 com banco de couro Stuttgart edição especial. A última coisa que a Mindy queria era um bebê. Os pais dela, por outro lado, não estavam inclinados a concordar. Eram evangélicos pró-vida. Disseram para Mindy que a vida começa na concepção; mesmo assim, uma hora tiveram que prometer que, se ela fosse até o fim e deixasse o bebê para adoção, eles comprariam o Porsche.

No início, ela só conseguia sair por aí – com o Porsche, no caso – de madrugada, naquele estacionamento bem grande da família deles. Dava cavalo de pau de deixar borracha na pista. Desenhava um oito fumegando como se fosse um bicho andando sem parar dentro da jaula. Naquela época, não era fácil achar um Porsche por aquelas bandas. Era como conseguir assistência social ou ir para o céu. Os adultos diziam para você trabalhar duro e não meter o nariz onde não era chamado. Sua vez vai chegar.

Os pais queriam ensinar a Mindy como a vida é sagrada. Mas Mindy aprendeu outra coisa. Antes dos 16, ela já tinha três

Porsches. Três Porsches e os maiores peitos da turma de terceiro ano. E nenhuma estria. Privilégios de quem começa cedo. Dizia o boato que ela tirou uma comissão com a concessionária Porsche na cidade de St. Cloud. Isso e também, à boca pequena, que fazia pouco tempo ela havia voltado ao obstetra e que, se a grana dos pais – e o útero – durassem, Mindy Taylor-Jackson teria Porsches gêmeos. Ou seja, ela teria cinco carros antes de concluir o ensino médio.

O que aconteceu logo depois foi que Kevin Clayton viu Mindy com seu carro de 400 cavalos, dirigindo com as rodas aro de metal cromado deluxe. E aí, no seu aniversário de 16 anos, Kevin Clayton pediu uma assinatura da *Elle Decor*. Em setembro, ele pediu um ratinho. Dias depois o ratinho sumiu, então ele pediu outro em substituição. Ele já estava no quarto ratinho quando teve o baile do colégio. O sexto foi no Halloween. Ele foi na lista de compras da mãe, embaixo do ímã na porta da geladeira, e escreveu "Precisamos de mais vaselina". Tinha raspado o pote com lenços de papel, jogado a pasta oleosa no vaso e dado descarga.

Quando a mãe comprou mais, ele notou que ela fez uma linha na lateral do pote com caneta preta. Era para marcar o nível, assim como eles marcavam as garrafas de vodca e gim no armário das bebidas. Na mesma hora, Kevin tirou uma porção do pote e deu descarga. Foi ao quarto e abriu a jaula do ratinho. Colocou a mão lá dentro e puxou a bolinha peluda pelo rabo.

Alguém bateu na porta do quarto. Kevin estava com o bicho suspenso no ar. Era o último ratinho. Seu pai, no corredor, disse:

– Eu e o senhor temos que conversar.

Kevin levou o ratinho até a janela. Abriu um dos vidros e, cuidadosamente, desceu o roedor até centímetros do chão.

– Estou entrando – disse o sr. Clayton.

Ouviu-se o som de chaves. Kevin soltou o ratinho e viu o bicho sair correndo. Era outono. Tudo ia germinar. Tudo era comida. Ele fechou a janela, jogou-se na cama e abriu a última edição da *Elle Decor* assim que o pai cruzou a porta. A primeira coisa que o pai olhou foi a jaula vazia.

– Onde está seu hamster? – perguntou ele.

Kevin deu de ombros. Tentou fazer cara de inocente. Disse ao pai:

– Seja sincero. – Apontando uma foto na revista de decoração, ele perguntou: – Você acha *mesmo* que papel de parede com estampa laminada berrante vai voltar? – Ele bocejou e deu um sorriso de jiboia que acabou de engolir uma cabra.

Os olhos do pai movimentaram-se devagar, da jaulinha para Kevin esparramado na cama. O sr. Clayton tentou sorrir, mas seus lábios tremeram diante do esforço e cederam. Quando ele falou, sua voz saiu tensa e aguda:

– Mais um que fugiu? – Ele teve um calafrio e passou a mão no rosto.

Um dia, quando Kevin estivesse crescido e casado e trouxesse os filhos em casa para os pais entrarem em êxtase, prometeu para si mesmo que contaria a verdade: ele mesmo tinha soltado todos os ratinhos. Naquela hora, haveria uma explosão populacional de ratinhos. Ele e o pai iam beber cerveja na varanda e rir das imagens horrendas que, nesse momento, tomavam a mente do sr. Clayton.

Estirado na cama, Kevin virou uma página e deu seu sorriso ardiloso. Resmungou, enigmático:

– Mas chega de azulejo de vidro, né?

Ele olhava para todo lado, menos para o pai. Peidou. Estava um pouco irritado com a facilidade com que seu pai tirava conclusões nojentas.

Antes de aceitarem mais um ratinho, os pais de Kevin perguntaram se ele faria uma consulta com o médico da família. Não deram motivo. Suspeitou de que eles queriam que alguém desse uma bisbilhotada nas suas nádegas à procura de marquinhas de garra.

Quando as edições da *Playgirl* começaram a chegar na porta de casa, os pais ficaram inconsoláveis.

Kevin não queria um Porsche. Não vamos ficar de fingimento: nenhum adolescente queria um Porsche. Já não era 1985. Mas o que mais ele ia pedir? Não podia ser uma coisa fácil. Tinha que ser um desafio. Mesmo assim, Mindy Taylor-Jackson tinha definido a unidade-padrão para medir poder adolescente e amor paterno. Um Porsche. Dois Porsches. Assim por diante. Era preciso vencer o recorde de Mindy.

Quando a vaselina acabou de novo, pai e mãe foram confrontá-lo no quarto. Mais um ratinho tinha sumido. Pai e mãe ficaram ao lado da jaulinha vazia, sobre a mesa de cabeceira, enquanto Kevin permanecia estirado na cama.

Ele sabia exatamente onde mirar.

– Por que eu ia querer ser igual a vocês dois? – Ele fez uma cara feia. – Para ser um desgraçado? – Dramático, deu um soco no peito magricela. – Para criar uma aberração da natureza, um imprestável, que só vai me magoar? – E jogou longe a última *Elle Decor* de forma que ela batesse no pôster da Lady Gaga e toda a papelada caísse junto no chão.

Ele reagiu com raiva, derrubando a jaulinha vazia no chão, esparramando lascas de cedro no tapete de pano trançado. Apelou para o melodrama. Foi fácil chorar depois que viu as lágrimas escorrerem pelo rosto da sra. Clayton.

A sensação era maravilhosa. Ele já tinha contado piadas. Qualquer palhaço faz o outro rir. Mas aquela competência era nova e incrível. Ele tinha o poder de fazer a mãe chorar. Não era bem um superpoder, mas era um começo.

– Você não é uma aberração! – gritou o sr. Clayton.

– Sou, sim! – bradou Kevin com tal ferocidade que até ele próprio se impressionou. – Eu sou sexualmente invertido! – Voltou-se para a mãe: – Você devia ter me abortado!

As palavras, aquelas palavras, foram emocionantes e indulgentes. Por mais que soassem autodepreciativas, ele seguia sendo o centro das atenções. O problema de ser adolescente é que os pais podem ser calmos demais. A perspectiva de toda uma carreira lhe ocorreu. Isso era ser ator. Ele podia ser estrela de cinema.

A prova do talento natural de Kevin foi que o pai segurou a mãe pelos ombros, contendo-a enquanto ela lutava para abraçar o filho. O rosto do pai estava fechado. Os amigos de Kevin no colégio teriam muita inveja. Ele mal podia esperar para descrever a aflição da mãe. O choro do pai. Kevin havia ido além. Aquilo era amor. Aquilo era o tanto que eles o amavam.

Estava tomando a si mesmo como refém. Eles teriam que cumprir suas exigências.

Quanto a Mindy Taylor-Jackson, os pais a mandaram para um lugar fora da cidade. Um prédio grande, com cerca, tipo internato ou clínica para dependentes. Não muito longe dali havia outro prédio, só que para meninos. Mais ou menos um hectare de brita em volta de um edifício de tijolinho vermelho com seis andares. Tinha só *aparência* de fábrica. Segundo o ti-ti-ti, não tinha nada para fazer lá dentro exceto levantar peso e tomar injeção de testosterona. Os internos ficavam jogando cartas e vendo pornografia. Era tipo uma cadeia, mas sem a constante ameaça de ser enrabado. Além disso, eles recebiam strippers e putas.

Kevin se espantava com o tormento que sua campanha provocava nos pais. Era um jogo. E era uma armadilha, até Kevin percebia isso. Ele não podia confessar, nunca. Não sem pôr em risco toda a credibilidade que tinha angariado. Vê-los tremendo, perturbados, era como ir ao próprio enterro. Nada que ele já tivesse feito na vida fora tão gratificante. Parecia que o pai envelhecia, virava um idoso corcunda diante de seus olhos. Testemunhar como eles ficavam tristes e arrasados dessa maneira; a profundidade dessa dor era nada menos que estarrecedora. O que havia acontecido foi uma transformação permanente, e eles nunca mais mandariam nele.

Ao vê-los em tal agonia, Kevin teve que jogar um verde. Rolando na cama, afundou o rosto no travesseiro para não rir. Com a voz abafada, disse:

– Se ao menos tivesse uma cura...

Não estava cedendo. Simplesmente percebeu que precisava parecer que a solução tinha sido ideia dos pais. Eles é que precisavam surgir com a ideia da fábrica de tijolinhos vermelhos que ficava no meio do nada.

O nome oficial não era "Granja Gay". Tinha sido construída para ser outra coisa – hospital ou cadeia. Mas aí veio o Comandante, cheio das teorias sobre reorientação. A primeira atitude dele foi reorientar o prédio, botando cerca em volta. Era uma construção de tijolinho vermelho com seis andares no meio de um milharal. No espaço entre as paredes e a cerca, onde antes tinha grama verde e rasteira, o Comandante botou areia e soltou cachorros tipo de campo de concentração, com sangue nos olhos.

Quando os pais o levaram, havia aquela turba de sempre bloqueando o portão. Uma turma de Rock Hudsons – inspirados naquele ator hollywoodiano – abanava placas de protesto. Deitaram-se na estrada, como um carpete, tentando ser atropelados. Jogadoras de *softball* usavam camisetas bem justinhas com triângulo rosa, sem sutiã, mesmo estando no auge do inverno. Os balões cor de arco-íris tinham símbolo de igual. Eles carregavam um monte desses balões e bebês. Todos tinham bebês, não se sabe como.

O pai de Kevin teve que buzinar enquanto o carro avançava lentamente, com as portas trancadas e o aquecedor a todo vapor. Os Rock Hudsons surgiam de todos os lados. Eles abanavam para chamar atenção de Kevin, berrando que ele não precisava ter vergonha. Alguns estavam vestidos de freira, mas com barba e muita maquiagem. Kevin não conseguia distinguir os rostos dos Rock Hudsons que faziam pressão contra as janelas do carro, tão perto que ele conseguia ver dentro das gargantas.

Em vez disso, ele olhou para os bebês. Ficou estudando os bebês, como se estivesse olhando no espelho.

Um Rock Hudson gritou:

– A vida vai melhorar!

Kevin queria dizer: *Vai se catar!*

Havia câmeras empoleiradas nas colunas do portão, que rotacionavam para acompanhar o avanço deles. Havia uma pessoa no telhado, um rifle pendurado no ombro.

– A segurança é boa – disse o sr. Clayton. – Imagine só se esses transviados tomassem conta do lugar. – Ele fez um meneio para os portões e, mais uma vez, buzinou.

Já ali Kevin estava tentado a explicar sobre Mindy e os ratinhos. Mas havia muita coisa em jogo.

No alto da cerca tinha arame farpado em sanfona. Dentro da cerca havia outra cerca com placas que diziam PERIGO, ALTA VOLTAGEM. Passaram do primeiro portão e esperaram. Foi só depois de o primeiro fechar que o segundo finalmente se abriu. Mesmo assim, dentro da segunda cerca havia os cães nazistas latindo e tentando morder o carro. Os cães ficaram cheirando as janelas até que um velho saiu do prédio. Estava no alto dos degraus, apoiando-se numa bengala. Ele ergueu um apito cromado que pendia de um barbante em volta do pescoço seco. Assoprou até que as veias se projetassem da testa cheia de manchas. Kevin não ouviu nada, mas os cães se dispersaram.

O velho que os recebeu era chamado de Comandante, exceto pelas costas. Nesse caso, as pessoas o chamavam de sr. Amendoim, por conta da pele amarelada que se enrugava a ponto de fazer quadradinhos, como uma casca. Ele era careca como um amendoim. Os pelinhos do queixo eram amarelos. Até as partes brancas dos olhos eram amarelas.

O Comandante fez sinal para eles se apressarem. Assim que estavam dentro, a salvo, ele os convidou para se sentarem à mesa e lhes apresentou uma pilha de documentos que parecia uma pilha de panquecas. Não havia tempo de ler cada página, então ele os mandou assinar. Kevin sentia cheiro de perfume. Sentia cheiro de comida de cantina. A mãe fungava num lenço. O pai preenchia um cheque. A sra. Clayton deu um beijo na bochecha de Kevin. O sr. Clayton apertou sua mão.

Os outros garotos designados ao andar de Kevin Clayton eram: Jasper, Brainerd, Porco Pirata, Tomas, Baleia Jr., Cria-Caso e Feijão. Eram os nomes escritos à canetinha nos adesivos colados na camiseta. "Olá, meu nome é..." Kevin, Jasper, Brainerd, Porco Pirata, Tomas, Baleia Jr., Cria-Caso e Feijão. Em alguns casos, era nome de batismo. Em outros, era só o nome que aceitavam.

O andar deles, o sexto, o último, parecia o alto de um furacão cercado por nada afora o milharal. Se a pessoa conseguisse avistar ao longe, um pouco depois da curva do horizonte, talvez visse a colônia de meninas para onde Mindy Taylor-Jackson havia sido mandada para ter parto induzido e renunciar a seu pecado. De uma das janelas se via o portão da frente. A multidão de Rock Hudsons ficava muito distante para se enxergar rostos, mas Kevin conseguia distinguir as placas com triângulo rosa e as bandeiras de arco-íris. Enxergava os cães nazistas rondando o perímetro da cerca. Enquanto os observava, sentiu-se o anjo preso dentro da casa de Ló no Antigo Testamento. Lá fora, os sodomitas faziam cerco ao prédio.

Na primeira tarde de Kevin, os garotos estavam desfazendo as malas. Os novos recrutas. Era um ambiente todo aberto, como um alojamento de quartel. Havia um beliche designado a cada um. Ao lado havia um armário de metal alto, fininho, como os do colégio. Ninguém tentava se aproximar, nem para dizer "olá", nem perguntar "Será que esse ano os Packers ganham um jogo, hein?". Ninguém queria fazer amizade. O supervisor do andar mandou Kevin para uma cama entre Brainerd e Baleia Jr. Feijão ficou com a cama seguinte, num canto. Eles tinham até a hora da boia para se acomodar.

Quando o supervisor saiu, Cria-Caso foi até a cama do canto, pegou as roupas de Feijão com um braço e jogou para outro lado do quarto, na direção da cama que lhe havia sido designada. Cria-Caso reivindicou o canto e ergueu as mãos sobre a cabeça. Bateu palmas e berrou:

– Escutem só, meus camaradas pervertidos! – Do lado de dentro do pulso, tinha a tatuagem de um morcego-vampiro, ou, quem sabe, de um machado com cabo comprido.

Estalou os dedos e assobiou até todos olharem. Assim que todos olharam, disse:

– Só pra vocês saberem... – Cria-Caso flexionou os bíceps.

As mangas curtas da camiseta preta estavam puxadas até os sovacos, expondo mata densa na axila. Uma tatuagem azul-escura contornava a lateral do pescoço. Em letras farpadas: SUEDE. Era um bruto.

Cria-Caso fitou Kevin, os olhos crispando-se entre a própria cama e a de Kevin, a menos de um braço de distância. Cria-Caso ficou esperando até Kevin virar-se totalmente para ele, atento de olhos e ouvidos. Falando devagar, como uma lista de palavras em vez de silêncio, disse:

– Eu. Não. Sou. Homossexual. – Ele ergueu a testa, no aguardo, e ficou esperando que suas palavras penetrassem em cada cabecinha.

Fora isso, o andar estava em silêncio. Todos pareciam congelados, a pose de uma foto de garotos desfazendo malas.

Cria-Caso fez um revólver com a mão e encostou o cano no meio do peito. Como um Tarzan, disse:

– Mim: hétero. – Para o recinto geral, disse: – Só vim aqui chantagear meus pais para ganhar uma Yamaha Roadliner S. – Cria-Caso disse: – *Capisce*?

Kevin ficou olhando, espantado.

Bastou uma pessoa se dedurar para virar uma epidemia. Baleia Jr. disse que havia engambelado toda a paróquia. Tinha uma cidadezinha em Montana onde as senhoras tinham vendido bolo para arrecadar fundos. Os adolescentes fizeram maratona de lavação de carro. Até as crianças bem pequenas colaboraram na vaquinha, dando suas moedas da Fada do Dente. Baleia Jr. gabava-se de que voltaria para casa como herói da cidade. O Rotary e os Kiwanis fariam um desfile de boas-vindas pela rua principal quando ele voltasse. Baleia Jr. ia acenar para todo mundo, de pé, em cima do porta-malas de um Cadillac conversível.

Os olhos dele marejaram com aquela visão. Ele seria a prova viva, entre todos aqueles que conhecia, de que era possível reverter a corrupção neste mundo doentio. Com os bolos e tortas que cozinhavam... com os perus que viravam rifas... eles tinham salvado uma alma. Apesar do que os ímpios progressistas pregavam, a boa gente desta nação tinha como fazer diferença. Cada centavo que eles juntavam ia ajudar a fazer de Baleia Jr. um comedor de xana.

Mas é óbvio que esse já era o caso. Ele nunca foi estrela do futebol. Nunca levou para casa um boletim cheio de 10. Mas em breve, só por gostar de menina, Baleia Jr. seria adorado por todos que conhecia. Todo mundo na sua cidadezinha investiria em fazer dele um diabo louco por qualquer rabo de saia. Ostentando seu plano, Baleia Jr. deu um sorriso afetado. Esfregou as unhas na frente da camisa branca lisinha. Para sublinhar sua genialidade, baixou os olhos com falsa modéstia.

Em resposta, Jasper disse que desfile era coisa pouca. Herói da paróquia, mesma coisa. Quando Jasper se reformasse na Granja, seus avós prometeram pagar sua faculdade.

Radiante, Porco Pirata disse que sua recompensa seriam aulas de pilotagem. Tomas havia negociado um ingresso de temporada para ver os Bruins.

Ao ouvi-los, Kevin torceu para que Deus classificasse por níveis. Algum dia, o que evitaria que ele fosse para o inferno não seria sua bondade, mas o fato de outras pessoas terem cometido pecados piores. Kevin havia forçado a barra com os pais, feito com que demonstrassem o quanto o amavam. Mas os outros tinham feito cidades inteiras rezarem por eles. Iam voltar para casa como falsos santos. Prova viva dos milagres de Deus na terra.

Conforme o acordo com os pais, quando voltasse para casa recuperado das depravações, Kevin Clayton receberia não menos que 20 mil dólares em espécie. Não era um Porsche, mas era o que os pais se dispunham a pagar.

Naquela noite, os meninos do sexto andar baixaram a cabeça sobre seus estrogonofes. Antes de darem a segunda garfada, eles confessaram ter aplicado mais ou menos o mesmo golpe. Eram, um por um e sem exceção, falsos transviados. Assim, ali, todos eles comprometeram-se a seguir a linha. Baixar a cabeça até tocar no chão, se necessário fosse. Era uma sensação boa. Ficar rodeado de garotos, garotos espertos, era como serem trombadinhas unidos em algum livro de Charles Dickens. Era melhor que o crime organizado, porque o plano deles deixaria todo mundo feliz. Não havia uma única bicha legítima em todo o grupo.

Ainda estavam rindo e dando tapas nas costas uns do outros, um parabenizando o seguinte pelo brilhantismo mútuo, quando o Comandante adentrou os fundos do refeitório. Ele passou como um túmulo pelo meio do salão, rumo a um púlpito na outra ponta. O ambiente estava tomado de vapor e cheiro de leite azedo. Enquanto isso acontecia, os meninos estavam em silêncio. Ele remexeu páginas. Sem erguer o olhar, começou a ler.

– Senhores. – Soltou um pigarro. – Senhores, bem-vindos ao Centro de Cura. Estejam certos de que esta instituição nunca falhou em sua missão. Estas portas nunca, nem uma vez, devolveram ao mundo uma alma com inclinações problemáticas...

Ele passou a descrever como seus hóspedes ficariam detidos até que os guardiões os declarassem perfeitamente reorientados.

Para evitar as tentações da carne, eles tomariam banho separados. Se vestiriam isoladamente. Nunca veriam o outro despido. Assim que fossem considerados prontos, seriam integrados à população alojada nos andares inferiores. Os documentos que eles e os pais haviam assinado durante o processo de ingresso representavam nada menos que um compromisso jurídico voluntário com um programa residencial de tratamento e recuperação.

– Por favor – leu o Comandante –, para sua segurança, não tentem deixar este prédio. – Ele os lembrou da cerca elétrica e dos cachorros. Explicou que o contato com a família seria extremamente restrito. – Vocês podem escrever cartas, mas saibam que serão lidas pelo nosso pessoal, que têm a prerrogativa de censurar o que interpretarem como comunicação insincera ou manipuladora.

Para Kevin, o sr. Amendoim soava cansado, como se já houvesse proferido aquele discurso muitas vezes e não mais o fizesse de todo o coração. A barriga de Kevin estava cheia, e o dia tinha sido longo. Conforme a voz do Comandante seguia no seu tem uniforme, Kevin trocou olhares de tédio com Porco Pirata. Jasper bocejou. Tomas suspirou como se estivesse mirando sua posição na linha das cinquenta jardas. Brainerd deu um olhar presunçoso para o relógio de pulso. Os guardas do andar haviam confiscado os celulares de todos. Ninguém podia mandar mensagens. Brainerd sabia o horário porque era o único que usava um relógio das antigas.

Atento, Kevin lutou com uma gélida sensação de temor. Não foram as palavras do Comandante que o assustaram. Foi *como* ele as disse, como se estivesse lendo as palavras de uma placa de pedra que lhe houvesse sido entregue no alto do Monte Sinai. Resignado e sinistro, o Comandante parecia um juiz decretando a pena capital.

Jasper bocejou tapando a boca. Cria-Caso empurrou a bandeja do jantar para o lado e deitou com a cara na mesa, apoiando a cabeça nos braços cruzados. Mal havia começado a roncar quando o Comandante tirou os olhos de seu roteiro. Inspecionou os sete. Perguntou:

– Alguma dúvida?

Ninguém respondeu. Kevin não ia se arriscar. Estava sentado reto com as mãos recatadamente apoiadas à frente. Confiante no avanço de seu projeto de 20 mil dólares.

– Cavalheiros – coagiu o Comandante –, não há nada que gostariam de perguntar?

Brainerd ergueu a mão como se estivesse no colégio. A palavra lhe foi passada, e ele perguntou sobre os estudos. Em resposta, o Comandante explicou que eles teriam aulas de história, inglês, literatura, latim, aritmética e geometria. Havia uma biblioteca de livretos de culto à disposição. Embaixo da mesa, alguém deu um chute em Brainerd por ser puxa-saco.

Cria-Caso cochichou:

– Disposição, isso que deveriam dar.

Feijão perguntou:

– E esporte?

O Comandante o fitou. Os olhos ictéricos buscaram a identificação no adesivo.

– Sr. Feijão... – Ele prosseguiu: – Havendo tempo, os cavalheiros têm liberdade para utilizar a quadra de basquete atrás do prédio, assim como a piscina localizada no porão. – Ele olhou de menino em menino na esperança de mais uma pergunta.

– E anabolizante? – perguntou Porco Pirata.

– E levantamento de peso? – complementou Jasper.

Ninguém ousava perguntar quanto à promessa de putas e strippers como parte do recondicionamento.

O Comandante deixou a cabeça pender, aturdido. Apesar de quaisquer rumores que pudessem ter ouvido, não haveria anabolizantes, tampouco fisiculturismo. Kevin podia ver no olhar abatido de Baleia Jr. que músculos faziam parte do sonho dele na volta para casa – ele queria voltar bombadão, o macho

100% garantido que ia passar pela multidão em festa. Baleia Jr. ficou cabisbaixo.

Kevin ouviu notas musicais. Quatro notas bem específicas. Era alguém pressionando números no teclado que dava acesso ao salão. Ele observou o guarda do andar entrar pelos fundos da sala. O guarda chamou atenção do Comandante e apontou o dedão para a saída. O Comandante fez um meneio e disse:

– Se não há mais perguntas, então é hora de voltarem...

Uma voz o interrompeu:

– Uma pergunta. – Era Cria-Caso. Erguendo o rosto dos braços cruzados sobre a mesa, perguntou: – Quando que a gente vai na Betsey?

Todos o observaram com apreço e respeito renovados. O nome "Betsey" pairou no ar. A julgar pelo rosto do Comandante, o nome havia tocado um nervo sensível. Era certo que Cria-Caso tinha informantes.

O Comandante sorriu. Não um sorriso alegre, mas o de alguém que guarda um segredo.

– Os cavalheiros têm uma surpresa à sua espera amanhã. – Ele ergueu as mãos descoradas ao alto. – Amanhã, vocês conhecerão uma jovem adorável. – Ele fechou os olhos como se enlevado por felicidade. – Ela é perfeitamente... – Para demonstrar o que meras palavras eram incapazes de transmitir, suas mãos moldaram um violão curvilíneo no ar; as palmas das mãos se uniram e ele as levou ao peito, pressionando as mãos unidas contra o coração.

Como se perdido num sonho, ele fechou os olhos. Suspirou.

– E ela lhes dará acesso a todo o erótico mistério do corpo feminino.

O café da manhã foi composto por ovos e torrada. Depois, o guarda os conduziu por uma nova escadaria e por portas de segurança. A cada passo ficava mais difícil respirar. Parecia mais rançoso. Mais denso, por causa da umidade e do calor. Por um breve instante, Kevin sentiu o cheiro de cloro da piscina. Era prova de que estavam no porão. Mas o guarda deixou-os descer dois, quem sabe mais três andares, então deteve o grupo como um guarda de trânsito, com a palma da mão. Mantendo todas as portas abertas, fez sinal para que entrassem. As passagens não pareciam corredores, mas sim túneis. Havia tubulação correndo pelo teto, e o assoalho era de concreto gasto. A umidade condensava e pingava dos canos. As poças obrigavam-nos a ter que olhar onde pisavam.

Eles haviam passado boa parte da noite acordados, cochichando o nome entre si. *Betsey.*

Agora agiam como se aquilo fosse uma grande aventura, mas a cada passo parecia que seriam enterrados vivos. Jasper cochichou:

– Espero que deixem a gente usar camisinha. Minha porra tá que corrói até aço.

Tomas concordou.

– Ia ser uma merda sair daqui com um bebê.

Aos cochichos, eles reclamaram da perspectiva de serem pais adolescentes. Sabiam bem como as crianças podem se transformar em monstros. Brainerd especulou que Betsey podia ser daquelas bonecas infláveis supercaras, incríveis de tão realistas, anatomicamente corretas. Cria-Caso ficou em silêncio.

A cada nova porta, o guarda digitava um número no teclado da parede. Cada teclado fazia uma série diferente de notas musicais. Cada tranca, aparentemente, tinha um código distinto de quatro dígitos.

Betsey. O nome ressoava na mente de todos. Haviam passado a manhã toda repetindo o nome enquanto passavam o pente na água quente para puxar o cabelo para trás. O Comandante tinha dito que eles deveriam trajar-se como se fossem a um baile. Enquanto davam nó na gravata e lustravam os sapatos, o nome da menina os assombrou.

Agora eles estavam apinhados atrás do guarda. Tropeçaram nos próprios pés e adernaram o bloco de cimento. Os cochichos e risadinhas reverberaram entre paredes e chão. Era nervosismo, puro e simples nervosismo. Agiam como sete sabichões, mas na verdade estavam cagados de medo. Sete adolescentes indo a um encontro às escuras. Para Kevin, era como uma prova no colégio. Independentemente das condições, ele achava que, se conseguisse transar com essa estranha, ligaria para os pais irem buscá-lo no dia seguinte mesmo.

Mais uma vez, o temor o assombrou. Ele estava prestes a participar de uma suruba no porão, dividindo uma menina que provavelmente nunca mais veriam. A vida já estava cheia de gente que você só encontra uma vez. Ele tinha total certeza de que Brainerd e Feijão achavam o mesmo, mas não queria dizer em voz alta e estragar a alegria de todos.

Para justificar o que estava prestes a acontecer, Porco Pirata ficava dizendo que a menina, Betsey, devia ser uma puta. Para não ficar para trás, Baleia Jr. insistiu que era uma ninfomaníaca.

Kevin ficou tomado de espanto. Cada passo os fazia descer mais. Estavam numa masmorra. Estavam numa câmara de torturas. Ele estava prestes a ganhar 20 mil por só uma trepada. Isso tinha que fazer dele uma das maiores putas da história. Para lavar os ganhos ilícitos, sua mente transformou aquilo numa TV de tela plana, num laptop, em fraldas.

Chegaram a uma porta sem maçaneta. O guarda apertou o botão de um comunicador na parede, inclinou-se e disse:

– Internos do sexto andar.

A estática da caixa estalou e uma voz disse:

– Para trás. – Era a voz do Comandante.

O guarda fez sinal para eles se afastarem e a porta se abriu para dentro. O salão à frente era mal iluminado em comparação com o corredor. O ar que saía de lá era gelado como o de uma catacumba. Eles andaram se arrastando. Assim que a porta os fechou lá dentro, precisaram dar alguma piscadas para os olhos se acostumarem. Kevin ouvia água corrente. Sentia cheiro de perfume misturado com produtos químicos que faziam seus olhos arderem. A única coisa que se conseguia ver era o Comandante. Ele estava sob a única luz do salão, cercado de escuridão. Ao lado dele havia uma mesa grande. Um plástico leitoso e sujo cobria algo na mesa.

– Cavalheiros – começou o Comandante. Ele parou para pegar uma ponta do plástico. Enquanto erguia, disse: – Permitam-me apresentá-los a Betsey.

O Comandante puxou o plástico de lado. Havia algo sobre a mesa. Alguma coisa. Ela tomava toda a extensão da superfície de aço inox.

A pele da coisa era branca como sabão. Ela usava um vestido com estampa de flores que deixava braços e pernas pálidos à mostra. As dobras do vestido cobriam as coxas esguias até os joelhos. Os braços ficavam caídos ao lado do corpo. Kevin rezou para que fosse só uma boneca em tamanho real. Disse a si mesmo que era apenas uma estátua modelada em sabão ou cera. Se fosse uma pessoa, ele rezava para que estivesse só dormindo.

Essa era a fonte daquele cheiro – doce e picante – que haviam sentido ao passar por uma dúzia de portas trancadas.

Moscas pretas circulavam em torno da coisa. Pousavam na pele, rondavam cada mão, subiam e desciam nos membros delgados, nus. As moscas contraíam suas probóscides e beijavam os braços como se fossem Romeus de um filme antigo. Uma atadura de tecido envolvia um dos pulsos. Outra atadura prendia-se à lateral do pescoço.

Uma correntinha de ouro circundava o outro pulso fino. Medalhinhas pendiam da corrente. Um bracelete com berloques. Kevin reconhecia alguns berloques. Um era uma minibíblia dourada. Outro era de dois rostos, as máscaras de sorriso e tristeza do grupo de teatro. Ao lado delas havia uma bola de beisebol dourada. Ao lado da bola, a tocha flamejante que simbolizava a

Sociedade de Honra do colegial. A gola do vestido era enfeitada com renda, mas Kevin viu uma cruz de ouro na parte mais funda que ficava na base do pescoço. A cruz pendia de um fio de continhas de ouro que dava a volta no pescoço pálido.

Kevin não conseguia olhar para o rosto da coisa. Ainda não. Receava que os olhos ainda pudessem se abrir. Ao ver aquilo, seu cabelo se arrepiou. Cada fio se ergueu de modo tão dolorido que lhe pareceu que fantasmas estavam puxando pelas raízes.

A coisa deitada na mesa tinha longos cachos castanho--avermelhados formando uma cascata em torno do rosto cinzento em forma de coração e descansando sobre os ombros do vestido florido. Alguns cachos se abriam em leque. Pendiam da beira da mesa como uma longa franja. Era evidente que Kevin e sua trupe não seriam os primeiros a mexer com a coisa Betsey. Quanto mais seus olhos se acostumavam, mais Kevin via costuras como as de uma bola de beisebol, só que feitas com barbante negro. Elas mostravam onde a pele pálida da coisa havia sido cortada e suturada. Alguns cortes pareciam recentes. Outros, não. Era como se a coisa Betsey tivesse sido desmontada incontáveis vezes. Descarnada por mais garotos do que se pode contar.

O Comandante fitou-os com olhos de misericórdia.

– Meus jovens cavalheiros. – Ele lhes garantiu: – Vocês não precisam ter medo das mulheres.

Tomas cochichou que os pontos pareciam minitrilhos de ferrovia. Para Baleia Jr., pareciam zíperes, como se eles não fossem precisar cortar nada. Era só puxar um fio e tudo se desatava.

O Comandante olhou para a coisa Betsey. Ele pendeu a cabeça para o lado, como se a escutasse. Perguntou:

– O que foi, querida?

Ele levou um dedo aos próprios lábios, os lábios enrugados, como se pedisse silêncio aos garotos. Curvando-se, virou o rosto de lado para sua orelha amarela pairar sobre a boca pintada. Os lábios cintilavam de gloss rosa. Ele fechou os olhos por um instante e meneou a cabeça. Disse:

– Sim, querida, é claro.

Ele ergueu o braço e curvou o dedo, convidando-os a chegar mais perto.

Nenhum deles se mexeu.

O Comandante plantou os punhos nas coxas e deu uma pisada forte. Bufando de indignação, disse:

– Preciso lembrar aos cavalheiros que suas famílias os estão patrocinando neste programa ao preço de mil dólares por semana? Muitos hipotecaram casas e fazendas. – O Comandante os fitou com reprovação. – O quanto antes se envolverem com o programa escolar, menor fardo financeiro estarão impondo...

Mil dólares por semana. Kevin sabia que não havia plano de saúde no mundo que pagasse um tratamento desses. A quantia brutal ficou grudada em sua mente. Ele chegou mais perto da porta. Tateou atrás das costas, mas os dedos não achavam a maçaneta. Não havia maçaneta por dentro.

Iluminado pelo clarão da luz do teto, identificou mais berloques pendurados no bracelete da coisa. Havia minissapatilhas de balé douradas. Uma nota musical, que representava o coro. Os fazendeiros do futuro da América. O ar no recinto era tão inerte que nenhum dos berloques se mexia.

A coisa Betsey, seus olhos pálidos se abriram. Tão sem graça quanto tinta azul, eles ficaram olhando a lâmpada fulgurante, sem piscar.

Cria-Caso cochichou:

– Mandar ela pra cá foi a vingança do pai e da mãe. – Estava falando dos cílios postiços e das unhas postiças, rosa com glitter, coladas sobre as unhas reais, esfarrapadas.

O dedo do sr. Amendoim pendeu para a frente. Uma varinha ossuda apontando para o grupo. A ponta quebradiça do dedo passou de um garoto a outro conforme a voz de Halloween recitava:

– Bem me quer... Mal me quer... Bem me quer... Mal me quer...

* * *

Naquela noite, nenhum deles dormiu. Depois do jantar, cada um tomou um copo de leite achocolatado com uma dose de xarope de ipeca. O Comandante não o escondeu. Cada um entornou um copo inteiro de leite batizado. Ficaram assistindo a um DVD de *Flores de aço* na sala de recreação do sexto andar. Era mais um tipo de terapia. Antes de Julia Roberts noivar, Porco Pirata já estava despejando as tripas no linóleo. No fim da festa de casamento, Cria-Caso vomitou. Grandes e espumosas ondas de chocolate. Nem conseguiram ouvir Olympia Dukakis soltando palavrões para Shirley MacLaine, pois os vômitos faziam barulho. Jorros de xarope de ipeca. Quando Sally Field ficou em frente ao túmulo da filha, a sala de TV estava coberta de vômito.

Agora, já estavam de volta ao dormitório, acomodados nas camas. O salão em breu total. Sem conseguir dormir, Kevin ainda tremia. O fedor venenoso do porão estava grudado em seus seios paranasais. Nem mesmo o fedor acre do vômito conseguia tirá-lo de lá. Ele ouvia Feijão, a duas camas dali, chorando no travesseiro.

A cabeça de Kevin doía. Ele saiu da cama e arrastou-se até a janela. Fazia tanto frio que havia gelo na parte de dentro. Ali, ajoelhado, ele encostou sua dor de cabeça no vidro. No escuro, Kevin sabia que eles estavam tomando mais um caminho indevido. Tinha sido errado enganar os pais. Ao obrigá-los a provar seu amor, ele cometeu um ato terrível. Temia a possibilidade de ter que fazer algo pior para provar que era normal. Ainda assim, prendia-se à esperança de que outra mentira, uma mentira maior, consertaria tudo.

Para bloquear aquela lembrança, Kevin resmungou:

– Droga.

O mundo pairou no silêncio e no escuro. No dia seguinte teria mais sala de terapia. O segundo encontro com a coisa Betsey.

Naquela noite, alguém disse uma coisa. Brainerd. Resmungando em sua cama, a voz tomada de maus agouros, ele disse:

– Estamos nas mãos de um velho lunático. – Ele ficou esperando, mas ninguém disse nada. – E não estou falando de Deus. Estou falando de um *lunático real.*

De outra cama, Jasper disse:

– A gente só precisa contar pros nossos pais o que aconteceu.

– Como? – devolveu Kevin.

Porco Pirata insistiu:

– O Comandante vai dizer que estamos mentindo para fugir da terapia.

Olhando pela janela, Kevin queixou-se:

– Nunca vou ganhar meus 20 mil...

Baleia Jr. resmungou:

– Nunca vou ter o meu desfile.

Louco de raiva, Brainerd retrucou:

– Que se foda o seu desfile. A gente tem que fazer tudo que o doido diz, senão meus pais vão passar o resto da vida em dívida.

Feijão voltou a chorar.

– Eu que não vou meter em boceta morta.

– Vão se foder, seus chorões – berrou uma voz do escuro. Era Cria-Caso. Não falava como um garoto de 16 anos dividindo o quarto com um bando de medrosos. Sua voz parecia determinada. Não assustada. Falava com voz de herói. Como um herói comandando as tropas, disse: – A gente tem uma pessoa mais importante para salvar.

Chegou a primeira de uma série de longas cartas da mãe de Kevin. Ela contava que o pai dele estava se matando para pagar a clínica. Ela escrevia em cartões de "Desejo melhoras", descrevendo como seu pai havia tido um colapso de tanto trabalhar. Ela tratou do fato como um *episódio cardiovascular,* mas deixou sugerido que se assemelhava a coração partido. Para encerrar, ela instava-o a obedecer ao Comandante e finalizar o programa o mais rápido possível.

O sr. Clayton não escrevia com tanta frequência, mas suas cartas eram recheadas de detalhes sobre como a sra. Clayton havia arranjado dois empregos de meio período. Um de garçonete, outro de arrumadeira de hotel. Ele confidenciou que todas as noites ela desabava numa poltrona e chorava por conta dos pés inchados e sangrando.

De sua parte, Kevin não podia escrever nada que não fosse revisado pela equipe do Comandante. Era fácil imaginar os boletins de avanços que o velho estava passando aos pais dele. O velho doido ia sugá-los até o último centavo.

Havia outros garotos no prédio. A julgar pelo som dos passos, havia multidões lá dentro. Nas horas das refeições e de ar livre, os garotos do sexto andar ficavam segregados. Quando o clima estava seco, Kevin os via na quadra de basquete pela janela grande ao lado da cama. Pareciam derrotados. Seus tornozelos ficavam à mostra sob a bainha da calça desfiada. Uma longa extensão do pulso nu se mostrava entre as mãos e os punhos das camisas. Parecia que haviam crescido dentro das roupas. Como se as camisetas e os jeans tão apertados, gastos nos joelhos, fossem roupas que eles tinham trazido havia um ano.

Uma tarde, Baleia Jr. declarou estar com dor de cabeça e o guarda do andar escoltou-o até a enfermaria. Quando ele voltou, seus olhos estavam vidrados de choque.

– Não me batam – disse ele. – Tô só de mensageiro, ok?

Da maneira como a enfermeira contara, cada nova leva de meninos começava pelo andar mais alto. Algumas semanas depois, assim que pegassem o jeito, eles seriam integrados aos demais habitantes da clínica. A enfermeira deu de ombros. Colocou duas aspirinas na mão dele e sugeriu que se acostumasse. Ninguém recebia alta na clínica. Levaria, no mínimo, anos. Era só quando o garoto fazia 18 anos que podia ser considerado oficialmente redimido.

Os meninos que eles viam jogando basquete, alguns tinham sido internados lá aos 13, até aos 12.

As coisas começaram a fazer sentido para Kevin. A Granja Gay era uma máquina de fazer dinheiro. Rendia uma fortuna a quem trabalhava ali. No fim das contas, deixava as famílias felizes, mas não antes de conduzi-las à beira da pobreza. Congregações de igrejas de todo o país patrocinavam transviados tal como antes financiavam missionários no exterior. O Comandante, as enfermeiras, os supervisores de andar: todos eram cúmplices.

Kevin supôs que havia como abrir processos. Depois de livre, o garoto podia levar sua história à mídia. Ao ser solto, podia acusar a clínica de sequestro, de mantê-lo ali contra sua vontade. Mas, para isso, teria que admitir ter fingido sua perversão e só prejudicaria tudo ridicularizando os pais. Havia boa chance de os pais ficarem furiosos. Além disso, juiz ou júri sempre podiam se convencer de que um garoto desses era só um Rock Hudson vingativo, incurável, fazendo acusações indevidas. Seria um adolescente mentiroso declarando-se contra a nobilíssima autoridade do Comandante. Além disso, havia todos aqueles papéis que ele assinara com toda a disposição.

Não, era melhor o garoto esperar a hora certa e sair como um herói. Sua vitória seria postergada, mas estaria intacta. Enquanto isso, não havia nada a fazer além de estudar. Trigonometria. Cálculo. Retórica. Física. Coisa complicada. Para diminuir o choque, a enfermeira havia dito a Baleia Jr. que os meninos do programa quase sempre se saíam muitíssimo bem no vestibular.

Depois de cada porta, a continuação do corredor era escura. Quando eles entravam, detectores de movimento acendiam as luzes automaticamente. Era tanto silêncio que Kevin conseguia ouvir os barulhos microscópicos de quando as lâmpadas fluorescentes tremeluziam, antes de a luz se firmar.

O grupo estava reunido, seguindo o guarda do andar em mais um corredor. Cria-Caso ia por último, cochichando com

Kevin. Porco Pirata caminhava muito perto de Tomas e pisou nas costas do tênis deste, que xingou em espanhol. Tomas voltou alguns passos e arrumou o calçado.

Baleia Jr. cochichou:

– Como será que ela morreu?

Cria-Caso disse:

– O nome dela não é Betsey.

Brainerd perguntou:

– Você a conhecia?

Cria-Caso cochichou que ela corria de moto. Por isso a cicatriz na perna. Ela caiu numa vala na última volta de uma corrida de motocross. Em vez de vencer, morreu fazendo a curva muito rápido para as condições da pista. Lesões internas generalizadas. Cria-Caso contou aquilo com um sorriso nostálgico. Seus olhos brilharam de admiração.

Porco Pirata perguntou:

– Era sua namorada?

– Ela era fodona – respondeu Cria-Caso.

Kevin estava examinando a própria mão. Enquanto caminhava, percebeu que sua vida inteira aparecia em sua mão. Pelas unhas ele conseguia ver a pele rosada, nova, com que fora integralmente recoberto quando bebê. Cada unha era uma pequena janela de como ele havia nascido. Por outro lado, os calos na palma da mão mostravam como ele seria ao morrer. Depois de morto, todo o seu corpo ficaria coberto com a mesma pele grisalha, amarelada. Era a prova de que o tempo passava. Ao ver a diferença entre sua pele de bebê e sua pele morta, Kevin não quis mais perder nem um único instante.

A mando do Comandante, eles se reuniram em volta da mesa de metal. Enquanto ele puxava o plástico gordurento, erguia a saia da coisa e começava a cortar pontos cirúrgicos, Kevin fingia ajudar. Desenrolou a atadura de tecido que envolvia o pulso. Os calos na palma dela eram marcantes. Assim como os músculos dos braços. Onde Kevin esperava encontrar um pulso cortado, a pele estava intacta. Sem cor, mas intacta. Havia um machucado azul-escuro que, quando ele desenrolou mais ataduras, se revelou uma borboleta. Pensando bem, era uma cruz estranha. Enfim Kevin viu que era um machado com duas lâminas.

O Comandante diminuiu a luz do porão. Tirou algo do bolso da calça. Tinha o formato de um charuto, só que menor. Apertou um botão. O aparelho lançou um ponto vermelho no chão: uma caneta ponteiro a laser. Ele direcionou o minúsculo pontinho vermelho para as entranhas opacas sem cor de Betsey.

– Contemplem a glória do ovário!

A luzinha marcou uma protuberância que não tinha nada de notável.

Kevin e Cria-Caso ficaram observando Brainerd tirar a atadura da lateral do pescoço. Qualquer um via que o cabelo era uma peruca e que não existia cabelo de verdade por baixo. Apenas uma cabeça raspada. Sob a atadura do pescoço, Kevin identificou outra tatuagem. Começava com um "C" azul-escuro. Seguido de um "R". Depois, um "I". Totalmente revelada, ela disse "Cria-Caso" em letras espinhosas.

Foi aí que Cria-Caso desabou. Cria-Caso, logo ele, seus joelhos cederam e ele caiu em espiral até o chão de concreto.

O Comandante soltou a caneta ponteiro para ajudar. Depois que Cria-Caso se recostou numa cadeira e recebeu um copo de água, o Comandante voltou sua atenção novamente aos ovários, mas o ponteiro a laser sumira. Ele ficou procurando na cavidade torácica, conferiu atrás do baço e dos pulmões, mas não o encontrou.

Tal como em todas as noites, Kevin saiu da cama. Depois do apagar das luzes, esperou o supervisor do segundo turno fazer o confinamento do andar. Naquele lugar, as pessoas precisavam ter uma chave para acender as luzes. Era preciso ter outra chave para mexer no termostato. Para manter todo mundo na cama e debaixo das cobertas, o guarda desligava o aquecimento. Em questão de uma hora, o prédio, antigo como era, virava um frigorífico. A ala virava um breu, escuro demais para as câmeras de vídeo captarem algo. Pelas janelas, Kevin não via nada além da noite. Ele bafejou no vidro gelado e usou os dedos para desenhar um buraco no gelo.

Apoiou os cotovelos no peitoril e juntou as mãos na frente do rosto. Caso fosse pego, podia dizer que estava rezando. Suas orientações consistiam num clic e num clic duplo, num clic triplo, num clic-clic-clic repetitivo. Ao mesmo tempo, brilhava uma luzinha vermelha que ele dirigia aos pontos na escuridão onde torcia que os Rock Hudsons estivessem rondando. Ele mandava estrobos longos e curtos de laser vermelho. Ponto, linha, dois pontos, três linhas, piriri, pororó, pururu, ponto, linha, ponto, duas linhas.

Cria-Caso saiu da cama e foi para o lado dele, cochichando:

– Bom trabalho.

A mensagem deles chegava como a mira laser de uma espingarda. Como se a pergunta não significasse nada... Como se não quisesse dizer nada, Kevin perguntou:

– Você era namorado dela?

Cria-Caso apertou os olhos para enxergar. Sua respiração embaçou o vidro, e ele o limpou com a mão.

– Não exatamente.

Kevin continuava clicando. Transmitindo SOS. Transmitindo tambores de linhas rápidas e pontos gaguejados. Torcendo que as pilhas durassem, ele disse:

– Os escoteiros não servem só pra aumentar a bitola do cu.

De certa forma, era como uma pequena oração. Kevin ajoelhado ao lado de Cria-Caso. Brainerd ajoelhou-se do outro lado de Kevin. Baleia Jr. também se meteu e se ajoelhou ao lado de Cria-Caso, até todos os degenerados ficarem em fila, os cotovelos apoiados no peitoril da janela.

Tomas se ajoelhou ao lado de Brainerd, cochichando:

– Cria-Caso, aquele foi o desmaio mais fingido que eu já vi.

Cria-Caso cochichou:

– Funcionou, não funcionou?

Kevin cochichou-gritou:

– Calem a boca.

Ele fez algo que esperavam que chamasse atenção. Uma fadinha vermelha dançando na estrada. Apertou rápido e depois devagar, pisca-linha-nada, e piscadelas em vermelho incandescente que torcia que pelo menos um dos Rock Hudsons soubesse decodificar.

Ali ajoelhado, a respiração embaçando o vidro, Porco Pirata cochichou-perguntou:

– O que você tá dizendo pra eles?

Jasper cochichou-mandou:

– Diz que você é ativo, não passivo.

Kevin os ignorou.

Sem desanimar, Jasper insistiu:

– Diz pra eles que você é um capacho submisso tesudão.

Kevin fez cara feia para ele.

Tomas cochichou:

– Promete que a gente enfia a mão na bunda deles se tirarem a gente daqui.

Nenhum deles sabia o que procurar. Buscavam qualquer coisa. Kevin desligou a luz e ficou aguardando. Apontou para um ângulo levemente diferente e soltou o mesmo código pisca-duplo-pisca.

– Vão pegar a gente – cochichou Brainerd.

Todos prenderam a respiração e ficaram ouvindo o balançar de chaves. O ranger de passos na escada.

Baleia Jr. cochichou-ameaçou. Jurou que ia acionar o alarme de incêndio antes que eles ferrassem com seu desfile de boas-vindas.

* * *

No dia seguinte, Kevin mal conseguia ficar acordando enquanto o Comandante usava dois dedos enluvados em látex para mostrar como seus pênis adentrariam Betsey durante a conjunção carnal. Pelo menos em teoria. Ao extrair os dedos, ele apresentou um par de tesouras, tesouras de cozinha, que se usa para cortar frango. Ele rasgou os pontos na parte frontal dela, com o cuidado de dar a volta de um lado do clitóris. Não havia sangue. Kevin olhou para Cria-Caso, que estava um passo atrás, os braços cruzados na frente do peito. Cria-Caso levantou a mão e passou os dedos pelo cabelo oleoso. Quando viu Kevin olhando, fez cara feia.

Kevin imaginou que só podia ser uma merda ver uns babacas juvenis cheios de tédio despedaçando alguém que você já amou. Mesmo que estivesse morta. Ele não era desprovido de empatia, mas ainda era moço, e a dor dos outros o deixava envergonhado. Estava numa idade em que apenas a própria dor parece real, por isso tinha vergonha por Cria-Caso. Depois daquilo, Kevin resolveu não olhar mais para o bruto. Ele já estivera perto de vários valentões, sabia que raiva e dor precisavam de escape e tinha o cuidado de não virar alvo.

O Comandante teve que apertar as tesouras com as duas mãos para cortar o diafragma urogenital. Descascou a cavidade vaginal e deixou-a aberta na altura do cérvix. Explicou que o esperma ia se acumular na parte superior. Naquele momento, já havia empoçado ali uma pequena quantidade de fluido viscoso e nebuloso. Ele disse uma só palavra, “formalina”, e usou uma toalha de papel dobrada para absorver. Referia-se ao preparo do formaldeído em que Betsey estava embebida para não apodrecer. Até Kevin tinha entendido. Mas todo garoto ali identificou o que era de fato aquela porra medonha que o Comandante secava.

É óbvio que esses detalhes viriam à luz durante o julgamento final. Se você saltasse meio ano, a TV a cabo dedicaria 24 horas à cobertura de Kevin no tribunal, depondo sobre a canetinha a laser e a porra misteriosa. Ele ia contar tudo sobre os ratinhos e a menina morta massacrada no porão. Ao lado dele estaria a namorada. Mais ou menos namorada. Isso poderia levantar discussão. O que seria óbvio e inegável é o fato de que ela estaria bem, bem grávida.

Uma semana se passou e os ponto-triplo-ponto-linha de Kevin não tiveram resposta. Ninguém exceto Cria-Caso se ajoelhava com ele enquanto o garoto enviava sua súplica.

Kevin aventou um teste. Para ele, os manifestantes no portão eram o equivalente aos manifestantes em frente a clínicas de aborto. Os Rock Hudsons tentavam deter quem entrava ali tal como benfeitores tentavam impedir gente de assassinar criança ainda não nascida. A ironia era que esses bebês salvos eram adotados por Rock Hudsons.

Kevin disse:

– Se o povo da igreja cria bebês que vão crescer e virar gays e os gays criam bebês que vão acabar virando reprodutores, eu não entendo esse alvoroço todo. – Ele bufou de desdém. – Pra mim dá tudo no mesmo.

Cria-Caso apertou os olhos na direção do portão. Esfregou um círculo maior no vidro para enxergar em meio ao gelo. Disse:

– Ninguém chamava ela de "Betsey". Só a mãe e o pai.

Com os pensamentos em outra direção, Kevin especulou:

– Imagina como era educação sexual pra eles. – Zombando das próprias palavras, incrédulo, disse: – Absolutamente nada de informação. *Nada.* – Para pontuar o fim da frase, ele deu um murro no ombro de Cria-Caso. – Para eles, educação sexual era um exercício sem sentido, meio que Mês da História Negra para a garotada branca.

– O nome dela – disse Cria-Caso – era Suede.

Kevin ficou escutando. Não sabia por que eles estavam tendo essa conversa. Não tinha ideia de aonde ia parar. Kevin reclamava, e cada palavra que dizia tinha seu gume. Enfiando o dedo na janela, na direção do portão, ele bradou:

– Nos primeiros cem anos da história dos EUA, era ilegal ensinar negro a ler. Hoje em dia as pessoas ainda tiram sarro deles por serem ignorantes. – Irritado, emendou: – Agora a gente nega aos gays o direito de casar, e ao mesmo tempo critica eles por ficarem dando pra todo mundo. – Kevin continuou a soltar linha-linha-triplo-ponto-linha-ponto para o desconhecido.

Muitas noites se passaram antes de algum deles falar. Foi Cria-Caso que disse, a voz tingida de íntegra especulação:

– Imagina... imagina que tudo que você entendesse de intimidade... fosse o que você aprende não com pai nem professor, mas com gente estranha no banheiro público da rodoviária...

Outro dia, o Comandante desconstruiu os seios. No porão úmido, enquanto os meninos do sexto andar assistiam, ele cortou os pontos e descascou-os como bolas de beisebol. Deixou à mostra os depósitos de gordura e as glândulas. Sem a pele, era como se alguém houvesse arrancado o couro da bola de beisebol com uma talagada de mandar para fora do estádio. Pelo caminho, ele foi apontando os alvéolos produtores de leite... as células mioepiteliais... os dutos lactíferos... Suas palavras desarmavam qualquer resquício de mistério e erotismo que já tivesse habitado os sonhos de Kevin com tetinhas sensuais, daquelas de fazer espanhola.

Cria-Caso ficou tão longe da movimentação quanto a sala permitia, evitando olhar. Ocasionalmente, erguia a mão para alisar o cabelo oleoso. O gesto chamava atenção de Kevin, que via como o machado tatuado no pulso de Cria-Caso combinava com o da garota morta. Suede.

Independentemente disso, todos estavam bem animados. Havia rumores de que o jantar ia ser pizza. Na frivolidade geral, Jasper confundiu o sigmoide com o fundo. Quando o Comandante estava olhando para outro lado, Feijão removeu o fórnix e bateu com ele na bochecha de Baleia Jr. Só Cria-Caso não riu.

* * *

Naquela noite, sozinho com Cria-Caso, Kevin tentou explicar sua teoria sobre os pais em geral. Começou perguntando:

– Sabe o que é um maníaco-depressivo?

Cria-Caso não respondeu, então Kevin seguiu falando:

– O que eu acho é que meus pais queriam ser enganados. – Sua mão já sabia o esquema de cor; o fluxo constante ponto-linha-piriri-linha-ponto-ponto não parou enquanto Kevin montava seu argumento.

Quando bebê, ele disse, bastava usar o banheiro e os pais o enchiam de elogios. Se ele batesse a cabeça ou tivesse um pesadelo, eles vinham cheios de compaixão, de consideração. Mas quanto mais velho foi ficando, mais difícil ficou ser notado. Não bastava chegar em casa com nota 10. Nem nota 0. Os melhores e piores fatos de sua vida não causavam reação nenhuma nos pais.

Ele não estava só. Notara uma tendência entre os amigos. Conforme tinham menos atenção, começavam a agravar seus altos e baixos. Nenhum triunfo era bom o bastante. Nenhuma derrota era arrasadora o bastante. Todos os garotos que ele conhecia haviam involuído até virarem caricaturas grosseiras de si. Crianças que eram engraçadas cresceram e viraram palhaços ridículos. Meninas se transformaram, da noite para o dia, em rainhas de concurso de beleza.

Seus pais eram muito sem graça. Sempre o obrigavam a exagerar cada problema, a transformar em crise, em desastre, para que percebessem que era um problema. Todo triunfo, Kevin tinha que inflar, deixar gigante, até eles notarem. Os pais o haviam conduzido a transformar sua vida inteira num desenho animado. Para os pais, não havia meio-termo. Bom o bastante não existia. Ele tinha virado uma aberração.

Cria-Caso seguia sem responder. O dormitório estava tão escuro que Kevin não saberia dizer se Cria-Caso estava dormindo. Não que tivesse importância. Estivesse alguém ouvindo ou não, Kevin ainda precisava dizer o que estava dizendo.

Ele seguiu falando:

– Eu imaginei que, pela primeira vez na vida, só ia tirar 10. Eu ia sair da curva... ia ser demais no cunnilingus... meter num monte de menina pra ganhar mais crédito...

Por fim, quando não sabia mais do que falar, tentou:

– Tá vendo os bebês que eles têm lá na frente do portão? – Ele falou de Mindy Taylor-Jackson. Contou sobre os Porsches. Então soltou: – Um deles é meu.

Aguardou uma reação. Testou o silêncio. Esperava que Cria-Caso fosse interrompê-lo e mudar de assunto.

– Pelo menos um – prosseguiu Kevin. – Se você tivesse binóculo ou telescópio, você ia ver lá os bebês com a minha cara.

Ele explicou que ficara com Mindy. Estavam apaixonados, disse ele. Kevin ficava de coração partido toda vez que ela era despachada para a maternidade. Esperava que Mindy estivesse sentindo saudade. As cartas da mãe diziam que sim. A mãe descrevia como Mindy estava correndo que nem o diabo com seus pneus cromados com aro de metal. Ele e Mindy haviam decidido, só entre eles, que 20 mil comprariam uma vida nova para os dois.

Cria-Caso devolveu o olhar, perplexo.

– Você é pai?

Kevin fez que sim. Sua mão laser dava linha-linha, sem parar. Explicou que os gêmeos estavam previstos para dali a poucos meses.

– Por isso que eu não posso ficar aqui até os 18 anos.

Com desdém, Cria-Caso riu.

– Eu ganho de você fácil, fácil.

Kevin ficou aguardando. Estava feliz por Cria-Caso não estar dormindo.

Cria-Caso cochichou-riu. Uma risada indefesa, encurralada.

– Acredite se quiser... Eu sou gay. – Ele coçou a cabeça. – Entende meu dilema agora? – Mais uma vez, como se fosse uma lista de palavras e não uma frase, ele disse: – E. Eu. Sou. Menina.

* * *

Segundo o Comandante, Suede era lésbica. Ele ainda a chamava de Betsey. Ele a atacou, dizendo que ela pecara de muitas formas para Deus a querer. Os pais doaram o corpo à clínica porque queriam redimir sua alma transviada. Kevin suspeitava de que a história não terminava ali. Suspeitava de que houvesse algum tipo de vingança naquilo. Mesmo na luz fraca do porão, ele via que Suede tinha covinhas, que as orelhas, a língua, os mamilos e os grandes lábios tinham buracos de piercing não mais em evidência.

O Comandante olhou para a mesa, os olhos amarelados repletos de pena de algo muito distante da redenção.

Segundo Cria-Caso, ela e Suede haviam tido o romance mais *caliente* desde Eleanor Roosevelt e Lorena Hickok. Elas frequentavam a manifestação – festa em frente aos portões da Granja Gay. Haviam feito a trilha das montanhas na costa do Pacífico. A tatuagem no pulso... no pulso dela... no pulso de Cria-Caso, ela explicou que era um labrys. Um machado de duas lâminas, da Creta minoica. Representava as culturas matriarcais.

Depois que Suede morreu, Cria-Caso convenceu um homem e uma mulher mais velhos a se passarem por seus pais e fingirem que ela era um filho. Com a ajuda deles, entrou ali para buscar o corpo da amada sumida. Como numa jornada típica da mitologia grega.

Todo aquele projeto tirou o fôlego de Kevin Clayton, de tão heroico que parecia. Na sua mente, ele lutava para recuperar Mindy. Mas ela era como uma piada esquecida: alguma coisa que um dia já tivera o poder de deixá-lo instantaneamente eufórico, mas que no momento lhe escapava.

Lá pela quinta semana, eles haviam praticamente perdido a esperança. Até a luz de laser estava mais fraca. Kevin mantinha sua vigília. Só Cria-Caso lhe fazia companhia. Enquanto todos dormiam nas camas quentinhas, os joelhos de Kevin doíam por causa do chão. Seus braços tremiam de frio enquanto ele seguia em sua súplica ao desconhecido, piscando linha-dupla--linha-ponto-triplo-ponto, mordendo a língua para não dormir. O corpo exausto, mas a fé inabalável.

Enquanto estavam no escuro disparando códigos, Kevin contou a Cria-Caso como planejava usar seus 20 mil dólares. Ele ia se formar naquele lugar e fugir com Mindy. Eles iam rumar para o pôr do sol e encontrar um lugar para morar. A primeira meta deles era ter os gêmeos e ficar com eles.

Como Cria-Caso não respondeu, Kevin parou de falar. Aquelas noites, só os dois sentados no escuro, conversando, aquela situação lembrava a Kevin alguma coisa. Uma coisa do colégio. Um livro. Era sobre um garoto que fugia de casa e um escravo lá nos tempos antigos. Eles saíam pelo rio Mississippi numa balsa. Aquele livro elevava o tédio a outro nível. Nada que o escravo dizia fazia sentido. Para Kevin, o escravo parecia um analfabeto burro.

Só para rir, ele explicou a Cria-Caso o esquema que fazia com os ratinhos. Cria-Caso, logo ela, ia ter que rir. Cria-Caso só o encarou. Uma ponta de seu lábio superior dobrou-se de desprezo. Ela sacudiu a cabeça como se não aceitasse a ignorância de Kevin.

Kevin arranjou coragem. Sem olhar nos olhos de Cria-Caso, perguntou:

– Você não tem medo de ir pro inferno?

Ele seguiu enviando código Morse para o desconhecido. Flutuando num oceano de noite.

Cria-Caso bocejou.

– Não me leve a mal, ok? – Ela deu uma risadinha sinistra. – A ideia que eu tenho do inferno é ir pro céu e ser forçada a fingir que sou que nem você pelo resto da eternidade.

Nas tardes, eles remexiam as entranhas de Betsey. As entranhas de Suede. O mais difícil disso, pelo menos para Kevin, era saber que ela havia sido uma pessoa de verdade. A essa altura, quase todas as suturas estavam abertas. A carcaça parecia achatada e mais espalhada, a não ser pela cabeça. Parecia um tapete de pele de tigre. Apenas a cabeça intacta, circundada por moscas. A cena lembrava a Kevin outro livro que eles tinham sido obrigados a ler no colégio. Uma coisa de crianças que param numa ilha deserta depois de um acidente de avião, nada que você se daria ao trabalho de ler se pudesse escolher. Depois que eles fizeram a prova sobre o livro, os únicos detalhes que Kevin conseguia lembrar eram as moscas pretas e os óculos quebrados. Até o momento, ele era o único detento que sabia de Suede e de Cria-Caso e seu infortúnio.

Suede estava em ruínas. Seus órgãos e o que mais fosse, curtidos e preservados. O coração e o estômago bagunçados. Ao fim dessa unidade de anatomia, o Comandante ia fazer uma prova com eles. Seja lá quem havia estado ali antes deixara cola anotada em vários órgãos. O fígado era fácil, mas alguém tinha usado uma canetinha permanente para escrever "baço" numa parte escorregadia. A palavra "pâncreas" estava escrita, com outra letra, em outra parte.

Alguém não notado havia escrito "Raymond esteve aqui" e uma data de dois meses antes na parede dianteira da cavidade abdominal de Suede.

Enigmaticamente, havia números de quatro dígitos rabiscados nos cantinhos mais difíceis de alcançar. O número 4-1-7-9 estava na parte posterior da bexiga. O número 2-8-2-6 estava anotado atrás do coração. Kevin não sabia o que queriam dizer, mas notou Cria-Caso repetindo cada número bem baixinho.

Numa noite, talvez na sexta semana, as pilhas de Kevin acabaram.

Cria-Caso não hesitou: sacudiu Brainerd até ele acordar e exigiu as pilhas de seu relógio de pulso. Brainerd perguntou por quê, e Cria-Caso sussurrou-gritou:

– Pra gente se mandar daqui.

Os dois tiveram a troca de sopapos mais silenciosa da história humana. Silenciosos e brutais, eles se estapearam e tentaram sufocar um ao outro, brigando de rolar pelo chão, tranquilos mas violentos, os socos abafados pelos pijamas de flanela. Seus narizes sangraram sem fazer som. O corpo de Brainerd caiu duas vezes e ele parecia vencido. Nas duas vezes, Cria-Caso começou a abrir a pulseira do relógio dele. Porém, nas duas, Brainerd revirou-se, pôs-se de pé de novo e a enfrentou. Os dois combatentes martelavam-se com cotovelos e joelhos. Quando Cria-Caso acertou a cabeça ensanguentada em Brainerd, ele não se levantou.

A vitoriosa tirou o relógio do pulso dele e abriu a parte de trás. Com os olhos fixos, desafiando qualquer um a detê-la, fez as baterias caírem como se estivesse tirando as balas de um revólver. Recarregou a canetinha a laser e, imperturbável, levou-a de volta para Kevin, na janela. Três noites depois, Cria-Caso sacudiu Porco Pirata até acordá-lo e exigiu as pilhas do seu Game Boy. Vendo que Brainerd ainda estava com os olhos roxos, Porco Pirata as entregou sem resistência.

Todo mundo dizia que ele era louco, mas Kevin era decidido. Sem pausar no seu ponto-dois-pontinhos-linha, ele cochichou--ensinou que tomar uma atitude louca era melhor do que fazer nada. Ele cochichou-pregou que tomar uma atitude inútil era melhor que aceitar a impotência.

Kevin ajoelhou-se ali, à beira do nada, os cotovelos apoiados na beirada. Ele uniu as duas mãos abaixo do queixo. Resmungando palavras a meia-voz, passou sua mensagem. Era um sinal de socorro em código para um estranho que talvez nem existisse. Ele estava tentando fazer contato com um misterioso alguém que ninguém conseguia ver nem ouvir.

Depois de sete semanas sem dormir, Kevin estava semimorto, mas se mantinha firme. Não havia nem sinal de reação na escuridão. Ele parecia um idiota, mas sua determinação não cedeu. Pouco antes do amanhecer, Kevin caiu no chão, cansado demais para manter-se no posto. Ainda agarrado à canetinha a laser, seus dedos inchados e esfolados, ele começou a cochichar-chorar de frustração.

O barulho acordou Cria-Caso, que saiu da cama quentinha arrastando o cobertor. Ela o colocou sobre o sentinela caído e tirou a canetinha a laser das suas mãos rígidas.

– Me diga o que devo dizer – murmurou Cria-Caso.

– Ponto – sussurrou Kevin. Como se fosse um encanto, ele recitou: – Linha, linha, três pontos... – Ele cochichou-ditou a mensagem, várias e várias vezes, até Cria-Caso sabê-la de cor.

Na noite seguinte, Kevin dormiu enquanto Cria-Caso assumia a função. Na noite seguinte, Jasper assumiu a posição de Cria-Caso. Na terceira noite, Porco Pirata liberou Jasper. Na quarta noite, Tomas acordou todo mundo com seus cochichos-gritos...

Sem interromper seu pisca-pisca-ping-duplo-clique-linha-linha, Tomas cochichou:

– Em suas posições! – Ele cochichou: – Chamando todos os carros! – Cochichou-berrou: – Todos ao convés!

Os que acordaram primeiro agitaram os camaradas. Todas as camas ficaram vazias. Descalços, correram à janela.

Sem nunca tirar os olhos da luz vermelha piscante ao longe, Brainerd disse algo. Ninguém ouviu. Ninguém ouvia, ou pelo menos ninguém pegou a isca.

– É tipo a luz verde. – Brainerd ficou esperando, mas ninguém deu bola.

A essa altura, ele estava falando só para si mesmo, soltando qualquer merda que lembrasse algum dever de casa.

Alguém levou a Kevin um bloquinho e um lápis, e ele começou a anotar cada ponto... linha... piriró-tracinho-ping-ponto-ponto-linha, conforme ocorria. Não olhava o que escrevia, mantendo os olhos fechados. A mão do lápis sacudia, deixando marcas no papel. Seus dedos se mexiam como se fossem de outra pessoa.

Baleia Jr. ficou observando as marcas de lápis preencherem a folha.

– O que estão dizendo?

Kevin não respondeu.

Tomas encostou os lábios no ouvido de Porco Pirata.

– Eles estão dizendo que têm aids – sussurrou ele.

Porco Pirata ficou maravilhado.

– Imagina pegar aids e *não* morrer... – Sua voz parecia serena diante do horror da ideia. – Pelo resto da vida não poder fazer merda.

Brainerd comentou a ideia, dizendo:

– Prefiro morrer a não fazer merda.

Todos resmungaram em concordância.

Baleia Jr. disse:

– Deixem de ser burros. – Ele fez que não com a cabeça, chocado com o nível de ignorância geral.

Todos olharam para ele, esperando a resposta mágica. Todos fora Kevin, que ficava vendo a luz piscar.

– Ter aids não quer dizer que você não pode trepar – explicou Baleia Jr. A voz do senso comum, ele disse: – Quando se tem aids, você só pode meter nas meninas que odeia.

Com exceção de Cria-Caso, os outros concordaram, lúgubres. Aliviados. Estavam surpresos que Baleia Jr. conseguisse ver o lado bom. Seu copo sempre estaria meio cheio.

Sem querer perder nada, Kevin não piscou. Seus olhos marejaram com o esforço para enxergar. Por conta própria, sua mão rabiscou baboseira. A ponta do lápis cochichava ao longo da página.

Naquela noite, eles tiraram no palitinho. Em sinal de boa-fé, Brainerd defendeu que alguém na fileira deles deveria mostrar o pau na janela. Ficou decidido que quem tirasse o palitinho menor ia ter que abaixar a calça do pijama. Para bajular os Rock Hudsons.

Cria-Caso balançou a cabeça, sem conseguir acreditar, claramente em pânico de pegar o palitinho menor.

Kevin enfiou o palito no bolso e esperou até que todos os outros, fora ele e Cria-Caso, mostrassem os palitos compridos. O de Kevin também era comprido. Para poupar Cria-Caso de ser descoberta e ficar de covarde, ele enfiou a mão no bolso e quebrou o seu ao meio. Mostrou a metade.

Cria-Caso parecia que ia chorar de alívio. Ela mexeu a boca em silêncio: *Obrigada.*

Houve certo alívio quando Kevin subiu na beira da janela. Seus dedões prenderam-se na cintura da calça do pijama e ele a puxou para baixo. Ele girava o quadril magrelo para um lado e para o outro. O ar gelado não o deixou nem um pouco mais imponente.

Ninguém disse nada. Alguém tossiu.

Ouviram um barulho vindo do corredor em frente à ala. Passos chegando. Barulho de chaves.

Em apenas um milésimo de segundo, estavam todos acomodados nas camas. Todos, exceto Kevin.

Tomas sibilou:

– Tem alguém aqui!

Kevin espremeu-se contra a janela. Tentou se abaixar para puxar a calça do pijama.

– Fiquei preso – cochichou-gritou ele. – Acho que o meu pau congelou!

Tal como a língua de uma pessoa congela num poste de metal gelado, as partes carnudas dele fundiram-se ao vidro e à moldura de aço da janela. Fazer força rasgaria sua pele e ameaçava quebrar o vidro em cacos superafiados. Conforme os passos se aproximavam, ele chorava e implorava por ajuda. Apelou para o senso de camaradagem e lealdade.

Cria-Caso incitou os outros, gritando:

– Não somos de deixar ninguém pra trás!

Quando o supervisor do andar entrou, estavam todos de joelhos em volta de Kevin. Nenhum dos funcionários acreditou que eles estavam apenas soprando o vidro.

Kevin conferiu e reconferiu a tradução do código. Não fazia sentido.

Feijão especulou que existiria uma ferrovia subterrânea ou gays que escondiam gays em sótãos ocultos, tipo Anne Frank, ou em pilhas de feno falsas, de dia, e os contrabandeavam como estrangeiros ilegais, tipo os coiotes, para o Canadá de noite. Era um palpite improvável, mas não estava fora de cogitação.

Os pontos e linhas traduziam-se em *Pegue o balão da meia-noite.*

Brainerd reclamou:

– Tipo no Júlio Verne ou no *Mágico de Oz?*

Cria-Caso fez que sim, bem entendida, e ocorreu a Kevin que ela nunca se via sem plano de fuga.

Já acontecera ocasionalmente de um balão soltar-se da festa perpétua dos Rock Hudsons em frente aos portões. Balões de plástico em forma de arco-íris. Outros em forma de triângulo rosa, que deixavam uma linha de fita rosa. E às vezes os ventos fortes carregavam o balão fugido até a lateral do prédio. Ele podia escorregar das janelas do sexto andar, bater no vidro, mas eventualmente o vento o levava para longe. Mesmo que os Rock Hudsons soltassem todos os balões, não seria suficiente para carregar uma pessoa.

Todos concordaram que seria suicídio. Kevin piscou para lhes comunicar o ceticismo deles. Em resposta, os Rock Hudsons ponto-duplo-tracejaram uma única palavra: *Amanhã.*

Naquele dia, Kevin parou perto de Cria-Caso enquanto os outros mexiam em Suede. Alguém havia escrito "Baleia Jr. Garanhão" dentro da cavidade uterina.

Do nada, Cria-Caso soltou a palavra "ratinhos". Falou de modo que só Kevin conseguisse ouvir.

– Não tinha como você contribuir para um estereótipo mais nojento que esse?

– Desculpa – cochichou Kevin, cético.

Sentiu-se envergonhado. Gostava demais de Cria-Caso para passar a odiá-la. Cria-Caso cochichou de volta:

– A chave para uma imaginação fértil é encher a cabeça de merda.

Lisonjeado mas cauteloso, Kevin cochichou-perguntou:

– Então você é sapata? Por que você me contou?

Cria-Caso olhou para a nojeira picotada que Suede havia virado.

– Acho que foi porque você me falou sobre seus bebês. – Ela olhou para o Comandante parado de um lado. Olhou para o plástico que usavam para cobrir o corpo toda tarde, quando encerravam os trabalhos. Estava todo amassado no chão. Baixando a voz, Cria-Caso disse: – Porque em todo filme que eu já vi, o gay ou é a vítima cagadinha de medo, ou a supervilã pirada. Fique sabendo que o herói desta história vai ser uma sapatona.

Na noite seguinte, Kevin e os colegas degenerados ficaram na vigília. Lá fora estava congelante, mas eles abriram a janela para enxergar melhor. Alguma coisa assomava-se na escuridão: um balão amarelo.

– Só pode ser sacanagem – cochichou Baleia Jr.

O balão encostou na janela e foi embora. Saiu voando além do alcance.

– Rápido – disse Cria-Caso –, antes que o vento pegue. – Antes que alguém pudesse detê-la, ela saiu pelo peitoril. Segurando na beirada da janela, foi para fora e ficou sobre o peitoril externo, inclinada sobre o vazio. Pendurada, suspensa sobre o nada, ela tentou agarrar o ar. Gritou: – Eu não consigo. – A voz saiu aguda de decepção.

Kevin não pensou. Simplesmente agiu. Subiu no peitoril e agarrou a calça do pijama de Cria-Caso. Com a outra mão, pegou a coisa mais pesada que encontrou: Baleia Jr. Enquanto Cria-Caso se soltava do prédio e pairava sobre a morte certa, Kevin a segurou. Baleia Jr. segurou Kevin, e todos os outros seguraram Baleia Jr.

Debatendo-se loucamente, Cria-Caso pegou o balão e seus colegas degenerados a puxaram de volta, em segurança, tão rápido que todos caíram, uns em cima dos outros. Amassado entre eles, o balão estourou.

Porco Pirata ficou encarando a borracha de látex amarelo estourada e parecia que ia chorar. Tomas fez uma carranca e perguntou:

– E agora?

Frustrado, Kevin segurou a coisa amarela rasgada.

– Talvez tenham botado uma mensagem dentro. Ou heroína.

Brainerd tentou arrancá-la das mãos, mas Jasper tentou também. Não havia nada dentro. Eles estavam todos amarrados na fita rosa do balão, até notarem que era bem comprida. A fita ainda se estendia pela janela. Ela não só descia pela lateral do prédio, mas também dava voltas no escuro, na direção do portão. Parecia que ia até perder de vista.

Em algum ponto da escuridão, a fita estava presa a alguma coisa. Ou a alguém. Todos os olhos tentaram acompanhá-la. Cria-Caso foi a primeira a falar:

– Não cortem.

Eles puxaram devagar, com cuidado, deixando-a mais tensa. Aos poucos a fita ficou reta.

– Não pode deixar frouxa – disse Brainerd –, senão ela toca na cerca.

Estava falando da cerca de alta voltagem. Nenhum deles sabia se a fita conduzia eletricidade, mas ninguém queria descobrir.

Para Kevin, puxar a fita era como puxar o fio que mantinha a pele de Suede intacta. Eles puxaram cuidadosamente, trazendo para dentro o que parecia ser uma extensão infinita de fita, que formou uma pilha no chão em volta deles. Puxaram até aparecer um nó. Depois do nó havia um fio de nylon, fino, como de um varal. Puxaram o fio até outro nó, ligado a uma corda de nylon mais grossa. A corda era tão comprida e pesada que foi preciso que todos eles a puxassem juntos, como uma equipe. Cria-Caso puxou um pedaço da corda para dentro do quarto e disse:

– A gente tem que prender no teto.

Ela falou para Kevin fazer sinal quando estivesse presa com nó, e os Rock Hudsons a puxariam pela ponta deles.

Kevin olhou pela janela. Sem se dirigir a ninguém em particular, ele perguntou:

– É pra gente descer por isto aqui?

Jasper fez que não com a cabeça, em silêncio, diante da ideia. Era muito arriscado. Se suas mãos não cedessem, a corda poderia pender e deixá-los cair nos cães ou na cerca.

Os olhos de Cria-Caso já haviam encontrado um cano grosso de esgoto perto do teto, do outro lado da sala. Ela estava colocando uma cama em cima da outra, equilibrando uma cadeira em cima. Subindo na pilha, levou a corda até o cano. A corda ia de uma ponta a outra do quarto, esticando-se a partir do teto, inclinando-se em ângulo reto até sumir pela janela. Dando uma volta e amarrando-a com nós, ela bradou a ordem:

– Dá o sinal.

Ainda estavam de pijama. Absortos na sua animação, ninguém sentia frio.

Cria-Caso foi até seu armário e voltou com um cinto. Escalou a pilha de mobília e fez o couro dar uma volta na corda. Afivelou para fazer uma argola. Arreios. Botou cabeça e braços pelo arreio e ergueu os pés para testar a resistência. Era firme. Com os pés suspensos acima do chão, pulou algumas vezes. A corda não cedeu nem se esticou.

Antes que alguém pudesse detê-la, ela desceu da cadeira. Como num suicídio, ficou um instante parada mexendo os pés no ar, a cabeça e um braço presos pelo cinto. O cinto deslizou pela corda. Os outros deram espaço para ela atravessar todo o quarto. Na janela, Cria-Caso soltou-se e agilmente desceu ao chão enquanto o cinto escorregava para fora, acompanhando a corda até o mundo livre.

Cria-Caso ergueu-se do chão e, bem espalhafatosa, tirou o pó do pijama. Foi até a porta.

– Volto em menos de uma hora. – Ela apertou quatro números no teclado. Quatro sons, e a porta destrancou. – O código estava escrito na vesícula biliar dela.

Kevin percebeu que todos os códigos estavam registrados nas entranhas de Suede. Suas tripas eram a memória coletiva de todos os garotos que haviam passado por ali. Kevin avisou Cria-Caso:

– Você nunca vai sair por aí. Você nunca vai passar pelas portas.

Mas Cria-Caso já havia passado.

Uma hora depois, Cria-Caso ainda não tinha voltado. Duas horas se passaram. O sol quase nascia.

Baleia Jr. resmungou:

– A gente tinha que desamarrar essa corda. Vocês vão ferrar meu desfile.

Nenhum deles havia levado cintos. Os Rock Hudsons ficaram algum tempo enviando sinais do escuro, mas até aqueles lampejos haviam diminuído. O sol nasceria em meia hora. Brainerd votou para que desamarrassem a corda e a jogassem fora. Kevin e Tomas eram a favor de manter o resgate. Todos os outros: contra. Ouviram um barulho na escada.

Mais um instante e quatro notas musicais soaram no teclado do corredor. A porta rangeu ao abrir, e lá estava Cria-Caso. Ela inclinou-se, com algo jogado por cima do ombro. Ofegante de tanto esforço, entrou no quarto. Seu fardo estava envolto num plástico sujo. Ninguém perguntou o que era. O cheiro já dizia tudo.

Alguma coisa escorregou do lençol e caiu no chão. Cintilava à luz fraca. Todos ignoraram solenemente, até que Cria-Caso apontou para a coisa com o queixo.

– Nenhum depravado aí vai pegar pra mim?

Kevin puxou a manga do pijama até cobrir a mão como uma luva. Ele se esticou para pegar a coisa que caíra. Era o bracelete de berloques. Seu pijama não tinha bolso, então ele se abaixou e prendeu o bracelete no tornozelo de Cria-Caso.

Kevin percebeu que algo estava acontecendo, um evento que ele nunca precisaria exagerar. Bastava contar a história e as pessoas iam se impressionar. Era só ele não morrer, para ter uma vida que valia mais de 20 mil dólares.

Cria-Caso decidiu ir por último. Já que ia carregando Suede, ia pesar o dobro. Ninguém queria ir primeiro, então Kevin voluntariou-se. Ele levaria a canetinha a laser e piscaria o código se chegasse a salvo e a barra estivesse limpa. Ele subiu nas camas, na cadeira e enrolou o cinto na corda. Como a janela estava aberta havia tempo, o quarto estava incrivelmente gelado, mas seu pijama estava ensopado pelo suor do nervosismo. Ele passou o cinto por cabeça e ombros, mas não conseguia tomar impulso. Ficava se lembrando de um livro em que as crianças pensavam em qualquer bosta feliz e saíam voando da janela do quarto. Um daqueles continhos de fada cheios de merda. Que se passava em Londres.

Em momentos como esse, Kevin achava que sua vida tinha sido só livros ou televisão. Suas memórias eram uma mistureba de histórias e filmes. Estava com 16 anos e tinha jogado fora a vida inteira.

Ao custo de mil dólares por semana, cada minuto contava.

No instante seguinte, o quarto estava incandescente de luzes e sinos gritavam pelo prédio. Baleia Jr. estava do lado ao alarme de incêndio. Com a mão na alça, ele gritava mais que os sinos.

– Eu avisei!

Kevin deve ter vacilado. A cadeira sob seus pés virou e caiu. Antes que ele pudesse se desvencilhar do cinto, já estava deslizando rumo à janela. Antes de ficar livre, estava lá fora, no escuro, como uma isca viva pendurada sobre cães ferozes invisíveis. O alarme os havia acordado, e Kevin ouvia os latidos, os dentes deles estalando lá embaixo. Ciente da cerca elétrica, ele ergueu os pés e puxou os joelhos até o peito. Estava deslizando no escuro, molhado de suor, suspenso entre o lugar de onde queria fugir e um novo futuro que ele nem ao menos era capaz de imaginar. Atrás dele estavam as luzes e o barulho retumbante; à frente, as formas anônimas de gente em silêncio, esperando para deter sua queda. Um longo grito saiu de seus lábios e os cães de campo de concentração uivaram com ele.

É óbvio que eles foram pegos. Só Suede fugiu, e só porque Kevin, Tomas e Jasper a carregaram. Porco Pirata e Brainerd cavaram o buraco e todos a enterraram. Até o momento, nenhum deles havia confessado a exata localização. O Comandante havia trazido cães de resgate, mas eles só ficaram andando em círculos na neve. Kevin e os depravados haviam carregado o corpo aturdidos, debatendo-se por hectares e hectares de milharais, cruzando e voltando pelas próprias pegadas por quilômetros de puro pânico. Onde quer que estivesse o túmulo de Suede, nunca seria encontrado.

Mas com Cria-Caso não foi assim.

Ela saíra por último pela janela, deixando para trás apenas Baleia Jr. Tal como suspeitava, o peso dela fez a corda ceder. Ela mal passou pelos cães. Podia ter soltado Suede para se salvar, mas não soltou.

Todos esperaram para pegá-la. Ninguém conseguiu ver nada até uma luz forte fazer a noite se acender. Uma supernova de faíscas azuis, como um eletrocutador de insetos gigante. Cria-Caso *quase* passou da cerca elétrica. O estouro de fogos de artifício se deu quando o bracelete de berloques em seu tornozelo roçou no fio logo acima. Kevin sentiu cheiro de fumaça. Quando eles pegaram Cria-Caso, os dedos dela não se soltavam do cinto. Saía fumaça do seu pijama, do pijama e do cabelo, e eles tiveram que apagar o fogo com as mãos nuas. Kevin viu gente uniformizada correndo, atrás das janelas do sexto andar.

A peruca de Suede ficou chamuscada pelo choque elétrico. Com o cabelo encrespado e os pontos cirúrgicos, ela parecia a noiva de alguma espécie de monstro que um cientista maluco tivesse criado em casa. Cria-Caso não estava morta, mas também não acordava. Seus olhos estavam semicerrados, as pupilas tinham tamanhos diferentes. Ela parecia o monstro.

Os Rock Hudsons prometeram fazer um bloqueio no portão. Pela primeira vez manteriam gente lá dentro, ao invés de do lado de fora. Era assim que os meninos teriam uma vantagem. Kevin segurou Suede pela cintura. Todos a seguraram. Estavam congelados, mas a pele dela era quente, mais quente que viva. Era bom segurá-la. E eles saíram correndo descalços pelas fileiras e mais fileiras de espigas de milho mortas.

Cria-Caso nunca mais disse uma palavra. De dia, eles a colocavam perto deles. Na sala de TV ou no refeitório, ela era sempre o centro das atenções do grupo. E eles contavam a história de que ela havia memorizado os códigos de segurança escritos nos órgãos da menina morta. Eles deleitavam-se contando como Cria-Caso esticou-se a seis andares da morte certa para pegar o balão amarelo. Porco Pirata recontou a pose de Cria-Caso, pulando daquela janela com uma donzela jogada no ombro. Foi assim que eles a transformaram em lenda. Nos dias de sol, levavam-na para ficar sentada na quadra de basquete. Eles a incluíam em tudo.

Não incluíam Baleia Jr. Ninguém mais falou com Baleia Jr. Um dia, depois do basquete, voltaram ao sexto andar e descobriram que ele havia empilhado duas camas e colocado uma cadeira em cima. Ele prendeu um cinto em volta do cano onde Cria-Caso havia amarrado a corda. Baleia Jr. havia colocado o pescoço dentro do cinto e tirou o pé da cadeira. Não fora a lugar algum. Pelo menos o corpo não. Seu corpo teve o desfile de boas-vindas que tanto queria, uma longa e suntuosa passagem pela rua principal, mas ninguém comemorou e ele não estava num conversível.

Cria-Caso ainda estava com eles, mas não era mais Cria-Caso. Ela ficava olhando para o nada, tremendo, como se houvesse sentado numa cadeira elétrica que havia executado sua coragem. Para preservar o segredo dela, Kevin tinha que levá-la ao banheiro. Tinha que lhe dar comida. Se os funcionários da Granja Gay já haviam descoberto sua identidade secreta, não demonstravam. Quem sabe alguém ainda pagasse por sua estadia. Talvez tivessem medo de uma investigação.

Os detentos do sexto andar fizeram planos tímidos para mais uma fuga. Jasper esculpiu uma pistola com sabonete e a pintou de preto com graxa de sapato. Feijão ficava na janela à noite, à espera de outro balão. Na verdade, nenhum deles tinha saudade de voltar ao mundo lá fora.

Kevin não via sentido, não mais. Quem ia querer voltar a um mundo tão corrupto? Quem ia querer ser festejado por gente tão desprezível? Ele podia voltar herói, mas quem queria ser herói num mundo de babacas? Nenhum dos meninos queria se tornar prova viva de que aquele sistema fingido funcionava. Se voltassem, seu desejo natural por meninas justificaria a ação de gente que eles passaram a detestar. O Comandante seria herói. Ali, confinados, eles reconfortavam-se em saber que seriam um buraco sem fundo. Suas famílias e comunidades iriam à bancarrota com o custo de mantê-los no depósito. Seriam toda uma geração em greve.

Kevin sentia que passaria o resto da vida correndo, tendo que se esforçar. Por enquanto, podia relaxar. Não havia problema em ficar preso ali. Ele não precisava estar num Porsche a trezentos quilômetros por hora. Era bom ficar parado. Naqueles dias, Cria-Caso não parecia mais viva que Suede. Kevin decidiu protegê-la.

Ele vestia Cria-Caso e a levava para a sala. Ao tentar ensinar física para Cria-Caso, acabou aprendendo junto. Era raro Kevin olhar o calendário, de tão contente que estava. Não queria que o tempo passasse, tampouco queria estar em outro lugar. Sua vida não era mais uma corrida rumo ao futuro.

Algo disse a Kevin que aquela era uma boa forma de levar a vida. Ser pai era parecido com isso. E assim sua noção de felizes-para-sempre, aos poucos, evoluiu. De momento, ele ainda não havia deixado de perceber a ironia. Seus pais o haviam mandado ali para salvar sua alma. Como prisioneiro, ele a encontrara. Sua vida, tal como estava, era boa o bastante. Ele não precisava transformar a si mesmo numa aberração de desenho animado.

Ali, pairando sobre os infinitos milharais, a prisão começou a parecer um claustro. Quase celestial.

Tal como na maioria das tardes, Kevin deixou Cria-Caso no banheiro e aguardou. Era bom se precaver depois de um almoço pesado. O lavatório era tão silencioso que ele ouvia a bola de basquete quicando no concreto lá fora. Desajeitado, ele ficava ao lado da cabine apertada, comprimido pelos joelhos peludos de Cria-Caso. Por mais perverso que pareça, o cheiro de xixi passara a encher o coração de Kevin com alegria. O significado era que Cria-Caso estava fazendo o que precisava e os dois já podiam ir.

Ninguém estava à escuta quando Kevin Clayton fez sua confissão, dialogando consigo mesmo:

– A única resposta que eu conheço é fugir. – Ele ajeitou as mechas de cabelo de Cria-Caso que a alta voltagem havia deixado espetadas. Uma mosca preta pousou na bochecha da amiga, e Kevin a espantou. – Fugi da minha família – prosseguiu ele. – Eu podia ter fugido deste lugar e seguido adiante.

– Ele ficou ouvindo Cria-Caso fazendo xixi. – O tempo vai nos salvar. – Cria-Caso peidou. Era um sinal promissor. – O tempo resgata todo mundo.

Distraído, Kevin ficou olhando um rasgo na frente da camiseta preta. Enfiou um dedo para medir o tamanho do buraco.

– Vamos ter que remendar.

Sentada na privada, Cria-Caso ainda tinha ombros musculosos, uma anatomia que se empilhava até o pescoço grosso. A tatuagem SUEDE. Os braços ainda preenchiam as mangas da camiseta preta, mas Kevin a tratava como um bebê.

– Sem querer ofender – disse Kevin –, mas o problema dos homossexuais é que eles não crescem.

Na opinião de Kevin, os gays nunca alcançavam a dignidade capaz de conquistar o respeito dos outros. As bichas nunca levaram os ladrões de gado à Justiça nem mataram o dragão com a espada reluzente.

Ele soltou um suspiro. Rasgou alguns pedaços de papel higiênico. Kevin pressionou o ombro forte de Cria-Caso e a inclinou para a frente. Usando o papel, esticou-se por trás dela. Quando conferiu o papel, estava manchado de amarelo. Soltou o primeiro e rasgou mais um pedaço. Dessa vez, quando limpou o mijo, havia algo mais. O papel tinha um brilho que não era branco, mas iridescente. Kevin conhecia vaselina. E tinha mais. Kevin limpou de novo, e o papel juntou uma coisa turva e viscosa. Era a mesma porra turva e viscosa que haviam encontrado dentro de Suede.

Fosse obra do Comandante ou do guarda do andar, alguém mais havia descoberto que Cria-Caso não era menino.

Naquela primavera, em sua última carta, a mãe reclamava que seu jardim estava sendo destruído. Era assombrada pelos fantasmas dos ratinhos que Kevin havia assassinado. Kevin trouxera uma maldição à casa dos Clayton. Os ratinhos-fantasma vinham à noite, dizia ela, e comiam os morangos. Dizimavam a alface que acabara de brotar. Era uma praga de espíritos de ratinhos vingativos que haviam voltado para fazê-los passar fome. As palavras que ela escrevia tremulavam à beira da verdade que ela nunca seria capaz de aceitar. Ela agarrou-se à realidade que conhecia: os ratinhos estavam mortos, seu filho era um degenerado, o Comandante consertaria tudo.

Correram rumores entre os guardas do andar de que uma investigação estava por vir. Talvez um processo. Mesmo assim, não rolou nada.

Kevin imaginou a mãe chorando sobre os pés inchados, sangrando. Apesar dos rumores sobre investigações, Kevin não esperava que isso fosse acontecer. Todos tinham investido demais naquele sistema horrendo.

Antes que algo pudesse acontecer, o Comandante anunciou que eles retomariam os estudos. Betsey se fora. Ele não ficou contente com isso. Mas os pais desolados de outra menina haviam doado seu receptáculo carnal. Ela morrera num acidente de carro.

Levou algum tempo, mas todos os detalhes acabariam vindo à tona nos tribunais – o silvo pré-alvorada numa corda no breu total, como a neve começou a cair enquanto eles cavavam a cova de Suede com as mãos nuas. Muito tempo depois, quando as câmeras de TV lhe perguntassem o que aconteceu, Kevin diria que aquelas semanas haviam sido as melhores de sua vida. Com a mão sobre a bíblia, Kevin diria o impossível. Para juiz e júri, ele diria que é da natureza da felicidade que só a reconheçamos depois do ocorrido. Ninguém acreditaria nele.

Sentada ao lado dele estaria Cria-Caso. O cabelo já crescido, como cabelo de menina. Os olhos vagos. A barriga com dois trimestres de tamanho.

O advogado de defesa perguntaria se Kevin temera pela própria segurança. E Kevin responderia: não. Seu pior medo era que amor de verdade só existisse em retrospecto.

No futuro, quando o advogado de acusação perguntasse quem matou o Comandante, Kevin declararia sob juramento:

– Fui eu.

O legista informaria que o Comandante morreu de uma única punhalada na garganta. Era impossível determinar quem a teria dado. Quando o guarda chegou à sala de terapia para recolher os garotos, encontrou todos manchados com o sangue da vítima. Morto, no chão, estava o sr. Amendoim, numa poça vermelha.

O que nenhum deles diria é o que os levara a tanto. Num mundo onde Cria-Caso era odiada, Kevin também queria ser odiado. Se o mundo desprezava Cria-Caso, Feijão só queria ser desprezível. Até que o mundo aceitasse Cria-Caso, nenhum deles – nem Tomas, nem Jasper, nem Porco Pirata, nem Brainerd – queria ser aceito. Sob juramento de que diriam a verdade, toda a verdade e nada além da verdade, cada um deles, um de cada vez, diria que havia matado o Comandante. Como menores, todos iriam para a cadeia, com exceção de Cria-Caso.

O que nenhum deles contou foi o que aconteceu de fato. Porco Pirata sempre diria que ele portava a faca. Brainerd insistiria que era dele. E assim por diante, ponto-ponto-linha-pontilinha--pisca-pisca. Um Porsche. Dois Porsches. E assim por diante.

No último dia deles no Centro de Cura, uma ambulância chegou aos portões, mas sem luzes nem sirene. Ao vê-la, os manifestantes deram passagem. Os bebês que os Rock Hudsons carregavam nos braços, como por mágica, até eles ficaram em silêncio. A nova menina havia chegado.

Naquela tarde, o Comandante enviou um guarda para escoltar os garotos até o andar de baixo. Kevin caminhou ao lado de Cria-Caso, segurando sua mão para levá-la na direção correta. O bracelete de berloques ainda se sacudia no seu tornozelo. A alta voltagem havia fundido o fecho. O bracelete fazia um som terrível pelos corredores de concreto. A corrente e as medalhinhas tiniam como corrente na perna em filme de presídio. Cria-Caso era uma lenda viva e ativa, mas não fazia nada além disso.

Quando chegaram à sala de terapia e Kevin viu a forma coberta pelo plástico encardido, seu coração encheu-se de pavor. Os peitos eram gigantes. Maiores que os de qualquer garota que já vira, exceto uma. A barriga da nova garota era uma montanha inchada sob o plástico. Kevin imaginou, em St. Cloud, dois Porsches órfãos, recém-saídos da linha de montagem, e ninguém para levá-los para casa. Tal como antes, sentiu fantasmas puxando seu cabelo. Soltou a mão de Cria-Caso e cruzou os dedos.

O Comandante ergueu um bisturi.

– Nossa nova garota era uma motorista imprudente. Era promíscua e fez sua amorosa família afundar-se em dívidas...

Antes que o Comandante levantasse o plástico, Kevin sabia que essa história não teria final feliz. A coisa morta que se estendia na mesa teria a pele áspera e amarela como calos nas palmas das mãos. Não haveria bebês de pele impecavelmente rosada como a pele sob suas unhas. Ninguém estaria ansioso para ele chegar em casa. Não foi preciso grande esforço para aceitar o acidente de trânsito. Parecia horrível, mas era perfeito, e era do formato ideal para o destino. Tão inevitável quanto a forma de um ovo. Ele não tinha como negar nem discutir. Era a perfeição da verdade.

– Cavalheiros – anunciou o Comandante –, hoje será nossa prova final.

O Comandante puxou o plástico para o lado, e lá estava Mindy Evelyn Taylor-Jackson. Ao contrário de Suede, ela não tinha marcas. Ninguém a havia explorado com facas ainda.

Usava um vestido listrado, normal, que Kevin conhecia. O mesmo que ela havia usado no terceiro encontro deles, mas não estava tão justo. Naquela noite, Kevin havia perdido a virgindade. Agora o Comandante o chamava pelo nome, e o convidou a ir à frente, abrir os botões. E ele foi por puro reflexo. Era como na vez anterior em que ele abrira aqueles botões. Mindy estava estática, prendendo a respiração. Os dois estavam com medo demais para conseguir respirar.

O Comandante lhe ofereceu o bisturi e disse:

– Poderia expor o plexo hipogástrico inferior?

Kevin negou com a cabeça. Ele não aceitou a lâmina.

O Comandante tentou forçar o bisturi aos outros garotos, mas nenhum aceitou. Tomas, Porco Pirata, Brainerd e Jasper, eles só precisaram ver a expressão de Kevin para perceber que havia algo errado. Recuaram, tímidos para dançar no baile. Uma fila de pretendentes relutantes.

Enfim, o Comandante guiou Cria-Caso até a mesa e botou o bisturi na mão dela. A lâmina reluziu.

– Remova o seio esquerdo, por favor.

Os olhos de Cria-Caso estavam embotados e fixos como os de Mindy.

– Não – ameaçou Kevin. – Ou eu conto seu segredo pra todo mundo.

Nada transpareceu no rosto de Cria-Caso. Seu braço se levantou, na linha do ombro, como uma marionete ou um zumbi. Ela ergueu o bisturi rumo à pele exposta sob os botões de Mindy.

Kevin disse a única coisa que lhe restava. Como uma lista de palavras, não como frase, ele disse:

– Você. É. Bicha.

Kevin não pretendia dizer isso como provocação. No mais, nem tinha certeza do que a palavra queria dizer, mas a pronunciou como uma afirmação. Um lembrete de que Cria-Caso ainda podia ser herói dessa história.

COMO A JUDIA SALVOU O NATAL

É um clássico. Aquela história que os funcionários ainda adoram contar.

Assim que começam a botar as decorações, os recém-contratados pedem para ouvir. Eles imploram – "Ah, por favor, ah, conta" –, até que, na véspera de Natal, o gerente chama todos na sala dos funcionários.

– Vejam bem – começa o gerente –, isso aconteceu mesmo, mas foi muitas, muitas e muitas temporadas de compras natalinas atrás...

Trabalhar no varejo depois do feriado de Ação de Graças sempre foi o fundo do poço. As músicas, sobretudo. Um *loop* infinito de canções natalinas que retumbam dos alto-falantes no teto.

– Depois de oito horas ouvindo essas músicas – diz o gerente, bom conhecedor, fazendo meneios com a cabeça –, Miley Burke começava a desejar que Jesus e Bing Crosby nunca tivessem nascido.

Muito tempo atrás, Miley trabalhava ali. Nos dias de semana, nos utensílios domésticos; nos fins de semana, em cama, mesa e banho. Às vezes ela ia para as bijuterias se precisassem de uma vendedora a mais. Senão, Miley matava o tempo na sala dos funcionários, porque era o único lugar onde ela conseguia fugir da música.

No dia em questão, ela chegou ao trabalho um pouco mais cedo. Havia comprado um rocambole, numa caixa, e enrolado em papel brilhoso decorado com floquinhos de neve feito por operários escravos de um país onde ninguém nunca tinha ouvido falar de inverno, quanto mais de Natal. Miley escreveu num post-it, em maiúsculas, PARA CLARA. DO SEU AMIGO OCULTO. Colou o post-it na caixa para presente e enfiou no escaninho designado a Clara.

– A Clara trabalhava no vestuário infantil – explica o gerente –, vendendo macacões.

Tantos anos depois, a mesma grade de escaninhos ainda toma uma parede inteira da sala dos funcionários. Um quadradinho por funcionário, sendo um extra para o Achados e Perdidos. A mesa comprida e as cadeiras tomam a maior parte do espaço. Na parede em frente aos escaninhos fica um balcão com uma pia e um micro-ondas. A máquina do cartão de ponto e os cartões de ponto tomam outro canto da sala. A última parede tem a porta e, ao lado, a geladeira.

Enquanto Miley conferia seu escaninho, já tinha gente entrando. Batendo o ponto. Ela viu que tinha algo enfiado lá no fundo do seu escaninho. Uma fita vermelha brilhava no escuro. Ela esticou a mão e sentiu uma coisa lisa. Escorregadia. Pesada. Quando puxou, sentiu o peso nas mãos. Havia um cartão reluzente preso com durex. Sobre o cartão, em maiúsculas: PARA MILEY. DO SEU AMIGO OCULTO.

Alguém chegou perto dela. Uma voz perguntou:

– O que você ganhou?

Era uma voz masculina. Era Devon, o funcionário do estoque.

Miley segurou o presente com as duas mãos e disse:

– Não sei.

Era uma coisa feita em casa. Uma coisa presa num prato de papel bem fininho e coberta com plástico vermelho. A fita vermelha estava colada em cima. Ela descascou o plástico.

Era marrom. Cubos marrons. Tinha um amarelo escuro salpicando o marrom. O cheiro não era bom.

Já haviam chegado mais funcionários. Formou-se uma fila no relógio de ponto. Miley não queria parecer indelicada caso o presenteador ou presenteadora estivesse ali. Ela disse:

– Eu me dei bem! – Tirando o plástico, começou a dar gritinhos: – É chocolate caseiro!

Devon não se comoveu. Deu um sorrisinho de canto, lastimável, e perguntou:

– Você não vai comer isso aí, vai?

Devon às vezes era muito babaca. No ano anterior, ele tinha roubado coisas do Achados e Perdidos. Um cachecol manchado, um par de óculos escuros riscado, por exemplo. E deu de presente de amigo oculto. O serviço dele era passar o dia assistindo aos monitores e esperar que alguém fosse desonesto. Dizia que era um cargo muito digno.

O chocolate parecia limpo. Limpo dentro do possível. O cheiro vinha dos pontinhos amarelos sobre o marrom. Miley apostava que eram lascas de caramelo que colocaram na mistura quando ainda estava quente. Ela mostrou o prato a Devon e disse:

– Sirva-se.

Suas sobrancelhas viraram fendas da suspeita. Devon torceu o rosto e ficou olhando o chocolate de esguelha, desconfiado. Miley sabia que Devon e gente feito ele, todo mundo que ela conhecia, devorava salgadinhos sabor carne processados em alguma linha de montagem encardida por leprosos do Terceiro Mundo que nunca se davam ao trabalho de lavar as mãos.

Ao mesmo tempo, esses amigos torciam o nariz para um chocolate que obviamente tinha sido preparado por uma pessoa que eles viam todos os dias. Miley estudou os rostos em busca de um lábio torcido, um nariz enrugado, um sinal que pudesse demonstrar nojo. Deborah recusou, perguntando se era *kosher*. LaTrey fez que não com a cabeça, dizendo que estava no limite da diabetes. Taylor, o único cara que trabalhava nos cosméticos, disse:

– Obrigado, amiga, mas não tem cara de gordura que valha a pena.

Havia outras pessoas na sala, quase toda a turma do segundo turno estava ali. Mas Miley começou a ficar constrangida de oferecer chocolate que ninguém queria. Oscar, do almoxarifado, fez cara de coragem e aceitou um pedaço. Assim como Barry, dos caixas. E Clara. O prato ainda estava cheio quando Miley o deixou no centro da mesa da sala dos funcionários. No fim do turno, oito horas e meia depois, ninguém mais tinha tocado.

Naquela tarde, Deborah encontrou um perfume recebido de seu amigo oculto. Perfume bom, melhor do que qualquer um vendido na loja. Tão bom que Miley suspeitava de que Deborah tinha comprado para si mesma.

Depois de um dia em temperatura ambiente, sem nada cobrindo, o chocolate não parecia mais convidativo. Mesmo assim, Miley o levou para casa. Seria muita grosseria jogar na lixeira da sala dos funcionários.

Outras pessoas receberam potes de macadâmias do amigo oculto. Ganharam meias bregas, com desenhos de renas. Deborah não enganou ninguém quando encontrou uma pulseira de diamantes no escaninho. Só Deborah para gostar de Deborah tanto assim. A paz de espírito de Miley não melhorou quando Devon lhe enviou uma mensagem de texto. Ele enviou o link de um site mexicano em que se comprava ovos de tênia. Vinham num envelope, como um pozinho invisível, e gente gorda podia misturar na comida para emagrecer.

Misturar na comida, pensou Miley, como as lascas de caramelo que haviam colocado. Quando o chocolate já estava frio, na temperatura que não mata nada.

Devon enviou o link de um hospital onde faziam de graça raios X de doces de Halloween. Devon a aconselhou a guardar o resto do chocolate, caso alguém que tivesse comido um pedaço morresse.

No dia seguinte, Miley encontrou uma caixa de sapato dentro do escaninho. Dentro da caixa havia um gorro de crochê. Listras largas cor-de-rosa alternavam-se com listras laranja-tangerina e pretas. Horrendo, para resumir em uma só palavra. Lembrava coisas antigas. Lembrava a Miley um chapéu de bobo da corte. Quando ela vestiu o gorro, ele engoliu sua cabeça até os ombros. Devon estava lá para dizer:

– Seu amigo oculto deve achar que você tem cabeça de melão.

Naquela noite, ele apareceu na porta e perguntou se ela ainda tinha o chocolate. Ele havia trazido um microscópio e lâminas de vidro. E um manual forense. Eram coisas que ele tinha comprado para um curso numa faculdade barata. Ao vestir as luvas de látex e usar um bisturi para cortar fatias finíssimas do chocolate, ele falou de prováveis suspeitos segundo seu ponto de vista. Deborah, é claro. Judeus sempre ficam irritadiços perto do Natal. Se você acreditasse em metade do que lê na internet, judeus passariam metade da vida envenenando gentios.

E LaTrey? LaTrey não parecia muito entusiasmado com brancos em geral. O terceiro na lista de suspeitos era Taylor. Taylor dos cosméticos. Ele só fingia não desprezar as meninas. Como Miley era mulher, com os charmes naturais das mulheres, ela era candidata primaz à ira de Taylor.

A cada ano que eles recontavam a história, o gerente explicava:

– O amigo oculto dela era um mistério.

Na época, assim como agora, todos os integrantes da equipe de vendas deixavam os nomes em pedacinhos de papel. Os papéis entravam num chapéu. Todo mundo pegava um nome e mantinha segredo. Ninguém sabia a identidade do amigo oculto do outro. Pior ainda: não havia câmera de segurança na sala dos funcionários, porque às vezes eles eram obrigados a trocar de roupa lá dentro.

Devon sentiu o cheiro do chocolate de Miley e concordou com a cabeça. Não era imaginação dela, ele disse. O chocolate tinha um cheiro discutível. Além de discutível, tinha cheiro de bunda. As lascas de caramelo eram só um estratagema para cobrir o cheiro de bunda do docinho. O gorro de crochê degradante, disse ele, era a segunda saraivada para humilhá-la em público. Devon já tinha assistido muito a *CSI* e sabia como colocar pistas de crime frente às luzes fluoroscópicas. Pegou uma amostra do chocolate e o levou ao laboratório da faculdade. Levou outra amostra ao pronto socorro e pediu para fazer raios X. Como não deu em nada, pediu uma tomografia. O plano de saúde de Miley não cobria exame diagnóstico de doces, então saiu uma fortuna.

Valeu a pena. O doce estava coberto de impressões digitais. A maioria era dela; dela e do Devon. Mas havia também algumas parciais, mais caracterizadas por verticilos do que arcos. Indicativo potencial, explicou Devon, de que alguém com ascendência africana havia mexido no doce. Ele fez uma cultura de pedacinhos do chocolate em placas de Petri. Não descartou catotas nem urina. A primeira coisa que ensinam na criminologia é que todo mundo é depravado.

Ninguém além de Devon a havia visto desempacotar o chapéu de bobo da corte, então Miley fechou o embrulho e passou o presente adiante. No dia seguinte, Taylor recebeu um vale-presente da Tudo Para os Pés. Outra pessoa ganhou um ursinho de pelúcia que dava risadinhas quando você apertava a barriga. Havia outro presente embrulhado no escaninho de Miley. Ela ligou para Devon antes de chegar perto. Ele botou luvas de látex e tocou no pacote com cautela de esquadrão antibomba. Usando apenas a ponta dos dedos, levou-o até o carro de Miley. Depois do trabalho, depois que o estacionamento estava praticamente deserto, eles colocaram o embrulho no chão e cautelosamente cortaram os cantos colados com uma lâmina de barbear. O papel se soltou, abrindo-se como uma flor, e revelou... uma coisa.

Sob as luzes do estacionamento, parecia uma tigela de insetos. Larvas, especificamente. Uma camada de vermezinhos empacotados numa travessa retangular com bordas prateadas.

Devon foi o primeiro a falar:

– É você.

Miley agachou-se para olhar mais de perto. Os ventos de dezembro que vinham do asfalto eram congelantes.

Devon apontou com o dedo enluvado, desenhando uma forma sem tocar no presente misterioso.

– Aqui é o seu nariz. Aqui é a sua boca.

Miley continuou a sacudir a cabeça, atônita. Por fim, Devon explicou:

– É macarrão instantâneo.

E era. Alguém havia passado horas, quem sabe dias do seu ócio, pintando pecinhas de macarrão e colando para fazer um retrato. O que ela achou que fosse uma bandeja era a moldura. Alguém havia criado um mosaico dela.

– Obviamente, alguém que odeia você – complementou Devon.

Macarrão instantâneo não era a mais lisonjeira das mídias, mas o retrato ainda era muito feio para ser outra coisa que não uma ofensa. A pessoa teve que se esforçar para deixar os olhos de Miley tão pequenos, tão desalinhados. Os macarrõezinhos que eram para ser seus dentes eram tortos e pintados de amarelo. Podia ser até um boneco vodu. Só de olhar para aquele retrato, Miley já se sentia carregando uma maldição.

Quando Devon voltou a falar, a voz dele era decidida:

– Isso é assédio moral. – Em tom sinistro, ele proclamou: – A próxima jogada tem que ser sua.

Era hora de fazer o culpado sair do esconderijo, ele disse. Amigo oculto funcionava para os dois lados. No dia seguinte, Miley enrolou o retrato em macarrão instantâneo para passar adiante.

Estavam todos os presentes, todo o pessoal do segundo turno, esperando a vez de bater o ponto. Deborah pareceu surpresa em encontrar um pacote grande no seu escaninho. Olhando em volta, disse:

– Ora, Amigo Oculto, não precisava. – A voz de Deborah era desafinada, como se não estivesse brincando.

Observando-a, Devon chegou mais perto de Miley e disse baixinho:

– Se prepara. – Ele sussurrou: – Ela vai explodir.

Do jeito como Deborah ergueu o presente, com as duas mãos, parecia pesado. Ela o jogou na mesa e ele caiu com uma batida dura, como um bloco de concreto. Ou um peru congelado. Escrito em letras maiúsculas: FELIZ NATAL, SHYLOCK. ME COMA! Dentro do embrulho, um presunto em lata.

Ao mesmo tempo, LaTrey estava rasgando um envelope. Dentro, um vale-presente do KFC. Ele ergueu os olhos, avaliando friamente cada um dos presentes. O queixo não se mexia.

Aí Taylor achou o pacote no seu escaninho. Era difícil não ver. Podia ser um taco de beisebol enrolado em papel de presente natalino. Mas não era. Era uma linguiça embutida, um dos monstros que vendiam peças de queijo e carne defumada no Barrica de Nogueyra Antigua, ali no shopping. O cartão dizia: PARA TAYLOR – PAPAI NOEL SABE QUE VOCÊ JÁ ENGOLIU COISA MAIOR!

Devon estava a postos. Só o culpado saberia a quem atacar. Todos pareciam ou sem graça, ou desolados. Clara começou a soluçar. Sem que percebessem, ela abrira o retrato de macarrões representeado e o segurava com as mãos trêmulas. Ela ergueu o rosto lacrimoso para Miley. Com a voz embargada por soluços, Clara disse:

– Eu sei o que você está fazendo. Sei o que você está fazendo com os presentes. Você está destruindo o Natal!

Todos os olhos se voltaram para Miley.

A resposta de Miley foi ribombante. Inflada de indignação, a voz dela era de alguém que fora provocada e zombada até o limite:

– Eu estou destruindo o Natal? *Eu, destruindo o Natal?* – Seus lábios tremiam de revolta. Ela ergueu o braço trêmulo, do ombro para cima, para apontar para Deborah, LaTrey e Taylor. – Eu quero *salvar o Natal*. É um daqueles ali que está mandando chocolate imundo para as pessoas.

Na verdade, todos os testes de Devon – bactérias fecais, HIV, sêmen, clamídia e vários outros agentes infecciosos *gonococci* – só haviam rendido resultados negativos ou inconclusivos. Mas Miley estava na defensiva. Ela gritou:

– É um deles que está me assediando... me dando coisas toscas, ofensivas, nojentas... Um monte de porcarias.

Os três suspeitos se olharam desconcertados. Todos na sala olharam para o trio com repugnância. Miley Burke estava redimida. Ela tinha a superioridade moral. Ao lado dela, Devon reluzia.

A sala dos funcionários caiu num silêncio que raramente se ouvia. Tanto silêncio que eles ouviam as canções de Natal tocando na loja, do outro lado da porta. Até Clara havia parado de chorar. Ela fitou o mosaico de macarrão nas mãos.

– Duas semanas – sussurrou ela. Ela ergueu o presente para mostrar à sala. E disse: – Eu não queria assediar ninguém. Eu fiz o melhor que eu podia. Eu fiz o gorro que você me devolveu. Eu fiz o chocolate.

As pessoas ainda falam daquele momento. Quando conta a história, o gerente sempre faz uma pausa nessa parte. Para as pessoas ouvirem a música ao longe. A mesma música de tantos fins de ano atrás. Um Bing Crosby morto que fala de paz na terra e boa vontade aos homens. Ao fundo, um coral cantando como anjos. O gerente lança um olhar para a parede acima do micro-ondas, e todos os olhos o acompanham. Ali, como um ícone religioso, os olhos muito pequenos e desalinhados, os dentes como uma boca cheia de vermes amarelos, a coisa continua pendurada. Tudo que restou de Miley Burke: o retrato em mosaico.

Mesmo depois de tantos anos, os funcionários continuam adorando essa história. A saga rocambolesca completa. Sobre o chocolate e Miley Burke. Devon e a presuntada. É importante lembrar cada detalhe e contar com perfeição, até o último instante.

Porque foi nesse instante que Deborah abriu seu bracelete de diamantes e o entregou a Clara.

Este livro foi composto em Minion Pro,
corpo 11,5pt, para a editora LeYa Brasil.